Né en 1973, **Thomas Enger** vit en famille à Oslo. Surnommé « le prince norvégien du thriller », cet ancien journaliste, désormais écrivain et musicien, écrit pour les adultes comme la jeunesse. Traduits dans 29 pays et en cours d'adaptation pour la télévision, ses thrillers nous entraînent aux côtés d'Henning Juul, au rythme effréné de la rédaction d'un journal en ligne, dans les méandres de la société norvégienne. Un pays sauvage où la culture de la transparence n'empêche ni la violence ni la corruption.

Du même auteur, aux éditions Bragelonne,
en grand format :

Douleur fantôme

CE LIVRE EST ÉGALEMENT DISPONIBLE
AU FORMAT NUMÉRIQUE

www.bragelonne.fr

Thomas Enger

Cicatrices

Une enquête de Henning Juul

Traduit de l'anglais par Stéphane Morvan

Bragelonne

Ouvrage paru sous la direction de Lilas Seewald

Titre original : *Skinndød*

Première édition parue chez Gyldendal Norsk Forlag
en 2010

Ouvrage traduit de l'anglais avec l'accord de l'auteur

ISBN : 979-10-281-1058-1

Bragelonne
60-62, rue d'Hauteville – 75010 Paris
E-mail : info@bragelonne.fr
Site Internet : www.bragelonne.fr

À vous qui faites battre mon cœur,
Benedicte, Theodore et Henny

« Ma vie, de tout mon cœur, je te
promets de t'appartenir
Jusqu'à ce que la mort vienne
éteindre ma brûlante passion
Pour la joie et pour toi. »
Halldis Moren Vesaas, *To Life* (1930)

Prologue

Septembre 2007

Il doit faire noir autour de lui, mais il n'en est pas certain. On dirait qu'il n'arrive pas à ouvrir les yeux. Est-ce que le sol est froid ? Humide ?

Il doit sans doute pleuvoir. Quelque chose lui effleure la joue. Une neige précoce ? Les premières neiges ?

Jonas adore la neige.

Jonas.

Des carottes flétries plantées dans le visage des bonshommes de neige, des plaques d'herbe et de terre. Non, pas à cette époque. *Frosty le Bonhomme de neige, ça ne peut pas être toi, hein ?*

Il tente de soulever son bras droit, mais rien ne se passe. Ses mains. Sont-elles encore là ? Son pouce tressaille.

Ou, du moins, c'est ce qu'il croit.

Sa peau est craquante et fragile comme un flocon de neige. Les flammes sont partout. Il fait tellement chaud. Son visage dégouline comme de la pâte à crêpes grésillant dans une poêle.

Jonas adore les pancakes.

Jonas.

Le sol tremble. Des voix. Le silence. Un merveilleux silence. *Protège-moi, je t'en prie. Toi qui veilles sur moi.*

Tout ira bien. N'aie pas peur. Je vais m'occuper de toi.

Le rire s'éteint lentement. Il est à bout de souffle. *Tiens-moi la main, tiens-moi bien fort.*

Mais où es-tu ?

Là. Te voilà. Nous sommes ensemble. Toi et moi.

Jonas aime quand il y a un « toi et moi ».

Jonas.

Des horizons. Une pluie verglaçante portée par le blizzard hache une étendue bleue sans limites. Un clapotement brise la surface, la ligne et l'appât plongent.

Sous ses pieds, le contact du bois froid. Ses paupières sont toujours engluées.

Tout ira bien. N'aie pas peur. Je vais m'occuper de toi.

Sous ses pieds, la rambarde du balcon. Il a un appui solide.

Ou, du moins, il le croit.

Les mains vides. *Où es-tu ? Rembobinez, s'il vous plaît – revenez en arrière, je vous en prie !*

Un mur noir. Tout est réduit à l'obscurité. Le son des sirènes enfle.

Il parvient à ouvrir un œil. Ce n'est pas de la neige. Ce n'est pas de la pluie. Il n'y a que le noir.

Avant, il ignorait ce qu'était l'obscurité. Il ne l'avait jamais vraiment vue. Il ne savait pas ce qu'elle peut cacher.

Mais, maintenant, il le voit.

Jonas avait peur du noir.

Il aime Jonas.

Jonas.

Chapitre premier

Juin 2009

Les boucles blondes de la femme sont imprégnées de sang. Le sol s'est ouvert et a tenté de l'avaler. On ne voit que sa tête et son torse. La terre humide maintient son corps rigide presque à la verticale ; on dirait une rose rouge solitaire, à la tige déliée. De longues rigoles minces marquent son dos d'écarlate, comme des larmes sur une joue mélancolique. Des épaules aux reins, la peau nue évoque une toile abstraite.

Il pénètre dans la tente d'un pas hésitant, regarde dans tous les coins. *Va-t'en*, se dit-il. *Ce n'est pas ton problème. Fais demi-tour, sors d'ici, rentre chez toi et oublie ce que tu as vu.* Mais il en est incapable. Comment le pourrait-il ?

— Heu… Hello ?

Seul le bruissement du vent dans les arbres lui répond. Il avance encore de quelques mètres. L'air moite est suffocant. L'odeur lui rappelle vaguement quelque chose. Mais quoi ?

Hier, il n'y avait rien à cet endroit. Il promène son chien tous les jours sur Ekebergsletta et, à sa place, n'importe qui aurait été irrésistiblement attiré par cette grande tente blanche. Intrigué par le choix de l'emplacement insolite. Il s'est senti *obligé* de jeter un coup d'œil à l'intérieur.

Si seulement il avait pu se retenir.

Une des mains de la victime est détachée du corps. Elle est tranchée et posée près du bras, comme si elle s'était séparée du poignet. La tête retombe vers une des épaules. Il regarde une nouvelle fois les boucles blondes. Des mèches emmêlées de cheveux rouges se dressent çà et là ; on dirait une perruque.

Il se rapproche lentement de la jeune femme, mais se fige d'un seul coup. Il est en hyperventilation, sa respiration finit par se bloquer. Les muscles de son estomac se contractent, se préparent à expulser le café et la banane du petit déjeuner, mais il parvient à réprimer la nausée. Il recule, cille nerveusement, puis la regarde de nouveau.

Un des globes oculaires est sorti de son orbite. Le nez aplati semble avoir été écrasé à l'intérieur du crâne. La mâchoire défoncée, sillonnée de coupures, est marbrée de contusions violacées. Les yeux et l'arête de ce qui reste du nez sont badigeonnés d'un épais flot de sang noir, provenant d'une profonde blessure ouverte sur le front. Une incisive retenue par un filet de sang coagulé pend de la lèvre inférieure. D'autres dents parsèment l'herbe devant la femme qui autrefois avait un visage.

Plus maintenant.

La dernière chose que Thorbjørn Skagestag remarque, avant de sortir de la tente en titubant, c'est le vernis sur les ongles de la femme. Rouge sang.

Exactement comme les lourdes pierres éparpillées autour d'elle.

* * *

Henning Juul ne sait pas pourquoi il s'assied là. À cet endroit en particulier. Les gradins rudimentaires adossés à la colline sont durs. Bruts et rugueux. Tout à fait inconfortables. Et pourtant, il se poste toujours là. Exactement à la même place. Des belladones mortelles poussent entre les rangées de bancs qui montent vers le club-house de Dælenenga. Des bourdons vrombissent avec entrain autour des baies empoisonnées. Les planches sont humides. Il le sent sous ses fesses. Il faudra sans doute changer de pantalon en rentrant, mais il sait qu'il n'en prendra pas la peine.

Henning avait l'habitude de venir fumer à cet endroit. Il ne fume plus. Aucun rapport avec des raisons de santé ou le simple bon sens. Sa mère souffre d'emphysème, mais ce n'est pas ça qui l'arrête. À vrai dire, il a désespérément envie de tirer sur une cigarette. Ces minces petites amies blanches, toujours heureuses de vous voir, même si, malheureusement, elles ne s'attardent jamais très longtemps. Mais ça lui est tout bonnement impossible.

Il n'est pas seul dans le coin ; pourtant, personne ne s'installe à côté de lui. Près de la pelouse synthétique, une mère de famille lève les yeux dans sa direction. Elle s'empresse de détourner le regard. Il est habitué à ce que les autres l'observent sans en avoir l'air. Il sait qu'ils se demandent qui il peut être, ce qui a bien pu lui arriver et pourquoi il est assis là. Mais personne ne l'interroge. Personne n'ose.

Il ne leur en tient pas rigueur.

Quand le soleil commence à descendre, il se lève pour partir. Il boitille. Les médecins lui ont dit qu'il devait s'efforcer de marcher aussi naturellement que possible, mais il n'y parvient pas. Ça fait trop mal. Ou peut-être pas *assez*.

Il sait ce qu'est la douleur.

Il se traîne vers le parc Birkelunden, passe devant le pavillon récemment restauré avec son toit neuf. Une mouette criaille. Il y a un tas de mouettes dans le parc. Il déteste les mouettes. Mais il apprécie le parc.

Toujours en claudiquant, il croise des amoureux à l'horizontale, des ventres nus, des canettes de bière mousseuses, capte des odeurs de barbecues en fin de combustion.

Un vieil homme plisse le front et se concentre avant de lancer une boule de métal vers un amas d'autres boules de métal rassemblées sur le gravier, non loin du cheval de bronze que, pour une fois, les enfants ont laissé tranquille. L'homme rate son coup. Il rate son coup à chaque fois.

Toi et moi, nous avons beaucoup de points communs, songe Henning.

La première goutte de pluie tombe au moment où il s'engage dans Seilduskgata. En quelques pas, il s'éloigne du tumulte de Grünerløkka. Il n'aime pas le bruit. Il n'aime pas non plus le club de foot de Chelsea ou les contractuels, mais il n'y peut pas grand-chose. Il y a un tas de contractuels dans Seilduskgata. Il ignore si certains d'entre eux sont supporters de Chelsea. Mais Seilduskgata est sa rue.

Il apprécie Seilduskgata.

Alors que la pluie crachote sur sa tête, il marche vers l'ouest, face au soleil qui se couche au-dessus de la Christiania Seildugsfabrik, l'ancienne voilerie d'où la rue tire son nom. Comme il ne fait rien pour éviter les gouttes, il est forcé de plisser les yeux pour distinguer formes et contours. Devant lui, une gigantesque grue jaune fuse vers le ciel. Elle est là depuis une éternité. Derrière lui, les nuages sont toujours gris.

Henning approche du carrefour où Markvei débouche avec la priorité à droite ; il pense que, demain, tout pourrait être différent. Impossible de savoir s'il s'agit d'une idée originale ou si quelqu'un la lui a plantée dans la tête. Il est possible que rien ne change. Seuls les voix et les sons seront peut-être différents. Quelqu'un pourrait hurler. Quelqu'un pourrait chuchoter.

Peut-être tout sera-t-il différent. Ou rien. Et, entre les deux, un monde complètement bouleversé. *Est-ce que j'en fais encore partie ?* se demande-t-il. *Est-ce que j'y ai encore ma place ? Suis-je assez fort pour exhumer les mots, les souvenirs et les pensées que je sais enfouis au plus profond de mon esprit ?* Il l'ignore.

Il y a un tas de choses qu'il ignore.

Il se glisse dans l'appartement, après avoir monté trois longues volées de marches dans une cage d'escalier où la poussière flotte au-dessus de la crasse incrustée des boiseries. C'est une transition tout à fait appropriée pour accéder à son logement. Il vit dans un taudis. Il préfère ça. Il ne croit pas avoir droit à une entrée spacieuse, à un dressing vaste comme un centre commercial, à une cuisine dont les placards et les tiroirs luisent comme une patinoire fraîchement arrosée, à des appareils électroménagers autonettoyants et à des planchers raffinés qui invitent à des danses langoureuses, à des murs où s'alignent des classiques de la littérature et des ouvrages de référence, ni à une pendule de designer, à un chandelier Lilia de Georg Jensen ou à un couvre-lit fait de prépuces d'oiseaux-mouches. Tout ce dont il a besoin, c'est d'un matelas une place, d'un réfrigérateur et d'un endroit où s'asseoir quand l'obscurité s'insinue à l'intérieur. Parce que c'est inévitable.

Chaque fois qu'il referme la porte en rentrant chez lui, il a le sentiment que quelque chose va de travers. Son souffle s'accélère, la chaleur l'envahit, ses paumes deviennent moites. Un escabeau est posé juste à droite de l'entrée. Il le prend, y grimpe et repère le sac Clas Ohlson, rangé sur le vieux porte-chapeau vert. Il en sort des piles, ouvre le boîtier de l'alarme incendie, enlève la pile et la remplace par une neuve.

Il teste l'appareil pour s'assurer qu'il fonctionne.

Quand sa respiration est revenue à la normale, il redescend. Il a appris à apprécier les alarmes incendie. Tant et si bien qu'il en a huit chez lui.

Chapitre 2

Quand son réveil se déclenche, il se retourne avec un grognement de déception. Il était en plein milieu d'un rêve, qui se dissipe alors qu'il ouvre lentement les yeux. L'aube point. Dans son rêve, il y avait une femme. Il ne se rappelle pas à quoi elle ressemblait ; en revanche, il sait qu'elle était la Femme de ses Rêves.

Henning grommelle un juron, s'assied et jette un coup d'œil autour de lui. Son regard s'arrête sur les flacons de pilules et la boîte d'allumettes qui l'accueillent chaque matin. Il soupire, pivote sur son bassin, pose les pieds à terre et se dit qu'aujourd'hui, aujourd'hui, c'est le jour où il va le faire.

Il souffle, se frotte le visage et commence par la tâche la plus simple. Les comprimés crayeux ont un goût abominable. Comme d'habitude, il les prend sans eau, parce que de cette manière, c'est plus difficile. Il les avale avec effort, déglutit, puis attend qu'ils cheminent dans son tube digestif pour y faire le boulot, dont le docteur Helge soutient avec enthousiasme qu'il s'accomplit pour son plus grand bien.

Il repose le flacon sur le chevet avec une brutalité excessive, comme pour achever de se réveiller. Ensuite, il saisit la boîte d'allumettes. D'un geste lent, il l'ouvre et observe son contenu. Vingt soldats de bois sortis tout droit de l'enfer. Il en prend une, étudie l'extrémité soufrée – un bonnet rouge de mal à l'état pur. La mention « Allumettes de sûreté » est inscrite sur le couvercle.

Une contradiction dans les termes.

Il applique la fine allumette contre le grattoir et s'apprête à l'enflammer, mais son poignet s'immobilise. Il se concentre, projette toute sa volonté dans ses mains, dans ses doigts, mais l'exaspérant bâtonnet reste inflexible et refuse tout simplement de bouger, de lui obéir. Henning se met à transpirer, sa poitrine se contracte, il essaie de respirer, mais ça ne marche pas. Il se lance dans une deuxième tentative, sort une autre petite épée du mal et attaque la boîte. Mais il comprend vite que, cette fois, son ardeur au combat a faibli, sa détermination est moins vive, et il abandonne l'ambition de transformer sa pensée en action. Il se rappelle enfin qu'il a besoin de reprendre de l'air et réprime une envie pressante de hurler.

Il est très tôt. Ça explique tout. Arne, le voisin du dessus qui a l'habitude de déclamer des vers de Halldis Moren Vesaas à toute heure du jour et de la nuit, doit encore dormir.

Henning soupire et repose avec soin la boîte d'allumettes à sa place sur la table de nuit. D'un geste lent, il se passe les mains sur le visage, effleure les endroits où la peau est différente, plus tendre mais moins lisse. Il songe que les cicatrices qu'il porte à l'extérieur ne sont rien en comparaison de celles qui le marquent à l'intérieur. Puis il se lève.

Dans la ville endormie. C'est là qu'il veut être. Et il y est. Dans le quartier Grünerløkka d'Oslo, au petit matin, avant l'explosion de la vie urbaine, avant que les terrasses des cafés se remplissent, que papa et maman partent au travail, que les enfants soient déposés à la garderie et que les cyclistes dévalent Toftes Gate en grillant au passage le plus de feux possible. Seules quelques personnes sont déjà debout, et bien sûr les pigeons s'affairent, toujours en maraude.

En traversant la place Olaf Ryes, il ralentit le pas près de la fontaine et prête l'oreille au murmure de l'eau. Il est doué pour écouter. Et pour identifier les sons. Il isole le ruissellement de l'eau, les autres bruits s'estompent et il imagine que c'est le jour de la fin du monde. En se concentrant, il peut entendre un chœur de cordes circonspectes, puis les notes sombres d'un violoncelle qui s'y mêlent lentement avant de disparaître peu à peu sous le roulement des timbales, annonciateur du malheur à venir.

Mais, aujourd'hui, il n'a pas le temps de se laisser envahir par la musique du matin. Il se rend à son travail. Cette simple perspective lui coupe les jambes. Henning Juul existe-t-il encore ? Le Juul qui recevait quatre propositions d'emploi par an, celui qui savait faire chanter les muets, celui qui forçait le jour à se lever plus tôt – juste pour lui – parce qu'il avait besoin de lumière pour traquer sa proie.

Il n'a pas oublié qui il était.

Halldis a-t-elle un poème pour quelqu'un comme lui ? Sans doute.

Halldis a un poème pour tout le monde.

Quand le colosse de brique jaune, en haut d'Urtegata, entre dans son champ de vision, Henning s'arrête. Les gens pensent que le grand logo Securitas fixé sur la façade signifie que la société de sécurité occupe tout l'immeuble, mais plusieurs entreprises privées et publiques y exercent aussi leur activité. C'est le cas de www.123nyheter.no, le journal en ligne où travaille Henning et qui a pour slogan : « 1-2-3-news : aussi simple que 1-2-3 ! »

Même s'il n'y attache pas la moindre importance, il ne trouve pas la formule particulièrement heureuse. Cela dit, la direction a eu une attitude irréprochable à son égard ; ils lui ont accordé tout le temps nécessaire pour guérir, pour se remettre les idées en place.

Une enceinte de trois mètres de haut, garnie de pointes de métal noir, entoure le bâtiment. Le portail intégré glisse lentement pour laisser sortir un fourgon de sécurité Loomis. Henning passe devant un petit poste de garde inoccupé et essaie d'entrer dans l'immeuble. La porte refuse de s'ouvrir. Il regarde à travers le panneau vitré. Personne en vue. Il appuie sur un bouton en acier brossé, surmonté d'une plaque où est inscrit le mot RÉCEPTION. Une voix féminine lui répond d'un ton brusque.

— Oui ?

— Salut, dit-il avant de s'éclaircir la gorge. Pourriez-vous me laisser entrer, s'il vous plaît ?

— Avec qui avez-vous rendez-vous ?

— Je travaille ici.

Silence.

— Vous avez oublié votre badge ?

Quel badge ?

— Non. En fait, je n'en ai pas.

— Tout le monde a un badge.

— Pas moi.

La femme ne répond pas. Il attend une suite qui ne vient pas.

— Pourriez-vous me laisser entrer, s'il vous plaît ? reprend-il.

Un bourdonnement aigu le fait sursauter. La porte ronronne. Henning l'ouvre d'un geste gauche, entre et jette un coup d'œil au plafond. Son regard localise rapidement une alarme incendie. Il guette le voyant vert, qui finit par clignoter. Les dalles grises du sol sont neuves. En examinant le hall, il constate qu'il y a eu de gros changements. Des plantes géantes, dans des pots encore plus grands, occupent l'espace ; les murs repeints en blanc sont décorés d'œuvres d'art qu'il ne comprend pas. Maintenant, ils ont une cafétéria, sur la gauche, derrière une porte vitrée. La réception se trouve de l'autre côté. On y accède également par une porte vitrée.

Il l'ouvre et pénètre dans la pièce. Il y a aussi une alarme incendie au plafond. Bien.

La femme aux cheveux rouges retenus par une queue-de-cheval derrière le comptoir semble stressée. Elle martèle un clavier avec frénésie. La lumière du moniteur se reflète sur son visage maussade. Dans son dos, un meuble à casiers regorge de documents, de brochures, de paquets et de colis. Un écran de télévision est fixé au mur. La une du journal réclame avec insistance l'attention de Henning et il lit le gros titre :

UNE FEMME RETROUVÉE MORTE

Puis il parcourt l'accroche :

Une femme retrouvée morte dans une tente sur Ekebergsletta. La police soupçonne un meurtre.

Le titre et le chapeau contiennent la même info et il devine que la rédaction ne couvre pas encore l'affaire. Par ailleurs, aucun journaliste ne s'est encore rendu sur les lieux. L'illustration est une photo d'archives avec, en gros plan, un ruban de police qui protège un site tout à fait différent.

Génial.

Henning attend que la réceptionniste remarque sa présence. En vain. Il s'avance et la salue. Enfin, elle lève les yeux. D'abord, elle le fixe comme s'il venait de la frapper. Puis arrive l'inéluctable réaction. Sa mâchoire se décroche de surprise, son regard balaie l'ensemble du tableau : le visage de Henning, les brûlures, les cicatrices. Les cicatrices ne sont pas très grosses, pas assez marquées pour être gênantes, mais suffisamment visibles pour que les gens s'y attardent un peu trop longtemps.

— On dirait que j'ai besoin d'un badge, dit-il avec autant de politesse qu'il le peut.

Elle continue à le fixer pendant quelques secondes, puis se secoue et se force à sortir de la bulle où elle avait trouvé refuge. Elle commence à farfouiller dans des papiers.

— Euh, oui. Euh… vous vous appelez comment ?

— Henning Juul.

Elle se fige, puis lève de nouveau les yeux – lentement, cette fois. Une éternité s'écoule avant qu'elle reprenne la parole.

— Oh, c'est vous.

Il acquiesce d'un air gêné. Elle ouvre un tiroir, fourrage dans d'autres papiers et finit par dénicher un étui en plastique et un badge.

— Pour l'instant, vous devrez vous contenter d'un badge provisoire. Il faut un certain délai pour en établir un nouveau et il devra être enregistré au poste de garde extérieur avant que vous puissiez ouvrir la porte vous-même et… Bon, vous savez comment ça se passe. Le code est 1221. Ça ne devrait pas être trop dur à retenir.

Elle lui tend le badge.

— Et j'aurais besoin de vous prendre en photo.

— En photo ? répète-t-il, désarçonné.

— Oui. Pour le badge. Et pour votre signature dans le journal. Nous allons faire d'une pierre deux coups, d'accord ? Ha, ha.

Elle tente un sourire, mais ses lèvres tremblent légèrement.

— J'ai suivi des cours de photo, dit-elle comme pour prévenir toute protestation. Restez où vous êtes et je me charge du reste.

Un appareil apparaît derrière le comptoir. Il est monté sur un pied. Elle le règle plus haut. Henning ne sait pas où poser les yeux, alors il fixe le lointain.

— C’est bon, ça. Essayez de sourire.

Sourire. Il ne se souvient pas de la dernière fois qu’il a fait ça. Elle enchaîne rapidement trois prises de vues.

— Super. Je m’appelle Sølvi.

Elle lui tend la main par-dessus le comptoir. Il la prend. La peau est douce, le contact plaisant. Il ne se souvient pas de la dernière fois qu’il a éprouvé le plaisir d’avoir une peau douce contre la sienne. Elle lui serre la main, exerçant juste la pression adéquate. Il croise son regard, puis lui lâche la main.

Au moment où il se retourne pour partir, il se demande si elle a remarqué le sourire qui s’est presque formé sur ses lèvres.

Chapitre 3

Entre la réception et le deuxième étage, Henning doit utiliser son badge pas moins de trois fois. Le journal se trouve toujours dans les mêmes locaux ; pourtant, rien ne lui rappelle l'endroit où, deux ans plus tôt, il avait presque fait son trou. Tout est récent, y compris la moquette. Les surfaces se partagent entre le gris et le blanc. Il remarque la nouvelle kitchenette et il est prêt à parier que les placards contiennent des verres et des tasses propres. Les écrans plats ne manquent pas, il en voit sur les bureaux comme sur les murs.

Il contrôle les lieux. Quatre alarmes incendie. Au moins deux extincteurs à mousse. Bien. Ou, plutôt, pas mal.

La vaste pièce forme un L. Des postes de travail s'alignent près des fenêtres, des tables et des chaises ont été disposées derrière des cloisons de verre coloré. De petits box individuels sont prévus pour abriter les interviews que l'on souhaite mener en s'isolant de l'incessant brouhaha ou protéger des oreilles indiscrètes. Bien qu'il ne voie personne d'un tant soit peu infirme, les sanitaires comprennent des toilettes spéciales pour les handicapés. Cela dit, ce type d'aménagement est sans doute soumis à des règles. Il y a toujours eu une machine à café, mais maintenant ils disposent d'un modèle haut de gamme, du genre qui prend vingt-neuf secondes pour produire une tasse de café fantaisie. Au lieu de quatre secondes, comme l'ancienne.

Henning adore le café. Si on n'aime pas le café, on ne peut pas prétendre être un véritable journaliste.

Il reconnaît immédiatement l'effervescence ambiante. Des chaînes de TV étrangères ressassent les mêmes nouvelles. Tout semble mériter un flash info. Les chiffres de la Bourse défilent au bas de l'image. Sur un écran, une mosaïque de chaînes lui permet de constater que NRK et TV2 continuent à diffuser leurs infos sous la forme, singulièrement désuète mais toujours viable, de télétextes. Sur la chaîne d'info, les reportages tournent en boucle. Là aussi, un logiciel condense un sujet en une phrase. Il perçoit le grésillement familier du canal de la police ; c'est comme si R2D2 de *Star Wars* établissait le contact par intermittence depuis une galaxie lointaine, très lointaine. Quelque part, un poste de radio est branché sur NRK News 24.

Des journalistes aux yeux bouffis pianotent sur des claviers, des téléphones sonnent, on débat autour des articles, on suggère des angles d'attaque. Non loin de la rédaction, là où chaque sujet est soupesé, estimé, applaudi, simplement peaufiné ou profondément remanié, une montagne de publications – anciennes ou récentes – s'empile dans un coin et chaque nouvel arrivant y pioche avec entrain en sirotant son premier café de la journée.

C'est l'habituel chaos organisé. Et pourtant, tout lui semble curieusement étranger. L'aisance qui l'avait accompagné pendant des années, lorsqu'il se trouvait sur le terrain, travaillait dans les rues ou débarquait sur les scènes de crime avec la certitude d'évoluer dans son élément, a totalement disparu. Tout ça appartient à une autre vie, à une époque différente.

Il a l'impression d'être redevenu un stagiaire. Ou de participer à une pièce où on a lui distribué le rôle de la victime, la pauvre âme dont tout le monde doit s'occuper pour l'aider à se remettre sur pied. Et même s'il n'a pas adressé le moindre mot à quiconque, en dehors de Sølvi, son intuition lui souffle que personne ne croit que ça va marcher. Henning Juul ne sera plus jamais le même.

Il avance de quelques pas hésitants et regarde autour de lui en essayant de reconnaître quelqu'un. Les visages évoquent des fragments d'un lointain passé, comme dans un numéro de *C'est votre vie*. Puis il repère Kåre.

Dans le bureau de la rédaction, Kåre est penché par-dessus l'épaule d'un journaliste.

Kåre Hjeltland est le chef de la rédaction de *123news*. Ce petit homme osseux aux cheveux en désordre est habité d'une passion qui excède tout ce que Henning a jamais connu. Kåre, c'est le lapin Duracell sous amphètes : il a en permanence une centaine de sujets en tête et tout un arsenal d'angles possibles pour les traiter.

Voilà pourquoi il est rédacteur en chef. Si cela ne tenait qu'à lui, Kåre dirigerait tous les services et serait aussi chargé de la veille rédactionnelle de nuit. Par ailleurs, il souffre du syndrome de la Tourette, ce qui n'est pas l'affection la plus facile à gérer quand on veut diriger une rédaction et avoir une vie sociale.

Cependant, malgré ses tics et divers autres symptômes, Kåre s'en sort. Henning ne sait pas comment, mais Kåre s'en sort.

Kåre aussi a remarqué sa présence. Il le salue de la main et lève un doigt pour lui demander d'attendre un peu. Henning hoche la tête et patiente posément pendant que Kåre donne des instructions au journaliste.

— Et n'oublie pas de souligner ça dans l'introduction. C'est l'accroche, tout le monde se fout de savoir si la tente était blanche ou si elle a été achetée chez Maxbo en mars dernier. Compris ?

— On ne vend pas de tentes chez Maxbo.

— Peu importe. Tu vois ce que je veux dire. Et tu mentionnes le plus tôt possible qu'elle a été trouvée nue. C'est essentiel. Ça plante une image sexy dans l'esprit des gens. Donne-leur de quoi kiffer.

Le journaliste acquiesce. Kåre le gratifie d'une petite tape sur l'épaule et sautille vers Henning. Il manque de trébucher sur un câble qui serpente sur le sol, mais continue sans s'en préoccuper. Alors qu'il n'est qu'à quelques mètres, il se met à hurler.

— Henning ! Ça fait plaisir de te revoir. Bon retour parmi nous !

Kåre tend la main, mais n'attend pas que Henning fasse de même. Il lui attrape la main et la secoue. Henning a l'impression d'avoir le front brûlant.

— Alors… comment ça va, mon vieux ? Tu es prêt à recommencer à cartonner sur le Net ?

Henning se dit que des bouchons d'oreille seraient un bon investissement.

— Eh bien, je suis là. C'est un début.

— Génial ! Formidable ! On a besoin de gens comme toi. Des gens qui savent comment donner au public ce qu'il attend. Excellent ! Le sexe fait vendre et le fric, il faut prendre ! Le cul et les nichons, ça rapporte du pognon !

Kåre éclate de rire. Son visage commence à tressaillir, mais il continue sans rien changer. En son temps, Kåre a forgé pas mal de slogans avec des rimes. Kåre adore versifier.

— Bon, j'ai pensé que tu pourrais t'installer ici, avec le reste de l'équipe.

Il prend Henning par le bras et l'entraîne derrière une cloison vitrée rouge. Six ordinateurs sont disposés dos à dos, alignés par trois de part et d'autre d'une table carrée. Des dizaines de journaux s'entassent sur une table ronde à côté.

— Tu as peut-être remarqué que ça a pas mal changé, ici, mais je n'ai pas touché à ton poste de travail. Il est exactement pareil. Après ce qui s'est passé, je me suis dit… euh, que tu voudrais décider toi-même si tu voulais virer des trucs.

— Virer des trucs ?

— Oui. Ou réorganiser les choses. Ou… enfin, tu vois ce que je veux dire.

Henning examine les lieux.

— Où sont les autres ?

— Qui ?

— Le reste de l'équipe.

— Que je sois pendu si je sais où cette bande de gros nases a bien pu passer. Ah, oui, Heidi est là. Heidi Kjus. Elle est quelque part dans le coin. Maintenant, elle dirige les infos nationales.

Henning sent sa poitrine se serrer. Heidi Kjus.

Heidi fait partie des premiers pigistes issus de l'École de journalisme d'Oslo qu'il a recrutés, un million d'années plus tôt. Les jeunes diplômés sont généralement si gonflés de théorie qu'ils perdent de vue ce qui fait vraiment un bon journaliste : des manières courtoises et du bon sens. Si on est curieux de nature et assez malin pour ne pas gober les premières déclarations que les gens vous balancent, on peut aller loin. Mais si on aspire à devenir une star dans le métier, il faut en plus être un peu salaud, oublier toute prudence, avoir assez de cœur au ventre pour tenir la distance, accepter l'adversité et ne jamais lâcher l'affaire si on flaire une histoire qui vaut le coup.

Heidi Kjus possédait toutes les caractéristiques précitées. Et ce, depuis le premier jour. En outre, elle avait un appétit que Henning n'avait encore jamais vu. Dès le départ, il avait constaté qu'aucun sujet n'était trop insignifiant ou trop important pour elle. En très peu de temps, Heidi s'était constitué un réseau de contacts et d'informateurs, tout en accumulant une solide expérience. Quand elle avait commencé à mesurer sa propre valeur, elle avait ajouté une généreuse dose d'arrogance à l'épais maquillage dont elle se tartinait tous les matins.

Certains journalistes jouissaient d'une aura particulière ; tout dans leur attitude clamait : « Mon boulot est le plus important du monde et je suis meilleur que vous tous ! » Heidi admirait les gens qui savaient jouer des coudes dans la vie et elle n'avait pas tardé à aiguiser les siens. Déjà, lorsqu'elle était simple pigiste, elle prenait de la place, n'hésitait pas à formuler des exigences.

À l'époque où Heidi avait obtenu son diplôme, Henning travaillait pour *Nettavisen*. Il y était chargé de la rubrique criminelle, mais une partie de son travail consistait à former les nouveaux journalistes ou pigistes, à leur apprendre les ficelles du métier, à les façonner et à les pousser dans la bonne direction pour atteindre l'objectif ultime : les transformer en bêtes de somme qui pourraient livrer vingt-quatre heures sur vingt-quatre et sept jours sur sept des papiers qui cartonneraient sur le Net sans avoir besoin de microgestion.

Il appréciait cet aspect de son travail. Et *Nettavisen* était la boîte idéale pour les jeunes journalistes en début de carrière, même si la plupart d'entre eux n'avaient pas la moindre conscience que cela revenait à conduire une Formule 1 dans les rues de plus en plus encombrées d'une arène médiatique de plus en plus vaste. En revanche, ils étaient peu nombreux à être taillés pour cette vie, cette manière de penser et de travailler. Et, dès que Henning commençait à voir l'ébauche d'un bon journaliste en ligne, celui-ci partait, attiré par la concurrence qui lui offrait de nouvelles piges, de meilleures piges ou un poste à plein temps.

Heidi était partie au bout de quatre mois. *Dagbladet* lui avait fait une offre qu'elle ne pouvait pas refuser. Henning ne lui en avait pas tenu rigueur. Après tout, c'était *Dagbladet*. Plus de prestige. Plus d'argent. Heidi voulait tout, tout de suite. C'était exactement ce qu'elle avait obtenu.

Et voilà que, maintenant, c'est ma nouvelle patronne. Bordel de merde. C'est bien parti pour mal finir.

— Ce sera cool de te voir remonter en selle, Henning, s'enthousiasme Kåre.

— Mmm, répond Henning.

— Conférence de rédaction dans dix minutes. On s'y retrouve ?

— Mmm…

— Formidable ! Formidable ! Faut que j'y aille. J'ai un rendez-vous.

Kåre sourit, lève le pouce et s'en va. Il donne une petite tape sur l'épaule de quelqu'un au passage, avant de disparaître au coin d'un couloir. Henning s'assied à son poste de travail, dans un fauteuil qui grince et tangue comme un bateau. Un calepin rouge encore emballé est posé près du clavier. Quatre stylos. Il devine qu'aucun ne fonctionne. Une pile de vieilles pages imprimées. Il reconnaît ses recherches sur des sujets sur lesquels il travaillait. À côté d'un ancien modèle de mobile beaucoup trop encombrant, il remarque une boîte de cartes de visite. *Ses* cartes de visite.

Son regard s'arrête sur une photo encadrée, posée à l'angle du bureau. Le cliché représente deux personnes : une femme et un petit garçon.

Nora et Jonas.

Il les fixe sans les voir clairement. *Ne souriez pas. Par pitié, ne me souriez pas.*

Tout ira bien. N'aie pas peur. Je vais m'occuper de toi.

Il tend la main vers le cadre, le prend, puis le repose. À l'envers.

Chapitre 4

La conférence de rédaction. Le noyau dur de tous les organes de presse, le moment où le plan de production est défini, où les tâches sont assignées, où les sujets montent ou descendent dans la hiérarchie de l'information selon des critères tels que l'actualité, l'importance et, dans le cas de *123news*, le lectorat potentiel.

Chaque service commence par tenir sa propre conférence de rédaction. On déroule la liste des sujets. À ce niveau, on peut puiser de l'inspiration dans ce genre de réunion. La discussion permet souvent à un bon sujet d'arriver à maturité ou d'en écarter d'autres – d'un commun accord – parce qu'ils ne présentent pas d'intérêt ou qu'un concurrent a publié quelque chose de similaire, quinze jours plus tôt. Ensuite, les chefs de service et le rédacteur en chef se retrouvent pour s'informer mutuellement de leurs choix et mettre au point le programme définitif qui sera traité pendant la journée avec le secrétaire de rédaction.

Les réunions sont bien la seule chose qui n'a pas manqué à Henning. Avant même le début de celle qui va suivre, il sait qu'elle va être une perte de temps absolue. Il est censé couvrir les crimes, les meurtres, le sordide, le mal. Alors, quel besoin aurait-il de savoir qu'une personnalité du sport s'apprête à faire un nouveau come-back ? Ou que Bruce Springsteen va divorcer ? Il pourra voir tout ça dans le journal – plus tard –, si ça l'intéresse et si le journaliste en question a écrit quelque chose qui vaut la peine d'être lu. Le chef de la rubrique financière ou celui du service des sports est souvent nul en art, et *vice versa*, ce qui ruine tout espoir d'échanges productifs. Deuxièmement, chacun est bien trop focalisé sur son propre domaine pour proposer aux autres des idées ou des suggestions valables. Pourtant, la direction du journal tient à ce genre de réunions, raison pour laquelle Henning entre dans une salle de conférences meublée d'une table dont le plateau luit comme un miroir fraîchement poli. Un stock de gobelets en plastique et une carafe d'eau sont posés au milieu. Il soupçonne l'eau d'être croupie.

Il s'assied sur une chaise qui n'est pas conçue pour favoriser les discussions prolongées et évite de croiser le regard de ceux qui prennent place autour de la table. En temps ordinaire, il n'a déjà pas l'habitude de papoter. Mais, cette fois, il est persuadé qu'ils savent tous qui il est et que sa présence les met mal à l'aise.

Qu'est-ce qu'il fabrique ici ?

Il n'est pas chef de service, il me semble ?

J'ai entendu dire qu'il a fait une dépression, c'est ça ?

Kåre Hjeltland est le dernier à entrer et il ferme la porte.

— Bon, on y va ! hurle-t-il.

Il s'assied au bout de la table.

— Tout le monde est arrivé ? s'enquiert-il avec un petit coup d'œil circulaire.

Personne ne répond.

— Très bien, démarrons avec l'actualité à l'étranger. Knut. Qu'est-ce que tu as pour nous, aujourd'hui ?

Knut Hammerstad, le chef de la rubrique étranger, toussote et pose sa tasse de café.

— Il y a bientôt des élections en Suède. Nous rassemblons les profils de leurs futurs Premiers ministres potentiels. Qui sont-ils ? Que défendent-ils ? Sinon, un avion s'est écrasé à l'atterrissage en Indonésie. On soupçonne une attaque terroriste. Les enquêteurs aéronautiques recherchent la boîte noire. Il y a aussi les quatre suspects de terrorisme qui ont été arrêtés à Londres. D'après ce que j'ai entendu, ils avaient prévu de faire sauter le Parlement.

— Excellent gros titre ! rugit Kåre. On se fout de l'élection suédoise. Ne perds pas trop de temps sur l'accident d'avion. Tout le monde s'en tape, à moins qu'il n'y ait des victimes norvégiennes.

— Nous sommes en train de vérifier, bien sûr.

— Bien. Pousse l'histoire terroriste. Dégote des détails, l'objectif, le mode opératoire, combien de morts potentiels, et ainsi de suite.

— On est dessus.

— Super. Ensuite ?

Rikke Ringheim est assise près de Knut Hammerstad. Rikke s'occupe des colonnes sexe et potins. Le service le plus important du journal.

Kåre continue sur sa lancée.

— Rikke, qu'est-ce que tu as pour nous, aujourd'hui ?

— On va avoir un entretien avec Carrie Olson.

Rikke ponctue son annonce d'un grand sourire débordant d'orgueil et d'allégresse. Henning la regarde en se demandant si elle a remarqué que son visage à lui est un gigantesque point d'interrogation.

— Qui diable est Carrie Olson ? veut savoir Kåre.

— L'auteure de *Comment avoir dix orgasmes par jour*. Best-seller aux États-Unis. En tête des ventes en Allemagne et en France. Elle est en Norvège en ce moment.

Kåre applaudit. L'écho se réverbère dans la pièce.

— Sacrément génial !

Le sourire de Rikke se teinte de suffisance.

— Et elle a des ancêtres norvégiens.

— Est-ce qu'on peut améliorer le sujet ? Mettre un truc en plus ?

— On a lancé un sondage. « Quelle est la fréquence de vos rapports sexuels ? » Ça a déjà attiré pas mal d'internautes.

— Un nouvel aimant. Ça aspire le lecteur, hé, hé. Ça pompe, vous saisissez ?

— Et on a aussi une autre page qui devrait générer pas mal d'accès. Un sexologue explique qu'il faut donner la priorité au sexe dans les relations amoureuses. On pourrait la publier un peu plus tard dans la journée.

Kåre hoche la tête.

— Bien joué, Rikke.

Il continue, à toute vapeur.

— Heidi ?

Henning n'avait pas remarqué Heidi Kjus ; c'est chose faite, maintenant. Elle est toujours maigrichonne, les pommettes saillantes et les yeux enfoncés dans leurs orbites ; son maquillage est bien trop voyant et, pour Henning, la couleur de son rouge à lèvres évoque les feux d'artifice et le mauvais champagne du Nouvel An. Elle se penche en avant et toussote.

— On ne s'est pas posé trop de questions pour choisir notre grosse histoire du jour. Ce sera le meurtre à Ekebergsletta. On m'a confirmé que c'est un meurtre. Assez brutal, d'ailleurs. La police va donner une conférence de presse. Iver y va et travaille sur l'affaire aujourd'hui. Je lui en ai déjà parlé.

— Fantastique ! Henning devrait probablement le rejoindre à la conférence de presse. D'accord, Henning ?

Henning sursaute en entendant son nom.

— Mmm ?

Sa voix dérape vers les aigus. On dirait un vieillard de quatre-vingt-dix ans qui aurait besoin d'une prothèse auditive.

— Le meurtre d'Ekeberg. Conférence de presse, plus tard dans la journée. Ce serait un bon départ pour toi, tu ne crois pas ?

De vieillard à novice en quatre secondes. Henning s'éclaircit la gorge.

— Oui, bien sûr.

Il entend une voix prononcer ces mots, mais ne reconnaît pas la sienne.

— Super ! J'imagine que vous connaissez tous Henning Juul. Inutile de le présenter. Vous savez par quoi il est passé, alors faites-lui bon accueil. Personne ne le mérite plus que lui.

Silence. Henning a le visage en feu. Le nombre de personnes présentes dans la pièce semble avoir doublé pendant les dix dernières secondes et ils le regardent tous fixement. Il a envie de s'enfuir en courant. Mais il ne peut pas. Alors, il lève les yeux et se concentre sur une portion de mur, légèrement au-dessus des têtes, dans l'espoir que chacun imagine qu'il regarde quelqu'un d'autre.

— Le temps file ! s'exclame Kåre. J'ai une autre réunion. Des questions, avant de partir à la chasse aux clics ?

Kåre s'adresse au secrétaire de rédaction, un type avec des lunettes noires que Henning voit pour la première fois. Le type s'apprête à dire quelque chose, mais Kåre a déjà bondi de son siège.

— Alors, c'est bon.

Il sort.

— Ole et Anders, voulez-vous bien m'envoyer vos listes, s'il vous plaît ?

Le secrétaire de rédaction a une voix sans relief. Il n'obtient pas de réponse. Tout le monde repousse sa chaise. Henning est ravi que la réunion soit terminée, jusqu'à ce qu'un goulet d'étranglement se crée devant la porte. Des gens lui soufflent dans la nuque, le heurtent accidentellement ; sa respiration devient irrégulière, il se sent frôler la claustrophobie, mais il tient le coup, ne bouscule personne, ne panique pas.

En sortant de la salle, il expire avec soulagement. Son front lui semble brûlant.

Un meurtre, aussi vite. Henning s'attendait à un retour plus en douceur ; il espérait disposer d'un peu de temps pour retrouver ses marques, lire quelques papiers, faire le point sur ce qui s'est passé, reprendre contact avec ses anciens informateurs, réapprendre les outils d'édition, les routines du bureau, découvrir où tout est rangé, bavarder avec ses nouveaux collègues, s'acclimater petit à petit, se réhabituer à réfléchir sur un article. Maintenant, il n'a plus le temps.

Chapitre 5

En regagnant son bureau, Henning s'attend au pire. Heidi Kjus ne semble pas l'avoir remarqué ; pourtant, il est à peine entré qu'elle fait pivoter son fauteuil et se retrouve face à lui. Elle se lève et dégaine son plus beau sourire Colgate en lui tendant la main.

— Salut, Henning.

Très pro. Courtoisie. Sourire bidon. Il décide de jouer le jeu. Il lui serre la main.

— Salut, Heidi.

— C'est un plaisir de te voir de retour.

— C'est un plaisir de revenir.

— C'est… euh, un plaisir.

Henning la détaille. Comme d'habitude, son regard irradie le sérieux. Elle est ambitieuse pour elle-même et pour les autres. Il se prépare au petit discours qu'elle a sans doute répété : « *Henning, autrefois, tu étais mon chef. Les temps ont changé. Je suis ta patronne, maintenant. Et j'attends de toi, bla-bla-bla.* »

Ledit petit discours ne se matérialise pas et il en reste tout décontenancé. Au lieu de ça, elle le surprend encore.

— J'ai été désolée d'apprendre… d'apprendre ce qui est arrivé. Je veux juste te dire que si tu as besoin de quelque chose, si tu as besoin d'un peu plus de temps, n'hésite pas à m'en parler. D'accord ?

Sa voix est chaude comme la surface d'un rocher par un après-midi d'été. Il la remercie pour sa sollicitude ; mais, pour la première fois depuis longtemps, il ressent le besoin de s'activer.

— Alors, qui c'est, cet Iver ?

Heidi le fixe comme s'il venait de suggérer que la Terre est vraiment plate.

— Tu plaisantes ?

Il secoue la tête.

— Iver Gundersen ? Tu ne sais pas qui est Iver Gundersen ?

— Non.

Heidi réprime un éclat de rire. Elle se contrôle, comme si elle prenait conscience qu'elle s'adressait à un enfant.

— Nous avons débauché Iver de *VG Nett*, l'été dernier.

— Ah ?

— Il a sorti de grosses affaires pour eux et il fait la même chose ici. Je sais que TV2 essaie désespérément de le recruter, mais, pour l'instant, Iver nous est resté loyal.

— Je vois. Alors, vous le payez bien.

Heidi le fixe comme s'il venait de jurer à l'église.

— Écoute, ce n'est pas vraiment ma partie, mais...

Henning fait semblant d'écouter les arguments qui suivent. Il les a déjà entendus. La loyauté. Un concept qui se fait rare dans le milieu. En étant charitable, il pourrait nommer deux journalistes susceptibles d'être décrits comme loyaux. Le reste, ce sont des carriéristes, prêts à sauter du navire chaque fois qu'on leur propose une meilleure paie ou des avantages. Quant aux autres, ils sont tellement nuls qu'ils n'arrivent même pas à décrocher un boulot ailleurs. Si un rédacteur relativement banal de *VG Nett* est braconné par une publication en ligne concurrente, et décline ensuite une proposition de TV2, c'est forcément une histoire d'argent. C'est toujours une histoire d'argent.

Il enregistre que Heidi exprime l'espoir qu'Iver et lui s'entendent bien. Henning hoche la tête et dit : « Mmm. » Il commence à devenir un expert en matière de « Mmm ».

— Vous ferez connaissance à la conférence de presse ; ensuite, vous pourrez décider de la répartition des tâches sur l'affaire. Ce meurtre, c'est complètement dingue.

— Qu'est-ce qui s'est passé ?

— Ma source m'a raconté que la victime a été trouvée à l'intérieur d'une tente, à moitié enterrée et lapidée à mort. J'imagine que la police a plusieurs théories. De toute évidence, il faut envisager les cultures étrangères.

Henning acquiesce par facilité, mais il se méfie des lieux communs.

— Tiens-moi au courant de ce que tu fais, s'il te plaît.

Il hoche encore la tête et avise le calepin sur son bureau, toujours enveloppé. D'un geste brusque, il arrache l'emballage, puis teste un des quatre stylos posés près du carnet. Le truc ne marche pas. Il essaie les trois autres.

Merde.

Chapitre 6

Urtegata n'est pas loin du commissariat de Grønland, où se tient la conférence de presse. Henning prend son temps et déambule dans le quartier que Sture Skipsrud, son rédacteur en chef, avait décrit comme une Mecque de la presse, au moment où *123news* s'y est installé. Henning trouvait l'expression tout à fait adéquate. *Nettavisen* est dans le coin, *Dagens Næringsliv* possède un immeuble de bureaux ultramodernes pas très loin et, dans la plupart des appartements du quartier, on peut voir des représentations de La Mecque. Divers arômes d'épices l'accueillent à chaque coin de rue. En oubliant l'asphalte et la température, on pourrait se croire à Mogadiscio.

Henning se rappelle la dernière fois qu'il a suivi ce trajet. Un homme qu'il avait interviewé avait décidé de se tuer quelques heures après leur entretien. La police et la famille du suicidé avaient voulu savoir si Henning avait dit quelque chose ou rouvert de vieilles blessures qui auraient pu le pousser à franchir la ligne.

Henning s'en souvient très bien. Paul Erik Holmen, la quarantaine. Deux millions de couronnes avaient mystérieusement disparu des caisses d'une entreprise pour laquelle il travaillait. Henning avait plus que suggéré que les récentes vacances luxueuses et la rénovation du chalet des Holmen à Eggedal pourraient expliquer le cheminement de l'argent perdu. Manifestement, ses sources étaient fiables. La culpabilité et la peur de se faire enfermer avaient eu raison de Holmen. Par voie de conséquence, Henning s'était retrouvé dans une des nombreuses salles d'interrogatoire du commissariat.

Il avait été rapidement relâché, mais une poignée de confrères jaloux avaient estimé que l'événement méritait quelques paragraphes. C'était de bonne guerre. Dans une certaine mesure, Henning lui-même trouvait que cette couverture médiatique n'avait rien de déplacé, même si, de toute façon, Holmen se serait sans doute probablement fichu en l'air, mais ce genre d'histoire ne s'efface pas aisément.

Au mieux, la mémoire humaine est sélective. Au pis, elle est totalement mensongère. Une fois que le doute est exprimé ou suggéré, il suffit d'un rien pour que les spéculations deviennent des faits et que la suspicion vire au verdict. Il avait suivi de nombreuses affaires de meurtre où un suspect est interrogé (c'est-à-dire arrêté) parce que toutes les preuves le désignent ; généralement, il fait partie de la famille proche de la victime (c'est-à-dire que c'est le mari). Plus tard, la police démasque le vrai tueur. Mais, entre-temps, la presse se sera employée à dénicher dans le passé du mari le moindre élément susceptible de jouer en sa défaveur. Le tribunal des médias.

À court terme, la vérité est une bonne amie, mais le doute ne s'en va jamais. Il s'incruste en particulier chez des personnes qu'on ne connaît pas. Les gens se rappellent ce qu'ils veulent. Henning se dit que, quelque part, il y a sans doute quelqu'un qui n'a pas oublié son rôle dans le dernier acte de Paul Erik Holmen, mais ça ne l'inquiète pas. Dans cette affaire, son attitude ne lui pose aucun problème de conscience, même si les flics lui avaient reproché sans ménagements d'avoir essayé de faire leur boulot.

Il a l'habitude.

Ou, du moins, il l'avait.

Chapitre 7

Henning éprouve une sensation étrange en se retrouvant dans l'immeuble gris du numéro 44 de Grønlandsleiret. Il fut un temps où le commissariat était pratiquement sa seconde maison ; même les agents d'entretien le saluaient. Aujourd'hui, il essaie de passer aussi inaperçu que possible, mais les cicatrices sur son visage ne lui facilitent pas la tâche. Pourtant, s'il a conscience d'attirer l'attention des autres journalistes, il les ignore. Son plan est simple : assister à la conférence, écouter les déclarations de la police, puis rentrer écrire au bureau – s'il y a matière à écrire, bien sûr.

Dès qu'il entre dans le foyer, il se fige en découvrant une vision à laquelle rien n'aurait pu le préparer. Une femme se penche vers un homme qui arbore la panoplie complète du petit journaliste. Veste de velours côtelé sombre, attitude arrogante de rigueur, son expression clame : « Est-ce que tout le monde a vu le scoop que j'ai sorti hier ? » Sa barbe de trois jours, taillée par un professionnel, souligne son teint cireux. Ses cheveux clairsemés sont plaqués en arrière avec du gel. Mais c'est la femme qui a retenu son attention. Henning n'aurait jamais imaginé la croiser le jour même où il reprend son travail.

Nora Klemetsen. Son ex-femme. La mère de Jonas.

Il ne lui a pas adressé la parole depuis qu'elle lui avait rendu visite au centre de rééducation de Sunnaas. Il ne sait plus quand ça s'est passé. Il a peut-être refoulé le souvenir.

En revanche, il n'oubliera jamais le visage de Nora, ce jour-là. Elle n'avait pas pu se résoudre à le regarder. Il ne lui en veut pas. Elle en avait parfaitement le droit. C'était lui qui gardait Jonas et il n'a pas réussi à le sauver.

Leur fils.

Leur magnifique, leur merveilleux fils.

À l'époque, ils étaient déjà séparés. La visite de Nora à l'hôpital avait pour seul objectif d'obtenir sa signature pour finaliser leur divorce. Elle l'a eue. Pas d'arrière-pensées, pas de questions, pas de conditions. Dans une certaine mesure, il était soulagé. Il n'aurait pas pu supporter de la côtoyer régulièrement et n'y aurait vu qu'un rappel constant de ses propres faiblesses. Chaque regard, chaque échange, aurait été marqué du même sceau.

Ils ne s'étaient pas dit grand-chose, lors de cette rencontre. Il avait pourtant désespérément envie de tout lui raconter, de lui expliquer ce qu'il avait fait, ce qu'il n'avait pas réussi à faire, ce qu'il se rappelait de cette nuit ; mais, chaque fois qu'il prenait une inspiration pour se mettre à parler, sa bouche se desséchait et il se retrouvait incapable d'articuler le moindre mot. Par la suite, quand il fermait les yeux et imaginait leurs conversations, il devenait intarissable ; Nora l'écoutait en hochant la tête pour lui montrer qu'elle comprenait. Ensuite, elle venait vers lui et le laissait pleurer dans ses bras tout en lui passant la main dans les cheveux.

Il s'était dit que, à leur prochaine rencontre, il essaierait une nouvelle fois d'aborder le sujet ; mais, aujourd'hui, ce n'est clairement pas le moment. Il travaille. Elle travaille. En plus, elle se tient très près d'un journaliste inconnu – et elle éclate de rire.

Merde.

Lorsque Henning avait rencontré Nora Klemetsen, il travaillait pour *Kapital* ; de son côté, elle débutait au service économie d'*Aftenposten*. Ils avaient fait connaissance pendant une conférence de presse. L'événement était tout à fait anodin, pas le moindre drame à l'horizon. Il s'agissait de la publication des résultats annuels d'une entreprise lambda ; le potentiel médiatique était si faible que, le lendemain, les organisateurs n'avaient obtenu qu'un paragraphe dans *Dagens Næringsliv* et une colonne de droite à la page 17 du *Finansavisen*. Henning s'était retrouvé assis près de Nora. Lui était chargé de faire le portrait d'un des cadres supérieurs qui s'apprêtait à prendre sa retraite. Tous les deux avaient bâillé pendant la présentation, puis s'étaient mis à pouffer de rire en constatant l'échec de leurs tentatives respectives et de plus en plus désespérées pour masquer leur ennui. Ils avaient fini par décider de prendre un verre plus tard, histoire de se remettre.

Ils étaient tous les deux en couple ; elle vivait plus ou moins sérieusement avec un trader et, de son côté, il avait une relation à éclipses avec une avocate d'affaires snob. Cette première soirée, fort plaisante, s'était déroulée avec une fluidité remarquable. Le jour où ils s'étaient retrouvés à traiter le même sujet, ils avaient donc jugé tout naturel d'aller reprendre un verre. Henning avait eu beaucoup de petites amies, mais c'était la première fois qu'il se sentait aussi à son aise avec quelqu'un. Leurs goûts s'accordaient dans des domaines si variés et si nombreux que c'en était presque effrayant.

Ils adoraient tous les deux la moutarde à l'ancienne avec leurs saucisses, pas cette saloperie de moutarde Idun vendue en flacon de plastique. Ni l'un ni l'autre n'aimait vraiment les tomates, mais ils raffolaient du ketchup. Ils appréciaient le même genre de films et les discussions pour choisir une vidéo ou devant le cinéma n'étaient jamais bien longues. Ni l'un ni l'autre n'avait envie de passer l'été dans des endroits chauds à l'étranger, alors que la Norvège offrait des falaises et des crevettes fraîches. Vendredi, c'était le jour des tacos. Manger autre chose un vendredi était tout simplement inimaginable.

Et, petit à petit, ils avaient fini par se rendre compte qu'ils ne pouvaient pas vivre l'un sans l'autre.

Trois ans et demi après, ils étaient mariés, Jonas était arrivé exactement neuf mois plus tard, et ils étaient aussi heureux que peuvent l'être deux individus, à l'approche de la trentaine, pris par leurs carrières, en manque de sommeil, et dont l'existence est une planche à clous. Pas assez de repos, trop de peu de détente, une compréhension insuffisante des besoins de l'autre – qu'ils soient domestiques ou professionnels –, des disputes de plus en plus fréquentes, de moins en moins de temps ou d'énergie consacrés à la vie commune. À la fin, ils étaient tous les deux à bout.

Mais ils étaient des parents. Le meilleur et le pire des états que peut connaître l'être humain.

Et, maintenant, elle était bras dessus, bras dessous avec un autre homme. Flirter à une conférence de presse… voilà qui n'était guère professionnel. Au moment où Nora le remarque, elle est en plein milieu d'un éclat de rire. Elle s'arrête net, comme si quelque chose s'était pris dans sa gorge. Ils se fixent du regard pendant ce qui ressemble à une éternité.

Henning cille le premier. Vidar Larsen, qui travaille pour *NTB*, vient de lui donner une petite tape sur l'épaule.

— Salut ! Alors, te voilà de retour, Henning ?

Il adresse à Vidar un vague signe de tête et décide de lui emboîter le pas ; il n'entame pas la conversation, mais s'assure de s'éloigner autant que possible de Nora. Il ne cherche pas les regards, suit des pieds en mouvement, franchit des portes qu'il pourrait retrouver les yeux bandés. Il choisit une place au fond de la salle de presse, là où il peut voir la nuque des autres gens, plutôt que l'inverse. La salle se remplit rapidement.

Nora et Velours Côtelé entrent ensemble. Ils s'asseyent l'un près de l'autre, du côté des premiers rangs.

Eh bien, Nora ! nous nous rencontrons de nouveau.

Et, encore une fois, c'est à l'occasion d'une conférence de presse.

Chapitre 8

Trois officiers font leur entrée : deux hommes et une femme. Henning reconnaît immédiatement les deux hommes : l'inspecteur-chef Arild Gjerstad et l'inspecteur principal Bjarne Brogeland.

Bjarne et Henning ont fréquenté la même école à Kløfta. Ils n'ont jamais été proches, bien qu'ils soient nés la même année. À l'époque, ça aurait pu suffire pour démarrer une belle amitié. Mais il en faut plus. De la compatibilité et des atomes crochus, par exemple.

Plus tard, Henning avait aussi découvert que Bjarne était un tombeur, qui cultivait l'ambition de coucher avec autant de filles que possible ; et, quand il avait commencé à se montrer chez les Juul, ses intentions n'avaient pas été très difficiles à deviner. Par bonheur pour Henning, sa sœur, Trine, savait à quoi s'en tenir, ce qui lui avait évité d'avoir à jouer les grands frères protecteurs, mais sa détestation pour Bjarne s'était prolongée pendant toute leur adolescence.

Et, maintenant, Bjarne est dans la police.

Ça n'a rien d'un scoop pour Henning. Dans les années 1990, ils avaient tous les deux postulé à l'École de police. Bjarne avait été accepté. Henning, non. Sa candidature avait été rejetée bien avant le début du processus d'admission, parce qu'il souffrait de toutes les allergies connues et avait eu de l'asthme pendant son enfance. Bjarne, de son côté, jouissait d'un physique robuste. Dix sur dix à chaque œil et une grande endurance. Il avait pratiqué l'athlétisme dans sa jeunesse et se débrouillait bien en heptathlon. Henning croit se souvenir que Bjarne sautait quatre mètres cinquante à la perche.

En revanche, Henning ignorait qu'il avait commencé à travailler dans l'unité des crimes violents et sexuels. Il était persuadé que Bjarne était toujours officier en civil ; mais, tôt ou tard, tout le monde aspire au changement. Maintenant, il est là-haut sur son estrade à observer l'assemblée. L'expression de son visage est grave, professionnelle, et il en impose dans son uniforme étroitement ajusté. Henning reconnaît qu'il a encore belle allure. Cheveux sombres coupés court, un soupçon de gris au-dessus des oreilles, fossette au menton et dents blanches. Teint hâlé et rasage soigneux.

Espèce de prétentieux.

Et une source potentielle.

L'autre homme, l'inspecteur-chef Gjerstad, est grand et mince. Il caresse régulièrement sa moustache nettement taillée. Quand Henning avait commencé à couvrir les affaires criminelles, Gjerstad était à la brigade des homicides et il semble y être resté. L'inspecteur-chef déteste les journalistes qui s'estiment plus malins que la police. *Et, pour être honnête, j'en fais sans doute partie*, se dit Henning.

La femme qui se tient au milieu, la commissaire adjointe Pia Nøkleby, vérifie que le micro est branché, puis s'éclaircit la gorge. Les journalistes lèvent leurs stylos, attentifs. Henning ne bouge pas. Il sait que les premières minutes seront consacrées à la présentation de l'affaire et à la réitération d'informations déjà disponibles, mais il a tout de même l'intention d'écouter avec application.

Puis une sensation le prend par surprise. Un frémissement d'impatience inattendu. Pour lui qui a passé ces deux dernières années à n'éprouver que de la rage, du dégoût de soi, et à s'apitoyer sur son sort, ce fourmillement, cette excitation suscitée par le travail revêt une importance primordiale. Le docteur Helge aurait indéniablement classé l'événement dans la catégorie des progrès décisifs.

Il écoute la voix haut perchée de la femme :

— Bonjour, et merci d'être venus. La conférence de presse d'aujourd'hui est consécutive à la découverte d'un cadavre à Ekebergsletta, ce matin. Je suis la commissaire adjointe Pia Nøkleby ; je suis avec l'inspecteur-chef Arild Gjerstad, qui dirige l'enquête, et l'inspecteur principal Bjarne Brogeland.

Gjerstad et Brogeland adressent un bref signe de tête à l'assistance. Nøkleby se couvre la bouche et toussote, avant de continuer :

— Comme vous le savez tous, une femme a été retrouvée morte dans une tente à Ekebergsletta. Le corps a été découvert par un homme âgé qui promenait son chien. Nous avons reçu un appel à 6 h 9. La victime est une femme de vingt-trois ans, originaire de Slemdal ; elle s'appelle Henriette Hagerup.

Les stylos grattent le papier. Nøkleby fait un signe de la tête à Gjerstad, qui se rapproche de la table et du micro. Lui aussi s'éclaircit la gorge avant de commencer.

— Nous traitons sa mort comme un meurtre. Aucune arrestation n'a encore été effectuée. À ce stade de l'enquête, nous avons très peu d'informations à vous transmettre en ce qui concerne les indices retrouvés sur la scène de crime ou sur les pistes que nous sommes susceptibles de suivre, mais nous pouvons dire que ce meurtre a été particulièrement brutal.

Henning note le mot « brutal ». Dans le langage de la police et des médias, « brutal » signifie qu'il y a des informations que la presse ne devrait pas publier. Ça a un rapport avec la protection du public, qui ne doit pas savoir ce que sont susceptibles de faire les dingues qui se baladent dans les rues.

Et c'est compréhensible. Pourquoi les familles devraient-elles voir exposé en détail dans les journaux, à la vue de tous, ce que leur enfant, leur frère, leur sœur ou leurs parents ont subi au moment de mourir ? Mais cela ne veut pas dire qu'on ne peut pas en informer la presse.

Hormis ces déclarations, la conférence de presse n'a pas apporté grand-chose. De toute façon, Henning n'en attendait pas beaucoup plus. Tant que le mobile du crime est inconnu, il ne peut pas y avoir de suspects. D'autre part, la police continue à relever des échantillons sur la scène de crime. L'enquête n'est pas assez avancée pour savoir si les indices vont fournir des pistes solides à la police.

Et bla-bla-bla.

Le briefing, si on peut l'appeler ainsi, de l'inspecteur-chef Gjerstad est terminé en dix minutes. Comme d'habitude, il y a du temps prévu pour les questions et, comme d'habitude, les journalistes sont en compétition pour être le premier à s'exprimer. Henning trouve toujours ça absurde. Dans toutes les rédactions, la première question est une source inépuisable de regards jaloux et de tapes élogieuses. Si un journaliste parvient à faire entendre sa voix le premier, il est considéré par lui-même et par les autres comme un mec génial.

Henning n'en a jamais vu l'intérêt et il imagine que ça a un rapport avec l'envie du pénis. Cette fois, c'est Guri Palme qui l'emporte. Elle n'a pas de pénis, mais c'est une jolie blonde. Cependant, elle a su convertir tous les désavantages que ça implique en sa faveur. Son intelligence et son ambition ont surpris tout le monde et elle grimpe avec succès les échelons de la carrière médiatique.

— Inspecteur-chef Gjerstad, que pouvez-vous nous révéler sur les circonstances du crime ? Dans votre présentation, vous avez mentionné que le meurtre était exceptionnellement brutal. Que vouliez-vous dire ?

À vos marques, prêts…

— Pour l'instant, je ne peux, ni ne veux, faire de commentaire, déclare Gjerstad.

— Que pouvez-vous nous dire sur la victime ?

— Nous savons qu'elle était étudiante à l'École de communication de Westerdals. Elle avait presque terminé sa deuxième année et était considérée comme très talentueuse.

— Quels cours suivait-elle ?

— Cinéma et télévision. Elle voulait devenir scénariste.

Guri Palme doit se contenter de trois questions, car NRK vient de prendre le témoin. Même s'il ne le voit que de dos, Henning décèle dans le regard du journaliste la déception de n'être que le deuxième. Malgré tout, Jørn Bendiksen de NRK leur réserve une surprise.

— Selon la rumeur, ce serait un crime d'honneur ? lance-t-il.

Les journalistes ! Toujours prêts à lâcher des affirmations sous une forme interrogative. La commissaire adjointe Nøkleby secoue la tête.

— Pas de commentaire.

— Pouvez-vous confirmer que la victime a été flagellée ?

Nøkleby observe Bendiksen avant d'échanger un coup d'œil avec Gjerstad. Henning se permet un sourire intérieur. *Il y a eu une fuite,* conclut-il. *Et, maintenant, les flics le savent.* Toutefois, Nøkleby reste professionnelle.

— Pas de commentaire.

Pas de commentaire.

Au cours d'une conférence de presse de la police, on entend cette expression au moins dix fois, en particulier au début des investigations. On appelle ça des « considérations tactiques ». La stratégie consiste à donner à tout le monde, y compris au tueur, aussi peu d'informations que possible sur les pistes que pourrait suivre la police ou les indices collectés ;

ainsi, ça laisse le temps aux enquêteurs de rassembler toutes les preuves nécessaires pour étayer leurs accusations.

Nøkleby et Gjerstad savent que le jeu vient de commencer. NRK a pioché deux pièces importantes du grand puzzle : crime d'honneur et flagellation. Bendiksen n'aurait jamais avancé de telles allégations en conférence de presse sans être certain qu'elles sont exactes, ou peu éloignées de la vérité. Nøkleby ajuste ses lunettes. Gjerstad semble beaucoup moins à l'aise, maintenant. Brogeland, qui jusque-là n'a pas prononcé un seul mot, se tortille sur sa chaise à la recherche d'une position plus confortable.

C'est toujours pareil. Les journalistes en savent beaucoup, beaucoup trop au goût de la police, et, dans de nombreuses affaires, il leur arrive d'entraver l'enquête. C'est un pas de deux complexe ; chaque partenaire dépend de l'autre pour obtenir des résultats. De plus, du côté des journalistes, il faut compter avec les rivalités et la compétition féroce qui oppose tous ceux qui couvrent la même affaire. La vitesse de publication des journaux en ligne limite la durée de vie des sujets, et les rédactions sont toujours en quête de la prochaine grosse affaire. Ce mécanisme induit une pression grandissante sur les enquêteurs de la police et les force à consacrer plus de temps aux négociations avec la presse qu'aux tâches qui leur sont dévolues.

Une fois que *P4*, *VG* et *Aftenposten* ont eu leur content de réponses, Nøkleby met fin à la séance de questions, mais elle ne peut pas encore retourner à son travail. Les chaînes de télé et de radio ont besoin de leurs propres interviews pour donner à leurs spectateurs et à leurs auditeurs l'illusion de l'exclusivité ; les mêmes questions reviennent, ce qui offre à Nøkleby une nouvelle occasion de dire…

Exactement.

Le spectacle est bien rodé. Chacun sait que le vrai travail du journaliste commence à l'issue de la conférence de presse.

Henning décide de mettre la main sur Iver Gundersen ; ainsi, ils pourront s'accorder sur la meilleure manière de couvrir cette affaire.

Après tout, il est censé avoir repris le travail.

Et cette simple notion lui paraît soudain insolite.

Chapitre 9

Les journalistes essaient de glisser quelques questions supplémentaires, mais ils sont sèchement congédiés par le trio en uniforme et finissent par sortir en file indienne. Henning est cerné par des gens qu'il n'a aucune envie d'approcher, quelqu'un le pousse dans le dos, il heurte une femme devant lui, marmonne une excuse et aspire désespérément à plus d'espace et à plus de distance entre lui et les autres.

Ils s'éparpillent dans le hall. Il cherche Iver Gundersen. L'objectif serait infiniment plus facile à atteindre s'il pouvait reconnaître son nouveau collègue parmi la cinquantaine de journalistes présents. Henning décide de se renseigner auprès de Vidar de *NTB*, mais il n'a pas le temps de mettre son plan à exécution : Nora apparaît dans son champ de vision. Et lui, dans le sien.

Il s'arrête. Impossible de ne pas échanger quelques mots, maintenant.

Il avance vers elle d'un pas hésitant, elle l'imite. Ils s'immobilisent à quelques mètres l'un de l'autre. Leurs regards se croisent. Il ne voit plus qu'un visage qui recèle une foule de phrases qui n'ont jamais été formulées.

— Salut, Henning.

Sa voix est une bourrasque de vent glacé. Le « Salut » monte dans les aigus et le « Henning » retombe. Il devine l'état d'esprit de Nora : elle s'adresse à une créature qui a commis une grave injustice à son égard, mais avec qui elle est forcée d'avoir des relations. Il la salue. Elle n'a pas changé, mais il détecte son chagrin tapi juste derrière ses paupières, là où il peut entrer en éruption d'un instant à l'autre.

Nora est plus petite que la plupart des femmes, ce qu'elle tente de compenser en portant des talons hauts. Elle a les cheveux courts. Pas à la garçonne – ce n'est pas ultracourt derrière –, mais sa frange ne couvre que la partie supérieure de son front. Autrefois, elle avait les cheveux longs, mais la coupe courte lui convient aussi. La dernière fois qu'il l'a vue, elle avait le teint blême. Maintenant, sa peau et son visage sont lumineux. Ça pourrait bien avoir un rapport avec Velours Côtelé. Cet éclat lui va bien.

Bon sang, comme ça lui va bien !

La physionomie de Nora est très expressive. Lorsqu'elle a peur, elle ouvre la bouche, découvre légèrement les dents et plisse les yeux. Quand elle est fâchée, elle hausse les sourcils, son visage se ferme et ses lèvres se pincent. Et quand elle sourit, tout son visage s'éclaire, irradie, et on ne peut pas s'empêcher de lui sourire. *Ça marche bizarrement, le changement*, songe-t-il. Autrefois, il ne pouvait pas imaginer la vie sans elle. Maintenant, partager son existence lui serait pénible.

— Ah, tu es là ? bredouille-t-il.

Il n'a pas pu dissimuler sa nervosité, ce qui le réduit au silence.

— Oui, répond simplement Nora.

— Tu en avais assez, de l'économie ?

Elle penche la tête à gauche, puis à droite, comme si elle cherchait ses mots.

— J'avais besoin de changement, après…

Elle se tait. Il est soulagé qu'elle n'ait pas fini sa phrase. Le désir de la rejoindre, de la serrer contre lui, commence à l'envahir, mais traduire sa pensée en actes est tout bonnement impossible. Un mur invisible les sépare, et seule Nora a le pouvoir de l'abattre.

— Alors… alors, ça y est, tu as repris le boulot ? dit-elle.

— C'est mon tout premier jour.

Il essaie de sourire. Elle scrute son visage. Il a le sentiment qu'elle se concentre sur les parties où les flammes ont fait le plus de dégâts, mais qu'elle les trouve encore trop limités. Velours Côtelé est un peu plus loin, derrière elle. Il les surveille. *J'espère que tu es jaloux, abruti.*

— Comment vas-tu, Nora ? demande Henning.

À vrai dire, il ne tient pas vraiment à le savoir. Il ne veut pas l'entendre raconter son bonheur retrouvé, expliquer qu'elle peut envisager l'avenir avec espoir – enfin. Bien sûr, il ne pourra jamais la reconquérir, et Ce-à-quoi-il-ne-pense-pas n'a aucune chance de s'effacer. Malgré tout, il refuse de la perdre.

— Je vais bien, dit-elle.

— Tu vis toujours à Sagene ?

Elle hésite avant de répondre :

— Oui.

Il a l'impression confuse qu'elle cherche à le protéger de quelque chose. Même s'il en a une petite idée, il ne veut pas le savoir. Et puis, ça arrive.

— Autant t'en parler maintenant, et il vaut mieux que ce soit moi qui te l'apprenne, commence-t-elle.

Il inspire profondément et dresse une barrière d'acier, qui se dissout instantanément dès qu'elle dit :

— Je vois quelqu'un.

Il la regarde en silence et hoche la tête. En principe, ça ne devrait pas faire mal, mais il sent son estomac se crisper.

— Nous sommes ensemble depuis six mois, maintenant.

— Mmm.

Elle ne le quitte pas des yeux. Pour la première fois depuis longtemps, elle le considère avec bienveillance. Mais ce n'est pas le bon genre de bienveillance. C'est la bienveillance de la pitié.

— Nous songeons à nous installer ensemble.

— Mmm... J'espère que ça se passera bien, ajoute-t-il.

Elle ne répond pas, mais lui adresse un signe de tête circonspect. C'est un plaisir de la voir sourire ; cependant, il se rend compte qu'il ne pourra pas supporter que cet instant se prolonge. Il a donc recours au seul mécanisme de défense qu'il connaisse : changer de sujet.

— Dis-moi, est-ce que tu connaîtrais Iver Gundersen, par hasard ? Je ne l'ai jamais rencontré, mais je crois que nous allons travailler ensemble.

Nora détourne les yeux.

Il aurait dû s'en douter en constatant à quel point elle était gênée de lui apprendre qu'elle avait un nouvel homme dans sa vie. Mais il n'y avait pas de raison, n'est-ce pas ? Elle a fini par claquer le couvercle sur leur passé commun pour aller de l'avant. L'avenir, c'est là que ça se passe. Elle soupire. Et il comprend mieux son embarras en la voyant se tourner vers Velours Côtelé.

— Iver Gundersen est mon nouveau petit ami.

Chapitre 10

Velours Côtelé balaie la pièce des yeux, tout en discutant distraitement avec un collègue. Henning le regarde avec hargne. Il imagine les doigts de Nora dans les ignobles cheveux de Velours Côtelé, lui flattant amoureusement la barbe, posant ses lèvres douces contre les siennes.

Il se rappelle que le soir, quand ils éteignaient, elle se blottissait contre lui, glissait ses bras autour de lui, avide de tendresse. Et maintenant, c'est Velours Côtelé qui profite de ses petites mains caressantes.

— D'accord, dit Henning.

Il perçoit immédiatement à quel point ce simple mot exprime sa défaite. En ce moment où il devrait être dans une rage folle, l'injurier, lui prouver qu'elle a piétiné son cœur, qu'elle l'a torpillé, mâché et recraché. *Tu devrais la traiter de salope insensible, de sans-cœur, d'incarnation vivante de l'égoïsme... Mais non. Tout ce que tu as trouvé à dire, c'est : « D'accord. »*

Pathétique. Absolument pathétique.

Il ne peut pas supporter de la regarder. Et, maintenant, il doit travailler avec Iver.

Un cruel coup du sort, songe-t-il. *Ça ne peut être que ça.*

Il avance vers Gundersen. Il entend Nora lui demander de ne pas le faire. « S'il te plaît, ne... » Mais il l'ignore. Il s'arrête à un mètre de Gundersen et le fixe. Gundersen est au milieu d'une phrase, mais il s'interrompt et se retourne.

Il sait qui je suis, se dit Henning. *Je le lis dans ses yeux. Et je constate aussi que ça le rend nerveux.*

— Salut, dit Gundersen.

Henning tend la main.

— Henning Juul.

Gundersen accepte la poignée de main avec réticence. Henning lui écrase les phalanges.

— Iver G…

— Je crois savoir que nous couvrons cette affaire tous les deux. Vous avez déjà réfléchi à la manière dont on va s'y prendre ?

Il sait que la question plonge Gundersen dans l'embarras, mais il s'en fiche.

— Euh, je ne sais pas précisément.

Gundersen déglutit, reprend contenance et continue :

— Je suggère de rafraîchir ce que nous avons déjà publié avec des citations de la conférence de presse.

Tout en parlant, il regarde Nora par-dessus l'épaule de Henning. Elle observe leur première rencontre.

— Je me suis dit qu'il faudrait suivre la piste du crime d'honneur, poursuit Gundersen. Voir s'il y a quelque chose à en tirer. Dans ce cas, la liste des suspects sera plutôt courte et il ne faudra pas longtemps à la police pour arrêter quelqu'un.

Henning hoche la tête sans commenter.

— Est-ce qu'on a déjà parlé aux amis de la victime ?

Gundersen fait non de la tête.

— Alors, je vais passer à son école et je ferai un papier sur sa vie et sa personnalité.

— L'angle humain.

— Mmm.

Henning croise le regard de Gundersen, qui approuve de la tête.

— D'accord, ça me paraît bien. Je peux essayer de contacter l'homme qui a trouvé le corps, mais j'ai entendu dire qu'il refusait de parler à la presse. Alors…

Gundersen hausse les épaules.

C'est au tour de Henning de hocher la tête. Visiblement, Gundersen se sent toujours mal à l'aise, il a besoin d'exprimer autre chose. Il inspire, mais Henning lui coupe l'herbe sous le pied.

— Génial !

Puis il tourne les talons. Il s'éloigne aussi vite que le lui permettent ses jambes abîmées, passe devant Nora sans la regarder.

Bien joué, Henning, se dit-il. *Tu t'es fait tabasser au premier round, mais tu t'es relevé et tu as gagné le deuxième*. Mais il y a un problème avec la boxe. Gagner un round ne vous mène nulle part, à moins de remporter le suivant. Et aussi celui qui suit. Et aussi celui qui suit. Et, plus important que tout, il faut gagner le dernier.

Le combat est déjà perdu. Les juges ont pris leur décision. Mais, au moins, il peut tenter d'améliorer ses performances personnelles.

Il peut éviter de se faire mettre KO une fois de plus.

Chapitre 11

Henning traverse Borggata, essayant d'oublier ce qu'il vient de voir et d'entendre, mais il est hanté par le regard et le souffle réfrigérants de Nora. Son cœur met plusieurs minutes à retrouver un rythme normal. Il imagine la conversation entre elle et Iver, après son départ :

« Iver : Bon, ça s'est bien passé.
Nora : Tu t'attendais à autre chose ?
Iver : Je ne sais pas trop. Pauvre gars.
Nora : Écoute, Iver. C'est un peu dur pour lui. Ne lui rends pas les choses plus difficiles qu'elles ne le sont déjà.
Iver : Que veux-tu dire ?
Nora : Exactement ce que je viens de dire. Tu crois que ça a été facile pour lui de tomber sur moi ? Et de me voir avec toi ? Je trouve très courageux de sa part d'être allé à ta rencontre, comme il l'a fait. »

Ça suffit, Henning. Elle n'a certainement pas dit ça. Ça a été plutôt un truc du genre :

« Nora : Écoute, Iver. Ne fais pas attention à lui. Il est comme ça, voilà tout. Il en a toujours fait à sa tête. Qu'il aille se faire foutre. J'ai faim. Allons déjeuner. »

Ouais, c'est ça. Beaucoup plus authentique.

Il doit s'éclaircir les idées, oublier Nora et se concentrer sur le travail. En attendant le changement de feux au carrefour avec Tøyengata, il se rend compte qu'il aura besoin de son appareil photo.

Il doit passer le récupérer chez lui.

* * *

L'inspecteur principal Brogeland ralentit. La voiture, une des nouvelles Passat que vient d'acquérir la police, s'arrête en souplesse devant le numéro 37 d'Oslogata. Il met le levier au point mort et se tourne vers sa collègue, le sergent Ella Sandland.

Bon sang, qu'est-ce qu'elle est bonne, songe-t-il en embrassant du regard l'uniforme à la coupe masculine et tout ce qui est caché dessous. Il fantasme sur elle en permanence, l'imagine débarrassée de la veste de cuir, de la chemise bleu clair, de la cravate, de tout, excepté de ses menottes. Un nombre incalculable de fois, il se l'est représentée se livrant entièrement à lui, lascive et libertine.

Les femmes trouvent que les hommes en uniforme sont sexy. C'est un fait bien connu. Toutefois, Brogeland est convaincu que rien ne vaut l'inverse : les femmes en tenue irradient l'autorité.

Putain, ça, c'est chaud !

Ella Sandland mesure un mètre soixante-quinze. Elle est très bien foutue. Son ventre est plus plat qu'un pancake ; quand elle marche, ses fesses tendent son pantalon à la perfection. Question poitrine, elle n'est pas très bien dotée, mais ça lui donne une touche un peu rugueuse et masculine dans le genre : « T'es vraiment sûre que t'es hétéro ? », qui met Brogeland dans tous ses états. Il s'attarde sur les cheveux de Sandland : sa frange lui effleure les cils. Sa peau est bien tendue sous son menton, sur ses pommettes ; elle est lisse, sans la moindre flétrissure ou marque, et aucune trace de poil – Dieu merci ! Elle se déplace avec grâce : Brogeland n'a jamais vu quelqu'un avoir le dos aussi droit et elle pousse légèrement sa poitrine en avant, même en position assise, comme ces femmes qui tentent de donner l'illusion que leurs seins sont plus gros qu'en réalité. Mais quand c'est Sandland qui le fait, c'est tout simplement sexy.

Putain, c'est trop sexy !

Et elle vient de l'ouest du pays ! Ulsteinvik, sans doute, même si elle a perdu son accent au fil des années. Il tente d'effacer les images qui ne cessent de s'agglutiner dans son esprit ces derniers jours. Ils se trouvent devant l'immeuble où vit Mahmoud Marhoni, le petit ami d'Henriette Hagerup.

C'est une visite domiciliaire de routine. En 2007, sur trente-deux meurtres, trente ont été commis par quelqu'un que la victime connaissait ou avec qui elle était en relation. Statistiquement, le meurtrier a toutes les chances de se trouver parmi les proches. Une épouse délaissée, un parent. Ou un petit ami. Conclusion : la visite que Brogeland et Sandland s'apprêtent à faire est de la plus haute importance.

— Prête ?

Sandland hoche la tête. Ils ouvrent leurs portières en même temps et sortent de la voiture.

Bon sang ! Regardez-la sortir de là !

Brogeland est déjà venu à Oslogata. Mahmoud Marhoni est déjà apparu sur son radar, dans une affaire sur laquelle il enquêtait alors qu'il était encore simple inspecteur en civil. À l'époque, les investigations avaient conclu que Marhoni ne trempait dans aucune opération illégale.

Brogeland est flic depuis assez longtemps pour savoir que ça ne veut rien dire. C'est pourquoi il éprouve une intense excitation tandis qu'ils se dirigent vers le numéro 37, repèrent les sonnettes et trouvent le nom du petit ami d'Henriette Hagerup sur la gauche.

Il n'y a aucun bruit lorsque Sandland presse le bouton. À ce moment, une adolescente coiffée d'un hijab ouvre la porte de service, qui mène à la cour intérieure. Elle les regarde sans inquiétude, contrairement à ce qu'avait imaginé Brogeland, et leur tient la porte ouverte. Sandland remercie la fille et lui sourit. La gratitude de Brogeland se limite à un bref signe de tête. En revanche, il prend bien soin de fermer la marche pour se gorger du spectacle des fesses de sa collègue.

Je parie qu'elle le sait. Elle sait que les mecs adorent la mater. Et l'uniforme redouble son pouvoir d'attraction. Elle a l'air inaccessible parce que c'est une femme flic et parce qu'elle est si désirable qu'elle n'a que l'embarras du choix – en plus, elle doit piocher des deux côtés de la barrière, sans doute. Elle contrôle son truc. Et ça, c'est irrésistible, super excitant.

Ils se retrouvent dans une cour où tout révèle la négligence. De l'herbe pousse entre les dalles, les buissons aux rameaux enchevêtrés ont manifestement poussé à leur guise. Les massifs, si on peut encore les appeler ainsi, sont une friche au sol compacté, d'où émergent des racines poussiéreuses. La peinture noire du garage à vélos s'écaille et les quelques bicyclettes qui s'y trouvent ont des chaînes rouillées et les pneus à plat.

Ils ont le choix entre trois cages d'escalier. Brogeland sait que Marhoni vit dans l'escalier B. Sandland le précède ; elle trouve le bon bouton sur le boîtier carré fixé au mur et appuie dessus. Aucune réaction.

Brogeland se force à détacher son regard des fesses de Sandland et lève la tête vers le ciel, qui se charge au-dessus de Gamlebyen. La pluie ne va pas tarder. Une hirondelle trisse en volant d'un toit à l'autre. Il entend passer un avion, mais ne peut pas le voir à travers les nuages.

Marhoni vit dans l'appartement du rez-de-chaussée, mais la fenêtre est trop haute pour permettre à Brogeland de voir l'intérieur. Sandland sonne de nouveau. Cette fois, quelqu'un décroche l'interphone.

— Bonjour ?

— Bonjour, c'est la police. Ouvrez la porte, s'il vous plaît.

Brogeland se délecte du délicieux accent de Sandland.

— La police ?

Brogeland décèle une note de réticence et de crainte dans la voix qui leur a répondu. Ce n'est pas Marhoni. Marhoni est un coriace.

— Oui, la police.

La voix sexy de Sandland s'est faite plus autoritaire.

— Pour… pourquoi ?

— La police ? Ne les laisse pas monter !

La voix en arrière-plan résonne assez fort pour que Brogeland et Sandland la perçoivent clairement. Sandland hausse le ton.

— Ouvrez !

Brogeland s'arrache à ses fantasmes, remarque que la serrure a été vandalisée et appuie sur la poignée de la porte. Il pénètre dans l'entrée d'un pas lourd, avec Sandland sur les talons. Ils grimpent à toute allure les quelques marches qui les séparent du rez-de-chaussée surélevé. Quelqu'un manipule le verrou à l'intérieur, mais Brogeland le prend de vitesse – sa superbe forme physique porte ses fruits — et il ouvre le battant à la volée.

Un homme le regarde d'un air effrayé, probablement le frère de Marhoni. Brogeland n'y prête pas attention ; il se dit plutôt que, à tout moment, il peut se retrouver nez à nez avec le canon d'un pistolet. En silence, il commence aussitôt à inspecter l'appartement, où flotte une odeur d'herbe, de cannabis. Il ouvre une porte : une cuisine – vide. Il continue : une chambre à coucher ; non, il n'y a personne non plus à l'intérieur. Il passe dans le salon, et c'est là qu'il voit que quelqu'un a allumé du feu dans la cheminée. Néanmoins, ce ne sont pas les flammes qui l'arrêtent, mais ce qu'elles consument avec tant d'avidité qu'il reste figé un bref instant : un ordinateur, un portable. Il crie à Sandland de sauver l'appareil et ajoute qu'il part à la poursuite de Marhoni. Sa voix déborde de puissance, d'expérience, de savoir, de cran, d'autorité, tout ce qu'il faut pour prendre des décisions sur-le-champ. Sandland réagit au moment où il repère Marhoni, qui essaie de s'échapper par la fenêtre d'une des pièces donnant sur le salon. Marhoni se prépare, saute. Brogeland atteint la fenêtre, regarde à l'extérieur, se rend compte qu'il y a moins de deux mètres, grimpe sur le rebord, saute à son tour, se reçoit en souplesse, jette un œil autour de lui, aperçoit Marhoni et se lance à ses trousses. *Espèce d'idiot, tu vas regretter d'avoir fait ça. Fuir ton appartement le jour même où on a retrouvé ta petite amie assassinée, à quoi ça ressemble, à ton avis, espèce d'abruti ?*

Brogeland sait qu'il a course gagnée. Marhoni ne cesse de regarder par-dessus son épaule et, à chaque fois, Brogeland lui reprend quelques mètres. Le fuyard traverse Oslovei sans attendre le feu rouge. Une voiture pile devant lui, klaxon à fond. Brogeland allonge la foulée. À l'arrière-plan, il peut entendre le tram : *dring-dring*. Il y a pas mal de circulation. Des gens derrière les vitres suivent la chasse avec intérêt, se demandant probablement ce qui peut bien se passer : est-ce qu'on tourne un film ou est-ce que c'est pour de vrai ? Marhoni tourne sur lui-même, puis se rue droit devant. Brogeland se dit que le type doit vouloir un public ; sinon, il aurait plutôt filé vers l'église d'Aker. Brogeland n'a plus que dix mètres de retard et il gagne constamment du terrain. Il rattrape

Marhoni et le plaque. Ils atterrissent sur le trottoir devant le Ruinen Bar & Café.

Brogeland ne s'est pas fait mal : Marhoni a amorti sa chute. Un homme fume, installé en terrasse ; il observe la scène. Assis sur le dos de Marhoni, Brogeland lui met les bras en arrière, avant d'appeler du renfort.

— Dix-neuf, ici Fox Quarante-trois Bravo. Terminé.

En attendant la réponse, il reprend son souffle.

— Ici Dix-neuf, je vous écoute. Terminé.

— Ici Fox Quarante-trois Bravo, je suis sur la place Saint Hallvard, j'ai arrêté un suspect et j'ai besoin d'assistance. Terminé.

Il soupire et regarde Marhoni, qui suffoque, hors d'haleine. Brogeland secoue la tête.

— Putain d'abruti, marmonne-t-il à mi-voix.

Chapitre 12

L'École de communication de Westerdals est située sur Fredensborgvei, près de Saint Hanshaugen. Comme toujours, quand il se trouve dans cette partie d'Oslo, Henning se dit que quelqu'un a fait n'importe quoi en matière d'aménagement urbain : des appartements des années 1950, aux façades peintes d'un gris qui s'appellerait « ciment » dans un nuancier, voisinent étroitement avec de charmantes petites maisons aux couleurs pimpantes. La pente de Damstredet lui rappelle les ruelles de Bergen, alors que, le long de la voie menant au centre-ville, les bâtiments évoquent le gouvernement local. Le vacarme est permanent, tout autant que le nuage de poussière et de pollution qui noie les rues et les rares jardins du quartier.

Mais, pour l'instant, c'est le cadet de ses soucis.

Une foule est attroupée sous le grand arbre, près de l'entrée de l'école. Des amis se regroupent, s'étreignent. Ils pleurent, sanglotent. En approchant, il voit que plusieurs de ses collègues sont déjà à l'ouvrage, mais il les ignore. Il sait d'avance ce qu'il y aura demain dans les journaux. Des photos de gens éplorés, un tas de photos, mais pas beaucoup de texte. Pour l'instant, l'heure est au chagrin : il faut fournir aux lecteurs leur dose de douleur, de deuil, d'émotion, leur permettre de mieux connaître la victime.

Il rassemble les éléments d'un article standard. Il aurait presque pu le rédiger sans se déplacer, mais ça fait un moment qu'il n'a rien écrit, alors il a décidé de recommencer de zéro et de concocter quelques questions susceptibles de rendre son papier un peu moins prévisible.

Il opte pour une approche lente, en douceur ; il prend le temps d'observer tranquillement les jeunes gens, en quête de quelqu'un dont l'interview vaudrait la peine. Il a l'œil pour repérer ce genre d'individu. Mais, très vite, il a le sentiment de patauger dans une rivière de larmes, ce qui provoque une réaction inattendue.

De la colère.

De la colère en se rendant compte que seules quelques rares personnes dans cette foule savent ce qu'est le véritable chagrin. Ils sont très peu nombreux à mesurer l'extrême souffrance de perdre quelqu'un qui vous est cher, qu'on aime, pour qui on est prêt à se jeter sous un bus. L'affliction de la plupart des assistants est manifestement feinte : ils en font des tonnes, se la jouent et exploitent à fond cette occasion d'exhiber la profondeur de leur propre sensibilité. Tout ça, c'est du cinéma.

En essayant d'oublier son irritation, il sort son appareil photo et prend quelques clichés. Il se déplace lentement, concentré sur les visages, sur les yeux. Il aime les yeux. On dit que ce sont les miroirs de l'âme ; mais, si Henning aime les yeux, c'est parce qu'ils révèlent la vérité.

Il zoome sur le mémorial improvisé que les amis de la victime ont dressé sous le grand arbre, à droite de l'entrée. Trois épais troncs se sont entrelacés pour créer une énorme frondaison en forme de brocoli. Les branches ploient sous le poids des feuilles. Les racines sont entourées par un petit muret de pierre.

Une photo encadrée d'Henriette Hagerup est disposée contre un des troncs. Tout autour, on a déposé des fleurs, des petits mots inscrits sur des cartes ou de simples feuilles.

Des lumignons vacillent dans la brise légère qui s'est faufilée jusqu'ici. D'autres images représentent Henriette avec ses camarades ou des amis, à des soirées, sur des tournages, derrière une caméra. C'est du chagrin. Du condensé de chagrin, mais toujours aussi factice. Aucun doute, un vrai cas d'école. Henning décolle son œil du viseur et observe qu'Henriette Hagerup était une femme d'une beauté saisissante. À moins que ce ne soit tout simplement l'expression de la jeunesse. Une aura d'innocence flotte autour d'elle : des boucles blondes, pas trop longues, un grand sourire éclatant, et un teint clair. Un charme incontestable. Et aussi quelque chose de plus important, quelque chose de mieux. De l'intelligence. Henriette Hagerup était visiblement une jeune femme intelligente.

Qui pouvait te haïr à ce point ?

Il lit quelques-unes des cartes :

On ne t'oubliera jamais, Henriette.
Repose en paix.

Johanne, Turid et Susanne

Tu me manques, Henry.
Tu me manques grave.

Tore

Entre dix et vingt messages parlent d'absence et de tristesse, usant pour la plupart de formulations similaires. Henning les parcourt distraitement, quand son mobile se met à vibrer dans sa poche. Il le sort. Le numéro du correspondant lui est inconnu. Il est censé être occupé, mais décide de décrocher malgré tout et s'éloigne de la foule.

— Allô ?

— Salut, Henning. Ici, Iver. Iver Gundersen.

Monsieur Velours Côtelé le Super Coup. Henning n'a même pas le temps de répondre qu'il sent une pointe de jalousie explosive le frapper en plein milieu du plexus solaire. Du coup, il ne réussit à émettre qu'un « Salut » agacé.

— Où êtes-vous ? demande Gundersen.

Henning s'éclaircit la gorge :

— À l'école de la victime.

— D'accord. Je vous appelle pour vous dire que la police a déjà procédé à une arrestation.

L'espace d'un instant, Henning oublie qu'il a une conversation avec le nouveau mec de son ex-femme. Il se surprend même à éprouver un soupçon de curiosité.

— Ils ont fait vite. Qui est-ce ?

— Selon mes sources, c'est le petit ami. Je ne connais pas encore son nom. Mais un des amis d'Henriette pourrait vous le dire.

Henning entend la voix d'Iver, mais enregistre à peine le sens de ses paroles. Au milieu de la myriade de petits mots, de bougies et d'yeux rougis, il a repéré un message qui sort du lot.

— Vous êtes toujours là ?

— Euh, ouais. Ses amis. Génial.

— À mon avis, les flics ont mis dans le mille.

— Ils ont des preuves ?

— J'imagine. Je vais commencer à travailler le sujet et je l'enrichirai ensuite à mesure que nous aurons des infos.

— Ça marche.

Gundersen raccroche. Sans quitter la carte des yeux, Henning replace son téléphone dans une poche de sa veste. Il lève son appareil, zoome sur le texte et prend une photo :

Je poursuivrai ton travail.
Nous nous reverrons dans l'éternité.

Anette

Il baisse son appareil et le laisse pendre au bout de la courroie passée à son cou. Il relit les deux phrases, puis scrute la foule des étudiants.

Où es-tu passée, Anette ? Et quel est donc ce travail que tu as l'intention d'achever ?

Chapitre 13

L'inspecteur principal Brogeland enlève sa veste et la suspend à un portemanteau dans son bureau. Il descend le couloir jusqu'à la porte du sergent Sandland. Il frappe et ouvre sans attendre de réponse, espérant secrètement la surprendre au milieu d'un fantasme érotique où il jouerait le premier rôle. Malheureusement, jusqu'à présent, elle n'a jamais prêté attention à ses nombreuses avances ; à vrai dire, elle ne lui a jamais rien accordé, même pas un regard. *J'ai peut-être été trop direct. Ou alors, c'est parce que je suis marié*, se dit Brogeland en entrant.

Sandland est devant son ordinateur, elle rédige un texte. À l'arrivée de Brogeland, elle ne quitte pas son écran des yeux.

— Prête ?

Elle lève l'index, puis ses mains reprennent leur course sur le clavier avec une agilité qui blufferait n'importe quelle masseuse thaïe.

Brogeland examine la pièce. *C'est bien un bureau de fille*, songe-t-il. Tout est propre et bien organisé : les documents rangés en piles nettes, un pot à crayons avec deux stylos, un bleu et un rouge, une agrafeuse et une perforatrice, des paquets de Post-it. Il voit aussi un agenda ouvert à la date du jour, mais aucun rendez-vous n'y figure ; des classeurs – tous noirs – occupent leur étagère personnelle sur le mur, derrière son fauteuil. Sur le sol prospère un yucca verdoyant. Des roses fraîches à longue tige s'épanouissent dans un vase de verre posé sur son bureau ; un bol de bois contient des pommes et des poires – mûres à point, bien sûr –, à côté d'un cactus dépourvu du moindre grain de poussière.

Tu as autant d'épines que ton cactus, Sandland, pense Brogeland en observant le visage concentré d'Ella. *Et ça te rend diablement excitante.* Il essaie de respirer son parfum en douce. Elle n'en porte pas. Ou alors, il est extrêmement discret.

Il lui est souvent arrivé de coucher avec des femmes qui s'inondaient d'effluves si douceâtres, si entêtants, qu'il était obligé de prendre des douches interminables avant de rentrer. Ensuite, son envie de recoucher avec elles s'évanouissait à la seconde où il se rappelait leur odeur.

Ça ne se passera pas comme ça avec Sandland. Oh, non. Il s'imagine, étendu contre elle, le corps agréablement rompu après un long match de lutte sensuelle et de sexe intense. Avec elle, envolés l'habituel malaise post-coïtal et le calcul du temps que mettra le taxi pour arriver.

Si elle ne veut pas baiser avec moi, c'est qu'elle doit être lesbienne, finit-il par conclure.

Sandland tape sur la touche « Enter » un peu plus fort que nécessaire et des feuilles de papier commencent à jaillir de l'imprimante. Elle se lève pour rassembler la petite pile que vient de cracher la machine.

— Prête, dit-elle sans sourire.

Bordel. Brogeland lui ouvre la porte. Sandland sort et ils se rendent à la salle d'interrogatoire, où Mahmoud Marhoni et son avocat les attendent.

Trop de kebabs et pas assez d'exercice, telle est la première appréciation de Brogeland en voyant Marhoni de plus près. Depuis leur toute première rencontre, le jeune type s'est épaissi, ce qui ne l'empêche pas de porter un T-shirt ajusté.

Une bouée de graisse juvénile pendouille autour de sa taille. *Si jamais il me venait à l'idée de repousser les femmes, je ne m'y prendrais pas autrement*, songe Brogeland.

Marhoni a un visage rond. Brogeland estime que sa barbe a environ une semaine, mais Marhoni se rase soigneusement sous le menton, dessinant une délimitation précise. Il a le teint basané. Il mesure un peu moins d'un mètre soixante-dix, mais son attitude suggère qu'il n'a conscience ni de sa courte taille ni de ses kilos superflus. Marhoni veut passer pour un dur et la joue : « Qu'est-ce que tu regardes, sale flic ? » Rien de bien nouveau pour Brogeland, il connaît ce petit numéro par cœur. Il sait déjà à quel genre d'interrogatoire s'attendre.

L'avocat de Marhoni, Lars Indrehaug, est un cloporte qui a défendu la vermine toute sa vie. Le bureau du procureur le méprise et le considère comme un chacal qui exploite toutes les failles de la loi pour faire relâcher violeurs, dealers et autres ordures. Il est grand, mince et dégingandé. Ses cheveux lui retombent dans les yeux. Il les chasse du bout du doigt.

Brogeland et Sandland s'asseyent en face d'Indrehaug et de son client. Brogeland prend la direction des opérations, règle les formalités, puis regarde fixement Marhoni.

— Pourquoi avez-vous pris la fuite quand nous sommes venus vous parler ?

Marhoni hausse les épaules. *C'est ça, continue ton petit jeu, surtout ne change rien*, se dit Brogeland.

— Pourquoi avez-vous brûlé votre ordinateur portable ?

Même réponse.

— Que contenait-il ?

Toujours le silence.

— Tôt ou tard, nous allons trouver. Vous le savez, non ? Si vous nous économisiez du temps, ça pourrait arranger vos affaires.

Marhoni lui adresse un regard lourd de mépris. Brogeland soupire.

— Que pouvez-vous me dire sur votre relation avec Henriette Hagerup ?

Marhoni lève à peine les yeux. Indrehaug se penche et lui glisse quelques mots à l'oreille, que ni Brogeland ni Sandland ne peuvent entendre, puis il se redresse.

— Henriette était ma petite amie, répond Marhoni dans un norvégien heurté.

— Depuis combien de temps étiez-vous ensemble ?

— Environ un an.

— Comment vous êtes-vous rencontrés ?

— À un concert.

— Quel genre de concert ?

— Le genre du concert n'a certainement aucun rapport avec l'enquête, objecte Indrehaug.

Brogeland lui lance un coup d'œil fulminant. L'avocat semble outré, au nom de son client.

— Pour l'instant, nous essayons d'établir la nature de la relation entre votre client et la victime, intervient Sandland.

Pour une fois, Brogeland décide de ne pas la regarder. Il continue à foudroyer mentalement Indrehaug, même si celui-ci n'a pas du tout l'air impressionné.

— Quel genre de concert était-ce ? répète Brogeland.

— Noori.

— Noori ?

— C'était au festival de Mela.

— Noori est un groupe pakistanais assez connu, dit Sandland.

Cette fois, Brogeland se tourne vers elle. Mais il essaie de ne pas montrer à quel point il est épaté, parce que l'interruption l'a aussi agacé.

— Le groupe est composé de deux frères qui viennent…

— C'est bon, j'ai compris.

Pour la première fois depuis le début de l'interrogatoire, le regard de Marhoni exprime autre chose que du mépris. Désormais plus attentif, il observe Sandland. Ça n'échappe pas à Brogeland, qui fait signe à sa collègue de prendre le relais. Elle se penche plus près de la table.

— Quand avez-vous vu Henriette pour la dernière fois ?

Marhoni réfléchit.

— Hier après-midi.

— Pourriez-vous être plus précis ?

— Elle est restée chez moi jusqu'à la fin d'*Hotel Cæsar*[1].

— Vous regardez *Hotel Cæsar* ?

— Sérieusement…

Les joues d'Indrehaug se teintent d'une nuance pourpre qui trahit un goût prononcé pour le vin rouge. Sandland lève la main en un geste d'excuse.

— De quoi avez-vous parlé ?

— De choses et d'autres.

— De quoi, par exemple ?

Indrehaug se penche de nouveau vers Marhoni.

— Ça ne vous regarde pas, dit ensuite le jeune homme.

Sandland sourit. Elle se penche vers Brogeland, imitant le petit numéro qui se déroule de l'autre côté de la table. Mais Bjarne cesse d'écouter dès qu'il comprend qu'elle ne dit pas : « À la fin de cet interrogatoire prise de tête, on ira tous les deux chez moi… », ces mots qu'il rêve de l'entendre prononcer depuis si longtemps.

— Où est-elle allée à la fin de l'épisode ?

— Je n'en sais rien.

---

1. La plus ancienne série scandinave diffusée actuellement, qui raconte, depuis 1998, l'histoire d'une famille qui gère un grand hôtel en ville. (*Les notes sont de la traductrice.*)

— Vous n'en savez rien ? Le lui avez-vous demandé ?

— Non.

— Elle passe parfois la nuit chez vous, j'imagine ?

— Ça arrive.

— Mais vous ne lui avez pas demandé pourquoi elle ne restait pas hier ?

— Non.

Sandland soupire. Le masque de dur à cuire de Marhoni n'a pas été entamé.

— Connaissez-vous Ekebergsletta ? demande-t-elle ensuite.

— Non.

— Vous y êtes déjà allé ?

— Pas que je me souvienne.

— Vous n'y êtes jamais allé pour assister à la Coupe de Norvège ?

— Je n'aime pas le foot.

— Vous n'avez pas de frères ou de neveux qui y jouent ? Vous n'avez jamais été là-bas pour les soutenir pendant un match ?

Il secoue la tête et lui adresse un clin d'œil arrogant.

— Avez-vous déjà joué au cricket là-bas ?

Il s'apprête machinalement à dire « non ». Mais il hésite une fraction de seconde de trop. Brogeland griffonne : « Il ment, il est déjà allé à Ekebergsletta. » Sandland lit la note et poursuit son interrogatoire :

— Possédez-vous un choqueur, monsieur Marhoni ?

À voir la réaction du suspect, Sandland aurait pu tout aussi bien lui poser la question la plus bête du monde.

— Un quoi ?

— Ne me racontez pas d'histoires. Vous savez ce qu'est un choqueur. Vous n'allez jamais au cinéma ? Vous ne regardez jamais de séries policières ?

Il secoue encore la tête et ajoute avec un sourire provocateur :

— Je n'aime pas les flics.

— Inspecteur, où nous mènent toutes ces questions ?

— Nous y arrivons, monsieur Indrehaug, dit Brogeland avec une retenue forcée dans la voix.

Sandland est sur le point de porter l'estocade. Elle sort un document qui semble vierge.

— La victime a été retrouvée avec des marques sur le cou. Elles correspondent à celles que laisse un choqueur. Connu aussi sous le nom d'arme à impulsions électriques. Vous savez sans doute ce que c'est.

Elle fait glisser la feuille sur la table pour qu'ils puissent tous la voir, puis la retourne, dévoilant un gros plan du cou de la victime. Deux brûlures irrégulières, couleur rouille, sont clairement visibles. Indrehaug saisit le cliché et l'examine.

— Il existe de nombreux modèles, mais une chose ne change jamais. On utilise une arme à impulsions électriques quand on veut paralyser sa victime plutôt que de la faire souffrir. Quand on veut la réduire à l'impuissance. De cette façon, on peut la fourrer dans un trou et l'enterrer, par exemple.

Sandland scrute Marhoni. Mais il reste impassible : les questions ne semblent pas l'affecter.

— Pour quelqu'un dont la petite amie vient d'être assassinée, vous n'avez pas l'air terriblement bouleversé ou triste, continue-t-elle.

Marhoni hausse les épaules.

— Vous ne teniez pas à elle ?

Une crispation passagère balaie le visage du suspect.

— Vous ne l'aimiez pas ?

Marhoni rougit légèrement.

— Est-ce qu'elle est venue vous annoncer qu'elle vous quittait, hier ? C'est pour ça que vous l'avez tuée ?

Cette fois, le jeune homme est gagné par la colère.

— A-t-elle rencontré quelqu'un d'autre ? Elle en avait assez de vous ?

Marhoni ébauche un mouvement pour se lever. Indrehaug lui pose la main sur le bras.

— Sergent…

— C'est pour ça que vous l'avez tuée ?

Marhoni fixe Sandland comme s'il envisageait de la réduire en bouillie.

— C'est ainsi que vous avez regardé Henriette quand vous avez ramassé la pierre pour lui fracasser la tête ?

— Ça suffit, sergent !

— Dites à votre client de répondre à la question !

Brogeland toussote et fait signe à Sandland de se calmer. Le silence tombe sur la pièce. Brogeland distingue la pulsation de la carotide sur la gorge de Marhoni. Il décide de battre le fer pendant qu'il est chaud.

— Monsieur Marhoni, les examens préliminaires effectués sur la scène de crime et sur la victime montrent qu'elle a eu des rapports sexuels extrêmement brutaux, peu de temps avant d'être tuée. Savez-vous quelque chose à ce sujet ? Que pouvez-vous nous dire là-dessus ?

Marhoni continue à fixer Sandland avec hargne, puis il se tourne vers Brogeland, mais reste muet.

— Même si vous ne regardez pas de séries policières, vous savez sans doute que le sperme est une des meilleures choses que le tueur puisse laisser ? Du point de vue de la police, évidemment. L'ADN, ça vous dit quelque chose ?

Toujours pas de réponse. *Espèce de salopard au sang froid*, pense Brogeland.

— La nuit dernière, à 21 h 17, vous avez reçu un texto d'Henriette Hagerup.

Les pupilles de Marhoni se contractent légèrement. Cette infime réaction n'échappe pas à Brogeland.

— Vous vous souvenez de ce que ça disait ?

Maintenant, Marhoni est en pleine réflexion, Brogeland s'en rend bien compte. Puis il regarde la feuille que vient de lui glisser Sandland. Il porte son poing à sa bouche et toussote de nouveau.

— « Désolée. Ça ne compte pas. IL ne compte pas. C'est toi que j'aime. Pouvons-nous en discuter ? Je t'en prie. »

Brogeland fixe Marhoni, puis Indrehaug, à tour de rôle. Il laisse les implications du message pénétrer leur esprit, avant de continuer.

— Voulez-vous que je lise le message suivant ?

Des yeux, Marhoni cherche l'appui de son avocat. Pour la première fois depuis le début de l'interrogatoire, la surface dure comme de la pierre commence à craquer.

— Il semblerait qu'Henriette ait été tuée entre minuit et 2 heures du matin. Seulement quelques heures après vous avoir envoyé trois textos. Si j'étais vous, je parlerais de ce qui s'est passé entre vous deux, la nuit dernière.

Aucun élément n'indique que Marhoni s'apprête à rompre son silence obstiné. Brogeland soupire et consulte encore son document.

— « Je te promets de tout faire pour que tu me pardonnes. Donne-moi une autre chance, je t'en prie ! »

Marhoni secoue la tête.

— Inspecteur, je crois..., commence Indrehaug.

— Vous l'avez appelée après ce deuxième message, mais vous n'avez pas eu de réponse. C'est exact ?

Le silence de ce petit salaud devient exaspérant.

— « Réponds. S'il te plaît. Je ne le ferai plus jamais. Je te le jure ! » C'est le troisième message, envoyé dix minutes plus tard.

Marhoni garde la tête baissée vers le sol.

— Qu'est-ce qu'elle vous a promis de ne plus faire, monsieur Marhoni ? Qu'a-t-elle fait de si terrible pour que vous n'osiez même pas me regarder dans les yeux ?

Pas de réaction.

— Qui est ce « il » ?

Marhoni lève les yeux au ciel, mais évite toujours le regard de Brogeland.

— Qui est ce « il » qui ne compte pas pour elle ?

Marhoni pince les lèvres. Brogeland soupire.

— D'accord. Ce n'est pas à moi de décider, mais je vous garantis que vous irez devant un juge aujourd'hui même et que vous serez placé en détention provisoire. Si j'étais votre avocat, je commencerais à vous préparer à passer les quinze à vingt prochaines années à l'ombre.

— Je ne l'ai pas tuée.

La voix est faible, mais Brogeland est déjà debout. Il se penche au-dessus de la table et appuie sur un bouton.

— Fin de l'interrogatoire à 15 h 21.

Chapitre 14

Il commence à pleuvoir doucement. Henning aime la pluie. Il aime être mouillé quand il est dehors ; il aime regarder le ciel, fermer les yeux et sentir les gouttes tomber sur son visage. Trop de gens gâchent une bonne averse en ouvrant leurs parapluies. D'ailleurs, cette petite pluie est tout à fait appropriée. Elle offre aux témoins potentiels une occasion en or de prouver combien leur confort personnel est secondaire en cette heure de deuil. Ils s'agglutinent, bien conscients de la possibilité de se trouver à portée d'un appareil photo ou d'une caméra ; avec de la chance, ils pourraient même apparaître aux infos. La pluie évoque des larmes venues du ciel, comme si Dieu lui-même déplorait la perte d'une de ses enfants.

Henning prend des photos. Son Canon capture trois clichés à la seconde. Il imagine un joli montage d'images dans le journal. Mais tous ces pleurnicheurs ne l'intéressent pas. Il cherche quelqu'un qui se tient tranquillement à l'écart, quelqu'un qui médite.

Il passe près d'un jeune type aux cheveux courts, aux joues glabres ; le logo Björn Borg de son sous-vêtement dépasse de la ceinture de son pantalon. Il est interviewé par Petter Stanghelle de *VG*. À *VG*, on adore les histoires larmoyantes. Le gamin en pleurs parle d'Henriette Hagerup, de son intelligence exceptionnelle, de la perte énorme que sa mort représente pour l'industrie norvégienne du cinéma, et ainsi de suite. Henning continue à déambuler, observe l'hystérie ambiante et prend soin de rester hors du champ des objectifs.

Et puis, il la voit. Il s'empresse de la photographier. Elle se tient devant l'arbre, elle n'y était pas quelques minutes plus tôt. Elle alterne entre la lecture des messages et la contemplation du sol, avant de lever de nouveau les yeux. Elle secoue imperceptiblement la tête. Nouveaux déclics du Canon. Mais Henning doute d'utiliser un seul de ces clichés.

La jeune femme a des cheveux noirs qui lui tombent sur les épaules. Il prend encore des photos. Il n'arrive pas à déchiffrer l'expression de son visage. Elle est juste là, dans son monde. Mais quelque chose d'indéfinissable anime son regard. Il s'approche petit à petit, jusqu'à se tenir près d'elle. Il fait semblant de lire les cartes mièvres.

— C'est triste, dit-il juste assez fort pour qu'elle l'entende.

Ça peut être aussi bien un constat qu'une manière d'engager la conversation. La jeune femme ne répond pas. Il avance encore d'un pas, sans qu'elle le remarque. Il reste là longtemps. Ses cheveux commencent à être humides. Il protège son appareil pour lui éviter le même sort.

— Vous la connaissiez bien ? demande Henning en s'adressant directement à elle pour la première fois.

Petit signe affirmatif de la tête.

— Vous étiez en cours ensemble ?

Enfin, elle le regarde. Il s'attend à la voir grimacer en découvrant son visage, mais ce n'est pas le cas.

— Oui, répond-elle simplement.

Il laisse le silence se réinstaller. Visiblement, elle n'est pas prête à parler, mais elle ne pleure pas non plus.

— C'est vous, Anette ? finit-il par demander.

Elle sursaute.

— On se connaît ?

— Non.

Il se tait, lui donne le temps d'appréhender la situation. Il ne cherche pas à l'effrayer, mais à piquer sa curiosité. Elle l'observe. Un frisson de peur la traverse, puis elle semble rassembler ses forces pour écouter ce qu'il pourrait dire.

— Comment connaissez-vous mon nom ?

Sa voix est teintée d'anxiété. Il se tourne vers elle. Pour la première fois, elle voit son visage en entier, cicatrices comprises. Pourtant, elle ne paraît pas vraiment enregistrer les images. Il décide d'abattre ses cartes avant que la peur ne prenne le dessus.

— Je m'appelle Henning Juul.

Elle reste sur ses gardes.

— Je travaille pour *123news.*

Cette fois, son expression se durcit instantanément.

— Puis-je vous poser quelques questions, s'il vous plaît ? insiste-t-il. Rien de gênant, d'indiscret ou d'insensible, je vous assure. Juste quelques questions à propos d'Henriette.

Le regard apathique qu'elle posait sur les flammes vacillantes des lumignons n'est plus qu'un souvenir.

— Comment connaissez-vous mon nom ? répète-t-elle, bras croisés en un geste de défiance.

— Je l'ai deviné.

Elle le fixe avec un agacement grandissant.

— Il y a une centaine de personnes, ici, et vous avez tout simplement deviné ?

— Oui.

Elle renifle.

— Je n'ai rien à vous dire.

— Juste quelques questions. Et, après, je vous laisse tranquille.

— C'est toujours pareil avec vous, les journalistes ! Vous annoncez toujours « juste quelques questions ». Mais, en fait, ça ne s'arrête jamais.

— Dans ce cas, je vous en poserai une seule. Je vous laisse tranquille si vous répondez à cette unique question. D'accord ?

Elle le laisse mariner un long moment dans le silence, puis fait jouer ses épaules. Henning tente un sourire, mais pressent que son charme, souvent efficace durant les interviews, restera sans effet sur elle. Elle fait un vague mouvement de la tête et soupire. Henning interprète ce geste comme un assentiment et continue :

— Quel est ce travail qu'Henriette a commencé et que vous avez l'intention d'achever ?

Elle le fixe, interloquée.

— C'est ça, votre question ?

— Oui.

— Pas « Quel souvenir garderez-vous d'Henriette ? », ou « Pouvez-vous me dire quelque chose sur Henriette qui fasse sangloter mes lecteurs ? », ou une saloperie dans le genre ?

Elle a pris un ton de petite peste. Il secoue la tête avec calme. Elle renifle avec dédain et plante son regard dans celui de Henning.

Puis elle hausse les épaules, tourne les talons et s'en va.

Génial, Henning ! Bien joué !

Et il se dit que la seule personne intéressante dans ce paysage larmoyant vient de partir. Elle n'est pas d'une grande beauté. Il parie qu'elle ne s'assied pas aux premiers rangs de l'amphithéâtre, qu'elle ne pose pas pour les photos. Il l'imagine contempler son reflet dans le miroir en soupirant avec résignation ; il la voit se donner à des gars affublés de lunettes en cul de bouteille, tard dans la nuit, et rentrer chez elle avant l'aube.

Mais attends, Anette. Tu es digne d'intérêt. C'est ce qu'il a envie de lui hurler.

Puis il prend conscience de ce qu'il a lu dans son regard. Elle disparaît au coin d'un bâtiment et il empoigne son appareil.

Il fait défiler les clichés jusqu'à l'une des premières images d'Anette, dont il observe les yeux. Il a vu juste.

Eurêka! Il reconnaît la sensation qu'il éprouve quand il saisit ou découvre un élément important. Il agrandit la photo et l'examine de plus près en s'interrogeant sur ce qui pouvait bien effrayer la jeune femme.

Chapitre 15

— Il pue la culpabilité.

L'inspecteur principal Brogeland ne développe pas cette déclaration. Il regarde l'inspecteur-chef Gjerstad, assis en face de lui dans la salle de réunion. Le chef parcourt le compte rendu d'interrogatoire. Le sergent Sandland a pris place au bout de la table. Elle est penchée en avant, les coudes posés sur le plateau. Elle a les mains croisées.

Deux autres officiers, Frederik Stang et Emil Hagen, sont également présents, ainsi que la commissaire adjointe Nøkleby. Elle est officiellement chargée de l'enquête, mais elle travaille toujours au plus près de Gjerstad. L'inspecteur-chef est au centre de l'attention générale, tout le monde attend qu'il se prononce. Comme toujours quand il réfléchit, il lisse sa moustache du pouce et de l'index.

— De toute évidence, il a du mal à expliquer la situation, dit Gjerstad de sa voix basse et grondante. Cela dit…

Il pose le document, enlève ses lunettes, les pose aussi sur la table, et se frotte le visage. Puis il fixe Brogeland.

— Vous auriez dû pousser l'interrogatoire quand il a fini par lâcher qu'il ne l'avait pas tuée.

— Mais…

— Je sais pourquoi vous vous êtes arrêté à cet instant précis. Vous vouliez le laisser mijoter un peu. Mais, selon ce que je lis, il commençait tout juste à s'ouvrir. Si vous lui aviez accordé un peu de temps, il nous en aurait peut-être révélé plus.

— Ça, on n'en sait rien, répond Brogeland.

— Vous étiez pressé ?

— Pressé ?

Le visage de Brogeland s'enflamme. Gjerstad ne le quitte pas du regard.

— La prochaine fois que vous l'interrogerez, donnez-lui un peu plus de temps.

Brogeland se tortille sur sa chaise. Il a envie de se défendre, mais pas devant l'équipe ; il ne veut pas courir le risque d'aggraver son humiliation.

Gjerstad tourne la tête vers la droite, comme s'il observait quelque chose sur le mur.

— En tenant compte du faisceau de preuves indirectes impliquant Marhoni, il est tentant de traiter cette affaire comme un crime d'honneur. Si sa petite amie était infidèle, il pourrait l'avoir tuée pour restaurer sa réputation.

Sandland s'éclaircit la gorge, avant d'intervenir.

— En réalité, il n'y a pas grand-chose pour nous orienter vers la théorie du crime d'honneur.

Gjerstad pivote vers elle, attentif. Elle continue :

— Dans certains pays, l'infidélité est passible de la peine de mort. Au Soudan, par exemple, en 2007…

— Marhoni vient du Pakistan, pointe Gjerstad.

— Je sais, et là-bas aussi on lapide les gens à mort. Néanmoins, dans le cas qui nous intéresse, il manque plusieurs éléments pour dire qu'il s'agit d'un crime d'honneur.

Du regard, Gjerstad encourage Sandland à développer ses arguments. Nøkleby remonte ses lunettes et se penche en avant. Sa frange noire tombe sur ses yeux, mais pas au point de l'agacer.

— Les crimes d'honneur sont souvent perpétrés *après* que la honte est devenue publique. Or, jusqu'à présent, nous avons pu établir que tout le monde considérait Hagerup et Marhoni comme un couple. Deuxièmement, la plupart du temps, les crimes d'honneur sont planifiés. La décision est généralement prise par la famille de l'offensé. D'après ce que je sais, Marhoni n'a pas de famille en Norvège, en dehors du frère qui vit avec lui. Et, par-dessus tout, ce genre d'acte est hautement revendiqué. Or, Marhoni nie avoir tué Henriette.

Gjerstad assimile le cours en accéléré, puis approuve le raisonnement d'un signe de tête.

— Que savons-nous sur la lapidation ? demande Emil Hagen.

Hagen est un petit mec tout juste sorti de l'École de police. Brogeland reconnaît le genre : débordant d'enthousiasme, impatient d'agir et persuadé qu'il va améliorer la société en éliminant les méchants un par un. *Vas-y, continue à croire ça*, songe-t-il. *Tôt ou tard, tu vas te retrouver six pieds sous terre, comme tout le monde.* Sous ses cheveux blonds, Emil ressemble à une version adulte du héros éponyme des livres pour enfants d'Astrid Lindgren. Il a même un espace entre les dents de devant.

— Officiellement, il n'y a que l'Iran qui utilise cette méthode, de nos jours, explique Sandland. Cela dit, ça arrive aussi dans d'autres pays, mais c'est à l'initiative de particuliers. Les crimes punis par la lapidation sont essentiellement l'adultère, l'indécence et le blasphème. En 2007, Jafar Kiani a subi une lapidation en Iran et, pour la première fois depuis 2002, le pays a admis officiellement l'usage de cette forme de punition.

— Qu'avait-il fait ? demande Nøkleby.

— Vous voulez dire, qu'avait-*elle* fait ?

Nøkleby baisse la tête, honteuse de son ignorance.

— Jafar Kiani avait eu une relation extraconjugale, répond Sandland.

Maintenant, c'est elle qui concentre l'attention du reste de l'équipe. Frederik Stang pose son verre d'eau.

— Là, je suis perdu, avoue-t-il. On ne vient pas juste d'arrêter un type ?

Stang a des cheveux noirs très courts, pas loin de la coupe militaire, et son visage affiche en permanence une expression grave. Il aime porter des vêtements près du corps, ce qui permet à tout le monde de constater qu'il passe la plus grande partie de sa jeunesse à la salle de sport.

— Nous avons effectivement procédé à une arrestation, mais le suspect nie le meurtre, souligne Nøkleby. De toute façon, il est bien trop tôt pour s'interdire de suivre d'autres pistes. De plus, nous sommes précisément en train d'essayer d'établir un mobile.

— Hagerup a couché ailleurs, proteste Stang. C'est ce que les textos suggèrent, d'accord ? Et Marhoni est musulman, hein ? Pour moi, on a mis en plein dans le mille.

Sandland porte une bouteille de Coca Zéro à ses lèvres et en boit une gorgée, avant de répondre.

— Je conviens que vous pourriez avoir raison. Mais je suis toujours convaincue qu'il nous faut écarter la théorie du crime d'honneur. À mon avis, nous devrions plutôt nous intéresser de plus près à la charia.

— La charia ? relève Gjerstad, intrigué.

— Oui. Vous savez ce que c'est, n'est-ce pas ?

Du regard, elle fait le tour de l'équipe. La plupart hochent la tête, mais avec un manque de conviction révélateur.

— Des règles strictes qui régissent la vie des gens, ou un truc dans ce genre ? suggère Emil Hagen en se tortillant sur son siège.

Sandland a un bref sourire.

— Mais il faut bien être musulman pour mériter le châtiment, non ? s'enquiert Brogeland.

— Oui, c'est exact.

— Or Hagerup était blanche, comme nous, non ?

— Précisément, il y a un tas de trucs qui ne collent pas.

— Et si elle s'était convertie ? suggère Hagen.

Sandland fait une grimace dubitative.

— Mais, comme elle était blanche et norvégienne, cette affaire n'a peut-être rien à voir avec la charia ou les *hudud*, observe Gjerstad.

— Non, c'est…

— Quelqu'un a peut-être juste décidé de la lapider à mort. Sacrée manière de tuer quelqu'un. Ça doit prendre une éternité, j'imagine, surtout si les pierres sont petites.

— Oui, mais nous devrions chercher quelqu'un qui connaît les châtiments *hudud*.

— Ça peut être n'importe qui, non ? dit l'inspecteur-chef.

— Qu'on soit norvégien ou musulman, tout le monde peut *lire* des textes sur le sujet, c'est vrai. Cela dit, ce meurtre comporte une grande part de rituel. La flagellation, la lapidation et l'amputation d'une des mains. Tout cela a une signification précise.

— On dirait bien, commente Nøkleby.

— Hagerup avait-elle trompé Marhoni ? demande Hagen. Ou avait-elle volé quelque chose ?

Sandland hausse les épaules.

— Pas la moindre idée. Les deux, peut-être. Ou ni l'un ni l'autre. Pour l'instant, nous n'en savons rien.

— D'accord, dit Gjerstad d'un ton qui signifie que la réunion est terminée.

Il se lève et donne ses instructions :

— Nous devons fouiller plus en détail le passé de Marhoni et celui de la victime, trouver qui ils étaient, ce que Hagerup a fait ou n'a pas fait, ce qu'elle savait, ce qu'elle a étudié, les gens qu'elle connaissait, amis, situation de famille, et ainsi de suite. Deuxièmement, nous devons parler aux diverses communautés musulmanes, découvrir si quelqu'un approuve la flagellation et ce genre de châtiment. Voir s'il existe un lien avec Hagerup ou Marhoni. Emil, vous êtes un magicien d'Internet. Voyez les forums, les pages d'accueil, les blogs. En plus, trouvez tout ce que vous pouvez sur la charia et les *hudud*, et prévenez-nous si vous tombez sur des gens que nous devrions étudier de plus près.

Emil acquiesce.

— Ah ! Encore une chose, ajoute Gjerstad en échangeant un coup d'œil avec Nøkleby. Je ne devrais pas avoir à le dire, mais le gars de NRK s'est montré remarquablement bien informé à la conférence de presse, aujourd'hui. Cette enquête coche un nombre incroyable de cases sensibles. Alors, si la presse a le moindre indice sur nos investigations, ça va nous compliquer encore plus la tâche. Tout ce qui s'est dit ici doit rester entre ces quatre murs. Compris ?

Personne ne répond. Mais tout le monde hoche la tête.

Chapitre 16

Il ne lui faut pas très longtemps pour terminer à Westerdals. Il recueille quelques déclarations, rassemble le genre d'infos attendues par le journal, prend quelques photos supplémentaires et repart chez lui. Il passe devant le Jimmy's Sushi Bar de Fredensborgvei quand son téléphone sonne.

— Henning.

— Salut, c'est Heidi.

Il fait la grimace et lui rend son salut sans le moindre enthousiasme.

— Où es-tu ? demande-t-elle.

— Je rentre chez moi écrire mon papier. Je te l'enverrai par mail, ce soir.

— *Dagbladet* a déjà sorti quelque chose sur le deuil des étudiants de l'école. Pourquoi pas nous ? Qu'est-ce qui te prend tant de temps ?

— Tant de temps ?

— Pourquoi tu ne nous as pas appelés avec ce que tu as ?

— Mais, avant d'appeler, il faut bien que j'écrive l'article, non ?

— Quatre lignes sur l'ambiance, deux déclarations affligées d'un participant à l'hommage, ça nous aurait suffi pour mettre un truc sur pied. Plus tard, on aurait étoffé un peu avec des photos et d'autres témoignages. Maintenant, on traîne à la booourre !

Il est tenté de lui dire que l'expression n'est pas « traîner à la bourre », mais soit « être à la traîne », soit « être à la bourre », mais il s'en abstient. Heidi pousse un gros soupir.

— Pourquoi un lecteur aurait-il envie de cliquer sur notre papier consacré à l'angle humain de l'affaire, alors qu'il aura déjà vu ailleurs des trucs sur le même sujet ?

— Parce que le mien sera meilleur.

— Ah ! J'y compte bien. Et la prochaine fois… appelle pour nous passer ton article.

Heidi raccroche, sans attendre sa réponse. Henning adresse une grimace à l'écran de son téléphone. Il prend tout son temps pour regagner son appartement.

Une fois chez lui, il change les piles des détecteurs de fumée, puis s'installe sur le divan avec son ordinateur portable. En chemin, il a réfléchi à divers angles pour son article. Le papier ne devrait pas être trop compliqué à rédiger. Il pourrait même avoir le loisir de se balader jusqu'à Dælenenga et de regarder quelques séances d'entraînement avant la nuit.

La tâche la plus gourmande en temps, c'est le téléchargement et l'édition des photos, avant de les envoyer à la rédaction. Il ne tient pas à courir le risque qu'ils les publient n'importe comment.

Six ou sept ans plus auparavant, il ne s'en souvient plus précisément, une femme avait été brutalement assassinée à Gorud. Son corps avait été découvert dans une benne à ordures. Il avait pris une dizaine de clichés et les avait transmis tels quels à la rédaction d'*Aftenposten*, parce que la Vieille Dame partait à l'imprimerie de bonne heure. Il avait explicitement désigné les prises de vues qui pouvaient être utilisées et celles qui ne le pouvaient pas – du moins, pas avant d'avoir obtenu le consentement des proches de la victime. En effet, plusieurs d'entre eux se tenaient derrière les rubans de police et figuraient sur les photos. Il avait également spécifié qu'ils devaient le consulter avant l'impression.

Ce soir-là, il n'avait pas eu de nouvelles de la rédaction et ne les avait pas rappelés. Le lendemain matin, l'article avait été publié, illustré non seulement par les mauvaises images, mais aussi avec des légendes erronées. Il avait dû faire amende honorable. Il avait tenté de présenter ses excuses à la famille, mais ils avaient refusé de lui parler. La teneur générale de leurs réponses se résumait à : « C'est la faute de la rédaction. Ouais, c'est ça ! »

Mais le journalisme est semblable aux autres métiers. Les erreurs permettent de progresser. Un ami lui avait raconté que, au début de ses études de médecine, on lui avait expliqué que, pour devenir un bon praticien, il fallait avoir rempli un cimetière. On se forme sur le tas, on acquiert du savoir, on maîtrise les nouvelles technologies, on s'adapte, on finit par connaître ses collègues et leurs capacités, on apprend à travailler avec eux. C'est un processus continu.

Il ouvre Photoshop et télécharge les photos. Du chagrin, du chagrin factice, encore et toujours. Et puis Anette. D'un double-clic, il agrandit les images où elle figure. Même sur son écran de quinze pouces, les détails apparaissent avec précision. Quand il fait défiler les clichés en diaporama, ça devient encore plus flagrant. Anette regarde autour d'elle, comme si elle craignait d'être observée ; mais, ensuite, elle vole un moment d'intimité avec Henriette. Ça s'est passé en quelques secondes, mais son appareil a capturé la séquence.

Anette, de quoi as-tu peur ?

Rédiger l'article et l'envoyer au bureau lui prend plus de temps qu'il ne l'avait imaginé. Les phrases ne lui viennent pas aussi aisément qu'il l'avait cru. Mais il se dit que même les vieux singes peuvent apprendre de nouvelles grimaces.

Et il espère que Heidi est chez elle, à écumer, parce qu'il la fait attendre.

Il consulte la pendule : 20 h 30. Trop tard pour Dælenenga.

Il soupire et se laisse aller en arrière sur le dossier du divan. *J'aurais dû aller voir maman*, se dit-il. *Ça fait des jours, maintenant. Ça doit la rendre triste…* À la réflexion, il ne se souvient pas de la dernière fois où elle ne s'est pas apitoyée sur son sort.

Christine Juul habite depuis quatre ans dans un modeste trois-pièces à Helgesensgate, un de ces programmes immobiliers qui coûtent une fortune à l'achat et dont la valeur se dégrade avec le temps. On en trouve de similaires à Grünerløkka.

Avant Helgesensgate, elle vivait à Kløfta, où Henning a grandi ; mais, sur le plan pratique, la distance était trop importante pour Trine et lui. Christine avait voulu se rapprocher de ses enfants, à seule fin qu'ils puissent prendre soin d'elle plus facilement. Elle avait dépensé presque tout son argent dans un appartement sans âme, aux murs nus. Autrefois blancs, ils sont maintenant décolorés par toute la fumée qu'elle recrache chaque jour dans la pièce. Ce cadre morose n'est pourtant pas à l'origine de son mal-être constant.

Pour Henning, jusqu'à la disparition de son époux, Christine Juul était plutôt satisfaite de son sort. Elle appréciait son boulot d'aide-soignante, son mariage était heureux en apparence, ses enfants étaient heureux et bien portants en apparence. Certes, elle avait peu d'amis, mais elle tenait à ceux qu'elle avait, elle était membre de la chorale et du club d'œnologie locaux. Après la mort subite de Jakob Juul, elle s'était effondrée. En une nuit. À l'époque, Henning et Trine n'étaient que des ados, mais ils s'étaient retrouvés livrés à eux-mêmes. Ils devaient faire les courses, la cuisine, tondre la pelouse, tailler la haie, faire la lessive, nettoyer la maison, aller seuls aux entraînements et aux matches de foot, à l'école ou dans leur cabane de vacances, au bord de la mer. S'ils se posaient des questions sur leur éducation, ils devaient s'adresser aux voisins. Ou se passer de réponses.

Tout ça, parce que Christine Juul s'était trouvé un nouveau meilleur ami.

Le Saint Hallvard est une liqueur aux herbes, fabriquée à partir d'eau-de-vie de pomme de terre et contenant juste assez d'alcool pour engourdir un esprit anxieux. Maintenant, pas une semaine ne s'écoule sans que Henning doive réapprovisionner le bar de sa mère. Au moins deux bouteilles. S'il n'y en a qu'une, elle fait la tête.

Après avoir longuement et mûrement réfléchi au problème, il est arrivé à une conclusion. Si elle veut se tuer en buvant – eh bien, soit. Bien loin de lui l'idée de l'arrêter. Lorsqu'il s'est marié, elle a semblé moyennement intéressée ; elle a passé moins d'une heure au baptême de Jonas. Elle n'a pas pleuré à la mort de son petit-fils. Certes, elle a assisté à l'enterrement mais, arrivée parmi les derniers, elle ne s'est pas assise avec la famille, elle est restée debout dans le fond. Dès la fin du service, elle a quitté l'église. Quand Henning était soigné à l'hôpital de Haukeland, dans l'unité des grands brûlés, elle ne lui a pas rendu visite et ne l'a même pas appelé pour prendre de ses nouvelles. Après son transfert au centre de rééducation de Sunnaas, il l'a vue deux fois à peine, et pas plus d'une demi-heure. Elle n'a pas décroché un mot, ne l'a pratiquement pas regardé.

Liqueur, Marlboro Light et presse pipole.

Il estime qu'il ne peut pas lui refuser ces plaisirs, les trois seuls qui lui restent à soixante-deux ans. Elle mange très peu, bien qu'il garnisse régulièrement son frigo. Il essaie de varier son régime, de lui faire absorber des protéines, du calcium, des nutriments essentiels, mais elle a très peu d'appétit.

De temps à autre, il lui prépare un repas et dîne en sa compagnie sur la petite table de la cuisine. Ils ne parlent pas. Ils écoutent simplement la radio. Henning aime écouter la radio. Surtout quand il est avec sa mère.

Il ignore pourquoi elle lui en veut autant, mais c'est sans doute parce qu'il n'est pas *devenu quelqu'un*, contrairement à sa sœur – Trine Juul-Osmundsen, l'actuelle ministre de la Justice. Elle semble se tailler une belle réputation. Elle est très appréciée, même par la police. Mais il l'a appris uniquement par l'intermédiaire de sa mère.

Il n'a aucun contact avec sa sœur. C'est Trine qui en a décidé ainsi. Depuis longtemps, il a cessé de vouloir comprendre. Il ne sait pas très bien comment les choses en sont arrivées là, mais, à une certaine période de leur vie, Trine a cessé de lui parler. À l'âge de dix-huit ans, elle a quitté la maison pour ne jamais y revenir, même pas pour Noël. Mais elle écrivait – à leur mère, jamais à lui. Il n'a pas été invité à son mariage.

La famille Juul. Pas exactement une famille heureuse. Mais il n'en a pas d'autre.

Chapitre 17

Il regarde le piano. L'instrument est posé contre le mur. Il aimait beaucoup en jouer, mais il se demande s'il le pourrait encore. Aucun rapport avec ses mains. En dépit des cicatrices, ses doigts fonctionnent très bien.

Il se souvient du soir où Nora lui a annoncé qu'elle était enceinte, peu après leur mariage. La grossesse était planifiée, mais ils avaient entendu parler de nombreux couples qui avaient essayé pendant des années, sans succès. Henning et Nora, eux, avaient conçu un enfant à leur première tentative. Droit au but.

Lorsque Nora était entrée dans le bureau, il travaillait sur un article. À voir son expression, il avait su qu'il s'était passé quelque chose. Elle était nerveuse, mais excitée. Elle débordait de peur et d'émerveillement devant ce qu'ils venaient de commencer, la responsabilité qu'ils étaient sur le point d'endosser.

Henning, je suis enceinte.

Il se rappelle les nuances de sa voix. Circonspecte, palpitante. Un sourire s'était épanoui sur son visage avant de céder la place à un voile d'incertitude qui avait achevé de le faire fondre. Il s'était levé, l'avait enlacée, l'avait embrassée.

Oh, comme il l'avait embrassée !

Ce soir-là, Nora était enceinte de sept semaines. Il se souvient qu'elle était allée se coucher tôt, parce qu'elle avait la nausée. Il était resté assis un long moment, à réfléchir, à écouter le silence de l'appartement. Puis il s'était mis au piano. À cette époque, il était débordé de travail et n'avait pas joué depuis une éternité. Mais c'est toujours pareil quand il reprend le piano après une longue interruption. Tout ce qu'il joue sonne bien.

Ce soir-là, il a sans doute composé le plus beau morceau de sa vie. Il avait réveillé Nora et l'avait tirée du lit pour le lui faire entendre. Pendant qu'il caressait les touches noires et blanches, elle s'était tenue derrière lui, nauséeuse et magnifique. La musique était douce et mélancolique.

Nora avait posé les mains sur ses épaules, s'était penchée et l'avait longuement étreint. Henning avait intitulé le morceau *Mon petit ami*. Après la naissance de Jonas, il le lui jouait souvent. Jonas aimait l'entendre le soir, avant d'aller au lit. Henning avait également écrit un texte, mais il n'était pas très bon parolier ; aussi avait-il plutôt tendance à fredonner l'air.

Il aurait dû jouer *Mon petit ami* à l'enterrement, mais il était assis dans un fauteuil roulant, enveloppé de bandages et de plâtre. Évidemment, un ami aurait pu l'interpréter à sa place, mais ça n'aurait eu aucun sens. Ça aurait dû être lui. Point.

Pendant que le pasteur parlait, Henning avait fredonné. Depuis, ça ne lui était plus jamais arrivé.

Quelque chose l'a travaillé toute la journée. Tous les bons spécialistes des affaires criminelles ont des informateurs. Henning a une source formidable. Ou, du moins, il l'avait. Cette source était entrée dans sa vie un beau soir, alors qu'il écumait le Net, à la recherche de sites de pédopornographie pour un de ses articles. Il voulait découvrir s'il était facile de trouver du matériel pédopornographique sur Internet, combien de clics étaient nécessaires pour y parvenir, et il avait très vite atterri sur une page signalée. Heureusement, la police était déjà au courant. Du coup, ils avaient aussi appris que Henning avait visité ladite page. Bien sûr, il était conscient du risque, mais cette péripétie faisait partie intégrante de ses recherches sur le sujet. Il s'agissait d'établir le degré de réactivité des forces de l'ordre, de voir jusqu'où il pouvait aller avant d'être arrêté. Impossible de se souvenir d'où l'idée lui était venue, mais ça avait sans doute un rapport avec le fait qu'il allait être père. Une sorte de tentative pour conjurer les problèmes.

Après avoir visité plusieurs sites, il avait discuté sur un forum avec une femme qui s'était présentée sous le nom de Chicketita. Elle lui avait promis de lui donner des DVD de pédopornographie s'il la retrouvait au parc de Vaterlands à 23 heures, le soir même. Il n'était pas allé au rendez-vous.

Le lendemain, il avait été interrogé dans les locaux de la police ; son portable avait été confisqué et envoyé à la scientifique pour savoir s'il avait déjà fréquenté des sites pédophiles auparavant.

Évidemment, ce n'était pas le cas. Après avoir expliqué ses activités aux enquêteurs de la brigade des crimes sexuels, il avait été rapidement relâché. Chicketita, qui était en réalité un officier du nom d'Elsa, avait été très compréhensive et il avait obtenu la permission de poursuivre son travail. Elle était favorable à une exposition du problème dans la presse.

Quelques jours plus tard, il avait été contacté par *6tiermes7*. Tout d'abord, il avait pensé qu'il s'agissait d'un autre policier chasseur de pédophiles, mais il avait vite changé d'opinion. *6tiermes7* avait des intentions tout à fait différentes.

Henning ignorait si *6tiermes7* avait eu connaissance de son article sur la pornographie enfantine, mais il le – ou la – soupçonnait de suivre son travail depuis un moment, ou d'avoir au moins regardé ce qu'il faisait. À cette époque, il menait souvent des enquêtes sous couverture ; il avait dévoilé plusieurs scandales, ce qui avait conduit la police à lancer de nouvelles investigations ou à élucider des affaires non résolues. Il obtenait des résultats et *6tiermes7* était prêt à l'aider, à la condition non négociable que Henning ne révèle jamais sa source.

Par l'intermédiaire d'un compte mail qui ne pouvait pas être retracé jusqu'au vrai nom de *6tiermes7*, Henning avait reçu une pièce jointe contenant un logiciel appelé FireCraker 2.0, qu'on lui demandait d'installer. Plus tard, il avait fait des recherches sur Internet, mais aucune information ne suggérait qu'on pouvait acheter ce programme où que ce soit. Il s'était dit que *6tiermes7* l'avait écrit, mais n'avait jamais posé la question. Une fois installé et ouvert, le logiciel l'avait connecté à un serveur qui leur permettait de communiquer en sécurité. Relativement en sécurité.

Ils utilisaient un algorithme de cryptage qui rendait les frappes sur leurs claviers incompréhensibles pour une tierce personne, à moins que cette personne ne possède la clé de cryptage. La sécurité du dispositif reposait bien évidemment sur le fait que leurs frappes n'étaient pas enregistrées avant d'être chiffrées. Après tout, il est toujours possible de pirater un clavier. Sa source risquait peut-être sa vie, mais Henning n'avait pas l'intention de s'interroger sur les dilemmes éthiques et moraux que devait affronter *6tiermes7*.

Très vite, Henning avait constaté que *6tiermes7* était la meilleure source qu'il avait jamais eue. Le journalisme repose sur les contacts – avoir une source fiable qui vous apporte des sujets ; quelqu'un qui vous fournira régulièrement des informations susceptibles de vous aider à mieux préparer les interviews. Ces renseignements venus de l'intérieur n'étaient peut-être pas utiles sur-le-champ, mais n'étaient pas dépourvus de valeur pour autant. On pouvait s'en servir comme levier, par exemple. Il pouvait se révéler intéressant de connaître les nouveaux développements d'une enquête, de savoir ce que la police avait découvert, les pistes suivies, le nom de personnes interrogées…

Henning obtenait tout ça de *6tiermes7*. Il ou elle était une Gorge Profonde, la plus profonde qui soit. Pendant les trois années avant Ce-à-quoi-il-ne-pense-pas, Henning avait publié plusieurs articles grâce à son partenariat avec *6tiermes7*. Il ou elle l'avait aidé et, à son tour, il avait aidé la police en sortant des papiers qui jetaient un éclairage nouveau sur leurs investigations, actuelles et passées. Ensemble, ils obtenaient des résultats *quid pro quo*, comme aurait dit Hannibal Lecter.

Mais *6tiermes7* ne lui avait jamais révélé le pourquoi ou le comment de leur relation. Et Henning n'avait jamais tenté de découvrir son identité. Il n'avait d'ailleurs jamais eu l'intention de le faire. Il valait mieux laisser certaines choses tranquilles.

Avant de reprendre le travail, il ne lui avait pas accordé une seule pensée pendant presque deux ans. Il ignorait complètement si *6tiermes7* était encore disposé à être sa source. Cette personne collaborait peut-être avec d'autres, maintenant. Il ou elle avait aussi pu tout simplement disparaître du cyberespace.

Mais il n'allait pas tarder à en savoir plus.

Chapitre 18

La vapeur monte et se condense sous le plafond. Le jet d'un tuyau à haute pression arrose minutieusement la carrosserie rouge sombre d'une Audi A8, aux jantes chromées de cinquante centimètres de diamètre, débarrassant la peinture des fientes d'oiseaux incrustées, de la saleté, de la poussière de gravier et des petits cailloux. Au bout de quelques secondes, la voiture est entièrement trempée.

Yasser Shah pose l'embout du nettoyeur et fait signe à deux hommes de se mettre à l'ouvrage. Un troisième ouvre la portière et commence à aspirer l'intérieur. Des éponges savonneuses couinent contre la carrosserie du modèle de luxe. Le quatuor travaille rapidement et avec efficacité. Les tapis de sol sont enlevés et décrassés au jet. Le coffre est débarrassé des écorces, débris végétaux et autres déchets. Les néons sont essuyés. En moins de dix minutes, les sièges, le volant, le tableau de bord, le levier de vitesses, l'autoradio et les vitres luisent de propreté.

Et tout ça pour 150 couronnes.

Le propriétaire de la voiture, un homme en costume gris avec une cravate assortie, attend à l'extérieur. À intervalles réguliers, il jette un œil à l'intérieur pour vérifier les progrès de l'opération. Assis dans son poste vitré, Zahirula Hassan Mintroza est conscient du scepticisme du client. *C'est parce qu'on est pakistanais*, songe-t-il. *Mais comme on n'est pas chers, alors Monsieur est prêt à courir le risque, hein ? Branleur. Si seulement tu savais qui lave ta voiture.*

Une fois que le quatuor a terminé, Hassan appuie sur un bouton qui ouvre la porte roulante. Le client hésite, incertain de la conduite à tenir. Hassan se lève, sort et fait signe aux quatre hommes de peaufiner le nettoyage à la lumière du jour. Yasser Shah monte dans le véhicule et démarre le moteur, qui rugit agressivement dans l'acoustique parfaite du local, puis il recule. Les autres suivent, peau de chamois en main.

Hassan rejoint le propriétaire de l'Audi et accepte un paiement en liquide. Le type lâche un commentaire satisfait.

— Ça a l'air très bien.

Hassan acquiesce, compte les huit billets de 20 couronnes et omet de mentionner qu'il y a 10 couronnes de trop. *Ce n'est que justice*, songe-t-il, *puisqu'il a eu le service ultra-express.*

Shah descend de la voiture, tend les clés au client. Les trois autres essuient les dernières traces d'humidité sur le toit, les portières et les jantes de l'Audi.

— Merci beaucoup, dit le propriétaire.

Il monte dans son véhicule et s'éloigne sans se presser. Hassan regarde ses hommes et leur fait signe de retourner à l'intérieur. Ils obéissent et entrent dans le poste vitré. L'endroit est grand comme une chambre à coucher. Dans un coin, il y a trois chaises et une télévision qui diffuse Al-Jezira avec le son coupé. Une tasse de café attend Hassan sur son bureau, près d'un ordinateur, d'une pile de documents et de journaux. Derrière le fauteuil grinçant, une vieille photo de Nereida Gallardo Alvarez nue décore le mur.

— Ferme la porte, ordonne Hassan à Yasser Shah.

Puis il presse un bouton. Une lampe rouge s'allume à l'extérieur de la station de lavage.

Les autres patientent en silence. Hassan les observe. Ses cheveux, assez longs, luisent de brillantine. Il pourrait les réunir en queue-de-cheval, mais il préfère les plaquer simplement en arrière. Autour de la bouche et sur les joues, des zones choisies et nettement délimitées sont garnies d'une barbe soigneusement entretenue. Ses boucles d'oreilles sont assorties à l'épaisse chaîne d'or passée autour de son cou. Il porte un jean délavé et usé ; son débardeur blanc épouse étroitement sa poitrine et son ventre. Hassan est mince, mais pas fluet. Ses muscles sont bien dessinés. Un tatouage de grenouille verte orne un de ses avant-bras, répondant au scorpion noir sur l'autre.

— Nous avons un problème, dit-il en les regardant tour à tour d'un air grave. Nous avons déjà parlé de ce que nous devions faire si une situation pareille se présentait. Surtout cette situation, en particulier.

Les autres hochent la tête. Yasser ouvre légèrement la bouche. Hassan le remarque.

— Yasser, à toi de jouer, maintenant, assène-t-il.

Yasser s'apprête à prendre la parole, mais Hassan l'interrompt.

— Nous devons envoyer un message. C'est l'occasion pour toi de prouver que tu es l'un des nôtres, que tu étais sérieux en venant nous rejoindre.

Shah baisse la tête. Il est petit et trapu. Un carré de barbe fournie encadre sa bouche, il a la peau lisse et porte des favoris. Son nez est de travers depuis une bagarre à coups de poing dans le Gujarat en 1994. Au cours de la même rixe, il a également été touché à la bouche et a récolté une cicatrice sur la lèvre supérieure, à gauche. Le clou qui pare son lobe gauche ressemble à un diamant.

— Tu veux aller en prison ?

Shah relève la tête.

— Non, marmonne-t-il.

— Veux-tu que nous allions en prison ?

— Non.

Cette fois, la réponse de Yasser est plus ferme.

— Notre mode de vie exige d'être prêt à se sacrifier pour les autres, continue Hassan. Nous ne pouvons pas prendre de risque.

Les autres regardent Hassan, puis Shah. Hassan attend un long moment avant d'ouvrir un tiroir et d'en tirer une boîte noire. Il en sort un pistolet et un silencieux, puis remet le tout à Yasser.

— Discret et en douceur. Pas d'erreur.

Visiblement peu enthousiaste, Shah acquiesce machinalement.

— Pareil pour vous autres. Ça fera les gros titres ; alors, le moment venu, assurez-vous de vous trouver près d'une caméra de surveillance, avec plein de témoins autour qui pourront jurer que vous étiez bien là. Les flics ne viendront peut-être pas ici ; mais, s'ils s'amènent, ce sera pour savoir où vous étiez.

Tout le monde hoche la tête, à part Yasser. Il fixe le sol.

Chapitre 19

Henning rouvre son portable et localise FireCracker 2.0 dans le dossier Applications. Il hésite quelques secondes avant de double-cliquer sur l'icône d'un pétard miniature. *6tiermes7* utilise peut-être une version différente, plus récente. Il pourrait y avoir de nouvelles fonctions qui nécessitent une mise à jour. Mais il finit par se décider. Ça vaut la peine de tenter le coup.

Le programme prend des siècles pour se charger sur le disque dur. Le ventilateur commence à ronronner. *Il faut vraiment que je me rachète un ordi*, se dit-il. Pendant que la machine bourdonne, il affiche la page d'accueil de *123news* pour voir si son papier a été publié.

Il l'a été. Un bref survol du texte lui permet de constater que la rédaction n'a effectué que peu de modifications. Ils en ont fait le sujet principal de cette édition. Un lien dans l'introduction permet d'accéder à l'article d'Iver Gundersen sur l'arrestation. La simple perspective de lire la prose de Gundersen donne la nausée à Henning.

Alors il se concentre sur le titre de son propre papier : « *Nous ne t'oublierons jamais.* » La photo d'illustration représente le mémorial, les cartes et les messages pour Henriette Hagerup. Rien qui sorte de la routine. Mais le texte tient la route, c'est un bon début.

Quelqu'un parcourt l'escalier des parties communes à pas lourds. Henning s'efforce d'ignorer le bruit et regarde si FireCraker 2.0 est chargé et fonctionne. C'est le cas. Mais aucune trace de *6tiermes7*. Le logiciel tourne encore quelques minutes. Entre-temps, il s'oblige à lire le papier d'Iver Gundersen. Après tout, l'article pourrait contenir des informations utiles. Du coup, il se souvient que le nouvel amant de Nora lui a demandé de trouver le nom du petit ami de Hagerup, ce qui lui était totalement sorti de l'esprit.

Il maudit ses cellules grises inefficaces, puis clique sur le lien qui ouvre le texte de Gundersen.

LAPIDATION : UN HOMME ARRÊTÉ

Un individu d'une vingtaine d'années a été appréhendé dans le cadre de l'enquête sur le meurtre brutal d'Henriette Hagerup.

Une photo de la scène de crime – la vraie, cette fois – ouvre l'article. La grande tente blanche figure à l'arrière-plan. Quelques badauds traînent devant le ruban de la police. Henning lit le corps du texte.

L'homme a été arrêté à l'occasion d'une visite de routine à son domicile. Quand les officiers de police ont frappé à sa porte, il a tenté de prendre la fuite, mais il a été rapidement rattrapé.

La rédaction de *123news* a été informée de la découverte d'indices incriminants dans l'appartement du suspect. Plus tard dans la journée, il sera déféré devant un juge, avant d'être placé en détention provisoire. Lars Indrehaug, son avocat, proteste de l'innocence de son client.

Ensuite, Gundersen explique ce qui est arrivé et les développements de l'histoire. Il a aussi ajouté une déclaration de l'inspecteur-chef Gjerstad, que Henning a entendue à la conférence de presse.

Le bruit continue dans la cage d'escalier. Henning consulte une fois encore FireCraker 2.0. Il est toujours le seul usager actif. Il décide de rester en ligne, au cas où *6tiermes7* se connecterait à son tour dans la soirée ou pendant la nuit. Mais il a le pressentiment qu'il ne se passera rien.

Il soupire et fixe le mur du regard sans le voir. Son premier jour de travail est terminé. Ça y est, il en est venu à bout. Il repense aux gens qu'il a rencontrés : Kåre, Heidi, Nora, Iver, Anette. En une seule journée, il a appris des choses et entamé des relations dont il se serait volontiers passé. Des souvenirs lui sont revenus, des souvenirs qu'il aurait voulus enfouis à jamais dans l'obscurité.

Il songe à Nora, à ce qu'elle fait en ce moment, et il se demande si elle se trouve avec Gundersen. Évidemment. Monsieur Velours Côtelé le Super Coup. Ils sont sans doute en plein dîner. Dans un restaurant. Ils se racontent leur journée, prévoient ce qu'ils vont faire en rentrant. Sous la couette ou, peut-être, au-dessus.

Il chasse ces idées déprimantes, espérant que le soir et la nuit ne se feront pas trop attendre.

Le bruit de pas persiste. Henning décide de mener sa petite enquête : il jette un coup d'œil dehors. Un vieil homme passe sur le palier, torse nu et en short ; il entame la montée de l'escalier, la respiration laborieuse. Malgré son âge, que Henning évalue à plus de soixante-dix ans, il est encore bien musclé. Ils échangent un regard. L'homme s'apprête à continuer, puis se ravise et examine Henning de plus près.

— Vous venez d'emménager ? demande-t-il.

— Non. J'habite ici depuis six mois.

— Oh, vraiment ? Je vis dans l'appartement juste au-dessous du vôtre.

— D'accord.

Le voisin redescend jusqu'à Henning et lui tend la main.

— Gunnar Goma. J'ai subi une chirurgie cardiaque. Un quadruple pontage.

Il montre une grosse cicatrice sur sa poitrine. Henning opine du chef d'un air compréhensif et lui serre la main.

— C'est pour ça que je suis à bout de souffle. Mais je fais de l'exercice. Je dois être en forme pour pouvoir satisfaire les dames, hé, hé.

— Henning Juul.

— Et je n'ai rien sous mon short.

— Merci d'avoir partagé ça avec moi.

— Ça vous dirait, un café, un de ces jours ?

Henning hoche la tête. Il aime le café, mais il est peu probable qu'il en boive un jour en compagnie de Gunnar Goma. Quoique, en y repensant, l'invitation ne soit peut-être pas aussi inopportune qu'il y paraît.

En rentrant, il entend son ordinateur émettre un signal. Il se souvient de ce son. *Ding-dong*, comme une sonnette de porte. Ça signifie que quelqu'un lui a envoyé un message sur FireCracker 2.0.

C'est sûrement *6tiermes7*.

Il s'empresse de s'asseoir, s'empare de la souris et réactive l'écran. Il ferme toutes les applications, pour n'afficher que FireCracker 2.0. Il examine l'écran, où une petite fenêtre carrée s'est ouverte. À l'intérieur, il lit :

6tiermes7 : Juge.

Pour s'assurer que personne n'utilisait le logiciel en dehors d'eux, ils s'étaient accordés sur une liste de mots de passe. La personne qui établit le contact écrit la première partie du code. Si celle qui répond donne la suite qui convient, tout va bien.

Henning sourit et répond :

MakkaPakka : Diable.

Il est récompensé par un smiley.

Au fil de leurs échanges, Henning et *6tiermes7* ont abordé bien d'autres sujets que les indices ou les affaires en cours. C'est *6tiermes7* qui lui a attribué le pseudo de Makka Pakka, sachant combien Henning déteste *In the Night Garden*. Cette émission de télé d'une demi-heure, destinée aux enfants, est diffusée sur NRK tous les après-midis, avant le début des programmes pour les jeunes. Les personnages y prononcent rarement des répliques intelligibles ; en revanche, ils profèrent des sons qui ressemblent à leurs noms. Igglepiggle, Upsy Daisy, Makka Pakka, les Tomblibous et le Ninky Nonk.

Quelles que soient les motivations réelles de sa source, Henning a pu au moins acquérir une certitude. Chaque fois qu'ils discutent en ligne, *6tiermes7* adore le taquiner.

MakkaPakka : Je me demandais si vous existiez encore.

6tiermes7 : J'en ai autant à votre service. Vous nous avez manqué.

MakkaPakka : Merci.

6tiermes7 : Alors, vous voilà de retour ? J'ai entendu dire que vous aviez assisté à la conférence de presse, aujourd'hui.

MakkaPakka : Qui vous a raconté ça ?

6tiermes7 : Le Premier ministre. Vous me prenez pour qui ?

Henning envoie un smiley.

6tiermes7 : Quoi de neuf ?
MakkaPakka : Henriette Hagerup. Vous me prenez pour qui ?

Nouveaux smileys.

6tiermes7 : Que voulez-vous savoir ?
MakkaPakka : Tout ce que vous avez… ou que vous n'avez pas.
6tiermes7 : On peut dire que vous ne perdez pas de temps.
MakkaPakka : Je n'ai pas de temps à perdre. Ont-ils quelque chose de valable contre… Comment s'appelle-t-il ?

Henning n'a pas de réponse immédiate. *J'ai dû être trop impulsif ou trop autoritaire*, se dit-il. Une minute s'écoule. Puis une autre. Il s'affale sur son siège, démoralisé. Finalement, un message arrive.

6tiermes7 : Toutes mes excuses. Pause pipi.

Nouveaux smileys.

6tiermes7 : Son nom est Mahmoud Marhoni. C'est le petit ami. Il s'est barré en courant quand le sergent Sandland et l'inspecteur Brogeland se sont pointés à son appartement. Et il a flanqué le feu à son

ordinateur portable. On dirait aussi qu'il s'est disputé avec HH, le soir où elle a été tuée. On a trouvé des textos compromettants qu'elle lui a envoyés.
MakkaPakka : Vous avez réussi à sauver l'ordi ?
6tiermes7 : Pour l'instant, je n'en sais rien.
MakkaPakka : OK. Hagerup a été lapidée à mort, c'est ça ?
6tiermes7 : Lapidée, fouettée, une main amputée. Elle a des traces de choqueur dans le cou.
MakkaPakka : Un choqueur ? Comme un aiguillon électrique pour le bétail ?
6tiermes7 : Plus ou moins.

Ça ne ressemble pas du tout à un crime d'honneur, songe Henning. *Ça évoque plus la charia et les* hudud.

MakkaPakka : Est-ce que MM fait l'affaire comme suspect ?
6tiermes7 : Non.
MakkaPakka : Qu'en pense Gjerstad ?
6tiermes7 : Pas grand-chose pour l'instant. J'imagine qu'il est satisfait de constater que ça progresse.
MakkaPakka : MM a de la famille ?
6tiermes7 : Un frère. Tarik. Ils partagent un appartement.
MakkaPakka : Vous avez parlé de messages compromettants. À quel point de vue ?
6tiermes7 : Apparemment, elle l'a trompé.
MakkaPakka : Et c'est pour ça qu'elle aurait été tuée ? C'est ce qui vous fait penser à un crime d'honneur ?
6tiermes7 : Je n'en sais rien.

Je parie qu'Iver Gundersen ignore tous ces détails, se dit Henning. Un plan prend forme dans son esprit. Il apprécie les plans.

En revanche, il déteste les raccourcis.

Chapitre 20

Les rêves. Henning aspire à disposer d'un bouton qu'il pourrait presser pour couper l'accès à son subconscient, la nuit. Il vient juste de sortir du sommeil, ses yeux s'ajustent à la pénombre, pendant qu'il suffoque en quête d'air. L'atmosphère est brûlante. Le matin est encore loin, mais il est pleinement réveillé. Et il a rêvé une nouvelle fois.

Dans son rêve, Jonas et lui étaient au terrain de jeux du parc Sofienberg. C'était l'hiver, il faisait froid. Il avait débarrassé un banc de la neige et du givre avant de s'asseoir pour boire un bon café chaud dans un gobelet en plastique, tout en regardant le visage rayonnant de Jonas, ses joues rougies et la buée formée par sa respiration. Sous le bonnet de laine bleu pâle qui est trop enfoncé sur sa tête, ses yeux cherchent toujours ceux de Henning. Jonas grimpe jusqu'au sommet de la cage à poules. Il est si occupé à chercher les yeux de son père qu'il ne regarde pas où il marche : il pose le pied entre les cordes, perd l'équilibre, chute vers l'avant. Sa bouche et son visage s'écrasent contre un poteau. Henning se lève d'un bond, court vers son fils et lui tourne la tête pour estimer l'ampleur des dégâts, mais il ne voit qu'une face noire, couverte de suie. La bouche de Jonas a disparu. Il n'a plus de dents.

La seule chose qui n'est pas noire, ce sont ses yeux qui brûlent.

Henning se réveille et se retrouve à souffler, à souffler désespérément sur les yeux embrasés de Jonas pour tenter d'éteindre les flammes. Mais elles brûlent toujours. Les yeux de Jonas sont comme ces cierges magiques qui se rallument constamment ; on a beau essayer, on n'arrive jamais à les éteindre en soufflant dessus.

Comme à chaque fois, le rêve le terrasse. Au réveil, son pouls bat la chamade et il ferme les yeux pour effacer la dernière image qui lui donne la nausée. Il visualise l'océan. Le docteur Helge lui a appris la technique. Quand il a des flashbacks, il doit se concentrer sur un endroit ou une activité agréables.

Henning aime la mer. Il a des souvenirs heureux au goût d'eau salée. Et la mer l'aide à rouvrir les yeux. Il roule sur le côté. D'après l'heure qui s'affiche sur son téléphone, il constate qu'il a dormi presque trois heures. Pas si mal. En tout cas, pour lui. Ça fera l'affaire.

Du moins, pour aujourd'hui.

Au milieu de la nuit, il ne peut pas faire grand-chose. Il se lève sans s'occuper des allumettes. Il passe dans le salon, jette un regard à son piano, puis continue son chemin. Sa hanche le lance, mais il est un peu tôt pour les pilules.

Assis dans la cuisine, il écoute le réfrigérateur. L'appareil ronronne et bourdonne bruyamment. Le frigo est à bout de souffle. Exactement comme lui.

Les grognements électromécaniques lui rappellent le chalet de vacances de la famille, même s'il n'y a pas séjourné depuis de très, très longues années. C'est juste en dehors de Stavern, près du camping d'Anvikstranda. C'est une simple cabane, plutôt petite, sans doute pas plus de trente mètres carrés. Une vue formidable sur la mer. Des tas de vipères.

Son grand-père a construit la maisonnette peu après la guerre, en dépensant aussi peu que possible. À sa connaissance, le frigo est toujours le même qu'à l'époque. L'appareil gémit, mais survit, presque comme celui de son appartement.

Il n'est pas retourné au chalet depuis son enfance. Il pense que Trine doit s'y rendre de temps à autre, mais il n'en est pas certain. Le frigo est peut-être encore là-bas. Ce n'était qu'un petit modèle et ils devaient toujours donner un coup de pied en bas de la porte après l'avoir refermée. Faute de quoi, elle se rouvrait. L'abattant du freezer avait disparu. Les étagères fendues de la porte ne tenaient plus, ce qui voulait dire que les articles lourds comme le lait et les bouteilles devaient être rangés à l'intérieur du compartiment central.

Mais le réfrigérateur fonctionnait. Il se rappelle encore à quel point le lait était froid. *Au fond, ce n'est pas un problème de vieillir*, se dit-il, *pourvu qu'on fonctionne toujours*. Il n'a jamais goûté de lait aussi glacé que pendant les vacances d'été dans leur petite cabane, ni eu de tels maux de tête à cause du froid. Mais c'était sympa. C'était confortable. Ils partaient à la pêche au crabe, jouaient au foot sur le grand terrain plat du camping, escaladaient des falaises, apprenaient à nager dans la mer, faisaient griller des saucisses sur la plage, le soir.

L'âge de l'innocence. Pourquoi les choses ne sont-elles pas restées ainsi ?

Il se demande si Trine se rappelle ces étés.

Il reprend ses réflexions sur la charia. *Allahou akbar*. Une déclaration de Zahid Mokhtar, le chef du Conseil islamique d'Oslo, en 2004, lui revient en mémoire : « En tant que musulmans, vous êtes soumis à la loi islamique et, pour les musulmans, la charia a la primauté sur toutes les autres lois. Nulle autre interprétation de l'islam n'est possible. »

Peu après, Henning avait interviewé une spécialiste en anthropologie sociale de l'Institut Christian Michelsen et elle avait expliqué que la plupart des Occidentaux avaient une image caricaturale de la charia. Certes, certaines traditions remontent à mille ans et un certain consensus existe sur la manière d'interpréter les lois d'Allah, mais la charia n'est pas un ensemble immuable de règles écrites et dépourvues d'ambiguïté. Les lettrés religieux qui commentent le Coran et les hadiths décident ce qui est bien ou mal. Bien sûr, leur lecture est influencée par leur propre culture. En Norvège, la majorité des gens associent la charia avec la peine de mort dans les pays musulmans. Et cette ignorance est délibérément exploitée.

L'anthropologue, dont il ne parvient pas à se rappeler le nom, lui avait montré un site Internet norvégien qui présentait les lois de la charia sous forme de liste de péchés et de punitions. « C'est très simpliste, avait-elle commenté en pointant l'écran. À partir de ça, peu de gens pourront comprendre ce qu'est vraiment la charia. Ceux qui ont posté cette page sont loin d'être des lettrés. Ils manipulent un concept très fluide pour gagner du pouvoir et de l'influence. La plupart des gens ignorent que la mention des châtiments *hudud* est assez marginale dans le Coran. Certains érudits sont même convaincus qu'ils devraient être complètement ignorés. »

L'interview a marqué Henning parce que la rencontre avait bouleversé ses propres préjugés sur les musulmans en général et sur la charia en particulier. S'il met en parallèle les châtiments *hudud* et le meurtre d'Henriette Hagerup, un certain nombre de choses ne cadrent pas. Elle n'était pas musulmane. Elle n'était pas l'épouse d'un musulman. Et, pour autant qu'il sache, elle n'avait rien volé non plus. Pourtant, sa main a été tranchée.

Il secoue la tête. Il y a quelques années, il aurait été capable de trouver une hypothèse crédible ; aujourd'hui, il est de plus en plus convaincu que ce meurtre n'a aucun sens. Et c'est bien le problème. Il y a *toujours* une explication. Il le faut. Henning a juste besoin de dénicher le dénominateur commun.

Chapitre 21

Son appartement ressemble à un garage à vider. Henning n'aime pas les garages. Il ne sait pas pourquoi, mais ils évoquent dans son esprit des voitures, des moteurs tournant au ralenti, des portes fermées et des familles en train de hurler.

Autrefois, à Kløfta, le garage des Juul contenait des pneus qui auraient dû être jetés depuis longtemps, de vieux vélos inutilisables, des outils de jardin rouillés, des tuyaux d'arrosage percés, des sacs de gravier, des skis dont personne ne s'était jamais servi, des pots de peinture, des pinceaux, des bûches rangées le long du mur. Même si le père de Henning n'avait jamais bricolé aucune des voitures qui lui avaient appartenu, l'endroit avait l'odeur d'un atelier de réparation automobile. Ça sentait l'huile.

Cette odeur lui rappellera toujours son père. Il ne se souvient pas de grand-chose le concernant, mais son odeur l'a marqué. Henning avait quinze ans lorsque son père est mort brusquement. Un matin, Jakob ne s'est tout simplement pas réveillé. Henning s'était levé tôt, il avait un contrôle d'anglais dans la journée. Son plan était de faire quelques révisions de dernière minute avant que le reste de la famille ne se mette en branle, mais Trine était déjà sortie du lit. Il l'avait trouvée assise par terre, dans la salle de bains, ses jambes ramenées contre sa poitrine. Elle avait dit :

— Il est mort.

Elle avait montré le mur, le mur de la chambre de leurs parents. Elle ne pleurait pas, elle se contentait de répéter :

— Il est mort.

Il se souvient d'avoir frappé à la porte, même si elle était entrouverte. La porte de la chambre de ses parents était toujours fermée. Mais, cette fois, le battant s'était ouvert. Son père était allongé, les mains posées sur la couette. Il avait les yeux fermés. Il paraissait paisible. Sa mère dormait encore. Henning s'était posté à côté de son père et l'avait observé. Il semblait dormir. Lorsque Henning l'avait secoué, il n'avait pas bougé. Henning l'avait encore secoué, plus fort cette fois.

Sa mère s'était réveillée. D'abord, elle avait été étonnée, se demandant ce que pouvait fabriquer Henning. Puis elle avait regardé son mari… et avait hurlé.

Henning ne se rappelle pas grand-chose de ce qui s'est passé ensuite. Ne lui reste que l'odeur d'huile. Même dans la mort, Jakob Juul sentait l'huile.

Après un petit déjeuner constitué de deux tasses de café avec trois sucres, Henning décide de partir au bureau. Il n'est que 5 h 30, mais il ne voit pas de raison de traîner plus longtemps dans l'appartement.

Au moment où il s'engage dans Urtegata, il visualise la mer. Il devrait se sentir fatigué, mais la caféine l'a réveillé. Sølvi n'est pas encore là, mais il la visualise aussi à l'instant où il fait glisser son badge dans le lecteur.

À son arrivée, il n'y a qu'une seule autre personne au bureau. Le rédacteur de nuit est penché au-dessus de son clavier, il sirote une tasse de café. Henning lui adresse un bref signe de tête lorsque leurs regards se croisent, mais l'homme retourne rapidement à son écran.

Henning s'installe sur son fauteuil couinant. Il se surprend à s'interroger. Quand Iver Gundersen entrera tout à l'heure, affichera-t-il une expression de satisfaction post-coïtale ? Sera-t-il évident pour tout le monde que Nora lui aura offert un joli début de journée ?

Le temps que Henning s'arrache à ses fantasmes masochistes, il aurait juré qu'il a détecté l'odeur de Nora. Un soupçon de noix de coco sur une peau tiède. Il ne sait plus le nom de cette lotion qu'elle aimait et dont il adorait sentir le parfum sur elle. Mais l'odeur de la noix de coco l'environne. Il se tourne, se soulève de son fauteuil et examine la pièce. Le rédacteur d'astreinte et lui sont seuls dans la salle. Pourtant, il perçoit nettement cet arôme si caractéristique. *Bon sang, je ne suis pas fichu de me rappeler le nom de cette lotion !*

Le parfum se dissipe aussi vite qu'il est venu. Henning se laisse retomber dans son fauteuil.

La mer, se dit-il. *Concentre-toi sur la mer.*

Chapitre 22

« Recherche » est un beau mot. C'est même une profession. « Chercheur ». Dans les séries policières, on l'appelle « analyste ». Dans la presse, c'est « documentaliste ». Toutes les rédactions des chaînes de télé en ont un, parfois plusieurs.

Pendant que le reste du journal se réveille, Henning se livre à quelques recherches. Il s'agit d'un processus incontournable et, quand il n'y a rien de plus urgent, c'est peut-être la tâche la plus essentielle du travail d'un journaliste. Creuser, creuser, creuser. Les lambeaux d'information les plus singuliers, mais souvent les plus cruciaux, peuvent se dénicher dans les textes les plus inattendus ou les archives publiques.

Il se souvient d'une affaire qu'il a traitée des années plus tôt. À l'époque, il n'avait pas couvert plus d'une dizaine de meurtres et manquait encore d'expérience. Olav Jørstad, un pasteur, avait disparu en mer au large de la côte de Sørland. La passion de Jørstad pour la pêche était connue de tous, mais c'était aussi un marin chevronné qui ne serait jamais sorti par mauvais temps.

On avait fini par repérer son bateau, la coque en l'air. Jørstad lui-même n'avait jamais été retrouvé et tous les éléments pointaient vers la thèse du malheureux accident. Le courant avait sans doute emporté le corps au large, dans la vaste mer bleue.

Délégué par *Aftenposten* pour couvrir l'affaire, Henning avait fait ce qu'on attendait de lui. Des interviews de la famille, des voisins, des amis, des membres de la congrégation de Jørstad – pratiquement toute la ceinture de la Bible[1] norvégienne. Toutefois, Henning avait l'intuition que quelque chose ne cadrait pas dans le paysage, le portrait de Jørstad lui semblait un peu trop parfait, et il avait convaincu son chef de service de l'autoriser à prolonger son séjour. Aux yeux de ses paroissiens, Jørstad était un pasteur exceptionnel, un brillant chef spirituel doté du don de l'éloquence ; certains prétendaient même qu'il les avait guéris, mais Henning n'avait jamais relayé ces allégations dans ses articles. Il soupçonnait certains d'entre eux de rechercher activement la publicité.

On s'était peu intéressé au rôle de Jørstad comme directeur et chef de chœur. Toutes les églises ont un chœur. Les pasteurs sont formés au chant choral. Le révérend Jørstad était très attaché à la discipline et, par conséquent, il obtenait de bons résultats avec son ensemble vocal. Quelques jours après sa disparition, quand l'attrait médiatique de l'affaire avait diminué, Henning avait eu l'occasion de discuter avec Lukas, le fils du pasteur. Ils en étaient arrivés à parler de la chorale et Henning avait demandé à Lukas s'il en avait été membre. Le jeune homme avait répondu que ce n'était pas le cas.

Quelques semaines plus tard, Henning essayait d'entrer en contact avec Susanne Opseth, membre du chœur, qui était censée être la dernière personne à avoir vu Jørstad vivant. Au cours de ses recherches, il était tombé sur plusieurs coupures de journaux où elle figurait. Il l'avait repérée, chantant dans le groupe sous la direction du pasteur Jørstad, sur une des photos datant du début des années 1990, avant

1. Située dans le sud-ouest de la Norvège, côtes comprises, la *Bibelbeltet* est une région traditionnellement plus religieuse que le reste du pays.

l'ère du Net. Ce que Henning n'avait pas remarqué tout de suite, mais découvert plus tard en examinant le cliché en détail, c'était que Lukas se tenait au dernier rang.

Le mensonge était flagrant, Lukas avait bien fait partie de la chorale. Pourquoi dissimuler un détail aussi insignifiant ? La réponse était évidente. Il y avait une information que Lukas voulait cacher ou empêcher Henning de déterrer.

Henning avait donc commencé à creuser. Il avait interrogé le reste des choristes. Il ne lui avait pas fallu très longtemps pour découvrir que Lukas avait quitté le chœur en se rebellant ouvertement contre son père, pour l'humilier publiquement. Le chant n'était pas le seul domaine où Jørstad exigeait la discipline. Sa philosophie de l'existence se traduisait par des règles de vie strictes, des récitations de versets de la Bible, une éducation sévère et dépourvue d'affection. Et, pour finir, elle avait détruit la relation naissante de Lukas avec Agnes, une fille de son âge. Le pasteur ne la trouvait pas convenable et refusait que Lukas perde son temps avec elle.

Comme les interrogatoires de la police l'avaient révélé par la suite, une nuit, alors que son père l'avait emmené à la pêche, Lukas avait relâché d'un coup des années de frustration et d'oppression. Il avait frappé Jørstad à la tête avec un aviron et l'avait balancé par-dessus bord. Ensuite, il avait retourné le bateau et regagné le rivage à la nage.

Lukas était bon nageur et tout disposé à assumer les conséquences de son acte. Il était prêt à tout pour échapper à l'emprise de son père. Mais il s'était produit un coup de chance inattendu : le corps du pasteur n'avait jamais été retrouvé.

Henning avait collaboré avec la police locale et avait pu publier son article sur l'affaire, le jour de l'arrestation de Lukas. Il n'avait pas vérifié, mais, pour ce qu'il en savait, le jeune homme était encore en prison. Et tout cela à cause d'une simple photo, imprimée dans le journal du coin, des années plus tôt.

Les recherches. Même la brise la plus légère peut renverser un château de cartes.

Henning adore se documenter, dénicher des données sur les gens. Surtout si ces gens l'intéressent ou s'ils ont commis un acte qu'il trouve fascinant. Et, pour s'informer, rien de plus génial qu'Internet. Au début, il n'aimait pas trop le réseau. À vrai dire, il y était opposé. Mais, maintenant, il ne pourrait plus imaginer sa vie sans le Net. Une fois qu'on a conduit une Mercedes, on ne revient jamais à son vieux vélo.

La recherche qu'il est en train d'effectuer ne lui livre pas d'orientation évidente sur la manière d'organiser son travail. Quand Heidi Kjus et Iver Gundersen arrivent ensemble en bavardant, il n'a même pas encore défini son programme de la journée. Henning ne peut pas entendre leur discussion, mais il tend l'oreille. Gundersen a la mine enjouée et l'air plutôt content – de lui-même, estime Henning –, mais, comme d'habitude, Heidi est sérieuse. Tout dans son attitude proclame : « C'est l'heure, tout le monde en piste ! »

Heidi ne cède que rarement au sourire : à ses yeux, c'est un signe de faiblesse. À ses débuts à *Nettavisen*, elle buvait souvent une bière avec le reste de l'équipe, le vendredi. Elle se montrait sociable, participait aux conversations sans jamais avoir l'air ivre. Aujourd'hui, Henning ne peut pas l'imaginer dans un bar. C'est la patronne, et les patrons sont toujours aux commandes. Si elle est fatiguée, elle ne lâche pas l'affaire. Si quelqu'un fait une blague, elle réprime son amusement. Elle trouve inapproprié de se permettre d'être accessible à l'humour pendant les heures de travail. Ça émousse sa concentration.

Pendant qu'elle discute avec Gundersen, Heidi regarde Henning. Elle est excitée par quelque chose et gesticule avec enthousiasme. Gundersen hoche la tête. Henning voit l'expression de ce dernier virer à l'aigre en le découvrant déjà à son bureau. Le citadin branché, gonflé d'assurance, d'arrogance et d'autosatisfaction régresse de quinze ans et se tape une crise d'acné.

— Ah, vous êtes arrivé de bonne heure ? lance-t-il à Henning.

Henning acquiesce en silence. Heidi s'assied sans un mot.

— Comment ça s'est passé, hier ? demande Gundersen.

Henning lui décoche un regard mauvais. *T'as pas lu mon papier, espèce de connard ?* pense-t-il.

— Très bien.

— Les gens avaient envie de parler ?

Gundersen s'assied et allume son ordinateur.

— Ça a été.

Gundersen a un sourire en coin et jette un coup d'œil à Heidi. Même si elle feint d'être occupée à autre chose, Henning sait qu'elle écoute. Il préfère revenir à son écran.

La mer, Henning. Des vagues salées.

Ça s'annonçait très amusant.

Un peu plus tard, Heidi prend sa voix de cheffe et décrète que c'est l'heure de la réunion. Ni Gundersen ni Henning ne disent quoi que ce soit ; ils se lèvent et la suivent. À la machine à café, Gundersen se glisse d'autorité en tête de la queue et patiente vingt-neuf secondes pour emporter sa ration de caféine fraîchement passée. Henning et sa patronne se retrouvent donc seuls. Il se prépare à essuyer une autre remontrance, mais Heidi lui dit :

— C'était un bon papier, Henning.

Il le savait déjà. Mais il ignorait que Heidi avait assez de maturité pour l'admettre. Il a envie de dire que ce sera plus rapide la prochaine fois, mais il s'en abstient. Elle pourrait être un de ces Mangemorts de la série *Harry Potter*. Demain, elle sera peut-être différente ou se transformera à la pleine lune ? Bon sang ! À sa dernière réunion avec Heidi, c'était *lui* qui évaluait *ses* articles ! Pas l'inverse. Imaginez Cristiano Ronaldo qui apprend à un gamin de huit ans à jouer au foot – et, quelques années plus tard, le même gamin le gratifie d'une petite tape dans le dos pour le féliciter après une belle passe.

Bon, d'accord, la métaphore est nulle, mais tout de même ! Henning est certain que Heidi peut suivre le cheminement de ses pensées, mais Gundersen entre dans la salle de réunion à point nommé pour le tirer de ce mauvais pas.

— Il n'y a que nous trois ?

— Oui.

— Où sont Jørgen et Rita ?

— Jørgen assure la permanence de la rédaction aujourd'hui et Rita est de service cette nuit.

Gundersen hoche la tête ; Heidi s'assied au bout de la table et sort une feuille de papier. Elle passe en revue les sujets du jour, sans s'y attarder. Henning ne s'en étonne pas : la rédaction ou l'équipe qui suit les infos et publie les articles en continu peut se débrouiller avec à peu près n'importe quoi. Heidi a plutôt l'intention de montrer que c'est elle qui tient les rênes.

Puis ils en arrivent au cœur du sujet :

— Où en sommes-nous de la lapidation ? Des entretiens supplémentaires qui valent le coup ?

Henning regarde Gundersen. Gundersen regarde Henning. Puisqu'il est redevenu un bleu, Henning laisse la priorité à Gundersen, la star. Celui-ci avale une gorgée de son café et se penche en avant.

— La police semble plutôt certaine de la culpabilité de Marhoni. J'ai une source fiable, là-bas, qui pourrait me donner des infos sur ses interrogatoires.

Heidi acquiesce et griffonne quelques notes rapides.

— Autre chose ?

— Pas pour l'instant. Je consulterai mes sources et je verrai si je peux obtenir des nouvelles fraîches.

Nouveau signe approbateur. Puis Heidi se tourne vers Henning.

— Et toi, qu'est-ce que tu as, aujourd'hui ?

Le stylo de Heidi est prêt à entrer en action. Peu habitué à rendre des comptes à un supérieur, Henning hésite… une seconde, puis il s'éclaircit la gorge.

— Ce n'est pas encore tout à fait clair.

— Ce n'est pas encore tout à fait clair ? répète Heidi, le stylo en suspens.

— Non. J'ai quelques idées, mais je ne sais pas où elles vont mener.

À vrai dire, il ignore s'il pourra retrouver les gens qu'il souhaite interviewer ou s'ils lui diront quelque chose d'utile. De toute façon, il préfère ne pas s'engager pendant la réunion. Ainsi, il ne risque pas de découvrir plus tard qu'il ne peut pas tenir ses promesses. Son option du moment est donc une prudente réserve.

— Quel genre d'idées, Henning ?

Il ne manque pas de remarquer le ton ouvertement dubitatif de Heidi, sans compter le bref coup d'œil qu'elle échange avec Gundersen.

— J'ai l'intention de discuter avec quelques personnes de l'école de Hagerup, s'ils sont là-bas aujourd'hui.

— On a déjà traité l'angle humain de l'affaire.

— Ce n'est pas de l'intérêt humain. Il s'agit d'une autre approche.

— On peut en savoir plus ?

Il hésite toujours. Il aimerait parler du regard d'Anette, expliquer combien la théorie des châtiments *hudud* est absurde, mais il ne se fie ni à Heidi ni à Gundersen. Pas encore. Certes, ce sont ses collègues et il doit travailler avec eux, mais ils doivent d'abord gagner sa confiance. Rien à voir avec la rivalité professionnelle ou l'ego.

— Je crois qu'il y a des éléments importants dans le passé et la vie de Hagerup qui permettront de comprendre cette affaire, dit-il. J'espère rencontrer des gens susceptibles de jeter un nouvel éclairage sur ce qu'elle était. Ainsi, nous aurons de meilleures chances de découvrir pourquoi quelqu'un a choisi de la taser avec un choqueur et de la tuer en lui jetant des pierres à la tête.

Sa réponse le satisfait, jusqu'à ce qu'il mesure les implications de ses paroles.

— Un choqueur ?

Gundersen le regarde avec attention. Henning se maudit silencieusement.

— Pardon ?

Une tentative pathétique de gagner du temps.

— Je ne me rappelle pas avoir lu quoi que ce soit sur un choqueur.

Henning ne dit rien. Il sent deux paires d'yeux s'enfoncer en lui comme des forets. Ses joues s'enflamment.

— Qui t'a raconté ça, Henning ? demande Heidi.

— Je crois avoir entendu dire quelque part qu'on avait utilisé un choqueur, dit-il.

L'explication est particulièrement minable. Il suffit de voir leurs visages pour comprendre qu'ils ne le croient pas. Toutefois, ils ne commentent pas et se contentent de le fixer des yeux.

Sur ce coup, les vagues d'eau salée, ourlées d'écume, ne vont pas t'aider, Henning. Il perçoit sa propre respiration, laborieuse.

— On a fini ? demande-t-il enfin.

Il se lève et gagne la porte en évitant de croiser leurs regards. Il s'attend plus ou moins à entendre la voix sèche de Heidi lui ordonner de revenir – *Henning le labrador, au pied !* Mais il saisit la poignée sans que rien arrive ; il pousse vers le bas, tire le battant et sort.

Le silence qu'il laisse derrière lui équivaut à un accident d'avion dans sa tête. Il imagine aisément ce que Gundersen et Heidi vont dire de lui en son absence. Mais il s'en fiche.

Il est juste soulagé de ne plus être dans la pièce.

Chapitre 23

Quand Henning se retrouve dans les rues de Grøland, Heidi et Gundersen sont encore en réunion. Pendant qu'il était au bureau, la température extérieure s'est élevée de plusieurs degrés et l'air s'est chargé d'humidité. Il lève la tête. Des nuages blancs et gris courent à travers le ciel. Il est presque 9 heures, mais Tarik Marhoni n'est sans doute pas réveillé.

Internet lui a fourni peu d'éléments intéressants sur le garçon : au milieu des années 1990, Tarik a quitté Islamabad pour venir rejoindre son frère, arrivé en Norvège quelques années plus tôt. Depuis, ils ont partagé trois logements différents. Henning a parcouru des articles de journaux, survolé des forums, des pages Web, des registres des impôts, sans trouver mention de Mahmoud. En revanche, Tarik figurait dans un sondage de *VG*, remontant à quelques années, où l'on demandait aux gens s'ils étaient pour ou contre l'UE. Tarik avait coché la case « pas d'opinion ». Et c'est tout ce que Henning a pu apprendre. En d'autres termes, au fil des années, les deux frères ont fait profil bas, mais Henning a assez d'expérience pour savoir que cet élément n'est pas significatif en soi. Ça n'empêche pas Tarik d'être le mieux placé pour lui parler de Mahmoud – unique suspect de la police et coupable désigné. C'est justement cette conclusion hâtive qui pousse Henning à en apprendre autant que possible sur l'aîné des Marhoni.

Malgré l'heure matinale, il décide de se rendre chez Tarik. Si le jeune homme ne répond pas parce qu'il dort ou qu'il est sorti, Henning pourra toujours aller prendre un petit déjeuner dans un café voisin. Dieu sait qu'il en a besoin.

En allant à Oslogata, il passe devant le poste de police, où un agent d'entretien en veste réfléchissante tond la pelouse. Des voitures circulent rapidement. Il se dirige vers le Middelalderparken. Ces dernières années, le quartier a été réhabilité, les façades ravalées, et des ensembles résidentiels récemment construits ont rendu le secteur plus attractif. Le front de mer de Bjørvika ne se trouve qu'à quelques centaines de mètres. On peut rejoindre le nouvel opéra en dix minutes sans s'essouffler.

Avant d'arriver au numéro 37, Henning met son mobile en mode silencieux. Trop d'interviews sont gâchées ou perdent leur énergie à cause d'un bip intempestif venu d'un ordinateur portable ou d'une poche de veste.

La porte latérale est ouverte ; Henning entre, tout simplement. Le couloir est obscur et vide. Dans la cour, de la musique orientale filtre d'une fenêtre. On entend aussi une discussion bruyante dans le même appartement. Il en émane une odeur sucrée.

Henning gagne l'escalier B, où vivent Mahmoud et Tarik. Il s'apprête à presser le bouton étiqueté « Marhoni », quand la porte s'ouvre devant lui. Un homme à la barbe rousse sort. Il ne remarque pas sa présence et ne tire pas le battant derrière lui ; Henning attrape la poignée avant que la porte ne claque.

Un puissant arôme d'épices imprègne la cage d'escalier. Sa hanche proteste pendant qu'il grimpe les marches. Il se maudit en songeant qu'il n'a pas pris ses comprimés ce matin, mais oublie la douleur en lisant « Marhoni » sur une plaque vissée dans la porte d'un appartement du premier étage. Il s'arrête, reprend son souffle. Sa première visite à domicile.

Tu étais rouillé, hier, Henning. Espérons que ça ira un peu mieux, aujourd'hui.

Il appuie sur la sonnette. Il attend, l'oreille aux aguets. La sonnette ne semble pas fonctionner. Il faut peut-être frapper ? Il serre le poing et cogne trois fois sur le battant. Ses jointures lui font mal.

Était-ce un mouvement à l'intérieur ? Il croit avoir entendu quelque chose. Comme si quelqu'un se retournait dans un lit. Il frappe de nouveau. Il perçoit un bruit de pas dans l'appartement. Il recule un peu. La porte s'ouvre. Un Tarik Marhoni aux yeux bouffis se tient sur le seuil. Henning a l'impression que le garçon dort encore. Il plisse les paupières et vacille sur place. Il ne porte que des sous-vêtements et un débardeur crasseux. Il a les traits tirés, des poches sous les yeux, et ses joues duveteuses suggèrent qu'il essaie désespérément de se laisser pousser la barbe. Tarik a le visage rond, des cheveux frisés en bataille. On dirait qu'il ne s'est pas douché depuis des jours.

Tarik s'appuie contre le mur.

— Salut, je m'appelle Henning Juul.

Tarik ne dit rien.

— Je travaille pour *123news* et…

Le garçon recule, claque la porte et verrouille à double tour pour faire bonne mesure.

Génial, Henning ! Bien joué !

— Juste deux minutes, Tarik !

Le bruit des pas s'éloigne. Henning fulmine, mais frappe encore. Il abat sa dernière carte.

— Je suis ici parce que je crois que votre frère est innocent !

Il crie un peu plus fort qu'il n'en avait l'intention. L'écho de sa phrase se répercute sur le palier. Il attend. Et attend. Aucun bruit ne provient de l'intérieur. Il se maudit.

Voilà à quoi ça l'avançait d'être franc !

Il laisse passer une minute, deux peut-être, puis se décide à repartir. Il est sur le point d'ouvrir la porte de la cour, lorsqu'il entend un craquement. Il se retourne. La porte de l'appartement s'ouvre. Tarik l'observe. L'apathie a disparu de son regard. Henning saisit sa chance et lève les mains.

— Je ne suis pas ici pour déterrer des saloperies sur votre frère.

Sa voix est douce, pleine de compassion. Tarik semble accepter son explication.

— Vous pensez qu'il est innocent ?

Il parle un norvégien sommaire, d'une voix haut perchée. Henning hoche la tête. Tarik hésite, en plein débat intérieur. Son ventre tend son débardeur.

— Si vous écrivez de la merde sur mon frère…

Il prend une expression agressive, mais ne précise pas sa menace. Henning lève encore les mains pour protester de ses bonnes intentions. Son regard devrait suffire à convaincre Tarik de son sérieux. Le jeune homme retourne dans l'appartement, mais laisse la porte ouverte. Henning le suit.

Bien, Henning. Ça commence à revenir.

Henning ferme la porte de l'appartement derrière lui, puis vérifie le plafond. Il y trouve ce qu'il cherche.

— Un instant, je dois m'habiller, crie Tarik.

Henning explore le logement qui, à sa grande surprise, est impeccable et bien rangé. Deux portes s'ouvrent sur la droite du couloir, où des chaussures sont proprement alignées le long de la plinthe. Sur sa gauche, une autre porte est entrouverte. Il glisse un œil par l'entrebâillement. L'abattant des toilettes est levé. Une légère odeur de Cif parfumé au citron dérive dans le couloir.

Il passe devant la cuisine. Une assiette contenant quelques miettes et un verre avec des traces de lait sont posés dans l'évier. Il continue jusqu'au salon, où il prend place dans un fauteuil si profond qu'il a la sensation que ses fesses se trouvent au niveau du sol. De là, il voit le couloir, depuis l'alignement des chaussures jusqu'à l'entrée. Tout est propre.

Comme toujours quand il interviewe quelqu'un à domicile, il examine la pièce avec soin. *Fais attention aux détails*, avait coutume de répéter Jarle Høgseth, son vieux mentor. D'abord, il est frappé par les plantes et les fleurs qui foisonnent dans cet appartement où vivent deux hommes. Un grand pélargonium aux fleurs roses, d'une taille impressionnante, trône sur un rebord de fenêtre. Sur un guéridon, des orchidées dans un vase. Des roses roses. Les frères Marhoni ont un truc avec le rose. Deux bougeoirs, garnis de chandelles blanches. Une grande télé – au moins cent quinze centimètres, estime-t-il – est posée contre le mur. Un home cinéma, bien sûr, un Pioneer, équipé de hautes enceintes, deux de chaque côté de la télé et deux autres derrière. Henning cherche le caisson de basses et conclut qu'il doit être dissimulé sous le divan marron foncé. S'il se trouvait dans un quartier chic, à l'ouest d'Oslo, par exemple, il se dirait que le divan est un Bolia.

La table basse s'inspire du style oriental, avec son plateau carré sur des pieds recourbés. Le bois, autrefois noir, a été repeint en blanc. Un cendrier en verre propre est disposé au milieu. Encore des fleurs. Un autre bougeoir. Une photo représentant une grande famille pakistanaise est accrochée au mur couleur vanille : les parents d'Islamabad, sans doute. Dans un coin, il y a une cheminée.

Mais aucune image d'Henriette Hagerup.

L'aspect de l'appartement commence à affecter l'état d'esprit de Henning. Il avait imaginé un taudis, envahi par la poussière, le désordre et les détritus. En réalité, cet endroit est mieux rangé que son propre logis ne l'a été depuis au moins six mois, peut-être plus.

Il a conscience d'avoir des idées préconçues. Mais il aime bien les préjugés ; il aime devoir réviser ou modifier son opinion lorsqu'une nouvelle info apparaît sur une affaire et contredit un *a priori*. Ce qu'il a appris en étudiant le domicile des frères Marhoni est comme un de ces bonbons qui ne paient pas de mine, mais qui, une fois qu'on a défait l'emballage et qu'on les a mis dans la bouche, se révèlent délicieux.

Lorsque Tarik apparaît dans le couloir, Henning sourit. Le jeune Marhoni a enfilé une chemise de lin et un jean noirs. Il passe dans la cuisine. Henning l'entend ouvrir le frigo et le refermer presque aussitôt, puis il ouvre un placard et en sort un verre.

— Vous voulez du lait ? crie-t-il.

— Euh, non, merci.

Du lait. Henning a fait des interviews chez un tas de gens, mais jamais on ne lui a proposé un verre de lait. Il entend le bruit caractéristique du verre posé sur le comptoir de la cuisine, suivi d'un grognement de satisfaction. Tarik revient dans le salon et s'assied face à Henning, sur un tabouret de bois. Il sort un paquet de cigarettes et offre à son hôte une petite amie blanche. Henning décline en marmonnant vaguement qu'il a arrêté.

— Qu'est-ce qui est arrivé à votre visage ?

La question prend Henning au dépourvu. Il répond sans réfléchir.

— Mon appartement a brûlé, il y a deux ans. Mon fils est mort.

Il ne sait pas si c'est la vérité brutale ou le ton dépourvu d'affect de ses paroles qui met Tarik mal à l'aise. Il s'apprête à ajouter quelque chose, mais se ravise. Tarik manipule gauchement la cigarette, l'allume, puis lance le briquet sur la table basse. Henning suit du regard le briquet, qui finit sa course contre le cendrier.

Tarik l'observe. Ça dure un bon moment. Henning ne dit rien ; il sait qu'il a éveillé la curiosité de son interlocuteur, mais il n'a pas prévu de le bombarder de questions. Pas encore.

— Alors, vous ne croyez pas que mon frère l'a fait, c'est ça ? lâche Tarik.

Il tire une profonde bouffée de sa cigarette. Il fait la grimace, comme s'il venait de goûter à un pied qui pue.

— C'est bien ça.

— Et pourquoi ?

Henning répond franchement.

— Je n'en sais rien.

Tarik laisse échapper un reniflement de dédain.

— Et pourtant, vous ne croyez pas que c'est lui ?

— Voilà.

Ils échangent un long regard. Henning ne capitule pas ; il n'a pas peur de ce que ses yeux pourraient révéler.

— Alors, que voulez-vous savoir ? finit par demander Tarik.

— Ça vous ennuie, si j'utilise ça ?

Henning sort son dictaphone et le pose sur la table, entre eux. Tarik hausse les épaules.

Les journalistes qui utilisent un dictaphone sont trop peu nombreux. À ses débuts, il gribouillait comme un fou tout en écoutant ce que disait son témoin et en pensant à la prochaine question à lui poser. Inutile de préciser que c'était une manière déplorable de conduire une interview. Comme il était impossible de saisir tout ce qui se disait, les questions suivantes manquaient de logique, parce qu'on devait se concentrer sur au moins deux choses en même temps. Les dictaphones sont une invention géniale.

Il met l'enregistrement en route et se laisse de nouveau engloutir par le fauteuil. Il pose son calepin sur ses cuisses. Son stylo est paré. Un dictaphone ne devrait jamais remplacer le stylo et le papier. Si l'enregistrement fait défaut, on sera content d'avoir pris quelques notes, ébauché des idées à approfondir.

Il observe Tarik. L'arrestation de son frère semble l'avoir bouleversé. Mahmoud, soupçonné de meurtre ! Il se demande sans doute encore comment annoncer la nouvelle à la famille au pays. Et que diront leurs amis ?

— Pouvez-vous me parler de votre frère ?

Tarik lui lance un regard ulcéré.

— Mon frère est un type bien. Il s'est toujours occupé de moi. C'est lui qui m'a fait venir ici, loin d'Islamabad, des taudis et des criminels de là-bas. Il a dit que la vie en Norvège était bonne. Il a payé mon billet d'avion, il m'a offert un endroit pour habiter.

— Comment gagne-t-il sa vie ?

Tarik le regarde, mais ne répond pas. *Trop tôt*, se dit Henning. *Laisse-le parler à son rythme.*

— Au début, c'était difficile. Je ne parlais pas la langue. Nos seuls amis étaient d'autres Pakistanais. Mais mon frère m'a inscrit à des cours de norvégien. On a rencontré des gens d'autres pays. Les Norvégiennes…

Il prononce ce dernier mot d'une voix légèrement modulée et son expression s'éclaire. Cependant, son sourire disparaît rapidement. Henning n'intervient pas.

— Mon frère n'a tué personne. C'est un mec bien. Et il l'aimait.

— Henriette ?

Tarik hoche la tête.

— Ils ont été ensemble pendant longtemps ?

— Non. Un an, pas plus.

— Et comment était leur relation ?

— Bien, je crois. Beaucoup d'action.

— Vous voulez dire qu'ils faisaient souvent l'amour ?

Tarik sourit. Henning devine que Tarik a un souvenir en mémoire, peut-être plusieurs. Il hoche la tête.

— Étaient-ils fidèles l'un à l'autre ?

— Pourquoi vous voulez savoir ça ?

— Vous pensez que la police n'a pas déjà posé la question à votre frère ?

Tarik ne répond pas ; Henning peut voir qu'il y réfléchit.

— C'était… un coup oui, un coup non.

— Que voulez-vous dire ?

— Je crois qu'ils ont rompu plein de fois, mais ils se remettaient toujours ensemble. Et leur manière de faire ça, cet après-midi-là… eh ben, je ne connais personne qui fait des trucs comme ça.

— Alors, ils ont…

Tarik acquiesce.

— Henriette a fait du bruit. Elle en fait toujours, mais ce jour-là, c'était super fort.

Le sourire s'évanouit. Il n'a pas fumé depuis une minute, mais maintenant il reprend une grosse bouffée de pied qui pue, avant d'écraser la cigarette dans le cendrier.

— Ils se sont rencontrés au festival de Mela. Il ne s'est rien passé cette fois-là, et plus tard ils se sont revus à une audition pour un film. Ensuite…

Le mobile de Tarik sonne dans une pièce que Henning suppose être une chambre. Il a déjà entendu cette sonnerie avant, mais il ne saurait pas dire dans quelles circonstances. Un instant distrait, Tarik décide d'ignorer l'appel. Il prend le briquet et l'examine avec attention.

— C'est terrible, ce qui est arrivé, dit-il sans lever la tête.

— Vous avez la moindre idée de qui a pu faire ça ?

Tarik secoue la tête.

— Est-ce qu'Henriette et votre frère avaient des amis communs qu'ils voyaient parfois ?

Tarik appuie sur la roulette du briquet. Une flamme imposante jaillit. Henning sent sa poitrine rétrécir.

— Nous venons du Pakistan. Nous avons beaucoup d'amis.

— Des amis norvégiens de souche ?

— Plein.

— Certains d'entre eux sont-ils mariés ?

— Mariés ?

— Oui. Les cloches qui sonnent, des anneaux à leurs doigts ?

— Je ne comprends pas la question.

— Est-ce que certains de vos amis sont allés à l'église…

— Eh, je sais ce qu'est un mariage. Je ne comprends pas pourquoi vous posez cette question.

Tarik continue à jouer avec le briquet, tout en fixant Henning. Celui-ci ne sait pas vraiment comment formuler sa prochaine question sans trop en révéler ou sans prononcer des paroles trop offensantes.

— Est-ce que l'un ou l'autre a été infidèle ?

Tarik hésite une seconde. Il soutient le regard de Henning, puis détourne les yeux et baisse la tête.

— Je ne sais pas.

Le jeune homme parle à voix plus basse, maintenant. Henning est convaincu que Tarik lui cache quelque chose. Il note dans son calepin : « Tous les deux infidèles ? »

— C'est quoi, le boulot de votre frère ?

Tarik relève le menton d'un geste vif.

— Pourquoi vous trouvez ça tellement important ?

Henning hausse les épaules.

— Ça n'a peut-être aucune importance. Ou c'est le truc le plus important de toute cette affaire. Je n'en sais rien. C'est pour ça que je vous pose la question, pour comprendre votre frère du mieux possible. Nous sommes nombreux à être ce que nous faisons. Nous vivons à travers notre métier.

— Comme vous ?

Henning veut poursuivre l'interview pendant que ça tourne bien, mais la question l'arrête net. Il tente de trouver une réponse raisonnable, sans succès.

— Non.

Tarik hoche la tête. Henning pense déceler de la compréhension dans ses yeux, mais il n'en est pas certain.

— Mon frère conduit un taxi.

— Il est indépendant ?

— Non.

— Pour qui travaille-t-il ?

— Omar.

— Qui est-ce ?

— Un ami.

— À part Omar, quel est son nom ?

Tarik soupire.

— Omar Rabia Rachid.

— Et vous, quel est votre métier ?

Tarik adresse un regard morne à Henning.

— Je suis photographe.

— Indépendant ou salarié ?

— Indépendant.

Henning se redresse, histoire d'être assis plus droit, mais le fauteuil mou l'absorbe de nouveau.

— Hier, votre frère a refusé de laisser entrer la police et il a mis le feu à son ordinateur. Savez-vous pourquoi il a réagi de cette manière ?

Tarik semble brusquement soucieux ; il sort une nouvelle cigarette et l'allume. Puis il secoue la tête en silence.

— Vous n'en avez aucune idée ?

Nouveau signe de tête négatif.

— Mon frère était le seul à l'utiliser. J'ai mon propre ordi.

— Et vous n'avez jamais vu à quoi il l'utilisait ?

— Non, mais c'était sans doute les trucs habituels. Naviguer sur le Net. Les mails. C'est fini, maintenant ? Je dois voir un ami.

Henning lui fait signe qu'il a compris.

— Encore quelques questions, et je m'en vais.

À ce moment, quelqu'un frappe à la porte. Trois coups brefs. Tarik a l'air surpris.

— C'est votre ami ?

Tarik se lève sans répondre.

— Si c'est un autre journaliste, alors je vous suggère de lui claquer la porte au nez, plaisante Henning.

Tarik va vers l'entrée. De là où il se tient, Henning le voit s'éloigner. Tarik ouvre la porte d'un geste rapide.

Henning se penche en avant, arrête le dictaphone et se prépare à partir. Il vient juste de glisser l'appareil dans une poche quand il entend la voix de Tarik.

— Qu'est-ce que…

Puis Tarik est atteint par deux balles en pleine poitrine.

Chapitre 24

Les tirs sont silencieux, mais assez puissants pour coller le jeune Marhoni au mur. Henning enregistre les deux jets rouges qui jaillissent de la poitrine de Tarik et, avant qu'il ait le temps de réagir, la gueule d'un pistolet apparaît dans l'embrasure de la porte. Un homme entre. Il avise Tarik, affalé contre le mur, et lui tire encore dessus, cette fois droit dans la tête.

Putain!

Henning essaie de se lever en silence, mais il est enfoncé si profondément dans les entrailles du fauteuil mou qu'il lui est impossible de se dégager sans se faire remarquer par le tueur. Henning voit l'arme pivoter de quatre-vingt-dix degrés : il se retrouve en ligne de mire et parvient à rouler du siège juste avant que le dossier ne soit subitement doté d'un trou gros comme un œil, exactement à l'endroit où se trouvait sa tête une seconde plus tôt. Le rembourrage explose, des débris de mousse et des miettes de tissu tourbillonnent dans l'air. Henning entend un bruit de pas et se dit que c'est la fin. *Bordel de merde, ça y est, c'est fini avant même d'avoir commencé.* Paniqué, il regarde autour de lui ; il aperçoit une porte dans le salon, une porte qui donne sur une autre pièce. Il n'a pas le choix : il doit se sauver par là. Il se lève et court aussi vite que ses jambes abîmées le lui permettent. Une douleur incandescente envahit sa hanche, ses jambes refusent de lui obéir, mais il atteint la porte et l'ouvre à la volée.

Il entend un autre *plop* et un trou apparaît dans le battant derrière lui, mais la balle ne le touche pas. Il se trouve dans un petit salon avec une grande fenêtre. Il saisit l'espagnolette, la pousse vers le bas – c'est le mauvais sens ; il la pousse vers l'extérieur, mais la fenêtre s'entrebâille à peine, avant de se bloquer. Il pousse de nouveau, plus fermement cette fois, mais le blocage se produit au même endroit. Il se retourne : le tueur ne l'a pas encore rattrapé. Henning examine la fenêtre, découvre la sécurité enfant, la manœuvre et ouvre enfin la fenêtre du même geste. Il grimpe sur le rebord, regarde en bas, constate qu'il n'y a que deux mètres jusqu'au trottoir. Il a un flashback : le revoilà sur le balcon où il se tenait avec Jonas, prêt à sauter. À ce moment, il entend le tueur entrer dans la pièce. Il s'attend à éprouver la douleur aiguë et paralysante d'une balle dans son dos. Mais, avant d'avoir le temps de réfléchir, il est en l'air et il ne sent rien sous son corps. Il agite les bras, terrifié à l'idée de voir ce qui se passe autour de lui. Tout ce qu'il sait, c'est que le sol est dessous. Soudain, il est à terre ; ses genoux cèdent, il tombe en avant, amortit la chute avec ses mains, pousse sur ses paumes, roule sur lui-même et finit presque dans la rue, sur les lignes du tram. Mais le vrai danger vient de la fenêtre : tout ce que le tueur a à faire, c'est d'appuyer sur la détente et ce sera terminé.

Henning se lève ; il entend une voiture arriver vers lui et s'écarte. *Oublie la douleur dans tes jambes et dans ta hanche, cours !* s'enjoint-il. Il ne sait pas dans quelle direction il va ; autour de lui, il y a du goudron et des détritus. Il voit une maison, jaune. Il n'a pas la moindre idée de l'endroit où il se trouve ; il continue de courir. Il tourne au coin du bâtiment au moment où deux balles atteignent le mur en une rapide succession.

Il se retrouve dans une petite rue, une ruelle en sens unique. Ce doit être Saint Hallvardsgate. S'il mourait ici, ce serait une péripétie dramatique pleine d'ironie. Mais ce n'est certainement pas le moment de penser à sa mère ; tout ce qui importe, c'est de se mettre hors de portée du tueur. Il galope sans s'arrêter. Il sent son cœur pomper l'adrénaline, directement libérée dans son système circulatoire. Il longe des voitures garées, entrevoit des gens dans la rue, des éclairs colorés. La rue fait une courbe ; il la suit, courant aussi vite qu'il le peut. Il ne sent plus ses jambes ; c'est comme si elles étaient étrangement incapables de décider qui doit faire quoi. Mais il s'en fiche : il sait qu'il doit mettre autant de distance que possible entre le tueur et lui, parce que le tueur aussi prend la fuite.

Henning sait qu'il faut appeler la police, mais sa propre sécurité est prioritaire. Il doit se trouver un abri où il pourra reprendre son souffle et parler sans suffoquer. Il repère un endroit accessible. Au-dessus de l'entrée, une pancarte annonce : « Parc de Gambelyn – sport et loisirs », en lettres noires incurvées ; Henning se rue à l'intérieur, passe devant une Mitsubishi Estate. Le coin est désert ; des sacs poubelle s'entassent contre une cabane décrépite, les murs sont couverts de graffitis. Ses chaussures frappent le ciment lisse. Il voit une rampe, un skateboard et une vieille chaise en plastique ; ce n'est pas très grand. Sur un mur bleu, un panneau proclame : « Bienvenue tout le monde », en italiques grossièrement tracées. Les lettres et les flammes du graffiti sont entrelacées d'une manière que Henning ne comprend pas. Plus bas, sur le même écriteau, il lit : « Nous veillons les uns sur les autres parce que personne d'autre n'est foutu de s'en occuper. » Il regarde autour de lui : l'endroit est clôturé. Putain, il est piégé ! Il y a des arbres tout autour, mais il voit un trou dans le grillage. Une issue ! Il fonce vers l'ouverture et se tortille pour passer à travers. Sa veste s'accroche quelque part, mais il tire sèchement dessus et l'entend se déchirer en s'arrachant. Il rampe parmi les troncs et les buissons, aussi denses qu'une jungle, et s'arrête en dérapant près d'un vieux frigo rouillé. Il aperçoit une maison sur la pente opposée et se repère enfin.

Il descend sur la voie ferrée, jette un œil par-dessus son épaule pour voir s'il est suivi, mais il n'y a pas trace du tueur. Il se cache derrière un gros arbre et se laisse tomber par terre, hors d'haleine.

Respire, Henning. Vas-y, bordel, respire, mon vieux!

Il trouve son mobile, compose le numéro de la police et inspire profondément en attendant qu'on décroche. On répond rapidement à son appel. Il s'identifie, puis dit :

— Passez-moi l'inspecteur principal Bjarne Brogeland. Tout de suite !

Chapitre 25

Quand Henning avait treize ans, il avait été autorisé à louer *Witness*, le film avec Harrison Ford et Kelly McGillis, où Danny Glover faisait une de ses rares compositions de tueur. Après l'avoir vu, Henning n'avait longtemps plus osé se rendre dans des toilettes publiques.

Même si ça remontait à vingt-deux ans, il n'avait jamais oublié la scène des toilettes pour hommes, où le gamin amish terrifié pleure et où Danny Glover ouvre les portes une à une pour vérifier que personne n'a été témoin du meurtre. Henning doit admettre que Danny lui est venu à l'esprit au moment où il était assis dans la clairière, regardant les trains passer à toute vitesse, l'oreille tendue pour guetter l'approche des tueurs.

Maintenant, il se trouve dans une salle d'attente. Il sait pourquoi on leur a donné ce nom. C'est là qu'on est censé attendre. Et Henning attend. Il a eu droit à un verre d'eau. Rien à lire, en revanche. C'est parce qu'il a besoin de réfléchir. Quand les officiers qui vont l'interroger vont finir par arriver, sa mémoire doit être en ordre, ses souvenirs aussi détaillés et précis que possible.

En général, il est très précis, mais il a l'impression de manquer de pratique. Il pense à Iver Gundersen et à Heidi Kjus. Il aurait peut-être dû les appeler aussi ; mais, avant qu'il ait le temps d'y songer, la porte de la salle d'attente s'ouvre.

Une femme de haute taille en uniforme, aux cheveux courts, entre. Elle le regarde.

— Sergent Ella Sandland.

En se présentant, elle lui tend la main. Henning se lève, lui serre la main et lui adresse un bref signe de tête. Bjarne Brogeland entre juste derrière elle en la dévorant des yeux, puis il remarque son vieux camarade d'école et affiche un large sourire.

— Salut, Henning !

Et voilà. Retour du sentiment qu'il a toujours éprouvé quand il était dans les mêmes parages que Bjarne. L'aversion. Aujourd'hui, il y a peu de chances que ce soit à cause de Trine. Certaines choses ne changent tout simplement pas.

Ella Sandland s'assied de l'autre côté de la table. Brogeland s'approche de Henning et lui tend aussi la main. Brogeland a dû interviewer des centaines de suspects, se dit Henning, rencontrer toute sorte de gens ; mais, malgré son entraînement, il ne peut pas masquer ce léger changement dans l'expression si familier à Henning et généralement beaucoup plus manifeste. Brogeland essaie de la jouer cool, d'être professionnel – ça ne dure qu'une fraction de seconde, mais Henning le voit se crisper en découvrant ses cicatrices.

Ils échangent une poignée de main. Ferme.

— Bon sang, Henning ! dit Brogeland avant de s'asseoir. Ça fait un bail. Combien d'années ?

Son ton est jovial, décontracté, amical. Ils s'étaient inscrits à l'École de police en même temps ; mais, à l'époque, ils n'avaient rien de commun non plus.

— Quinze, vingt ans, peut-être ?

— Oui, au moins ça.

Silence. D'habitude, Henning aime le silence, mais là, les murs pleurent pour un petit son.

— C'est un plaisir de te revoir, Henning.

Il ne peut pas en dire autant à propos de Bjarne, mais il répond :

— Pareil.

— J'aurais préféré que les circonstances soient différentes. On a plein de choses à se raconter.

Vraiment ? se demande Henning. *Peut-être.* Mais il considère Brogeland sans répondre.

— Nous devrions peut-être commencer ? suggère Ella Sandland d'une voix ferme.

Brogeland la regarde comme si elle était le déjeuner, le dîner et une collation de minuit réunis en un seul lot. Sandland passe les formalités. En l'écoutant, Henning devine qu'elle vient de Sunnmøre, ou du même coin – Hareid, peut-être ?

— Vous avez eu le type ? demande-t-il au moment où elle s'apprête à poser sa première question.

Les deux policiers échangent un regard.

— Non, dit Brogeland.

— Vous savez de quel côté il est parti ?

— Nous sommes ici pour vous interroger, pas l'inverse, souligne Sandland.

— Ça va. Pas de problème, intervient Brogeland en posant une main sur le bras de sa collègue. C'est normal qu'il veuille le savoir. Non, nous ne savons pas où est passé le tueur. Mais nous espérons que tu nous aideras à l'attraper.

— Bon, pouvez-vous nous dire ce qui s'est passé ? demande Sandland.

Henning inspire et leur parle de l'interview de Marhoni, des coups de feu, de sa fuite. Il s'exprime avec calme et sang-froid, même s'il bouillonne intérieurement. C'est étrange de revivre ces événements, de les traduire en phrases, de savoir qu'il a frôlé la mort, à un ou deux millimètres près.

— Que faisiez-vous chez Marhoni ?

— J'étais venu l'interviewer.

— Pourquoi ?

— Pourquoi pas ? Son frère est en prison pour un meurtre qu'il n'a pas commis. C'est Tarik qui connaît… qui connaissait le mieux son frère. Je m'inquiéterais si vous n'étiez pas déjà arrivés à cette conclusion.

— Ça ne nous avait pas échappé, réplique Sandland, vexée. Nous n'en sommes tout simplement pas encore là.

— C'est vrai ?

— De quoi parlez-vous ?

— De son frère.

— Soyez plus précis.

Il prend une inspiration théâtrale, pendant qu'il rassemble ses souvenirs. Tout est enregistré sur le dictaphone glissé dans sa poche, mais il n'a pas l'intention de le leur donner.

— Je lui ai demandé de me parler de la relation entre son frère et Henriette Hagerup… Le genre de questions qu'on pose quand on veut en savoir plus sur quelqu'un, vous voyez.

— Qu'a-t-il répondu ?

— Pas grand-chose d'intéressant. L'entretien a tourné court.

— Vous avez dit que son frère était détenu pour un meurtre qu'il n'avait pas commis. Qu'est-ce que vous voulez dire par là ? Sur quoi vous appuyez-vous pour affirmer qu'il est innocent ?

— J'ai de sérieux doutes sur sa culpabilité.

— Pourquoi ?

— Dans le passé de Marhoni, rien n'indique qu'il soit un fervent partisan des *hudud*. Or, si j'ai bien compris, le meurtre y est lié.

Sandland ne bronche pas, mais le fixe longuement avant d'échanger un regard avec Brogeland.

— Comment savez-vous ça ?

— Je le sais, c'est tout.

Nouvel échange de regard entre Sandland et Brogeland. Henning devine leurs pensées.

On a une fuite ?

Sandland le dévisage. Il a soudain envie d'un gin tonic.

— Vous avez l'air d'en savoir beaucoup.

La phrase sonne comme une question. Henning hausse les épaules.

— Ou, du moins, c'était le cas autrefois. *Kapital*, *Aftenposten*, *Nettavisen*, *123news*. Combien de premières pages avez-vous décrochées, Juul ? Combien de scoops ? C'est bien ainsi que vous appelez ça, vous autres, les journalistes, hein ?

Les épaules de Henning se soulèvent en prévision d'une autre profonde inspiration.

— Si ça peut faciliter votre enquête, je peux essayer de trouver des infos.

Sandland sourit. C'est la première fois qu'elle sourit en sa présence. Des dents parfaites. Une langue rouge, appétissante. Il se dit que Brogeland y a goûté.

Non. À la réflexion, non. Elle n'est pas aussi stupide.

— Et, une fois de plus, vous voilà au centre de l'enquête. Mais, cette fois, vous êtes un témoin. Ça vous fait quel effet ?

— Est-ce que, par hasard, vous chercheriez à vous reconvertir chez NRK Sports ?

— Je crois que cette déposition se passera mieux et plus rapidement si nous évitons l'ironie, Henning, tempère Brogeland en lui adressant un regard amical.

Henning hoche la tête et concède que, pour une fois, Brogeland a raison.

— On pourrait dire que c'est une expérience totalement inédite, commence-t-il, un rien plus poliment. J'ai eu l'occasion d'être le témoin de pas mal de choses dans ma vie.

Des vols ou des bagarres à coups de couteau. J'ai assisté à un match de foot où le même joueur a marqué deux fois contre son camp. Mais ça fait tout drôle de voir quelqu'un avec qui je venais juste de discuter, qui venait juste de me proposer un verre de lait, se prendre deux balles dans la poitrine et une dans la tête.

— Du lait ?

— Écrémé.

Brogeland a un bref sourire.

— Tu as pu jeter un coup d'œil sur le tireur ?

Henning hésite.

— Ça s'est passé vraiment vite.

— Mais le cerveau peut enregistrer un tas d'infos, même en très peu de temps. Réfléchis. Réfléchis bien.

Il réfléchit bien. Et, brusquement, la coquille se brise. Il voit quelque chose. Un visage. Un visage ovale. Une barbe. Elle ne couvre pas tout le visage ; elle encadre seulement la bouche, taillée en carré. Des favoris, très épais.

Il le leur dit. Et il décrit autre chose : les lèvres du tueur. Un peu tordues vers la gauche. *Brogeland avait raison*, songe-t-il. *Bordel de merde, Bjarne Brogeland, le roi des connards, avait raison !*

— As-tu vu le genre d'arme qu'il a utilisée ?

— Non.

— Tu es sûr ?

— Une arme de poing. Un pistolet, peut-être ? Je n'y connais pas grand-chose.

— Un silencieux ?

— Oui. Vous n'avez pas trouvé d'étuis de balle sur la scène de crime ?

Sandland regarde de nouveau Brogeland. *Oui, évidemment qu'ils en ont retrouvé*, se dit Henning. Puis il sent son mobile vibrer dans sa poche et tente d'oublier l'appel, mais le correspondant insiste.

— Désolé, marmonne-t-il en montrant sa poche.

— Éteignez votre téléphone, lui ordonne Sandland.

Il sort l'appareil et a le temps de voir qu'Iver Gundersen cherche à le joindre. Il appuie exagérément fort sur le bouton d'arrêt et prolonge la pression.

— Avez-vous vu les vêtements du tueur ?

Réfléchis. Réfléchis.

— Un pantalon noir. Je crois que sa veste était noire. Non, ce n'est pas ça. Elle était beige.

— Noire ou beige ?

— Beige.

— Les cheveux, de quelle couleur ?

— Je ne me rappelle pas, mais je crois qu'ils étaient foncés. Le type était foncé, dans l'ensemble.

Sandland lui jette un regard sceptique.

— À part sa veste beige, s'empresse-t-il d'ajouter.

— C'est un immigré ? veut savoir Brogeland.

— Oui, c'est l'impression que j'ai eue.

— Pakistanais, comme la victime ?

— Oui, c'est possible.

Brogeland et Sandland écrivent tous les deux quelques mots. Henning ne peut pas les lire, mais il sait ce qu'ils ont noté.

Le tueur connaissait la victime.

Il exploite la petite pause qui s'est installée.

— Alors, à votre avis, vous avez arrêté le mauvais Marhoni ?

Il sort son propre calepin. Sandland et Brogeland échangent un regard.

— Je croyais avoir été claire…

Brogeland toussote et pose de nouveau la main sur le bras de Sandland. Elle rougit.

— Il est trop tôt pour le dire, finit-elle par répondre.

— Donc, vous n'excluez pas la vengeance comme mobile du meurtre de Hagerup ?

— Nous n'excluons rien.

— Dans ce cas, à partir de quelle théorie menez-vous votre enquête ? Marhoni est arrêté, soupçonné de meurtre, et, moins de vingt-quatre heures plus tard, son frère est tué.

— Inspecteur, objecte Sandland.

— Pas de commentaires. La déposition est terminée, annonce Brogeland.

— Pourriez-vous reconnaître le tueur si jamais vous le revoyiez ? poursuit Sandland.

Henning réfléchit, se repasse la scène de l'appartement de Marhoni, puis dit :

— Je n'en sais rien.

— Pourriez-vous au moins essayer ?

Il voit où elle veut en venir.

— Vous avez des photos à me montrer ?

Elle hoche la tête d'un air grave.

— Je peux toujours tenter le coup, dit-il.

Chapitre 26

— Tu es toujours comme ça ? demande Brogeland à Henning.

L'inspecteur principal s'installe à une table et ouvre un ordinateur portable.

Ils ont déménagé dans une plus petite pièce. Henning s'assied en face de Brogeland, qu'il regarde cliquer et taper sur le clavier.

— Comme quoi ? s'enquiert Henning.

Brogeland tourne le portable vers lui et sourit.

— Arrogant et irrespectueux ?

La question prend Henning par surprise. Il s'efforce de penser plus loin que le bout de son nez. S'il espère transformer l'officier de police qui se trouve face à lui en informateur potentiel, un comportement arrogant et irrespectueux n'est pas l'approche recommandée dans *Le Journalisme pour les nuls*. Des excuses semblent être de rigueur.

— Désolé, ce n'était pas intentionnel.

Il lève les mains en signe d'impuissance et continue dans la même veine :

— Après ce qui est arrivé ce matin, je ne suis plus moi-même. Ce n'est pas tous les jours que je suis témoin d'un meurtre. D'habitude, je ne suis pas comme ça. C'est probablement un mécanisme de défense ou un truc dans ce genre-là.

Brogeland acquiesce d'un signe de tête.

— Je comprends.

S'il n'a pas mis dans le mille, il a au moins touché la cible. Brogeland rapproche l'ordinateur de Henning.

— Utilise les flèches pour avancer ou reculer. Si tu veux voir une photo de plus près, il suffit de cliquer dessus.

— Ces gens correspondent au profil ?

— Oui, j'ai sélectionné des délinquants issus de l'immigration. J'ai aussi ajouté quelques critères supplémentaires.

Henning commence à faire défiler les photos.

— Alors, Bjarne, qu'est-ce que tu as fabriqué après avoir quitté l'école ? demande-t-il tout en regardant l'écran.

— Comme la plupart des gens. Un peu de tout. Après mon examen de fin d'études, je me suis engagé dans l'armée ; j'ai été en poste à l'étranger pendant un an, au Kosovo. Ensuite, j'ai suivi une formation de trois ans à la fac d'études sportives, et puis je suis entré dans la police. Et, depuis, je suis ici.

— De la famille ?

En cet instant précis, Henning se méprise.

— Épouse et enfant.

— Ta femme, c'est quelqu'un que je connais ou que je pourrais connaître ?

— J'en doute. Je l'ai rencontrée à la fac. Anita vient de Hamar.

Henning hoche la tête tout en continuant d'examiner les photos. Il reconnaît quelques visages, mais seulement parce qu'il a rédigé des papiers sur eux ou les a vus dans la presse.

— Ça te plaît d'être dans la police ? continue-t-il, outrageusement flagorneur.

— Beaucoup, même si c'est un boulot difficile. Je ne peux pas voir ma fille autant que je le voudrais. Je travaille à des horaires antisociaux. Il y a toujours une enquête en cours.

— Quel âge a ta fille ?

— Trois ans. Trois ans et demi, s'empresse de préciser Brogeland.

— C'est un bel âge, dit Henning.

Il regrette immédiatement de s'être engagé dans cette voie. Il espère que Brogeland va se retenir de poser la question qui suit traditionnellement la sienne et demande :

— Comment s'appelle-t-elle ?

— Alisha.

— C'est un joli nom.

Henning sent un reflux de bile mêlée au café du matin remonter le long de sa gorge.

— Ma femme voulait un nom international. Comme ça, notre gamine peut vivre à l'étranger sans avoir à épeler son nom à chaque fois.

Bjarne a un bref éclat de rire. Henning essaie aussi de rire, mais ça sonne faux. Il préfère donc se taire et continuer sa revue de délinquants. Des visages, des visages, encore des visages. Ils exsudent le crime. Des regards furieux, des bouches amères. Mais pas de tueur.

Il doit chercher depuis environ un quart d'heure, lorsque Brogeland lance :

— Tu crois que le tueur a pu te voir ?

Henning quitte l'écran des yeux et fixe Brogeland, d'un air troublé. *C'est drôle que je n'y aie pas pensé*, se dit-il.

— Je ne sais pas, répond-il.

Il visualise sa fuite. Le tueur a surtout vu son dos, mais il y a eu un moment où leurs regards se sont croisés. Et le visage de Henning n'est pas très facile à oublier.

Oui, il m'a vu, conclut-il. *Il m'a forcément vu.*

Henning fixe Brogeland et il sait ce qu'il pense. Si la scientifique ne trouve pas d'indices qui attestent la présence du meurtrier sur la scène de crime, alors *seul* Henning pourra prouver qu'il était là. Au cours du procès, son témoignage serait comme un penalty tiré devant un but vide.

Il y a cependant une condition.

Que Henning soit encore en vie.

Chapitre 27

Quarante-cinq minutes plus tard, Henning tapote l'écran d'un geste enthousiaste. Brogeland se lève et passe de son côté de la table.

— Tu es sûr ?

Henning examine la photo, en particulier la lèvre supérieure, un peu de travers.

— Oui.

Le visage de Brogeland s'anime. Il fait pivoter le portable et regagne sa place, s'assied, pianote sur le clavier et clique.

— Qui c'est ? demande Henning.

Brogeland lui jette un regard par-dessus l'écran ; ses yeux pétillent légèrement.

— Il s'appelle Yasser Shah, dit-il avec réticence. Mais je t'interdis de publier ça dans ton journal.

Henning lève les mains, pour souligner que c'est évident.

— Qu'est-ce qu'il a fait jusqu'à présent ?

— Pas grand-chose. Deux condamnations pour possession de stupéfiants. Des petits délits, rien de très grave.

— Donc, le petit dealer à mi-temps est devenu tueur à gages ?

— On dirait bien.

— Mmm.

— Il appartient à un gang qui s'est baptisé BBB. Bad Boys Burning.

Henning fronce le nez.

— C'est quel genre de gang ? Je n'en ai jamais entendu parler.

— Un de ceux qui ont attiré notre attention au cours de l'année dernière. Ils couvrent un bel éventail d'activités criminelles. Contrebande, drogue, collecte de dettes à coups de poing ou à l'aide d'armes telles que… euh, des armes. Je crois que certains collègues qui travaillent directement avec la brigade du crime organisé en connaissent un rayon sur eux.

— Et les frères Marhoni ont un rapport avec les BBB ?

Brogeland s'apprête à répondre, mais il se ravise et regarde Henning. Et, une fois de plus, il sait exactement ce que pense le policier : « Henning, tu es sans doute un type correct, mais on ne se connaît pas encore assez bien. »

— Merci beaucoup, dit Brogeland. C'est super. Tu nous as donné un bon coup de main.

Ils se lèvent. Brogeland tend la paume. Ils échangent une nouvelle poignée de main ferme. Henning quitte le poste avec le sentiment que celui qu'il a aidé le plus est probablement lui-même.

Dehors, dans la rue, le titre lui vient d'un seul coup. *Les derniers mots de Tarik.* Ce sera un papier formidable. Kåre Tourette va cliqueter. Littéralement.

En entrant dans Grønlandsleiret, il rallume son mobile. Trente secondes plus tard, les textos affluent. Plusieurs personnes ont laissé des messages sur sa boîte vocale. Iver Gundersen en fait partie. Henning sait pourquoi ils veulent tous le joindre – évidemment –, mais il n'a pas l'énergie de répondre. Alors qu'il s'apprête à effacer les messages, Gundersen appelle une nouvelle fois. Henning soupire et prend la communication.

— Salut.

— Où êtes-vous ?

— À la police.

— Pourquoi n'avez-vous pas appelé ? C'est une grosse affaire, et nous aurions dû être les premiers à la sortir !

— J'étais un peu occupé à sauver ma vie. Ce qu'il en reste.

— Bon sang, Henning ! J'essaie de vous joindre depuis trois heures et demie.

— Trois heures et demie ?

— Oui !

— Vous avez chronométré ?

Gundersen prend une grande inspiration et souffle si fort que le bruit se transforme en rugissement dans l'oreille de Henning.

— Il est totalement inacceptable que NRK soit le premier à sortir une info sur un journaliste de *123news*. Surtout quand ce journaliste a été témoin d'un meurtre et a essuyé lui-même des coups de feu !

— C'est encore Jørn Bendiksen ?

— Oui !

— Il doit avoir de sacrés bons informateurs.

Le ton de Henning ne laisse pas matière à interprétation. Il sait que Gundersen va prendre sa remarque comme une insulte personnelle.

— La moindre des choses, c'est que je puisse vous interviewer et que vous me racontiez ce qui s'est passé. Dans notre article, on a évité de citer NRK et on a donné à nos lecteurs l'impression qu'on vous avait parlé. Mais, franchement, ça me soulève le cœur. Un témoignage direct de votre part devrait arranger pas mal de choses.

— Vous n'avez pas fait de fausses citations, au moins ?

— Non, non. Vous pouvez vérifier par vous-même si vous venez au bureau, ou vous pouvez le lire sur votre mobile. Voulez-vous venir faire l'interview à la rédaction ou préférez-vous qu'on le fasse par téléphone ?

— Non.

— Comment ça, non ?

— Non, non, dit Henning en imitant le ton de Gundersen. Il n'y aura pas d'interview.

Silence total.

— Henning ? C'est une blague ?

— Non.

— Mais pourquoi, bordel ?

— Parce que quelques balles ont miaulé à mes oreilles, il y a environ trois heures et demie. Si le tueur me cherche pour faire un nouvel essai, je n'ai aucune intention de lui faciliter la tâche. Il sait que je l'ai vu. Et, si ce n'est pas le cas, il ne tardera pas à l'apprendre.

Gundersen pousse un soupir.

— Je vais rentrer chez moi écrire l'interview de Tarik. Une fois que ce sera fait, je disparaîtrai de la circulation pendant quelques jours, continue Henning.

Il a à peine fini sa phrase que Gundersen lui raccroche au nez. Henning jubile.

Il s'apprête à s'arrêter au supermarché, lorsque son mobile sonne encore. Il ne reconnaît pas le numéro. C'est peut-être Gundersen qui fait semblant de vendre des abonnements ? Il éteint l'appareil et rêve d'une, deux, trois ou quatre galettes de poisson chaudes.

Miam.

Chapitre 28

Sa réserve commence à s'amenuiser, mais il lui reste de quoi remplacer les piles des huit alarmes incendie, dès qu'il rentre chez lui. Il visite le salon. Aucun tueur n'est tapi à l'attendre. Il n'y a pas vraiment cru, mais on ne sait jamais.

Il prend une douche pendant que son ordinateur démarre à une allure d'escargot. Un quart d'heure plus tard, il est propre comme un Bébé Cadum et il charge FireCracker 2.0 sur sa machine. Il a une question à poser à *6tiermes7*. Cette fois, Gorge Profonde est déjà en ligne :

MakkaPakka : est.
6tiermes7 : Nègre. Il ne vous a pas fallu longtemps pour devenir une cible.
MakkaPakka : Je ne manque pas d'entraînement dans ce domaine.
6tiermes7 : Toujours en un seul morceau ?
MakkaPakka : Oh, oui. Je vais tellement bien que je n'ai même plus besoin de dormir la nuit.
6tiermes7 : Comptez les moutons. Branlez-vous.
MakkaPakka : Trop d'efforts.
6tiermes7 : : -)
MakkaPakka : Je pensais prendre quelques jours de congé, mais quelque chose m'intrigue.
6tiermes7 : Vous ? Des congés ?

MakkaPakka : Est-ce que les frères Marhoni ont un rapport avec les BBB ? Ils appartiennent au gang ?
6tiermes7 : Non, on se creuse la tête pour trouver le lien.
MakkaPakka : Mais il y en a un ?
6tiermes7 : Ce n'est pas votre avis ?
MakkaPakka : Je n'en sais rien. Ce sont peut-être de simples connaissances.
6tiermes7 : Ouais, c'est ça.
MakkaPakka : Avez-vous prévu de faire une descente là-bas, prochainement ?
6tiermes7 : Ça, je l'ignore. Mais, à mon avis, ils essaieront d'abord chez Yasser Shah.
MakkaPakka : Il a sans doute déjà disparu de la circulation.
6tiermes7 : Vous ne croyez pas qu'il fera une nouvelle tentative pour vous éliminer ?
MakkaPakka : Vous feriez ça, vous ? Alors que l'attention est focalisée sur vous ?
6tiermes7 : Non. Ils vous ont proposé une protection ?
MakkaPakka : Oui.
6tiermes7 : Bien. Mais on ne sait jamais : quelqu'un d'autre pourrait vouloir finir le boulot.
MakkaPakka : J'ai refusé.
6tiermes7 : Oh. Vous avez vraiment fait ça ?
MakkaPakka : Très drôle.
6tiermes7 : Alors, quelle est la suite du programme ?
MakkaPakka : J'ai l'intention de faire profil bas pendant quelques jours.
6tiermes7 : C'est bien le moins.
MakkaPakka : OK. Je vais peut-être travailler de chez moi. Je verrai bien ce qui se passe.
6tiermes7 : D'accord.

MakkaPakka : Il y a eu de nouveaux développements dans l'enquête ?
6tiermes7 : Quelques-uns. Ils font feu de tout bois pour trouver des indices et des pistes. On interroge pas mal de gens.
MakkaPakka : Vous pouvez me donner quelques détails ?
6tiermes7 : Eh bien, ils ont laissé tomber la théorie du crime d'honneur.
MakkaPakka : Autre chose d'excitant ?
6tiermes7 : Je n'en sais trop rien. Écoutez, je ne peux pas vous dire si c'est important, mais une société de production avait pris une option sur un scénario de Hagerup.
MakkaPakka : Ça remonte à longtemps ?
6tiermes7 : À quelque temps, je crois.
MakkaPakka : Une rivalité entre étudiants, peut-être ?
6tiermes7 : Pas la moindre idée. Mais ils interrogent tous ses amis et ses professeurs.
MakkaPakka : Savez-vous si Hagerup avait un tuteur ?
6tiermes7 : Ouais. Un type qui s'appelle Yngve Foldvik.
MakkaPakka : Ce nom me dit quelque chose.
6tiermes7 : Moi, ça ne m'évoque rien.
MakkaPakka : Quelque chose de nouveau sur la tente d'Ekeberg ?
6tiermes7 : C'est l'école qui l'a installée. Ils étaient en plein tournage.
MakkaPakka : Vous soupçonnez quelqu'un parmi ses camarades étudiants ?
6tiermes7 : Pas pour l'instant. Je crois que Mahmoud Marhoni est leur suspect principal. Certains indices l'incriminent.

MakkaPakka : L'a-t-on interrogé après le meurtre de son frère ?
6tiermes7 : Non. Son avocat s'y est opposé de toutes ses forces.
MakkaPakka : Très bien. Merci. À une autre fois.
6tiermes7 : Prenez soin de votre santé.

Prenez soin de votre santé.

La citation est tirée du film *Heat*, avec Robert De Niro et Al Pacino. Le personnage interprété par Jon Voight est assis dans une voiture avec De Niro ; ils planifient un cambriolage. Quand De Niro sort de la voiture, Voight lui dit de prendre soin de sa santé.

Apparemment, *6tiermes7* aime *Heat*. Et Voight a mis le doigt sur quelque chose. Il est important de rester en bonne santé. Par ailleurs, ça fait plaisir de savoir que quelqu'un tient à vous, même si Henning ignore l'identité de cette personne.

Chapitre 29

6*tiermes7* avait raison. Il ne sera pas facile de faire profil bas. Trop de questions bourdonnent sous son crâne et, plus il y pense, plus il est convaincu que l'école d'Henriette Hagerup et ses étudiants détiennent une grande partie des réponses.

Il visite la page d'accueil de Westerdals, puis rallume son mobile. Exactement comme la fois précédente, les messages s'empilent. Et, exactement comme la fois précédente, il les efface sans les consulter. Il active le menu du cours de cinéma et cherche une liste du personnel. Après avoir passé quelques instants à faire défiler des index et à cliquer sur plusieurs liens, il tombe sur Yngve Foldvik. Un CV, accompagné d'une photo, s'affiche. Henning étudie Foldvik.

D'où le connaît-il ? Des cheveux noirs, rejetés vers la gauche. Un nez étroit. Un teint cireux, pas vraiment basané, mais du genre à bronzer rapidement. Une barbe de trois jours peu fournie, striée de poils gris. Il vit ses dernières années de quadra, mais reste bel homme. Henning imagine que certains de ses élèves doivent cultiver une passion secrète pour lui.

Il consulte l'heure : 17 h 30. Les ultimes paroles de Tarik devront attendre. Au lieu de cela, il appelle le mobile de Foldvik. Trois sonneries plus tard, la chance lui sourit. Henning se présente. Foldvik dit « Bonjour » sur un ton que Henning identifie tout de suite ; c'est celui qui signifie : « Oh, merde. »

— Je n'ai pas grand-chose à vous dire, commence le professeur d'une voix hautaine.

— Ce n'est pas ce que j'attends de vous, réplique Henning.

Le silence s'installe. Il sait que Foldvik n'a pas vraiment compris ce qu'il voulait. C'est l'idée. Il le laisse mariner jusqu'à ce que la curiosité l'emporte.

— Mais que voulez-vous ? finit par relancer le professeur.

— Si je pouvais vous rencontrer demain matin, au moment qui vous convient, je pourrais vous expliquer de quoi j'aimerais que nous discutions. Mais je vous mentirais en disant que ça n'a aucun rapport avec votre étudiante décédée.

— Je ne sais pas si…

— Ça ne vous prendra que quelques minutes.

— Comme je l'ai dit…

— Je veux que les gens qui s'intéressent à Henriette aient une vision d'elle aussi exacte que possible. Je suis persuadé que vous êtes la personne idéale pour la décrire. Vous connaissez des aspects de sa personnalité que ses amis étudiants ignorent et, pour être honnête, ils ont tendance à dire des trucs étranges.

Nouveau silence. Il entend Foldvik méditer ses derniers arguments. Et ça fait partie de la technique. Flatter l'ego de ceux qu'on veut interviewer jusqu'à ce qu'ils ne puissent plus refuser.

— D'accord. Alors, deux minutes. Dix heures, demain ?

Un large sourire se forme sur les lèvres de Henning.

— Dix heures, parfait.

Quand tout est enregistré, rédiger un entretien n'a rien de compliqué. Au début, Henning a l'intention d'utiliser toutes les déclarations de Tarik, mot pour mot, puisque c'étaient les dernières paroles du jeune Marhoni. Mais, dès que l'article prend forme sur son écran, il abandonne cette idée.

Trop d'informations hors de propos. Par ailleurs, il ne veut pas que tout le monde sache ce que Tarik a dit de son frère. Après tout, Mahmoud est toujours détenu et l'enquête bat son plein.

Il lui faut une demi-heure pour transcrire l'intégralité de son entretien avec Tarik Marhoni. Au moment de réviser le texte, il décide de se concentrer sur la belle description que Tarik a faite de son aîné. « Mon frère est un type bien. »

Ça frôle l'insipide, mais c'est un début. Il commence à taper : « Tarik Marhoni a passé ses ultimes moments à faire l'éloge de son frère, qui est soupçonné de meurtre. Lisez ici l'interview exclusive. »

Même si l'histoire n'a rien d'excitant, Henning sait que les gens iront voir ce papier. Les dernières paroles d'un homme ont un certain poids. Peu importe ce qu'il a dit, elles sont irrésistibles. Et, quand les infos sont aussi exclusives que celle-là, toute personne qui éprouve le moindre intérêt pour l'affaire va cliquer sur le lien. Les autres rédactions vont passer l'article au crible pour dénicher des citations susceptibles d'être utilisées. Ça signifie que la mention « a déclaré Tarik Marhoni à *123news*, quelques minutes avant sa mort », va se multiplier.

Les citations. Hormis les revenus de la publicité et le bénéfice, l'important pour de nombreux journaux, c'est d'être cité par un média concurrent. En même temps, la citation peut devenir la plus grande source d'irritation. C'est notamment le cas pour les publications de moindre dimension qui voient leurs infos reprises par les gros poissons du secteur. De leur côté, les médias dominants omettent de préciser qu'ils répercutent le travail d'un tiers, et donc de créditer ledit tiers.

Ça arrive tous les jours. Les gros poissons ont tellement peur que les petits poissons ne deviennent grands qu'ils sacrifient dans la même manœuvre à la fois les bonnes manières et l'éthique professionnelle. Parfois, il ne s'agit pas d'un vol pur et simple : ils se donnent la peine d'entrer en contact avec la source et obtiennent des déclarations identiques, ce qui leur permet de proclamer haut et fort – la plupart du temps avec une belle dose d'indignation – qu'ils ont tout bonnement « eu la même idée ». Au cas où un sujet est traité dans au moins deux médias, la politique standard de NRK consiste à n'en créditer aucun.

Henning ne sait pas si cette pratique a changé pendant les deux ans où il est resté sur la touche, mais il lui semble impossible pour un organe de presse de reprendre l'article sur Tarik sans citer ses sources. Heidi Kjus en sera sans doute particulièrement ravie. Et peut-être aussi Iver Gundersen. Non. À la réflexion, non. Pas Gundersen.

Il pense aux BBB. Bad Boys Burning. Quel nom pour un gang ! Certaines bandes criminelles éprouvent le besoin pressant d'envoyer des avertissements. Les Bandidos. Les Hell's Angels. Ça n'a rien d'extraordinaire. Pourtant, les BBB excitent la curiosité de Henning. Il fait une recherche sur Google avec le nom complet et obtient des milliers de réponses, la plupart inexactes ou non pertinentes. Des critiques du film *Bad Boys*, des articles sur un crooner suédois qui, quelques années plus tôt, a connu le succès avec une chanson intitulée *Burning*, des personnalités décrites comme des *bad boys* et un gang de Furuset, un quartier d'Oslo, qui a choisi ce nom. En apparence, peu de rapport avec ce qu'il cherche.

Toutefois, il trouve la référence d'un article publié dans *Aftenposten*, six mois plus tôt, et consacré à une bagarre entre gangs. Coïncidence : l'incident s'est justement déroulé à Furuset. La présentation de Google ne mentionne pas les BBB dans le lien, mais Henning ouvre quand même la page.

Il a le souffle coupé. C'est Nora qui a écrit le papier. Elle s'est aventurée en territoire dangereux. En général, les gangs sont associés au trafic de drogue et au recouvrement de dettes. Leurs membres sont des aspirants criminels, le plus souvent à la recherche de leur identité. C'est une des raisons pour lesquelles ils sont devenus des voyous. Pour se trouver une place.

Le titre de Nora est : « Rixe brutale entre gangs à Furuset ». Il ouvre le texte. Pas de photos de la scène de crime. En revanche, une image d'archives représentant une hache contre une batte de base-ball. Il en déduit que Nora devait être en service de nuit et que la rédaction d'*Aftenposten* n'était pas prête à sortir du pognon pour acquérir les droits d'une photo récente chez Scanpix. Ou alors, c'est Scanpix qui avait dû faire des coupes financières.

Peu importe l'illustration, Nora a fait du bon boulot. Elle a interviewé l'officier chargé de l'enquête, le chef de l'opération Gangbuster, joint deux témoins oculaires, parlé à un ex-membre de gang très médiatisé, qui a pu expliquer les enjeux cachés de ce genre de confrontation. Ensuite, elle a produit cinquante lignes sur un sujet qui, normalement, est cantonné à un simple entrefilet dans la plupart des journaux.

Les gens ne s'intéressent guère aux affrontements entre gangs. Ils se disent : « Super, laissons-les s'entre-tuer, ça débarrassera nos rues de quelques abrutis. » Sans savoir précisément pourquoi, il décide d'appeler Nora. Après tout, elle a peut-être des infos plus récentes sur ces crétins. Toutefois, il se soupçonne d'avoir quelques arrière-pensées.

Il veut savoir où elle se trouve.

Certes, c'est une attitude stupide et totalement déraisonnable, mais il ne peut pas s'en empêcher. Il veut savoir si elle est avec Gundersen, si sa voix est heureuse ou triste, si elle éprouvera une pointe de nostalgie en l'entendant parler.

Ils ne se sont pas téléphoné depuis la mort de leur fils. Elle l'avait appelé pour lui demander de passer chercher Jonas à la garderie et de s'en occuper jusqu'au lendemain matin, même si ce n'était pas sa semaine. Elle ne se sentait pas très bien. Il avait répondu : « Oui, bien sûr. Ne t'inquiète pas. »

Et il sait que ce n'est pas l'incendie lui-même, ni la disparition de Jonas, qui ronge Nora. Elle ne se pardonnera jamais d'être tombée malade, ce jour-là, et de lui avoir demandé de la remplacer. Si elle n'avait pas été mal, Jonas n'aurait pas été avec Henning. Et leur fils serait toujours en vie.

Il est convaincu que, chaque fois que Nora sent un début de grippe ou une douleur quelque part, elle se dit que ça n'a pas d'importance. *Ça ira. Je vais bien, je vais aller travailler.* Et, chaque fois, les mêmes pensées la hantent. *Pourquoi n'ai-je pas fait l'effort d'aller le chercher ? À quel point étais-je vraiment malade ?*

Des idées pareilles, ça peut vous rendre cinglé. Ça le guette aussi. Il pense aux trois généreux cognacs qu'il s'est servis, ce soir-là, après avoir mis Jonas au lit. Si seulement il n'en avait pris que deux, il aurait peut-être été capable de le sauver. Et un seul ? Et si seulement il était allé se coucher tôt la veille, alors il n'aurait pas été épuisé et n'aurait pas somnolé devant la télé avant le début de l'incendie.

Et si seulement…

Chapitre 30

Il laisse sonner longtemps. Elle voit peut-être sur son écran que c'est lui ? Ou elle a peut-être un nouveau mobile et n'a pas transféré les contacts de son ancien appareil ? Ou elle a tout simplement effacé le numéro de Henning ? Ou encore, elle est occupée à quelque chose ? Avoir une vie, par exemple.

Il est surpris qu'elle finisse par décrocher. Il aurait pu et probablement dû abandonner après la dixième sonnerie, mais il n'a pas pu s'y résoudre. Elle n'a pas l'air endormie quand elle dit : « Salut, Henning. » Il répond :

— Salut, Nora.

Bon sang, ça fait drôlement mal de prononcer son nom à haute voix.

— Comment vas-tu ? J'ai appris ce qui s'était passé.

— Je vais bien.

— Tu as dû être terrifié.

— Plutôt en colère, à vrai dire.

C'est la pure vérité. Il n'essaie pas de faire un numéro de héros de film d'action macho. Sa colère est réelle, essentiellement parce qu'il refusait que sa vie s'achève ainsi, dans un crescendo, au milieu d'une affaire pas encore résolue.

Le silence tombe des deux côtés. Le silence leur réussissait si bien, à tous les deux ; mais, maintenant, c'est tout simplement inconfortable. Comme elle ne relance pas la conversation, il prend la parole avant que ça ne devienne trop embarrassant. Si Gundersen se trouve dans la même pièce,

Nora ne veut sans doute pas manifester trop d'intérêt pour le bien-être de son ex.

— Écoute, je prépare un article et je suis tombé sur un papier que tu as écrit sur un gang, les Bad Boys Burning, il y a à peu près six mois. Ça te dit quelque chose ?

Quelques secondes de silence.

— Oui. Si je me souviens bien, ils étaient impliqués dans une rixe avec un autre gang. Les Hemo Raiders, je crois, ou quelque chose de ce genre.

Une belle bande de joyeux lurons, trop sympas !

— C'est bien ça.

— Cinq ou six de ces types ont fini à l'hôpital. Blessures par arme blanche et fractures diverses.

— Encore exact.

— Pourquoi tu t'intéresses à eux ?

Il envisage de lui expliquer sa démarche, mais se ravise en songeant qu'ils travaillent pour des journaux concurrents et que la confiance mutuelle est un chapitre clos dans leur livre de souvenirs communs. Ou, du moins, partiellement clos.

— Je n'écris pas sur eux en particulier. Ou, plutôt, ce n'est pas mon intention.

— Les BBB ne sont pas de petits rigolos, Henning.

— Je ne rigole jamais.

— Non, je suis sérieuse. Certains de ces mecs sont des psychopathes. Ils n'en ont rien à foutre de personne. Tu les soupçonnes d'avoir quelque chose à voir avec le meurtre de Tarik Marhoni ?

Oh, Nora. Elle le connaît beaucoup trop bien.

— Je ne sais pas. C'est encore trop tôt.

— Si tu décides de partir sur cette piste, fais bien attention, Henning. D'accord ? Ce ne sont pas des gentils.

— Ça se passera probablement très bien, dit-il.

C'est vraiment bizarre de recommencer à discuter sujets et sources avec Nora. Les journalistes finissent invariablement par parler boutique. Quand en plus on vit ensemble, la boutique prend de plus en plus de place. Jusqu'au naufrage.

Pendant une certaine période, il avait trop travaillé. Quand il rentrait enfin, Nora était si fatiguée qu'elle ne voulait plus entendre un seul mot sur la presse. Ça avait fini par basculer. Évidemment, c'était sa faute. Ça aussi. *Ça devient un schéma dans ma vie*, se dit-il. *Je me débrouille pour saccager ce que j'ai de mieux.*

Il la remercie pour son aide et raccroche, puis il reste sur le divan, le regard fixé sur le téléphone, comme si elle était encore à l'autre bout du fil. Il pose l'appareil contre son oreille. Rien, hormis le silence.

Le souvenir lui revient d'un double meurtre à Bodø qu'il a couvert quelques années auparavant. C'était la première fois qu'ils étaient séparés ; il avait appelé Nora dans la soirée. Ils avaient discuté pendant une heure et demie, peut-être plus. Quand il l'avait entendue bâiller, il lui avait dit de poser le combiné sur son oreiller, sans couper la communication. Il voulait écouter son sommeil. Il était resté assis dans la chambre d'hôtel, à l'affût de la respiration de Nora, de son rythme d'abord rapide, puis de plus en plus lent et profond. Lui aussi s'était allongé. Il ne se souvient pas s'il avait fini par raccrocher. Mais il se rappelle à quel point il avait bien dormi cette nuit-là.

Chapitre 31

À l'intérieur de son poste vitré, Zahirula Hassan Mintroza est penché en avant sur son fauteuil grinçant. Il compte de l'argent. Du liquide. Il n'y a toujours que du liquide à la station de lavage. Il a une caisse enregistreuse qu'il branche, mais n'utilise jamais.

Rien de mieux que d'avoir des billets en main.

Il est très satisfait de la recette du jour : 12 voitures particulières x 150 couronnes pièce = 1 800 couronnes. Plus 2 lustrages à 800 couronnes. Et 36 taxis x 100 couronnes pièce. 7 000 au total. Pas mal. Et il reste encore deux heures avant la fermeture.

C'était une bonne idée d'offrir une remise aux taxis.

Il s'apprête à accueillir un nouveau client, quand deux véhicules de police s'arrêtent derrière la Mercedes crasseuse garée dehors. *Merde*, se dit Hassan. Les flics descendent de voiture ; ils sont trois au total. Hassan va à leur rencontre. Il en connaît déjà un.

— Êtes-vous le propriétaire de la station ? demande l'inspecteur Brogeland.

Il élève la voix pour se faire entendre par-dessus le bruit du tuyau à haute pression qui fonctionne dans l'aire de lavage, à l'intérieur du bâtiment. Hassan hoche la tête.

— Employez-vous un homme appelé Yasser Shah ?

Merde, se répète Hassan.

— Oui.

— Où est-il ? Nous aimerions lui parler.

— Pourquoi ?

— Il est là ?

— Non.

— Savez-vous où nous pouvons le trouver ?

Hassan secoue la tête.

— Il ne devait pas travailler, aujourd'hui ?

— Non.

— Ça vous ennuie, si on jette un coup d'œil à l'intérieur ?

Hassan hausse les épaules et reste dehors pendant que les policiers entrent dans la station. La Mercedes crasseuse redémarre et s'en va.

Hassan pense à Yasser. *Putain d'amateur.* C'était bien la peine de lui préciser : « Pas d'erreur » !

À l'intérieur, le travail s'est arrêté. Un taxi Avensis est presque prêt. Les policiers parlent aux hommes, mais Hassan ne peut pas entendre ce qui se dit. Il voit Mohammed faire « non » de la tête. Omar aussi.

Les officiers fouillent chaque pièce, inspectent la cage en verre, font le tour de la station. Brogeland échange quelques mots avec ses deux collègues, puis vient rejoindre Hassan.

— Nous avons besoin de parler à Yasser de toute urgence. Si vous le voyez, vous devez lui dire de m'appeler ou de contacter la police, le plus tôt possible.

Brogeland lui tend une carte. Il la prend de mauvaise grâce, mais s'abstient de la regarder. *Dans tes rêves, sale poulet.*

— Nous savons ce qui se passe ici, Hassan.

Hassan s'efforce de masquer son malaise, mais il le sent flamber sur ses joues. Il attend une menace qui ne vient pas et finit par se rendre compte qu'elle a déjà été formulée.

Brogeland n'ajoute rien. Hassan comprend que, à l'avenir, la police aura la station de lavage à l'œil pour essayer de coincer Yasser Shah. Mais ils s'intéresseront aussi à ses autres activités.

Furieux, il regarde Brogeland et les deux autres remonter en voiture. *Je devrais peut-être offrir une remise spéciale à la police*, songe-t-il alors que les deux véhicules s'éloignent. *Des lavages gratuits en échange de leurs corps au fond du fjord d'Oslo.*

Il retourne à l'intérieur et fait signe à ses hommes de le rejoindre. Ils se rassemblent dans le bureau vitré. Hassan ne s'assied pas. Il les fixe à tour de rôle.

— Ils savent que c'est Yasser.

— Mais comment ? s'étonne Mohammed.

— Tu es idiot ou quoi ? Yasser nous a dit qu'il y avait un type, là-bas. Il a dû voir sa tête et il l'a identifié chez les flics. Il peut nous foutre tous dans la merde.

— Qui ? Yasser ?

Hassan soupire et secoue la tête.

— Le témoin, abruti.

Mohammed se fait tout petit.

— Je me fous de savoir comment vous faites, mais retrouvez-moi ce mec.

Hassan les considère un à un.

— Trouvez ce que vous pouvez dans les journaux, parlez aux gens que vous connaissez, au cas où quelqu'un pourrait vous donner son nom. Yasser a dit que ce type avait des cicatrices. Comme s'il avait été brûlé. Ça devrait vous faciliter la tâche. Si la police ne relève aucune preuve contre Yasser dans l'appartement, ce témoin sera la seule personne qui pourra nous foutre dedans. Quand vous l'aurez trouvé, prévenez-moi.

— Pourquoi ? demande un des hommes. Qu'est-ce que tu vas faire ?

Hassan respire profondément.

— Qu'est-ce que je vais faire ? À ton avis, espèce de crétin ?

* * *

Henning finit de taper l'interview de Tarik et l'envoie par mail à la rédaction. Il précise, en lettres capitales, que son nom et sa signature ne doivent en aucun cas accompagner l'article publié. S'il n'a pas l'intention de disparaître, il ne tient pas non plus à faire de la publicité sur l'endroit où on peut le trouver.

Il consulte sa montre. Merde ! Le caviste est fermé. Et pas question de rendre visite à sa mère sans l'ami Saint Hallvard. Il décide plutôt d'aller marcher. Il aura peut-être l'occasion de voir un match d'entraînement et de se changer un peu les idées.

Quand il sort, le soleil qui plane au-dessus de l'ancienne voilerie lui chauffe le dos. Une table et deux chaises ont été installées devant le restaurant de M. Tang. Un chien somnole sous la table. Il croit reconnaître un setter irlandais.

Quand il était petit, il adorait les chiens. Et ils le lui rendaient bien. Ses grands-parents avaient une chienne nommée Bianca. Bianca le révérait. Et sa passion pour lui s'était encore renforcée lorsqu'il était devenu allergique.

Une Opel jaune file devant Henning, à l'instant où il s'apprête à traverser Markvei. Les voitures jaunes lui rappellent toujours Jonas. Un beau jour, alors qu'il le ramenait de la garderie, son fils s'était mis à montrer toutes les voitures jaunes qu'il voyait, jusqu'à la maison. La règle était simple : c'était au premier qui les repérait. Ils y avaient joué le lendemain. Et le surlendemain. En fait, ça avait duré tout l'été. Maintenant, pas une journée ne se passe sans que Henning cherche les voitures jaunes. Chaque fois qu'il en voit une, il entend sa propre voix : « Voiture jaune ! » Et Jonas proteste : « Je l'ai vue le premier. Ce n'est pas un vrai jaune. De toute façon, ça ne compte pas, on n'avait pas encore commencé. »

Les gosses. Ils peuvent transformer n'importe quoi en jeu.

Il n'y a presque pas d'emplacements libres sur les gradins. Des joueurs, des ballons, des poussettes occupent les rangées. Il est assis à sa place habituelle, au milieu de la belladone. Il reconnaît la plupart des enfants qui sont sur le terrain ; il regarde les entraînements, les matches. Les garçons se regroupent. L'un d'eux a un paquet de chips en main. Un gamin blond avec des gants de gardien de but essaie de faire le poirier. La voix sévère de l'entraîneur rappelle ses joueurs à l'ordre, ils doivent se tenir prêts : le match ne va pas tarder à commencer.

Les gosses portent des maillots violets trop larges, aux couleurs de Grüner. Jonas était toujours super mignon, dans ces grands T-shirts. Shorts blancs et chaussettes blanches. Henning ferme les yeux et tente d'imaginer son fils avec deux ans de plus. Il aurait peut-être eu les cheveux plus longs. Il les préférait comme ça. Ça devrait être possible de se représenter les traits d'un garçon plus âgé, l'ébauche d'un jeune homme. Jonas aurait peut-être commencé à regarder les filles tout en s'en défendant avec véhémence.

Peut-être.

Et si seulement.

Il ouvre les yeux. Le paquet de chips est vide. Rassasié, le petit pose l'emballage et avale une grande rasade de Coca.

Chapitre 32

Cette nuit-là, il rêve de pistolets. De gros pistolets qui crachent des balles. Les balles le visent, mais il se réveille chaque fois juste avant qu'elles le touchent.

Il déteste vraiment dormir.

Il ne supporte pas de rester dans l'appartement ; donc, à l'aube, il part pour Ekebergsletta. Il prend sa Vespa, sa vieille Vespa bleu pâle, un peu rouillée, qui file à travers la ville encore endormie.

C'est un truc qu'il faisait souvent : retourner sur les scènes de crime des affaires qu'il couvrait, de préférence à l'heure où le meurtre avait été commis. C'était son ancien mentor, Jarle Høgseth, qui lui avait enseigné cette pratique. Ça permettait d'avoir une impression directe de l'endroit, de dénicher des informations qui ne figurent pas dans les interviews, les rapports des enquêteurs ou les déclarations des témoins. Jarle Høgseth était un homme intelligent. Sauf pour ce qui relevait de l'usage du tabac.

Henning se gare près de l'école d'Ekeberg, non loin de l'allée goudronnée qui traverse Ekebergsletta. La tente est encore là, protégée par des rubans de police. Il est un peu plus de 6 heures.

Henning examine les lieux. Un cheval solitaire paît non loin du parc animalier. Une joggeuse aux cheveux blonds réunis en queue-de-cheval passe en trottinant. Un chien court sur l'herbe, près des grands bouleaux qui semblent avoir poussé comme un seul arbre. L'animal tient un bâton dans sa gueule.

Henning approche de la tente et tente de se représenter l'enchaînement des événements. Henriette Hagerup, coincée dans un trou creusé dans le sol, assommée par le choqueur. Un homme lui lance de grosses pierres, la flagelle, lui tranche la main. Elle n'a peut-être pas commencé à crier avant qu'il ne soit trop tard. Personne ne l'a vue ou entendue.

Elle a dû être tuée en pleine nuit ou très tôt le matin. Et elle a dû venir ici de son plein gré. On n'aurait pas pu transporter une personne inconsciente dans Ekebergsletta sans être vu. Pas même la nuit. Il y a toujours du passage dans le coin. Elle se trouvait probablement avec quelqu'un qu'elle connaissait. Y aurait-il un rapport avec le tournage ?

Ses pensées s'interrompent quand le chien lui saute dessus. Il a juste le temps de lever les mains en un geste de défense pour ne pas se faire arracher un morceau de bras. Il repousse l'animal, qui ne lui a pas fait mal, mais se met à grogner. Son maître arrive.

— Assis !

L'homme a une voix ferme. Le chien gambade encore un peu autour des pieds de Henning, avant de retourner à regret vers son maître.

— Je suis navré, dit le vieil homme. Il veut seulement jouer. Il est folâtre, voyez-vous. Tout va bien ? Il ne vous a pas mordu ?

Henning n'a rien contre l'idée d'un animal au caractère folâtre, mais la tentative de meurtre constitue tout de même une limite à ne pas dépasser. Il a envie d'engueuler ce sinistre imbécile de propriétaire de chien qui laisse une arme mortelle se balader en liberté dans un espace public. Mais il n'en fait rien. Parce qu'il se souvient du communiqué de la commissaire adjointe Nøkleby à la conférence de presse : « Le corps a été découvert par un homme âgé qui promenait son chien. Nous avons reçu un appel à 6 h 9. »

Il consulte sa montre. Presque 6 h 10. Il inspire profondément et observe mieux le type.

— Je vais bien, articule-t-il en époussetant des poils de chien invisibles.

Avec sa chance habituelle, certains d'entre eux se seront collés dans ses narines. Résultat : quelques jours sympas en perspective, à éternuer et à avoir les bronches encombrées.

— Voilà un animal plein d'entrain, dit-il avec un sourire forcé.

— Oui. C'est une boule d'énergie. Il s'appelle Kama Sutra.

Henning fixe l'homme, interloqué.

— Kama Sutra ?

L'homme hoche la tête avec fierté. Henning décide de ne pas poser la question évidente.

— Vous êtes sorti de bonne heure ?

— Nous sortons de bonne heure tous les jours. Je suis un lève-tôt, et depuis toujours. Kama Sutra adore commencer sa journée ici. Et moi aussi. Quand tout est calme et que l'air est frais.

— Oui, je vois ce que vous voulez dire, répond Henning en regardant une nouvelle fois autour de lui.

— Thorbjørn Skagestag.

L'homme se présente avant que Henning ait le temps de lui demander son nom. Il tend la main. Henning la serre.

— Henning Juul.

C'est l'été, mais Skagestag est coiffé d'une casquette de l'armée norvégienne, qu'il porte d'une manière désinvolte. Ses bottes en caoutchouc sont aussi vert kaki. Son pantalon de treillis a des poches devant, derrière et sur les jambes ; des pièces de cuir le renforcent aux genoux. Sa veste est assortie au pantalon, pour la couleur comme pour la coupe. Skagestag aurait été tout à fait à sa place sur la couverture d'un magazine spécialisé chasse et pêche. Sa peau est sillonnée de rides, ses dents trahissent son goût pour le café et le tabac. Pourtant, il a un visage avenant. Son sourire ne semble jamais bien loin.

— Vous êtes de la police ? demande-t-il avant de jeter le bâton aussi loin qu'il le peut.

Kama Sutra démarre en flèche. Henning voit ses petites pattes courtes foncer sur le gazon.

— Je suis journaliste. Je travaille pour le journal en ligne *123news*.

— *123news* ?

— Oui.

— Qu'est-ce que c'est que ce nom ?

Henning lève les mains en signe d'impuissance.

— Ne me demandez pas. Ce n'est pas moi qui l'ai choisi.

— Mais que faites-vous ici à cette heure ? Il n'y a personne dans le coin.

— Vous êtes ici. C'est vous qui l'avez trouvée, n'est-ce pas ?

Skagestag est immédiatement sur la défensive. La plupart des gens réagissent ainsi en comprenant qu'ils sont sur le point d'être interviewés. Toutefois, Skagestag n'a pas d'autre choix que de répondre à toutes les questions de Henning, sans exception. Après tout, son chien vient juste de l'attaquer. Henning n'éprouve donc pas le moindre scrupule à s'imposer au vieil homme.

— Je ne veux pas apparaître dans le journal.

— Ce ne sera pas le cas.

Kama Sutra revient avec le bâton entre les crocs. Skagestag prend un côté et tire de toutes ses forces. Le chien grogne encore et refuse de lâcher jusqu'à ce que son maître le contraigne à le faire. Kama Sutra halète, sa langue pendouille au coin de sa gueule. Il finit par s'asseoir, mais reste sur le qui-vive. Skagestag jette de nouveau le bâton.

— Je n'avais jamais rien vu de pareil, dit-il d'une voix sourde.

Henning n'a aucune peine à le croire.

— Je me demande ce qu'il est arrivé à ce pays. Une lapidation en Norvège ? continue Skagestag en secouant la tête, incrédule. Satanés immigrés ! Je parie qu'ils sont dans le coup.

Henning a envie de répliquer, mais il s'en abstient. Comme Jarle Høgseth avait l'habitude de répéter : « Quand les gens ont besoin de dire ce qu'ils ont sur le cœur, laisse-les parler. Laisse-les vider leur sac. Même si tu n'apprécies pas ce qu'ils disent. »

— Il y en a bien trop ici, s'échauffe Skagestag en secouant encore la tête. Vous voyez, je n'ai rien contre l'idée d'aider des gens qui ont souffert à l'endroit où ils étaient. Mais, s'ils doivent vivre ici, ils seraient bien inspirés de se conformer aux lois norvégiennes, de respecter notre culture, notre mode de vie, et de faire les choses comme ça s'est toujours fait par ici.

— On n'a aucune certitude qu'un immigré est responsable de ce qui s'est passé, objecte Henning.

— Vous êtes sûr ? Parce que, avant ça, on n'a jamais eu de lapidation en Norvège.

Il est vraiment trop tôt pour se lancer dans le débat sur l'immigration.

— Pourquoi êtes-vous entré sous la tente ? préfère demander Henning.

— C'est bien le problème. Je ne sais pas vraiment. Mais je viens ici tous les jours, voyez-vous, et ce truc n'était pas là la veille. J'ai été curieux.

— Vous avez vu quelqu'un dans le coin ?

— Ça m'arrive, mais il n'y avait personne du côté de la tente. En venant ici, rien n'a attiré mon attention. Je viens de Samvirkevei. J'y habite, voyez-vous.

— Pouvez-vous décrire la scène de crime ?

— La scène de crime ?

— Oui. À quoi ça ressemblait, à l'intérieur de la tente ? Avez-vous remarqué quelque chose ?

Skagestag prend une profonde inspiration.

— J'ai déjà vu tout ça avec la police.

— Oui, mais vous ne vous êtes peut-être pas souvenu de tout. Le cerveau fonctionne de manière étonnante. Dans un premier temps, on se souvient rarement de tous les détails d'une expérience traumatique. Cependant, beaucoup de choses peuvent refaire surface plus tard. Des choses que vous considérez comme insignifiantes, mais qui peuvent se révéler de la plus haute importance.

Je parle comme un policier, se dit Henning. Mais ça fonctionne. Skagestag passe manifestement ses souvenirs en revue.

— Ça peut être n'importe quoi, continue Henning. Un son, une odeur, une couleur, insiste-t-il.

Quelque chose cause un changement d'expression chez Skagestag. Il semble plus animé.

— À vrai dire, un détail vient de me revenir, déclare-t-il.

Kama Sutra revient. Skagestag ne s'en occupe pas.

— J'ai remarqué ce truc quand je suis entré dans la tente, mais ensuite ça m'est sorti de l'esprit.

— Et qu'est-ce que c'était ?

— L'odeur… L'air était lourd, comme souvent sous les tentes. Mais il y avait autre chose.

Puis il a un petit rire. Henning n'y comprend plus rien.

— C'est un peu embarrassant, explique Skagestag.

Henning est fortement tenté de frapper le vieil homme.

— De quoi s'agissait-il ? demande-t-il d'un ton patient.

Toujours le sourire aux lèvres, Skagestag regarde Henning dans les yeux.

— J'ai senti du déodorant.

— Du déodorant ?

— Oui.

— Ce n'était pas de l'eau de toilette ?

— Non. Du déodorant pour hommes.

— En êtes-vous absolument certain ?

Signe de tête affirmatif.

— Mais comment en êtes-vous sûr ?

Skagestag sourit une nouvelle fois.

— C'est pour ça que c'est embarrassant.

L'homme n'en dit pas plus, et Henning commence à trouver que Skagestag ferait une excellente recrue chez les tortionnaires de Guantanamo.

— Romance, vous savez ?

Cette fois, Henning est complètement perdu.

— C'est du Ralph Lauren, continue Skagestag.

— Comment le savez-vous ?

— C'est que j'en utilise moi-même, voyez-vous. Un cadeau de mes petits-enfants. C'est pour ça que je l'ai reconnu.

— L'odeur était forte ?

— Pas du tout. Très faible. Mais j'ai un bon sens de l'odorat. Et, comme je l'ai dit, il m'arrive de l'utiliser, quand je sors pour, euh… pour un rendez-vous.

Kama Sutra gronde encore. Skagestag jette le bâton. Courir, baver, mâchonner, courir.

— Et je crois que les dames apprécient.

Il a un bref sourire. Cette fois, Henning ne tient vraiment pas à ce qu'il entre dans les détails. Mais Skagestag reprend vite son sérieux.

— Pauvre petite.

— Avez-vous remarqué quoi que ce soit à l'intérieur de la tente ?

— Vous ne trouvez pas que c'est suffisant ?

— Oui, oui. Mais tout peut avoir de l'importance.

— C'est vrai. Non, je ne crois pas qu'il y avait autre chose.

Ils gardent le silence.

— Vous n'écrirez rien de tout ça dans votre journal… Comment ça s'appelle, déjà ?

— *123news*. Et non, soyez tranquille.

Skagestag hoche la tête et le remercie. Puis il prend congé.

— C'était sympa de discuter avec vous. Il est temps pour moi de rentrer à la maison pour prendre un café et une cigarette, dit-il.

Henning lui fait un signe et pense que Thorbjørn Skagestag, embarrassé ou non, pourrait avoir apporté une pièce essentielle du puzzle.

Jarle Høgseth doit sourire dans sa tombe.

Chapitre 33

Henning a quelques heures à tuer avant le rendez-vous avec Yngve Foldvik ; il se rend donc au journal. Il se met en route avec le sentiment que la journée a très bien commencé. Sensation rare.

Il avait dit qu'on ne le verrait pas au bureau pendant quelques jours, mais il ne va pas prendre la peine de retourner chez lui maintenant. En arrivant, il avise le rédacteur d'astreinte, avachi devant son écran. Une jeune femme est assise à son poste de travail, tournant le dos à l'entrée. Le journaliste de service le voit à son tour ; il se redresse, malgré sa fatigue, mais ne dit rien. Henning imagine qu'on a dû l'informer des événements des dernières vingt-quatre heures. Il est sans doute étonné de le revoir aussi vite.

Il n'est pas le seul. Henning est le premier surpris de ne pas avoir éprouvé la nécessité de s'accorder un peu de répit. Tout au contraire, il a peut-être besoin d'avoir un objectif, de quoi remplir ses journées et détourner son attention de Ce-à-quoi-il-ne-pense-pas. De toute façon, il a toujours été comme ça : une fois qu'il tient quelque chose, il ne peut plus lâcher.

Le docteur Helge serait sans doute inquiet, s'il me voyait. « N'en faites pas trop, Henning, allez-y doucement pendant les premières semaines. » *« Allez-y doucement. » Il en a de bonnes, lui. J'y vais vraiment doucement, en ce moment.*

Il appuie sur le bouton pour avoir une tasse de café, attend vingt-neuf secondes, laisse les dernières gouttes filtrer de la machine, puis va s'installer à son bureau. Il allume son ordinateur. La salle est calme. Les seuls bruits sont le cliquetis sporadique d'un clavier et les voix émanant d'un téléviseur, non loin du rédacteur d'astreinte. À l'oreille, on dirait CNN. Les éditions spéciales se succèdent.

Une minute plus tard, il est sur Internet. Il ne lui faut pas longtemps pour constater qu'il s'est passé peu de chose pendant la nuit. Son article sur Tarik Marhoni est toujours le sujet principal de *123news*. La colonne de droite de la page d'accueil lui apprend que son papier est le plus lu de ces dernières vingt-quatre heures.

Il clique sur le lien pour s'assurer que tout a été fait correctement. Il a encore sa première gorgée de café dans la bouche et parvient de justesse à ne pas tout recracher. Il fixe l'écran, incrédule. Il y a non seulement sa signature, mais en plus sa photo ! Et une autre photo de lui est insérée dans le corps du texte !

Il se lève d'un bond et se précipite vers le rédacteur d'astreinte, qui le regarde approcher avec appréhension.

— C'est vous qui avez téléchargé mon papier ? tonne Henning.

— Votre papier ?

— Oui, l'article sur Tarik Marhoni !

— Quand l'avez-vous envoyé ?

— Hier soir !

— J'ai commencé mon service à minuit, alors ça ne peut pas être moi.

Henning secoue la tête avec irritation et jure silencieusement.

— Quelque chose ne va pas ? reprend l'homme.

— Je ne vous le fais pas dire ! Cet article était censé être publié sans ma signature. Résultat, j'ai ma tronche partout !

Le rédacteur d'astreinte ne dit rien. La jeune femme assise de dos continue à pianoter sur son clavier comme si de rien n'était. Henning émet un grognement de contrariété.

— Il y a moyen de savoir qui a réceptionné mon papier ?

— Oui. Un petit instant, je vous prie.

L'homme clique sur une icône. Henning fait les cent pas, puis s'arrête derrière lui. Escenic Content Studio, le logiciel de publication, est enfin chargé. Le rédacteur d'astreinte ouvre l'historique de l'article, puis s'éclaircit la gorge.

— Il a été réceptionné par Jørgen, hier soir, à 20 h 3, modifié par Jørgen à 20 h 6 et 20 h 8. Ensuite, Heidi l'a ouvert à 21 h 39 et 21 h 42.

— Heidi Kjus ?

— Oui.

Les joues de Henning s'enflamment. Il retourne à son bureau sans même remercier le type. Heidi devrait rendre grâces à sa bonne étoile de ne pas être encore là.

Elle arrive une heure et demie plus tard. Elle fonce droit sur Henning. Elle a l'air en colère. *Eh bien, on est deux*, fulmine-t-il intérieurement.

— Pourquoi ne réponds-tu pas quand je t'appelle ? dit-elle en lâchant son sac sur le bureau.

Il est temporairement désarçonné.

— Je…

— Quand je t'appelle, tu décroches. Je me fous de savoir l'heure qu'il est. Compris ?

— Non.

— Qu'est-ce que tu dis ?

Elle plante les mains sur ses hanches.

— J'ai dit non. Quand j'ai fini mon service, j'ai fini mon service. À partir de ce moment-là, je n'ai plus de comptes à te rendre. Et on peut savoir pourquoi tu as inséré ma photo dans l'article, alors que j'ai expressément demandé à ne pas y faire figurer mes signatures ?

C'est au tour de Heidi d'être prise de court.

— Je…

— Tu te rends compte à quel point ça simplifie la tâche du tueur, s'il cherche à me retrouver ?

Elle prend le temps d'assimiler l'information.

— Dans ce journal, tous ceux qui écrivent un article ont une signature, commence-t-elle avec circonspection, avant de trouver son rythme. Si on n'a pas les couilles d'assumer ce qu'on écrit, d'y faire figurer son nom et sa photo, alors on ne devrait pas publier.

N'étant pas très sûr de l'avoir correctement comprise, il se contente de la regarder, un peu perdu.

— Mmm…

— En plus, ton nom et ta photo sont dans tous les journaux, aujourd'hui. Donc, si on ne les avait pas mis, ça aurait fait bizarre.

Il la fixe toujours, mais ne trouve rien à répliquer. Parce qu'elle a raison. Bordel de merde, elle a raison. Elle a vraiment raison !

Heidi s'installe à son bureau et entame son rituel matinal. Elle allume son ordinateur, sort son mobile de son sac, ouvre son agenda. Elle a gagné. Cette salope avait raison !

Dire qu'il pensait que la journée avait bien commencé !

Chapitre 34

Heidi va et vient tranquillement, pendant que Henning boit son café en silence. Elle a probablement des rendez-vous importants, aujourd'hui, imagine-t-il. Chaque fois qu'elle s'assied, elle lui jette un coup d'œil furtif, puis son regard redevient celui de la patronne.

La pendule marque 8 heures sans que le seigneur Velours Côtelé daigne faire son apparition. Il a dû travailler tard, la nuit dernière. Peut-être est-il occupé ailleurs ? Ou a-t-il déjà envoyé son papier ? Même si leur dernière conversation n'avait rien eu de cordial, Henning décide de l'appeler. Parfois, il faut savoir tendre une main amicale, avaler les couleuvres, et ainsi de suite. Ça n'a jamais été son point fort.

Si Gundersen décroche rapidement, sa voix semble somnolente.

— Salut, c'est Henning.

— Bonjour.

Pas de bruit en arrière-plan. Bien !

— Où êtes-vous ? demande-t-il même s'il ne tient pas à le savoir.

— Chez moi. J'arriverai un peu plus tard. Heidi est au courant.

— Ce n'est pas pour ça que j'appelle.

— Oh…

Maintenant, Gundersen est un peu plus réveillé, mais le silence qui suit donne à Henning l'impression qu'ils ont tous les deux quelque chose à dire, mais qu'aucun ne veut parler le premier. Comme deux ados empotés.

— Êtes-vous occupé ? finit par demander Henning. Vous avez prévu quelque chose aujourd'hui ?

Il entend Gundersen s'asseoir. Sa voix s'éloigne. Il allume une cigarette et souffle bruyamment la fumée dans le combiné.

— J'ai eu une brève conversation avec Emil Hagen, dit-il avant d'inspirer profondément.

— Qui est-ce ?

— Un des policiers qui couvrent l'enquête. C'est sans doute un nouveau. Il s'est un peu cabré quand j'ai mentionné le choqueur.

Henning déglutit, mal à l'aise.

— Qu'a-t-il dit ?

— Il a refusé de commenter l'info. Mahmoud nie toujours avoir fait quoi que ce soit de mal, mais il n'a rien dit non plus pour prouver son innocence. La police se trouve donc dans une impasse. En plus, il n'a pas d'alibi pour la soirée. Hier, vous avez rencontré la seule personne qui pouvait lui en procurer un.

— Vous pensez que c'est pour ça qu'on a tué Tarik ?

La question est sortie toute seule. Mais, maintenant qu'elle a été posée, il estime que c'est une excellente question.

— Difficile à dire. C'est possible.

Henning acquiesce. En effet, ce serait tout à fait possible. Dans ce cas, quelqu'un se fiche éperdument que Mahmoud Marhoni reste là où il se trouve. Mais pourquoi Marhoni garde-t-il le silence ?

— Et vous ? Vous êtes au bureau, j'imagine.

Henning regarde Heidi.

— Oui, je suis au journal.

— Je pensais que vous deviez lever le pied pendant quelques jours ?

— Moi aussi.

N'étant pas d'humeur à débattre de sa santé mentale avec Gundersen, il continue :

— Est-ce qu'Emil Hagen vous a parlé de la traque de Yasser Shah ?

— Yasser qui ?

— Le type qui m'a tiré dessus hier. Je l'ai reconnu dans une base de données de la police.

— J'ai demandé où ils en étaient de la chasse au tueur, mais il n'en savait rien. Ce n'est pas le plus malin de la portée, celui-là. Je parle de Hagen, bien sûr.

Henning hoche la tête et se demande si l'équipe de l'opération Gangbuster a été chargée de retrouver Shah, puisqu'il est membre des BBB.

— J'ai rendez-vous aujourd'hui avec le superviseur de la première victime, indique-t-il à Gundersen. On verra bien s'il a quelque chose d'intéressant à nous apprendre. J'en profiterai pour parler à d'autres amis de Hagerup. Il y a des trucs pas clairs dans cette école.

— Ça me semble bien. On se verra peut-être plus tard, dit Gundersen avec une inflexion interrogative.

Henning ignore ce qui se passera après son rendez-vous avec Foldvik, mais il répond quand même :

— Ouais, on se verra sans doute.

Puis il raccroche. Il a la singulière impression que c'était peut-être leur première conversation. Ou, du moins, leur première conversation où ils échangeaient plus de deux phrases.

— N'oublie pas que nous avons une réunion du personnel à 14 heures, aujourd'hui.

Le ton de Heidi est glacial. Elle ne le regarde pas.

— Une réunion du personnel ?

— Oui. Sture va faire un point général. Les affaires ne sont pas terribles, en ce moment.

N'est-ce pas toujours le cas ?

— J'en parle seulement parce que je t'ai entendu dire que tu avais un rendez-vous plus tard dans la journée. C'est une réunion obligatoire.

Je l'aurais parié ! pense Henning, mais il s'abstient de le dire à haute voix.

Sture Skipsrud est le fondateur et le rédacteur de *123news*. Sture et Henning ont collaboré à *Kapital* pendant quelques années. L'avantage de travailler pour une publication spécialisée, qui ne paraît pas quotidiennement, est qu'on dispose du délai nécessaire pour enquêter en profondeur, interviewer plusieurs sources, se forger une opinion correcte et équilibrée du sujet. Cette atmosphère avait généré de bons papiers. Des articles dont la rédaction exigeait un peu plus de temps.

Sture était un grand journaliste d'investigation. Au début des années 1990, il avait reçu le SKUP, la récompense qui permettait à la profession de s'autocongratuler, pour ses révélations sur le ministre du Commerce, lesquelles avaient conduit à la démission dudit ministre. L'histoire avait propulsé la carrière de Sture ; il s'était appuyé sur son statut de superstar pour négocier de meilleurs contrats, avait travaillé quelque temps pour *Dagens Næringsliv*, avait écrit quelques livres sur des génies de la finance, puis avait rejoint TV2, d'où il était parti pour fonder *123news*, à la fin des années 1990. Beaucoup de gens s'étaient demandé pourquoi un homme qui s'était fait une réputation dans le journalisme d'investigation s'était brusquement mis à promouvoir son exact opposé.

Mais Henning avait toujours adhéré à l'explication la plus simple : Sture avait cherché à susciter une réaction. Les choses n'allaient pas assez vite à son gré. Il voulait des résultats. Et, de préférence, le temps de compter 1-2-3.

— J'y vais, dit Henning.

Il avait besoin d'un petit déjeuner avant de rencontrer Yngve Foldvik.

— Tu ne viens pas à la conférence de rédaction ?

— Tu connais déjà mon programme de la journée.

— Oui, mais…

— J'essaierai d'assister à la réunion du personnel.

— Il le faut.

— Je tâcherai de m'en souvenir quand j'aurai un flingue pointé sur ma tête.

Bon, la dernière réplique était un rien mélodramatique, mais elle a marché. Heidi le laisse partir sans ajouter un mot.

Un partout.

Chapitre 35

Il s'arrête au Deli de Luca dans Thorvald Meyersgate et achète un calzone garni de poulet au pesto. Il prend aussi des journaux et un café, puis s'installe sur un banc, face à la bibliothèque publique de Deichmanske. Le gros de l'heure de pointe est passé, mais il reste encore des voitures, des trams et des gens en retard pour le travail. Il avale de petites gorgées prudentes de café et commence à lire *VG*. Leur première page rapporte un récit alarmiste sur une nouvelle bactérie mortelle qui terrifie le Danemark et dont l'Institut norvégien de la santé publique craint qu'elle n'atteigne le pays à l'automne. En haut et à droite, il voit une photo de lui soulignée d'une légende : « Un journaliste victime d'une tentative de meurtre. »

Il marmonne un juron, doublement agacé, non seulement à cause de la photo, mais aussi parce que Heidi Kjus avait raison. L'article est en page quatre. Signé de Petter Stanghelle. Henning parcourt le texte des yeux jusqu'à ce qu'il trouve une citation :

> « Juul peut s'estimer heureux d'avoir échappé au tueur. En plus des trois balles qui ont tué Marhoni, quatre autres ont été tirées. Aucune d'elles n'a atteint le journaliste », a déclaré à *VG* l'inspecteur-chef Arild Gjerstad, qui dirige l'enquête.

Quatre tirs, songe Henning. Il ne se rappelle pas qu'il y en a eu quatre. Il poursuit sa lecture :

> *VG* n'a pas pu joindre Henning Juul, mais le chef de service de Juul, Heidi Kjus, a commenté cette situation dramatique. « Évidemment, nous sommes tous profondément soulagés et heureux que Henning soit sain et sauf. Je n'ose pas imaginer ce qui aurait pu arriver. »

Henning sourit.

On peut toujours compter sur Heidi.

Stanghelle continue en se demandant s'il faudrait établir un lien entre l'assassinat de Marhoni et celui d'Henriette Hagerup ; mais, à la police, personne n'a souhaité commenter cette hypothèse.

Rien de surprenant.

Dagbladet a aussi fait du meurtre de Tarik Marhoni son gros titre ; en revanche, Henning n'est pas mentionné. Ils ont choisi un angle qui présente la mort de Tarik comme une exécution, apparemment effectuée par un professionnel. Sauf que Henning s'en est tiré.

Il est sur le point de se lever et de partir, quand un taxi Mercedes gris métallisé ralentit en passant devant le Deli de Luca. Le véhicule s'arrête au feu rouge. À l'intérieur, les deux passagers sont assis à l'avant. Ils attirent l'attention de Henning, qui se rend compte qu'ils l'observent. D'ailleurs, ils continuent à le fixer même après que le feu est passé au vert.

Un tram klaxonne derrière le taxi et la voiture démarre lentement. Henning suit du regard le véhicule, qui tourne à droite dans Nordregate et disparaît derrière la bibliothèque. *Évidemment, ça ne veut peut-être rien dire*, songe-t-il. *Mais ça peut aussi être exactement le contraire.* Il avale le reste de son café, jette le gobelet de papier dans une poubelle déjà débordante et se dirige vers le carrefour. Il cherche la Mercedes et la voit tourner à gauche dans Toftesgate. Mais il n'a pas le temps de noter la plaque d'immatriculation ou le numéro de licence sur le toit.

Henning tente de chasser l'incident de son esprit, mais ce n'est pas si simple. Il a pu remarquer que les deux occupants de la voiture se ressemblaient. Tous les deux avaient le teint mat, des barbes et des cheveux noirs. Des frères, peut-être ? Et c'étaient des immigrés.

Coïncidence ?

Il ferait peut-être mieux de s'éloigner avant le retour de la Mercedes gris métallisé. Il avance vers la pente raide entre Markvei et Fredensborgvei, où le flot nonchalant de l'Arker glisse sous le pont. Mais, sur un coup de tête, il décide d'entrer dans un magasin de spiritueux. Pour une fois, ça n'a rien à voir avec sa mère.

Caché parmi les clients, il se poste derrière la vitrine et feuillette une brochure tout en surveillant la rue. Plusieurs Mercedes passent ; beaucoup ont une carrosserie gris métallisé, mais aucune ne transporte deux hommes basanés.

Un bon moment après, il sort de la boutique, jette un coup d'œil à droite et à gauche, puis repart d'un pas vif vers l'École de communication de Westerdals. Son souffle est plus rapide que d'habitude. Et il ne cesse de regarder par-dessus son épaule.

Quand il laisse la circulation derrière lui et pénètre dans l'enceinte de l'école, sa respiration se calme enfin. Il se rassure en pensant que, si le duo du taxi était affecté à sa surveillance, les gars n'étaient pas très doués, vu qu'il est arrivé à les semer. L'autre explication serait qu'ils remplissent leur mission comme des pros, puisqu'il ne les voit plus nulle part. Ils ont peut-être ralenti uniquement pour examiner son visage.

Il décide d'oublier l'incident. Il est presque 10 heures. L'heure d'avoir une petite conversation avec le tuteur d'Henriette Hagerup.

Chapitre 36

En deux jours, l'entrée de l'école a changé de physionomie. La disparition des objectifs a entraîné celle des faux affligés. Le mémorial pour Hagerup est toujours en place, mais il n'y a plus de bougies allumées. Les cartes sont plus nombreuses, quelques bouquets de fleurs et de roses fanent déjà, mais plus aucun jeune ne sanglote devant sa photo. Les rares personnes qui discutent dehors ne manifestent pas le moindre signe de tristesse. Une étudiante et un de ses camarades fument non loin de l'entrée.

C'est peut-être la fin du trimestre, la période des derniers examens ? Ou peut-être sont-ils déjà en vacances. Dans ce cas, l'enquête pourrait se compliquer, voire ne pas aboutir.

Henning pénètre dans le bâtiment principal, conscient que les fumeurs le suivent du regard. En entrant, il repère la réception à sa gauche, avec un comptoir en demi-cercle. Derrière, deux personnes s'enroulent l'une autour de l'autre dans un baiser passionné. Il toussote discrètement, avant de poser les mains sur le comptoir.

Les deux jeunes gens sursautent, pouffent de rire et lèvent les yeux sur lui, avant de se contempler, l'air de dire : « Et si on allait se trouver une chambre ? » *Oh, retrouver ses vingt ans*, songe Henning.

— J'ai rendez-vous avec Yngve Foldvik, annonce-t-il.

Le jeune homme, qui arbore de longues dreadlocks et une barbe broussailleuse, montre un escalier.

— Montez jusqu'au premier étage, tournez à droite et puis encore à droite, et vous y êtes. Ça vous conduira tout droit à son bureau.

Henning remercie Dreadlocks. Il s'apprête à partir quand il se souvient de quelque chose.

— Est-ce que, à tout hasard, vous connaissez Anette ?

— Anette ?

Espèce d'idiot, il doit y avoir au moins quinze Anette dans l'école, se dit-il.

— Je ne connais que son prénom. C'était une amie d'Henriette Hagerup. Elles suivaient les mêmes cours.

— Ah, elle. Oui, Anette Skoppum.

— L'auriez-vous vue aujourd'hui ?

— Non, je ne crois pas. Et toi ?

Dreadlocks consulte sa petite amie, qui tripote son mobile. Elle secoue la tête, sans même lever le nez de son écran.

— Désolé, dit Dreadlocks.

— Ce n'est pas grave, lâche Henning avant de s'en aller.

Brusquement, il est englouti par un flot d'étudiants. Il en croise aussi dans l'escalier. C'est comme remonter le temps de douze ou treize ans. Il se rappelle l'époque de Blindern, sa vie d'alors, peu de responsabilités, les fêtes, le stress des examens, les pauses café, les regards concentrés dans les amphis. Il aimait les regards concentrés de l'amphi, il aimait être étudiant, il aimait absorber tout le savoir qu'il était capable de retenir.

Le bureau de Foldvik est facile à trouver. Henning frappe à la porte. Pas de réponse. Il frappe une nouvelle fois, puis consulte sa montre. Il est 9 h 59. Il frappe une troisième fois et essaie d'ouvrir. C'est verrouillé.

Il regarde autour de lui. Maintenant, les lieux ont été désertés. Il voit des portes. Un couloir entier flanqué de portes. La plupart portent des pancartes : « Salle de montage » ou « Salle de répétition ». Il entrevoit une toile de fond noire et une affiche de film avec l'inscription « Pour Elise ».

Il se retourne en entendant un bruit de pas dans l'escalier. Un homme apparaît au coin du couloir et se dirige droit vers lui. Yngve Foldvik ressemble exactement à sa photo, avec la même mèche sur le côté. Henning a de nouveau la forte impression de le connaître, mais ne parvient toujours pas à retrouver dans quelles circonstances il l'a déjà vu.

Il décide de laisser tomber et avance à sa rencontre. Le professeur lui tend la main.

— Vous devez être Henning Juul.

Henning hoche la tête.

— Yngve Foldvik. C'est un plaisir de vous rencontrer.

Henning hoche de nouveau la tête. De temps à autre, lorsqu'il fait la connaissance de quelqu'un, il est frappé par la manière dont cette personne s'exprime, les phrases qu'elle a tendance à employer. Prénom et nom, suivi par « C'est un plaisir de vous rencontrer », par exemple. Rien d'inhabituel. Mais quel intérêt de dire que c'est un plaisir de le rencontrer, avant de savoir si ce sera le cas ? La simple existence de Henning n'est tout de même pas automatiquement source de joie, si ?

Lorsque Nora l'appelait, elle avait l'habitude d'entamer leurs conversations par : « Salut, ici Nora. » Même s'il n'en avait jamais parlé, ça ne manquait jamais de l'irriter. C'était foutrement évident que c'était elle qui appelait, puisqu'il tenait le téléphone et lui parlait.

Les phrases. On s'entoure de phrases, sans jamais réfléchir à ce qu'elles suggèrent, sans jamais mesurer combien elles sont superflues et vides de sens. Bien sûr, il se réjouirait que le rendez-vous avec Yngve soit un plaisir ; mais, à strictement parler, il n'est pas venu pour ça.

— J'espère ne pas vous avoir fait attendre, dit Foldvik d'un ton aimable.

— Je viens seulement d'arriver.

Henning le suit dans la pièce exiguë. Un grand moniteur d'ordinateur trône sur un bureau flanqué de deux fauteuils. Deux écrans de télévision et une série d'affiches de films occupent les murs. Les étagères débordent d'essais, de documents et de biographies. Henning remarque très vite que les ouvrages sont consacrés au cinéma. Il note aussi que Foldvik possède le scénario de *Pulp Fiction* sous forme de livre. Le professeur s'assied et invite Henning à prendre l'autre siège. Puis il fait rouler son fauteuil jusqu'à la fenêtre et l'ouvre.

— Beurk ! Ça sent le renfermé, ici, dit-il.

Henning peut voir le parking. Une voiture arrêtée au feu du carrefour de Fredensborgvei et Rostedsgate retient son regard. C'est une Mercedes gris métallisé. Un taxi Mercedes gris métallisé. Cette fois, il parvient à lire le numéro de licence sur le toit.

A2052.

Il décide de le vérifier à la première occasion.

— En quoi puis-je vous être utile ? demande Foldvik.

Henning sort son dictaphone et le montre à son interlocuteur avec un geste explicite. D'un signe de tête, Foldvik accepte qu'il l'utilise.

— Henriette Hagerup, dit Henning.

— Oui, ça, je l'avais deviné.

Foldvik sourit. Le ton de l'entrevue est encore plaisant.

— Que pouvez-vous me dire sur elle ?

Foldvik inspire profondément et fouille ses souvenirs. Il prend une expression pensive et secoue la tête, manifestement désolé.

— C'est…

Il secoue encore la tête, comme si les mots lui manquaient. Henning le laisse faire.

— Henriette était remarquablement douée. Elle était extrêmement intelligente et elle écrivait exceptionnellement bien. J'ai eu l'occasion d'enseigner à de nombreux étudiants, mais, honnêtement, je ne me rappelle pas avoir eu à former quelqu'un qui jouissait d'un plus grand potentiel.

— Dans quel sens ?

— Elle avait une audace formidable. Elle cherchait à provoquer et elle y parvenait, mais ses provocations avaient de la substance, si vous voyez ce que je veux dire.

Henning acquiesce.

— Elle était appréciée par les autres étudiants ?

— Henriette ? Oui ! Elle était très populaire.

— Sociable, extravertie ?

— Tout à fait. À mon avis, elle était toujours partante pour faire la fête.

— Quelle est l'atmosphère à l'école ?

— Bonne. Très bonne, je crois. Les relations entre les étudiants de la promotion d'Henriette sont particulièrement harmonieuses. Une partie de notre philosophie pédagogique consiste à expliquer que tout est permis au cours du processus créatif. Lâchez-vous, oubliez vos inhibitions, donnez-vous totalement. Si vous avez peur du jugement de ceux qui vous entourent, vous ne pouvez pas faire ce métier. Avant tout, vous devez surmonter votre timidité.

Henning est à deux doigts de s'inscrire, mais il s'ébroue et revient à la réalité.

— En d'autres termes, la jalousie n'a pas sa place ici.

— Pas à ma connaissance. Bien sûr, les professeurs ne sont pas au courant de tout, ajoute Foldvik en riant.

Puis les implications de la question de Henning lui apparaissent plus clairement.

— Vous pensez que c'est pour ça qu'elle aurait été tuée ? demande Foldvik. La jalousie ?

— Pour l'instant, je ne pense rien.

Ça me reprend. Me voilà encore à parler comme un flic, se dit-il.

— Je croyais qu'ils avaient déjà arrêté son petit ami pour le meurtre.

— Il est seulement suspect.

— Mais il est coupable, non ? Qui d'autre pourrait avoir fait ça ?

Henning a envie de dire : *Que croyez-vous que je sois venu faire ici ?* Mais il laisse tomber. Il veut que la partie agréable se prolonge autant que possible. Mais il ne lui échappe pas que Foldvik est maintenant sur la défensive.

— Je ne nierai pas qu'il peut y avoir des frictions entre les étudiants, mais cela n'a rien d'inhabituel chez des créatifs qui ont leur propre vision des mêmes projets.

— Diriez-vous que certains de vos étudiants ont les dents plus longues que les autres ?

— Non, je ne dirais pas ça.

— Vous ne voulez pas ou vous ne savez pas ?

— Je ne sais pas. Et, dans le cas contraire, j'ignore si je vous le dirais.

Henning a un sourire intérieur. Il n'est pas le moins du monde décontenancé par l'atmosphère un rien moins plaisante qui vient de s'installer.

— Une société de production a pris une option sur un scénario qu'elle a écrit, c'est vrai ?

— Oui, c'est exact.

— De quelle société s'agit-il ?

— Ils se sont baptisés les Productions Cherchez l'Erreur. C'est une bonne maison. Sérieuse.

Henning prend le nom en note.

— Est-ce que les étudiants ont l'habitude de vendre des projets à des sociétés de production sérieuses avant d'obtenir leur diplôme ?

— Ça arrive. Beaucoup de producteurs cherchent désespérément de nouvelles voix excitantes. Mais, pour être honnête, la plupart de ces scénarios ne valent pas grand-chose.

— Vous me dites que certains de vos étudiants essaient d'apprendre leur profession et de l'exercer en même temps ?

— Tout à fait. Et je mentirais en omettant de vous dire que plusieurs d'entre eux sont convaincus que leur place n'est pas dans cette école, mais qu'ils devraient être dans le vrai monde, à réaliser des films, à en produire ou à en écrire.

— Donc, nous parlons de personnalités avec un ego fort ?

— C'est souvent le cas des gens ambitieux. C'est drôle, mais les plus talentueux ont en général les plus gros ego.

Henning hoche la tête. Une pause ; son regard erre dans la pièce. Une coupure de presse dans un cadre accroché au mur attire son attention. Le papier a été publié dans *Dagsavisen*. La photographie d'un jeune homme accompagne le texte. *Sans doute le fils de Foldvik*, songe Henning. Même bouche, même nez. Le garçon est encore adolescent. « *Da Vinci Code* allégé », dit le titre. L'article explique que Stefan Foldvik vient de remporter un concours de scénarios.

— À ce que je vois, l'intérêt pour le cinéma court dans la famille, commente Henning en désignant le cadre.

C'est une tactique qu'il utilise souvent en interview : introduire dans la discussion une question sans relation avec l'affaire, de préférence un sujet personnel, afin de se rapprocher rapidement de son témoin. Difficile d'obtenir une bonne interview si on ne parle que boutique. C'est possible, bien sûr, mais bien plus facile lorsqu'on peut traverser les défenses de l'interlocuteur, trouver un thème qu'il abordera volontiers, auquel on puisse soi-même se rattacher. Et c'est toujours efficace de lui dévoiler quelques infos personnelles ; ainsi, l'entretien peut prendre l'allure d'une conversation sans enjeu. Il s'agit de faire oublier à l'autre qu'il parle à un journaliste. Les meilleures révélations sont souvent énoncées spontanément.

Et il espère que c'est ce qui va se passer avec Foldvik. Le professeur regarde l'article et sourit.

— Oui, ça se transmet, c'est souvent le cas. Quand Stefan a gagné ce concours, il n'avait que seize ans.

— Waouh !

— Oui, il n'est pas dépourvu de talent.

— Comme Henriette Hagerup ?

Foldvik réfléchit avant de répondre.

— Non, Henriette était plus douée. Ou, du moins, ça en avait tout l'air.

— Je ne comprends pas.

Foldvik paraît gêné.

— Eh bien, disons que Stefan ne semble plus aussi concentré sur son écriture. Les ados, vous savez…

— Les filles, la bière, la vie estudiantine…

— Exactement. Je l'ai à peine vu ces derniers jours. Avez-vous des enfants ?

Henning est pris de court. Parce que c'est à la fois oui et non. Et il n'a pas préparé de réponse appropriée, il n'y a jamais réfléchi, tout en sachant que, tôt ou tard, quelqu'un poserait la question.

Il donne donc la réponse la plus simple.

— Non.

Mais ça lui brise le cœur de dire ça.

— Parfois, les enfants vous font souffrir.

— Mmm.

Le regard de Henning tombe sur une photo, format 10 x 15, également encadrée, posée sur le bureau de Foldvik. Elle représente une femme. De longs cheveux noirs qui ont commencé à grisonner. Elle ne sourit pas. Elle doit avoir environ quarante-cinq ans. L'épouse de Foldvik.

Et c'est à ce moment que Henning se souvient de l'endroit où il a déjà vu Yngve Foldvik.

La femme de Foldvik s'appelle Ingvild. Tout lui revient, maintenant. Quelques années plus tôt, Ingvild Foldvik a été brutalement violée, non loin de Cuba Bro. Si Henning le sait, c'est pour avoir été chargé de couvrir l'affaire et d'assister au procès. Jour après jour, Yngve Foldvik, présent au tribunal, avait dû écouter s'égrener les détails pervers de l'agression, à mesure qu'ils étaient exposés au cours des débats.

Henning se souvient du témoignage d'Ingvild : elle tremblait, semblait avoir été terriblement traumatisée par l'homme qui l'avait tabassée et violée. Sans un passant courageux et très costaud qui sortait son chien, ce soir-là, elle n'aurait sans doute pas survécu. Elle avait été horriblement mutilée avec un couteau. Partout. Son violeur avait pris cinq ans. Ingvild a pris perpétuité. Et Henning devine que les blessures sont loin d'être refermées. Les cauchemars. Et peut-être aussi les hurlements.

Après la fugace satisfaction de mettre enfin un nom sur un visage, il revient au présent.

— Qu'est-ce qu'Henriette a écrit ?

— Essentiellement des courts métrages.

— De quoi traitaient-ils ? Vous avez dit qu'elle aimait la provocation.

— Pendant… pendant son cursus, Henriette s'est débrouillée pour faire deux courts. Le premier s'appelait *Quand le Diable frappe à la porte* ; il traitait de l'inceste. L'autre s'intitulait *Blanche-Neige* ; ça parlait d'une fille qui devient accro à la cocaïne. Des films plutôt intelligents. Elle était sur le point d'en faire un autre.

— Celui qui était en cours de tournage à Ekebergsletta ?

— Oui.

— Mais pourquoi maintenant ?

— Je crois que l'action se déroule au début de l'été. Il importe de rendre les détails aussi authentiques que possible pour renforcer la crédibilité du film.

— Quel était le sujet, cette fois ?

— Je ne connais pas les détails, nous en avons juste brièvement discuté.

— Mais de quoi vous souvenez-vous ?

Foldvik pousse un soupir.

— Je crois qu'elle voulait faire quelque chose autour de la charia.

Henning se fige.

— La charia ?

— Oui.

Henning s'éclaircit la gorge, tente d'organiser les pensées qui déferlent dans son esprit. La première à prendre un sens est le message d'adieu d'Anette à Henriette.

— Savez-vous si Anette Skoppum collaborait avec Henriette Hagerup sur ce film ?

Foldvik hoche la tête.

— Henriette a écrit le scénario et Anette devait le réaliser. Mais, connaissant Anette, elle a sans doute largement eu son mot à dire sur le script.

Anette, je dois absolument te retrouver, songe Henning. Il n'a qu'une certitude : le film qu'elles s'apprêtaient à tourner a un rapport avec le meurtre.

— Savez-vous si elle est encore ici ou si elle est partie en vacances pour l'été ?

— Elle devrait être encore ici. Je l'ai vue hier. Si mes souvenirs sont exacts, nous avons rendez-vous dans quelques jours ; il me semble donc peu probable qu'elle soit partie.

— Auriez-vous un numéro de téléphone qui me permettrait de la joindre ?

— Oui, mais je ne suis pas autorisé à vous le communiquer. D'ailleurs, je ne suis pas très favorable à l'idée de vous voir tarabuster mes étudiants. Tout le monde est vraiment bouleversé.

Oui, je sais, pense Henning. Il s'abstient néanmoins de tout commentaire.

— Auriez-vous à tout hasard une copie du scénario de ce court-métrage ?

Foldvik soupire.

— Comme je l'ai dit, Henriette et moi l'avons seulement évoqué. Elle devait me l'envoyer par mail, dès qu'il serait terminé, mais je ne l'ai jamais vu.

— Que va-t-il arriver au film, maintenant ?

— Nous n'avons pas encore pris de décision. Bien, puis-je encore vous être utile, monsieur Juul ? J'ai un autre rendez-vous de prévu.

Foldvik se lève.

— Non, je ne crois pas, répond Henning.

Chapitre 37

Quand Henning regagne le rez-de-chaussée, Dreadlocks est toujours à l'ouvrage. Grands dieux, le gars doit tenter de ranimer cette pauvre fille. Henning s'éclaircit la gorge. Dreadlocks lève les yeux. La réserve de la jeunesse que Foldvik a évoquée semble être définitivement passée par la fenêtre.

— Merci beaucoup pour votre aide, commence Henning. Je n'ai eu aucun mal à trouver le bureau de Foldvik.

— Pas de problème.

Dreadlocks se lèche les lèvres.

— Peut-être pourrais-je vous demander un autre service ? Je suis journaliste et je prépare un article sur Henriette Hagerup et les étudiants de sa promotion, la manière dont ils recommencent à vivre après cet horrible événement. Ce ne sera pas un truc intrusif, plutôt un traitement un peu abstrait qui évoquera le silence qui suit, la façon dont un tel traumatisme affecte un groupe d'étudiants…

S'il existait un prix du meilleur serveur de bobards, Henning figurerait sûrement sur la liste des nominations. Dreadlocks hoche cordialement la tête.

— Que puis-je faire pour vous ?

— J'aimerais avoir une liste des étudiants qui suivent les mêmes cours qu'elle. Est-ce que, par hasard, vous auriez ça sur votre ordinateur ?

— Oui, je devrais pouvoir vous trouver ça. Un moment, dit-il en saisissant sa souris.

Il clique et tape sur quelques touches. La lueur de l'écran se reflète dans ses yeux.

— Vous voulez que je vous imprime ça ?

Henning sourit.

— Oui, s'il vous plaît. Ça me serait utile, merci.

Des clics, du clavier. Auprès d'eux, une imprimante se réveille. Une feuille glisse hors de la machine. Dreadlocks la prend, puis la tend à Henning avec un sourire obligeant.

— Super ! Merci beaucoup.

Il parcourt rapidement la liste : vingt-deux noms au total. Une des cartes qu'il a lues le premier jour lui revient en mémoire. « Tu me manques, Henry. Tu me manques grave. Tore. »

Tore Benjaminsen.

Henning interpelle son bon Samaritain de l'autre côté du comptoir.

— S'il vous plaît ?

Dreadlocks est sur le point de recommencer à dévorer ce qui reste de sa petite amie, mais il se retourne en entendant Henning.

— Oui ?

— Connaissez-vous Tore Benjaminsen ?

— Tore ? Oui. Je le connais, bien sûr. Tout le monde connaît Tore, hé, hé.

— Il est là, aujourd'hui ? Vous l'avez vu ?

— Je l'ai aperçu dehors.

Henning se tourne vers la sortie.

— À quoi ressemble-t-il ?

— Petit et maigre, les cheveux courts. Je crois qu'il porte une veste bleu foncé. C'est ce qu'il a en général.

— Merci beaucoup pour votre aide ! dit Henning avec un sourire.

Dreadlocks lui fait signe de la main en inclinant légèrement la tête. En sortant, Henning regarde autour de lui. Il ne lui faut qu'une seconde pour repérer Tore Benjaminsen. Le jeune homme a une cigarette entre les lèvres ; c'est l'un des fumeurs que Henning a croisés en arrivant, il y a près d'une heure.

Tore et la jeune femme, qui fume elle aussi, le remarquent avant qu'il ne les rejoigne. Comprenant qu'il veut quelque chose, ils interrompent leur discussion.

— C'est vous, Tore ?

Tore Benjaminsen répond d'un signe de tête affirmatif. Maintenant, Henning le reconnaît. C'est le garçon que Petter Stanghelle interviewait deux jours plus tôt, sous la pluie fine qui arrosait l'entrée de l'école. Henning n'a pas lu les déclarations de Tore à propos de sa défunte amie, mais il se rappelle le sous-vêtement estampillé Björn Borg.

— Henning Juul. Je travaille pour *123news*. Je me demandais si on pouvait discuter un peu.

Tore se tourne vers la fille.

— Je te vois plus tard, lance-t-il avec emphase.

Flatter l'ego de Tore ne s'annonce pas comme une tâche particulièrement ardue.

Quand Henning le salue, il a l'impression de serrer la main d'un enfant. Ils s'asseyent sur un banc voisin. Tore sort son paquet de cigarettes, en extrait une petite amie blanche et en offre une à Henning. Henning décline poliment, mais son regard s'attarde sur sa vieille copine d'addiction.

— Je croyais que l'affaire d'Henriette n'était plus d'actualité.

— C'est vrai dans un sens. Mais pas dans un autre.

— J'imagine que ce n'est jamais fini quand il est question de meurtre, commente Tore avant d'allumer sa cigarette.

— En effet.

Tore glisse son briquet dans sa poche de veste et tire une longue bouffée. Henning le considère.

— Henry était une fille formidable. Par plein de côtés. Elle adorait les gens. Peut-être un peu trop, d'ailleurs.

— Qu'est-ce que ça signifie ?

Henning regrette de ne pas avoir déclenché son dictaphone. Trop tard, maintenant.

— Elle était extrêmement extravertie et… comment dire ? Elle aimait presque trop les gens, si vous voyez ce que je veux dire.

Tore tire sur sa cigarette et rejette la fumée, puis regarde autour de lui. Il salue de la tête une fille qui passe par là.

— C'était une charmeuse ?

Il hoche la tête.

— À ma connaissance, tous ceux qui ont quelque chose entre les jambes ici ont, à un moment ou à un autre, fantasmé…

Tore se tait et secoue la tête avec tristesse.

— C'est vraiment horrible, continue-t-il. Euh, qu'elle soit morte, bien sûr.

Henning compatit en silence.

— Vous avez déjà rencontré son petit ami ?

— Mahmoud Marhoni ?

Tore crache le nom et prolonge exagérément le *h* avec un son guttural.

— Oui ?

— Je ne sais vraiment pas ce que Henry trouvait à ce connard.

— C'était un connard ?

— Un gros connard. Il se baladait dans une grosse BM en se prenant pour un caïd. Il claquait un max de fric.

— Donc, c'était un flambeur.

— Oui, mais d'une manière complètement tordue. Du genre à laisser sa carte de crédit au bar et à dire aux amis d'Henry que les boissons étaient pour lui. Comme s'il essayait désespérément de prouver qu'il était un mec trop super. Je ne serais pas surpris d'apprendre que…

Il n'achève pas sa phrase.

— Qu'est-ce qui ne vous surprendrait pas ?

— J'étais sur le point de dire que ça ne me surprendrait pas si on découvrait que c'était un dealer, mais je sais que ça a l'air raciste.

— Peut-être, mais si c'est vrai…

— Je n'en sais rien. Et il ne faut pas me prendre pour un raciste, juste parce que j'ai dit ça.

— Je ne pense pas que vous l'êtes.

— En tout cas, il ne la méritait pas. C'était vraiment un pauvre type.

Tore a fini sa cigarette et jette le mégot par terre, mais ne l'écrase pas. La petite amie blanche lâche ses dernières volutes de fumée bleu-gris, tout près d'une flaque.

— À quoi ressemblait leur relation ?

— Je crois qu'on peut la qualifier d'orageuse.

— Mais encore ?

— C'était tantôt oui, tantôt non. Et Mahmoud était du genre jaloux. Cela dit, vu la manière dont Henry se conduisait, on comprenait pourquoi.

Henning songe de nouveau à la charia.

— Elle l'a trompé ?

— Pas à ma connaissance, mais ça ne m'étonnerait pas plus que ça. Henry délirait pas mal. Elle aimait focaliser l'attention sur la piste de danse, par exemple. Elle portait des fringues assez provocantes.

Il contemple le lointain d'un air triste.

— A-t-elle flirté avec quelqu'un plus qu'avec d'autres ?

— Plein. Un bon paquet.

— Et vous ? Vous étiez aussi sous le charme ?

Henning fixe Tore. Le jeune homme sourit et baisse la tête. Il soupire.

— Il n'y avait jamais de place à la table d'Henriette. Et, en cours, pratiquement tout le monde voulait bosser avec elle. On est devenus amis très tôt. Henry et moi, on a passé de super bons moments ensemble. On n'arrêtait pas de flirter. Je venais juste de rompre et, quand on s'est mieux connus, on en a beaucoup parlé. Elle était un vrai soutien, pleine de compassion et chaleureuse. C'était une de ces personnes qui savent écouter. Et, chaque fois que je me confiais à elle, elle me serrait toujours contre elle. Très longuement. Je me suis beaucoup confié, au cours de ces six mois, précise-t-il en riant.

Henning l'imagine sans peine. Il imagine très bien Henriette : belle, douce, ouverte, sociable, charmeuse. Qui n'aurait pas voulu se trouver près de ce rayon de soleil ?

— C'était facile de prendre ses attentions pour autre chose, pour des avances, et un jour j'ai été trop loin. J'ai essayé de l'embrasser…

Il secoue de nouveau la tête, l'air désolé.

— Eh bien, en fait, j'avais mal lu les signaux. D'abord, j'ai été furieux : j'avais l'impression qu'elle m'avait mené en bateau et qu'elle m'avait pris dans ses filets, juste pour avoir le plaisir de me rejeter. Comme si c'était son truc, vous voyez ? Jouer au chat et à la souris. Jouer les allumeuses. Bon, j'ai passé quinze jours à lui en vouloir à mort, mais j'ai fini par me remettre. Un soir, on était sorti en groupe et on en a discuté tous les deux. Elle a dit qu'elle voulait mon amitié, mais que ça s'arrêtait là. Je me suis dit qu'il valait mieux être son ami plutôt que de perdre mon énergie à me sentir rejeté. À partir de là, on est réellement devenus bons amis.

— Ça vous a fait souffrir de la voir avec Mahmoud ?

— Non, pas vraiment. Je savais que je ne lui plaisais pas. Mais, de toute façon… la jalousie, ce n'est pas puni par la loi, hein ?

Henning lui fait « non » de la tête. Tore tire avidement sur sa nouvelle cigarette.

— Savez-vous qui pourrait l'avoir tuée ?

Tore le regarde, surpris.

— Vous ne croyez pas que c'est Mahmoud ?

Henning ne répond pas tout de suite. Il n'est pas certain de savoir jusqu'à quel point il peut se montrer franc ; quelque chose lui dit que Tore n'est pas le roi de la discrétion.

— Eh bien, il a été arrêté, mais on ne sait jamais, se contente-t-il de dire.

— Si ce n'est pas Mahmoud, je ne vois pas qui pourrait avoir fait ça.

— Savez-vous si elle avait d'autres amis musulmans, à part Mahmoud ?

— Un tas. Henriette était l'amie de tout le monde. Et tout le monde voulait être son ami.

— Et Anette Skoppum ?

— Ben quoi ?

— D'après ce qu'on m'a dit, elle travaillait parfois avec Anette, n'est-ce pas ?

Tore hoche la tête.

— Vous la connaissez bien ?

— Non, pas trop. C'est l'exact opposé d'Henriette. Elle ne dit pas grand-chose. Il paraît qu'elle souffre d'épilepsie, mais je ne l'ai jamais vue en crise. Elle ne couche pas trop à droite et à gauche. Du moins, tant qu'elle est sobre. Mais quand elle est bourrée…

— Elle se lâche ?

— Eh bien, c'est une façon de le dire. Vous savez ce qu'elle dit toujours quand elle est torchée ?

— Non.

— « À quoi ça sert d'être un génie si personne ne le sait ? »

Tore imite la voix d'Anette et sourit.

— Si quelqu'un a jamais eu une bonne raison d'avoir un complexe d'infériorité, alors c'est bien elle. Elle n'est pas particulièrement douée. Et je connais au moins trois mecs qui se la sont faite quand elle était bourrée. À mon avis, c'est une lesbienne.

— Qu'est-ce qui vous fait dire ça ?

— C'est sans doute idiot. C'est juste une intuition. Ça ne vous arrive jamais de percevoir intuitivement des trucs sur les gens ?

— Ça m'arrive tout le temps, répond Henning avec un sourire.

— En tout cas, c'était une grande fan d'Henriette, c'était trop évident. Mais tout le monde l'était. Quel gâchis !

Tore secoue de nouveau la tête, accablé.

— J'aimerais également parler à Anette. Auriez-vous à tout hasard son numéro de mobile ?

Tore sort son téléphone. C'est un Sony Ericsson, d'un bleu foncé brillant.

— Je dois l'avoir.

Il appuie sur quelques boutons et tourne l'écran de l'appareil vers Henning, qui lit les huit chiffres, puis les note.

— Merci, dit-il. Je n'ai plus de questions. Aimeriez-vous ajouter quelque chose ?

Tore se lève.

— Non. Mais j'espère que la police va choper le bon gars. J'aimerais…

Il ne termine pas sa phrase.

— Qu'est-ce que vous aimeriez ?

— Laissez tomber. De toute façon, c'est trop tard.

Tore Benjaminsen salue Henning de la main et se dirige vers l'entrée.

— Merci pour la discussion.

— De même.

Henning ne bouge pas et le regarde s'éloigner. Tore tente d'avoir l'air d'un dur avec son pantalon taille basse. Aujourd'hui aussi, Björn Borg est de sortie.

Chapitre 38

Après le départ de Tore, Henning reste sur le banc. Ces jours-ci, il passe beaucoup de temps à user les bancs. Et c'est bien. Très agréable. Ici, il n'y a pas de belladone. Il ne voit pas Anette. Les gens entrent et sortent. Et, chaque fois, le regard de Henning se porte sur les marches rouges de l'entrée. Et, chaque fois, il est déçu. Il décide d'appeler Anette. Avant de composer le numéro, il note qu'il est déjà 13 h 30. Il se demande quelles seront les représailles, s'il manque la fameuse réunion du personnel, mais il parie que Sture lui fera un résumé plus tard, en souvenir du bon vieux temps. Par ailleurs, Henning a une assez bonne idée de ce que va dire son patron : « À cause de fluctuations imprévues du marché de la publicité, nous sommes forcés de réduire les coûts. À court terme, il n'y aura pas d'impact sur le personnel ; mais, si nous ne produisons pas plus de pages, ça pourrait en avoir sur le long terme. Plus nous avons de pages lues, plus vite nous pouvons revendre de l'espace à de nouveaux annonceurs. Cependant, nous avons vendu tout l'espace publicitaire disponible, nous avons donc besoin de générer de nouvelles pages. Cela signifie que nous devrons prendre des décisions en ce qui concerne les sujets que nous traitons. Nous devons être plus critiques dans la sélection de nos contenus. Et bla-bla-bla… »

Certaines personnes se sentiront obligées de produire du bruit en parlant intégrité, importance et pertinence. Henning sait que Sture va déclarer qu'il est d'accord avec la plupart de ces arguments, mais qu'il exige une gestion plus rigoureuse. Et, pour un journal en ligne qui veut survivre, une gestion rigoureuse équivaut à plus de sexe, plus de nichons et plus de porno. C'est ce que veulent la plupart des gens. Ils peuvent prétendre le contraire, mais c'est toujours sur ces pages qu'ils cliquent dès qu'ils ont une minute ou deux à perdre, pour voir d'un peu plus près les nichons ou le cul qui servent d'appât. Les journaux en ligne le savent : ils ont les chiffres et les statistiques qui prouvent que ce type de sujets génère des clics. Et, en s'appuyant sur ce critère, le choix est simple.

Heidi sera sans doute dépitée. Mais elle fait partie de l'encadrement intermédiaire et elle n'a pas le choix : elle doit mettre à exécution les ordres de la direction. Et elle ne dira jamais rien de négatif en public sur ses supérieurs et les décisions stupides qu'ils prennent. C'est ce qu'elle a appris pendant sa formation de cadre moyen.

Henning appelle Anette et patiente. Ça sonne onze fois avant qu'elle décroche.

— Allô ?

La voix d'Anette est fragile, le ton méfiant.

— Anette, je m'appelle Henning Juul. Je travaille pour *123news*. Nous nous sommes croisés lundi dernier.

— Je n'ai rien à vous dire.

— Attendez. Ne raccrochez…

Le téléphone redevient muet. Henning jure dans sa barbe. Il regarde autour de lui. Un homme en bleu de travail approche, un seau à la main.

Je vais le faire, se dit Henning. *Je vais la rappeler, même si c'est une stratégie risquée. Ça pourrait achever de la braquer. D'accord, harceler les gens est rarement productif, mais elle ne m'a encore rien donné.*

D'abord, il obtient une sonnerie ; mais, au bout de quelques secondes, ça devient le signal « occupé ». *Merde, elle bloque mon appel.* Son regard distrait suit un autre type qui passe en bleu de travail. Il décide d'envoyer un texto à Anette :

Je sais que vous ne voulez pas me parler, mais je ne cherche pas à vous interviewer. Je suis persuadé que le meurtre d'Henriette est lié au film que vous préparez. J'aimerais qu'on en discute. Peut-on se voir ?

Il appuie sur « Envoi » et attend. Il attend longtemps. Pas de réponse. Il jure encore. Et maintenant ?

Il lui écrit un autre message :

Anette, j'ai compris que vous aviez peur. C'est évident. Mais je crois pouvoir vous aider. Je vous en prie, permettez-moi de vous donner un coup de main.

« Envoi ». Il a conscience d'avoir l'air quasi désespéré. D'ailleurs, ce n'est pas très éloigné de la vérité. Il sursaute quand son mobile bipe quelques secondes plus tard. Il ouvre le message :

Personne ne peut m'aider.

Le sang de Henning se met à circuler plus vite. Les choses prennent une tournure intéressante. Il répond :

Ça, vous n'en savez rien, Anette. Si vous me laissiez voir le script, ça pourrait être un bon début, non ? Je vous promets d'être discret. Si vous n'acceptez pas de me rencontrer, pourquoi ne pas me l'envoyer ? Mon adresse mail est hjuul@123news.no.

L'éternité se comprime en quelques secondes. Il les entend passer.

Non, songe-t-il. *C'est inutile. Elle n'est plus là. Elle ne veut pas, elle refuse de devenir une source, même confidentielle.* Henning aura vraiment tenté le tout pour le tout, mais c'est une maigre consolation. Il se lève et se remet en route.

Son mobile bipe. Quatre signaux brefs.

Le Gode Café. Dans une heure.

Chapitre 39

Bjarne Brogeland soupire. Il consulte un document sur son ordinateur ; mais, à force de plisser les yeux pour mieux voir l'écran, il a récolté un bon mal de crâne. *J'ai besoin d'une pause*, se dit-il. *Une longue pause. Je devrais peut-être demander à Sandland si elle aimerait qu'on partage un déjeuner tardif quelque part. On pourrait parler boutique, discuter de l'affaire, et puis tirer un petit coup, vite fait. Sacrée petite allumeuse. Je vais finir par devoir y faire un nœud, si je ne…*

Les pensées de Brogeland sont interrompues par une fenêtre qui s'ouvre sur son écran. Le visage d'Ann-Mari Sara, une technicienne informatique de la scientifique, filmée par une webcam, emplit le cadre. Brogeland se penche en avant et augmente le son.

— Nous avons fait des progrès sur le portable.

— L'ordi de Marhoni ?

— Non, celui du Mahatma Gandhi. Qui voulez-vous que ça soit ?

— Avez-vous trouvé quelque chose ?

— Oh, ça, je crois que nous pouvons l'affirmer en toute tranquillité.

— D'accord. Ne quittez pas. Je vais chercher Sandland.

— Inutile. Je vais vous envoyer mes trouvailles par mail à tous les deux. Je voulais juste m'assurer que vous étiez dans le coin.

— D'accord.

Brogeland se lève et sort dans le couloir. Toute occasion d'aller frapper à la porte de Sandland est bonne à prendre. Il ouvre. Elle est au téléphone.

— L'ordinateur de Marhoni, chuchote malgré tout Brogeland en articulant exagérément.

Il lui indique la direction de son propre bureau, même si elle n'a nul besoin d'y aller, puisqu'elle recevra les infos comme lui. Sandland mime qu'elle viendra le rejoindre sous peu.

Oh, comme j'ai envie que tu viennes, songe Brogeland en refermant la porte derrière lui. Il regagne son bureau et se laisse tomber dans son fauteuil. En consultant sa messagerie, il constate que le mail d'Ann-Mari Sara est arrivé. Il clique pour l'ouvrir et télécharge la pièce jointe.

À cet instant précis, Sandland fait son entrée.

— Pile au bon moment, dit Brogeland.

Sandland se poste derrière lui et se penche sur son épaule. Brogeland a toutes les peines du monde à se contrôler. Leurs deux corps n'ont jamais été aussi proches. Il perçoit son odeur, son…

Non ! N'y pense même pas !

Il lit le message d'Ann-Mari Sara à haute voix :

Le disque dur est très endommagé et il nous reste encore pas mal d'infos à récupérer. Cependant, je crois que nous pourrions déjà avoir retrouvé le plus important. Cliquez sur la pièce jointe et vous comprendrez ce que je veux dire.

Brogeland clique sur la pièce jointe et surveille l'écran avec excitation. Quand l'image s'affiche, il se tourne pour regarder Sandland. Ils échangent un sourire satisfait. Brogeland se retourne vers l'ordinateur, clique sur « Répondre », puis écrit :

Beau boulot, la scientifique. Mais continuez à travailler sur le disque dur. Il pourrait rester des informations utiles.

Brogeland se frotte les mains en se disant qu'il entame le dernier tour.

Le tour d'honneur.

Chapitre 40

D'habitude, il apprécie le café, mais pas quand il est tendu. Pas quand il attend quelqu'un. Pas quand l'heure annoncée par Anette est passée depuis longtemps.

Il a choisi une table près de la vitrine du Gode Café, de manière à garder un œil sur la circulation et les passants sur le trottoir. Une autre raison l'a poussé à s'asseoir là : c'est tout près de la sortie – si jamais il se passe quelque chose.

Qu'est-ce qui te retient, Anette ? Il rumine des idées noires et pense que, s'ils étaient dans un film, Anette n'arriverait jamais. Quelqu'un l'aurait interceptée, lui aurait pris ce que cherche Henning et se serait assuré que son corps ne soit jamais retrouvé. Ou peut-être ne se donnerait-il même pas la peine de le dissimuler ?

Il secoue la tête. Ce n'est pas raisonnable, mais il est tentant d'entretenir des chimères, vu qu'elle a maintenant une heure de retard. Elle a peut-être reçu une visite inopinée ? Sa mère l'a peut-être appelée au dernier moment ? À moins qu'elle n'attende la fin du cycle de sa machine à laver, ou que le livreur de Pizza Pepe n'ait la demi-heure de retard à la mode ?

Non. Sûrement pas à cette heure de la journée. Peut-être tout simplement n'est-elle pas fiable ? Il y a des gens comme ça, mais Anette ne lui a pas donné l'impression d'appartenir à cette catégorie. Elle est de ceux qui essaient – qui essaient de faire quelque chose d'eux, de leurs vies, de réaliser leurs ambitions.

Il est peut-être exagéré de tirer de telles conclusions après une si brève rencontre, mais Henning est plutôt bon quand il s'agit de déchiffrer les gens : qui est ronchon, qui est une bonne pâte, qui est sincère et n'est pas un imposteur, qui bat sa femme, qui pourrait être tenté de boire un ou plusieurs verres de trop, qui se fout de tout et qui essaie. Il est pratiquement certain qu'Anette essaie, et il pense qu'elle s'y emploie depuis longtemps. Par conséquent, il commence à se sentir un peu inquiet.

Mais, à cet instant, la porte du Gode Café finit par s'ouvrir. Il sursaute en identifiant Anette. Deux jours ont suffi pour lui donner une allure différente. La peur hante toujours son regard, mais elle paraît encore plus introvertie qu'avant. Elle a rabattu son capuchon sur sa tête. Sans son maquillage, elle a l'air négligée. Elle se tient un peu voûtée sous son sac à dos. Un petit sac à dos gris sans marque, constellé d'autocollants.

Elle le repère, balaie du regard le reste de la salle, puis avance vers lui. Neuf fois sur dix, on lui hurle dessus. *Salauds de journalistes qui ne peuvent pas laisser les gens tranquilles, qui n'ont pas la moindre décence.* Il a souvent entendu ce genre de choses. Et parfois il en a été touché, mais plus maintenant.

Anette s'arrête près de sa table. Elle ne s'assied pas. Elle l'observe tout en enlevant son sac à dos. À en juger par les autocollants, elle a beaucoup voyagé. Des noms de villes exotiques de pays lointains : Assab (Érythrée), Nzérékoré (Guinée), Osh (Kirghizistan), Blantyre (Malawi). Elle laisse tomber le sac sur la chaise.

— Puis-je vous offrir quelque chose ?

— Je ne reste pas.

Elle sort une pile de papiers, la jette devant lui et referme son sac en une succession de mouvements liés. Elle enfile de nouveau les bretelles, fait demi-tour et s'apprête à partir.

— Anette, attendez !

Sa voix résonne plus qu'il n'en avait l'intention. Les gens lèvent la tête. Anette s'arrête et se tourne vers lui. *J'espère qu'elle peut lire sur mon visage l'empressement, la gentillesse, la sincérité*, songe Henning.

— Je vous en prie, prenez un café avec moi.

Anette ne réagit pas. Elle se contente de le regarder.

— D'accord, pas de café, il est dégueulasse. Mais un latte, peut-être ? Une tasse de thé ? Du chai ? *Eins, zwei, chai ?*

Anette fait un pas vers lui.

— Et humoriste, avec ça !

Il a l'impression d'être un gamin de douze ans surpris en train de tricher à un examen.

— Je le répète, je n'ai rien à vous dire.

— Alors, pourquoi me donner ceci ? demande-t-il en désignant la pile de papiers devant lui.

La première page retient son regard :

Une caste de la charia
Scénario Henriette Hagerup
Réalisation Anette Skoppum

Il réprime à grand-peine son envie de se jeter dessus pour le lire tout de suite.

— Je vous l'ai donné pour que vous compreniez.

— Mais…

— Je vous en prie, n'essayez pas de m'aider.

— Mais, Anette…

Elle a déjà commencé à partir. Il ébauche le geste de se lever pour la retenir, mais il se rend compte que ce serait complètement vain. Au lieu de cela, il lui lance :

— De qui avez-vous peur, Anette ?

Elle abaisse la poignée de la porte sans lui répondre. Elle sort. Il regarde dans la direction qu'elle a prise, l'imagine en train de s'éloigner seule, avec son petit sac à dos. Il se surprend à se demander si le sac contenait autre chose que le scénario. Un vêtement ? Un film ou un livre ?

Et pourquoi pas un choqueur ?

L'idée est sortie de nulle part. Mais, maintenant qu'elle a pris corps, il la considère. C'est une thèse plutôt intéressante. Après tout, qui connaît le scénario mieux qu'Anette ?

Non, se dit-il. *Si Anette avait trempé dans le meurtre de son amie, pourquoi me laisserait-elle lire le script ? Pourquoi voudrait-elle m'aider à comprendre ?* Il finit par rejeter cette théorie. Une idée stupide. *Il faut que je lise ce texte, que je voie s'il peut me livrer des indices.*

Il doit y avoir quelque chose.

Chapitre 41

Lars Indrehaug, l'avocat, passe les doigts à travers sa frange et repousse ses cheveux sur ses tempes pour dégager ses yeux. *Salopard*, songe Brogeland. *Si je te tenais un de ces jours dans une pièce insonorisée, caméras coupées, tu ne peux pas imaginer ce que je te ferais.*

Les rêves et la réalité. Deux concepts malheureusement bien éloignés l'un de l'autre. La présence du sergent Sandland, assise à côté de lui, rend cette évidence encore plus frustrante. Brogeland examine les papiers sur la table, pousse un interrupteur, puis un deuxième. Sandland et lui ont préparé l'interrogatoire avec soin, étudié l'indice sous tous ses angles et mis en place une stratégie précise pour l'utiliser. Certes, Sandland nourrit des doutes sur la culpabilité de Marhoni, mais leur suspect devra néanmoins fournir des réponses convaincantes aux questions qu'ils s'apprêtent à lui poser.

Brogeland adore discuter boulot avec Sandland ; il se régale en observant sa bouche, quand elle discourt avec gravité, avec détermination, ou quand elle se consume d'indignation au nom de la société. Il a hâte de lire la satisfaction dans son regard lorsqu'elle franchira la ligne d'arrivée. Si seulement elle voulait bien tirer cette satisfaction de *lui*.

Holà ! Tu glisses sur la mauvaise pente, Bjarne.

Mahmoud Marhoni est assis près de son avocat. Il est bouleversé, estime Brogeland. Affligé par le meurtre de son frère et secoué par la détention provisoire. Sa coquille de dureté est incontestablement fêlée. Il a une allure plus négligée. Deux jours sans rasoir produisent ce genre d'effet sur une peau entretenue avec des applications quotidiennes de serviettes chaudes.

Tu devras t'habituer à bien d'autres choses, Mahmoud, pense Brogeland. Il fait signe à Sandland de commencer la partie formelle de l'interrogatoire : décliner l'identité de ceux qui se trouvent dans la pièce et la raison de leur présence. Puis elle regarde Marhoni.

— Toutes mes condoléances, dit-elle d'une voix suave.

Marhoni se tourne vers son avocat d'un air perplexe.

— Navrée pour ce qui est arrivé à votre frère, ajoute-t-elle.

— Merci, répond Marhoni avec un petit signe de tête.

— Nous faisons tout ce qui est en notre pouvoir pour retrouver la personne qui a fait ça. Mais peut-être savez-vous déjà de qui il s'agit ?

Marhoni la considère.

— Je ne sais pas de quoi vous parlez.

— Êtes-vous en relation avec les Bad Boys Burning, Mahmoud ?

— Non.

— Yasser Shah ?

Marhoni secoue la tête.

— Répondez à la question.

— Non.

— Votre frère les connaissait-il ?

— Si je ne sais pas qui ils sont, comment pourrais-je savoir si mon frère était en relation avec eux ?

Bien joué, Marhoni, songe Brogeland. *Tu as évité le piège.*

— Nous avons réussi à sauver le contenu de votre portable, continue Brogeland.

Il attend une réponse. Marhoni tente de ne pas montrer son trouble, mais Brogeland voit bien qu'il bout intérieurement.

Nous n'avons pas tout, se rappelle Brogeland. *Du moins, pas encore.*

Mais Marhoni n'en sait rien.

— Êtes-vous certain que vous ne voulez pas modifier les réponses que vous venez de donner à ma collègue ? demande Brogeland.

— Pourquoi voudrais-je faire une chose pareille ?

— Pour éviter de mentir.

— Je ne mens jamais.

— Vraiment ? ironise Brogeland.

— Voudriez-vous poser des questions directes à mon client, plutôt que de tourner autour du pot ? intervient Indrehaug.

Brogeland lui décoche un regard mauvais, avant de s'adresser de nouveau à Marhoni.

— À part vous, combien de personnes utilisent votre ordinateur, Mahmoud ?

— Personne.

— Vous ne l'avez jamais prêté ?

— Non.

— Personne ne l'a utilisé en votre présence ?

— Non.

— Et vous en êtes absolument certain ?

— Oui.

— Inspecteur…

Indrehaug lève les mains et pousse un soupir las. Brogeland sourit et se félicite intérieurement.

— Que faisiez-vous sur le compte mail d'Henriette Hagerup, le jour où elle a été tuée ?

Marhoni redresse vivement la tête.

— Quoi ?

— Pourquoi avez-vous lu les mails de votre petite amie ?

L'étonnement de Marhoni n'échappe pas à Brogeland.

— Est-ce que c'était pour jeter un coup d'œil à ça ?

Brogeland pousse une feuille de papier à travers la table. C'est une photo d'Henriette enlacée à un homme. Le visage de l'homme est caché, seul l'arrière de sa tête est visible. Ses cheveux noirs sont clairsemés. Marhoni examine le cliché.

— Qui est-ce, Mahmoud ?

Pas de réponse.

— On a trouvé cette photo dans un mail de votre petite amie morte, et ce mail a été lu sur votre propre portable, le jour où elle a été tuée. Qu'avez-vous à dire à ce sujet ?

Marhoni fixe de nouveau l'image.

— Qui a envoyé le mail ? demande-t-il.

— Ça, c'est notre affaire. Je vous pose encore la question : connaissez-vous l'homme qui se trouve sur cette photo ?

Il secoue la tête.

— Vous comprenez que tout ça n'est pas très bon pour vous, Mahmoud ?

Manifestement, Marhoni n'a toujours rien à leur dire. Brogeland soupire. Indrehaug observe son client. Marhoni frotte un de ses pouces contre la paume de l'autre main. Pendant un long moment, ni Sandland ni Brogeland ne prononcent un seul mot ; ils attendent qu'il craque.

— Ce n'est pas moi, chuchote-t-il soudain.

— Qu'avez-vous dit ?

— Je n'ai pas fouillé dans ses mails.

Brogeland lève les yeux au ciel, comme s'il venait d'être frappé par la plus grande injustice du monde.

— Vous venez juste de dire que vous êtes le seul à utiliser votre ordinateur. Ce n'est plus le cas ?

Marhoni secoue la tête.

— C'est impossible.

— Alors, quelqu'un d'autre s'est servi de votre portable, sans que vous le sachiez, pour regarder une photo de votre petite amie dans les bras d'un autre homme ? C'est ce que vous êtes en train de vous dire ?

Marhoni lui adresse un prudent signe d'assentiment.

— Qui a pu faire ça ? Votre frère ? Henriette ?

— Je n'en sais rien.

— Non, vous n'en savez rien.

Brogeland soupire et regarde Sandland. Elle scrute le visage de Marhoni, à la recherche d'expressions ou de signes révélateurs.

— Que pensez-vous de la charia ? continue Brogeland.

— La charia ?

— Oui. Un groupe pakistanais. Ils ont joué au festival de Mela, il y a à peu près un an.

— Inspecteur…

— Mauvaise blague, je sais. Mais répondez à ma question, Mahmoud : que pensez-vous de la charia ? Des lois de la charia. Les lois de la charia représentent-elles une vision des femmes que vous approuvez ?

— Non.

— Vous ne pensez pas que lapider une femme, par exemple, est un châtiment approprié pour punir l'infidélité ? Ou trancher la main de quelqu'un pour le punir d'avoir volé ?

Brogeland n'attend pas la réponse. Marhoni semble perplexe.

— Avec qui Henriette avait-elle une aventure ?

— Je vous conseille vivement de commencer à parler, maintenant. Si vous êtes innocent, rendez-vous service, Mahmoud.

— Qui est l'homme de la photo ?

Brogeland et Sandland parlent en même temps. Marhoni soupire.

— Plus longtemps vous faites traîner les choses, plus votre situation s'aggrave.

— Qui était l'homme avec qui elle avait une aventure ?

— C'est à cause de ça que vous l'avez tuée ?

— Qui protégez-vous ?

Marhoni lève une main.

— Vous ne comprenez rien !

Il baisse les yeux en secouant la tête.

— Alors, aidez-nous à comprendre ! lance Brogeland.

Il fixe Marhoni, attendant ses explications. Le jeune homme réfléchit longuement.

— Henriette ne m'a jamais trompé, finit-il par lâcher.

— Qu'avez-vous dit ?

— Henriette ne m'a jamais trompé.

Brogeland dévisage Marhoni d'un air dur.

— Alors, comment expliquez-vous ces messages ? « Désolée. Ça ne compte pas. IL ne compte pas. C'est toi que j'aime. Pouvons-nous en discuter ? Je t'en prie. »

Brogeland dévisage Marhoni d'un air dur.

— Et vous me dites qu'elle ne vous a pas trompé ?

— Exactement. Si c'est vrai, je ne le sais pas.

— Non, vous ne le savez pas. Si vous êtes incapable de trouver une meilleure réponse que celle-là, eh bien…

— Elle ne m'a jamais parlé de quelqu'un d'autre.

— Alors, le contenu des textos n'a aucun sens pour vous ?

— Non.

— Vous et Henriette n'avez jamais discuté de ce genre de choses, avant ?

— Non.

— Désolé, mais vous allez avoir beaucoup de mal à convaincre un jury que c'est la vérité. Et vous le savez aussi, monsieur Indrehaug.

Brogeland fixe l'avocat d'un œil torve. Indrehaug déglutit avec effort. Puis, d'un geste mécanique, il passe la main dans ses cheveux.

Chapitre 42

Avant de commencer à lire, Henning contemple longuement la première page du scénario. Il ressent de l'appréhension. Un peu de nervosité, aussi, quand il y réfléchit, même s'il est incapable d'expliquer pourquoi. Peut-être parce que la réponse au pourquoi et au comment du meurtre d'Henriette Hagerup se trouve posée juste devant lui ?

Il prend une profonde inspiration et se lance :

1. INT – UNE TENTE SUR EKEBERGSLETTA – SOIR :

Une femme, MERETE WIIK (21 ans), se tient dos à la caméra. La lumière se reflète sur la pelle qu'elle tient en main. Sa respiration est lourde, elle est épuisée. Elle s'essuie le front. Puis elle plante la pelle dans le sol.

2. EXT – À L'EXTÉRIEUR D'UNE TENTE SUR EKEBERGSLETTA – SOIR :

Une voiture s'immobilise près de la tente. Le moteur s'arrête. Nous voyons le coffre s'ouvrir. MONA KALVIG (23 ans) sort de la voiture. Elle va vers le coffre.

3. INT – UNE TENTE SUR EKEBERGSLETTA – SOIR :

Mona Kalvig ouvre la tente et entre. Elle porte un sac pesant. Elle s'arrête devant un trou dans le sol.

MONA : Tu as bien creusé !
Merete essuie la transpiration sur son visage et sourit.
MERETE : C'est un bon exercice.
MONA : Tu l'as essayé ?
MERETE : Non. C'est ton trou, alors je me suis dit que c'était à toi de l'inaugurer.

4. INT – UNE TENTE SUR EKEBERGSLETTA – SOIR :
Gros plan sur le trou. Mona saute dedans et l'examine. Elle y est presque jusqu'à la taille.
MONA : C'est parfait.
MERETE : Super. Tu as pris ton portable ?
MONA : Ouaip.
MERETE : Il est temps de lui envoyer le premier ?
Mona sort du trou et brosse le sable humide. Elle extrait un portable de sa poche et consulte l'heure. Puis elle adresse un sourire de conspiratrice à Merete.

5. INT – UN APPARTEMENT À GALGENBERG – DÉBUT DE SOIRÉE :
*Un homme, YACHID IKBAL (28 ans), regarde un épisode d'*Hotel Cæsar *sur TV2. Son téléphone bipe. Il le prend et consulte ses messages. Il fronce les sourcils en lisant celui qui s'affiche. L'expéditeur est « Mona portable ». Nous voyons le texte : « Désolée. Ça ne compte pas. IL ne compte pas. C'est toi que j'aime. Pouvons-nous en discuter ? Je t'en prie. »*

6. INT – UNE TENTE SUR EKEBERGSLETTA – DÉBUT DE SOIRÉE :
Les deux femmes sont assises côte à côte. Elles se servent dans une bouteille thermos et partagent une tasse. De la vapeur s'élève de la tasse.

MERETE : C'était bon ?
Mona boit une petite gorgée de thé chaud.
MONA : Mmm.
MERETE : Je ne parlais pas du thé.
MONA : Alors, de quoi…
Mona comprend à quoi Merete fait allusion. Mona sourit.
MONA : C'était particulièrement bon aujourd'hui. J'aime bien quand il est hard.
MERETE : C'était peut-être super bon aujourd'hui, parce que tu savais que c'était la dernière fois.
MONA : Peut-être.
MERETE : Ça va te manquer ?
Mona hausse les épaules. Elle passe la tasse à Merete. Elles gardent le silence pendant quelques instants.
MERETE : C'est le moment d'envoyer le suivant ?
MONA : On va attendre un peu. Laisse-lui un peu plus de temps.
MERETE : D'accord.
Fin de la séquence crédits et logos.

Jusqu'à présent, on dirait le début d'un snuff movie, pense Henning. Il continue sa lecture :

7. INT – UN APPARTEMENT À GALGENBERG – SOIR :
Yachid Ikbal est dans sa cuisine. Il ouvre le frigo et en sort un carton de lait écrémé. Il s'apprête à prendre un verre dans un placard quand son portable bipe encore. Il l'extrait de sa poche. C'est un nouveau message de « Mona portable ». Il le lit : « Je te promets de tout faire pour que tu me pardonnes. Donne-moi une autre chance, je t'en prie ! »

Yachid secoue la tête, marmonne : « Qu'est-ce qu'elle fabrique… », puis active le bouton « Appeler l'expéditeur ». Il marche de long en large dans la cuisine, l'air agacé. Mais il n'obtient pas de réponse. Il balance son portable avec irritation.

8. INT – UNE TENTE SUR EKEBERGSLETTA – SOIRÉE :

Mona et Merete sont toujours assises près du trou.

MERETE : Tu crois que ça va marcher ?

MONA : Il le faut.

Le téléphone de Mona vibre. L'écran affiche « Yachid ».

MERETE : C'est lui qui appelle.

Ça continue à vibrer.

MERETE : Tu ne vas pas lui répondre ?

MONA : Non.

Merete regarde Mona. Visiblement, Mona est la patronne.

9. INT – UN APPARTEMENT À SAINT HANSHAUGEN – SOIRÉE :

La famille GAARDER dîne. L'ambiance est tendue. Le fils, GUSTAV, boude et picore dans son assiette. L'épouse, CAROLINE, regarde son mari, HARALD. Il mange, mais il est mal à l'aise.

GUSTAV : Je peux quitter la table, s'il vous plaît ?

CAROLINE : Mais tu n'as presque rien mangé !

GUSTAV : Je n'ai pas faim. Est-ce que je peux y aller, s'il te plaît ?

Caroline soupire, adresse un signe de tête à son fils et le regarde quitter la pièce. Puis elle se tourne vers son mari.

CAROLINE : Nous le repoussons. Tu le repousses !

Harald détourne les yeux de son assiette et la regarde.

HARALD : Moi ?

CAROLINE : Oui, qui veux-tu que ça soit ?

Harald soupire.

HARALD : Tu vas encore remettre ça sur le tapis ? Il me semblait qu'on en avait fini avec cette histoire, non ?

CAROLINE : C'est facile, pour toi, de dire ça. Oh, c'est tellement facile, pour toi, d'« en avoir fini avec cette histoire ».

Caroline l'imite. Harald s'énerve.

HARALD : Je ne sais pas ce que tu voudrais que je fasse d'autre ! Je t'ai dit que je ne la reverrais plus. Que veux-tu de plus ?

CAROLINE : Que tu le croies vraiment, peut-être ? Que tu cesses de penser à elle jour et nuit, comme c'est le cas en ce moment ?

Harald baisse les yeux, comprend qu'il ne peut pas continuer à feindre.

HARALD : Je n'y peux rien.

CAROLINE (*imitant son mari*) : Je n'y peux rien.

Caroline soupire. Harald ne répond pas. Un long silence s'installe.

CAROLINE : Je crois que nous devrions divorcer.

HARALD : Quoi ?

CAROLINE : Pourquoi pas ? Ce n'est pas comme si nous avions une vie ensemble.

HARALD : Tu n'es pas sérieuse, Caroline. Et Gustav ?

CAROLINE : Alors, tu t'inquiètes pour lui, tout à coup ? Tu ne t'es pas posé de questions quand…

Caroline ne parvient pas à compléter sa phrase. Elle s'effondre et se met à sangloter. Résigné, Harald pose son couteau et sa fourchette.

10. INT – UNE TENTE SUR EKEBERGSLETTA – SOIRÉE :

Gros plan sur l'écran du portable de Mona. Nous lisons son texto : « Réponds. S'il te plaît. Je ne le ferai plus jamais. Je te le jure ! »

Elle appuie sur « Envoi ».

11. INT – UN APPARTEMENT À GALGENBERG – SOIR :

Yachid erre nerveusement dans l'appartement. Il s'adresse à son frère, FAROUK IKBAL, qui boit un verre de lait dans le salon. Ils parlent un norvégien sommaire.

YACHID : Espèce de pute.

FAROUK : J'ai essayé de te le dire.

YACHID : Sale pute !

Le portable de Yachid bipe une nouvelle fois. Les frères se regardent.

FAROUK : C'est elle ?

YACHID : Je n'en sais rien, espèce d'abruti. Je n'ai pas encore regardé.

FAROUK : Alors fais-le, espèce d'abruti.

Yachid jette un regard noir à son frère. Puis il ouvre le texto et le lit. Il balance le portable sur le divan.

YACHID : Sale pute !

Il est tentant d'imaginer que les personnages du script sont inspirés de personnes réelles, songe Henning. Mais c'est aussi un peu trop facile.

Son envie de café revient. Il en commande un au serveur qui attend derrière le bar et qui semble penser très fort que Henning n'a pris qu'un seul café depuis tout le temps qu'il est là. Il n'y a que deux autres clients dans la salle. Ils mangent leur salade en silence.

Son café arrive juste au moment où il s'apprête à reprendre sa lecture.

12. INT – UNE TENTE SUR EKEBERGSLETTA – TARD DANS LA SOIRÉE :

Gros plan sur le trou dans le sol. Mona a sauté à l'intérieur. Merete remplit le trou de terre.

MERETE : Tu as pu t'occuper de son ordinateur ?

MONA : Oh, oui. Ça a été facile. Quand on a couché ensemble, il a pris une douche après. Pas de problème.

MERETE : On n'a rien oublié ?

MONA : Je ne crois pas. Attends deux secondes, laisse-moi sortir les bras.

MERETE : Ça marche.

Mona dégage ses bras du sol sablonneux.

MONA : C'est bon. Continue.

Merete continue à remplir le trou. Bientôt, le sable atteint les aisselles de Mona. Merete pose la pelle, elle est hors d'haleine.

MERETE : Tu veux dire quelque chose avant de commencer ?

Mona réfléchit. Elle s'éclaircit la gorge.

MONA (*d'une voix solennelle*) : Ceci est pour toutes les femmes du monde. Mais spécialement pour nous, en Norvège.

Merete sourit. La caméra s'éloigne lentement du visage de Merete et montre le sol derrière elle. On voit la pelle. On voit le sac que Mona a apporté. Il est ouvert. À côté, il y a une grosse pierre.

Henriette n'a pas pu se soumettre à ça, pense Henning en levant les yeux. *Elle n'a tout de même pas incarné son rôle jusqu'au bout et suivi son propre scénario en se laissant lapider à mort pour faire passer un message politique ?!*

Ce n'est qu'un film, Henning. Il entend la voix de sa mère lui répéter cette phrase et se rappelle que, chaque vendredi soir, il grimpait sur ses genoux pour regarder l'inspecteur Derrick résoudre des meurtres. Le coupable avait dû se servir du scénario d'Henriette contre elle. Pour la ridiculiser ? Pour faire porter le chapeau à quelqu'un d'autre ?

Il continue sa lecture.

Légende sur fond noir : Deux semaines plus tard.

13. INT – UNE SALLE D'INTERROGATOIRE AU COMMISSARIAT DE POLICE – FIN DE MATINÉE :

Yachid Ikbal est assis à une table. Des policiers sont assis face à lui ; ils ont l'air grave.

POLICIER 1 : Qu'avez-vous fait après avoir reçu les textos, Yachid ? Êtes-vous allé là-bas lui parler face à face ?

Yachid ne répond pas.

POLICIER 2 : Nous savons que vous avez essayé de l'appeler. Nous savons aussi que vous avez quitté votre appartement juste après 20 heures, ce soir-là.

POLICIER 1 : Les indices attestent un rapport sexuel brutal, Yachid.

POLICIER 2 : Et nous avons votre ordinateur. Vous avez regardé ses mails, cet après-midi. Pourquoi avez-vous fait ça ?

POLICIER 1 : Nous avons compris, Yachid. Vous vous êtes mis en colère. C'est compréhensible. Elle vous

avait trompé, ça vous a fâché et vous lui avez donné une bonne leçon.
POLICIER 2 : Vous pourriez vous faciliter les choses en parlant, Yachid. Dites-nous ce qui s'est passé. Vous vous sentirez mieux après.
Yachid ne dit rien.
POLICIER 1 : Après avoir reçu les messages, vous êtes allé sur le lieu du tournage. Vous l'avez violée et vous l'avez enterrée dans un trou creusé dans le sol. Ensuite, vous avez ramassé de grosses pierres et vous les lui avez jetées jusqu'à ce qu'elle meure. C'est la punition appropriée pour avoir été infidèle, n'est-ce pas ?
Yachid regarde les policiers. Son avocat lui murmure quelques mots à l'oreille. Yachid se penche en avant.
YACHID : J'aime Mona. Je suis innocent.
Les policiers échangent un regard entendu et soupirent.

Légende sur fond noir : Cinq mois plus tard.

14. INT – TRIBUNAL D'OSLO – MIDI :
Yachid est assis près de son avocat. Harald Gaarder a pris place, quelques rangées derrière l'accusé. Il semble maussade et déprimé. Farouk Ikbal est aussi présent. Il paraît inquiet. Le juge entre. Tout le monde se lève.
LE JUGE : Asseyez-vous, s'il vous plaît.
Tout le monde s'assied. Le juge regarde le jury.
LE JUGE : Le jury est-il arrivé à un verdict ?
LE PREMIER JURÉ : Nous sommes arrivés à un verdict.

15. INT – TRIBUNAL D'OSLO – MIDI :
Gros plan sur Yachid. Il a les yeux baissés. Il est visiblement nerveux. Zoom arrière. Merete est assise

au fond de la salle. La caméra fait le point sur elle. Elle reste à l'image pendant que le premier juré lit le verdict.
LE PREMIER JURÉ : Dans l'affaire Yachid Ikbal, le jury a déclaré l'accusé coupable de tous les chefs d'accusation.
L'assistance manifeste sa joie. Merete regarde Harald Gaarder. Elle lui sourit. Gaarder détourne les yeux et quitte la salle. Merete sort un portable. Elle rédige un texto. On voit ce qu'elle écrit : « Et d'un. Il en reste encore plein. »
Elle fait défiler sa liste de contacts, trouve Mona et presse « Envoi ».

FIN

Légèrement déçu, Henning repose le scénario et se frotte les yeux. La bande-annonce promettait un thriller sanglant et il a eu un drame médiocre. Le script était censé être sa boîte de Pandore, mais il n'était pas question de choqueur, de flagellation ou de mains tranchées. Il commence à se demander si d'autres versions existent, plus brutales.

L'argument n'était pas mal : deux femmes mettent en scène un « meurtre » et s'arrangent pour que le petit ami d'une des femmes soit arrêté et condamné pour ce meurtre, bien qu'il soit innocent. En faisant la transposition dans le monde réel, Mona et Merete seraient respectivement Henriette et Anette, pendant que Mahmoud Marhoni serait Yachid Ikbal et que Tarik serait Farouk. *Mais ce n'est qu'une idée en l'air*, se rassure Henning. *Je prends mes désirs pour des réalités.*

Cependant, jusque-là, ça colle. Et jusque-là, dans l'ensemble, ça se rapproche des théories de Henning. Mahmoud Marhoni est innocent et quelqu'un tente de le piéger. Textos compromettants, sous-entendus d'infidélités, un dernier rapport sexuel brutal qui frise le viol. Il ne sera pas facile à un suspect de se dégager de ce faisceau d'indices, surtout si ledit suspect refuse de s'exprimer pendant les interrogatoires.

Mais qui est Harald Gaarder ? Sa famille et son destin occupent tant de place dans le scénario qu'ils doivent être importants. Mais sont-ils aussi importants dans la vraie vie ? Comme dit la mère de Henning, ce n'est qu'un film. Tous les éléments ne reflètent pas forcément la réalité.

De toute façon, rien ne l'empêche d'explorer cette probabilité… Harald Gaarder a été l'amant de Mona – qui d'autre ? – et le châtiment de l'infidélité est la lapidation. Mais alors, pourquoi ce regard échangé entre Gaarder et Merete à la fin ? Pourquoi sourit-elle ?

Le personnage de Gaarder dans la vie réelle doit connaître Anette. L'homme qui a eu une aventure avec Henriette est certainement connu des deux jeunes femmes. Parmi les gens que Henning a rencontrés jusque-là, le seul auquel il puisse penser est Yngve Foldvik. Mais Foldvik n'a pas lu le script : ça ne peut donc pas être lui, le coupable. À moins qu'il ne mente, bien sûr. Mais pourquoi mentirait-il ? Il doit être conscient que ce genre d'allégation est aisément vérifiable, si la police s'en donne la peine. Des traces sur son ordinateur, des copies du scénario rangées quelque part, dans son bureau, chez lui. S'il est pris en flagrant délit de mensonge, ce sont les menottes sur-le-champ, et bienvenue à la prison d'Ullersmo. Il doit y avoir d'autres adultes, une autre famille. Celle d'Anette, peut-être. Ou celle d'Henriette ?

Il pense à Henriette. Belle, gentille, extravertie. *Qui étais-tu vraiment ?* Foldvik a décrit son travail comme des « provocations qui avaient de la substance ». Henning comprend ce qu'il veut dire, même si la question de la charia est traitée sous un angle étroit et très simpliste. Le message semble être : « Débarrassons-nous des crétins qui font la promotion de la charia et, dans notre propre intérêt, dans cette lutte pour notre protection et celle de notre culture, tous les moyens sont bons. Femmes du monde entier, unissez-vous – cessez d'accepter ! »

Mais où est la poudre ? Quand arrive l'*explosion* ? Où sont les répliques accusatrices, les munitions, qui ont poussé quelqu'un à concrétiser ce qui n'était que le produit de l'imagination ? Hagerup n'était pas tout à fait Theo van Gogh, le cinéaste hollandais qui a réalisé des films critiques sur l'islam et a été tué de huit balles à Amsterdam en 2004. De plus, le meurtrier a tranché la gorge de van Gogh et lui a planté deux couteaux dans la poitrine, qui maintenaient une longue lettre menaçante. Pour ce qu'en sait Henning, Hagerup n'était pas islamophobe. Et son petit ami est musulman.

Plus Henning y réfléchit, plus il est convaincu que la personne qui se cache derrière tout ça doit être un proche d'Anette et d'Henriette. *Je dois découvrir qui participait au tournage, qui avait accès au scénario, et si des gens extérieurs l'ont lu. Le tueur ou les tueurs doivent se trouver parmi ces personnes.*

Chapitre 43

Il se retient d'appeler Anette. C'est trop tôt. Elle lui a clairement demandé de ne pas tenter de l'aider. Par ailleurs, il veut mieux comprendre l'histoire avant de la joindre de nouveau.

Il passe plutôt un coup de fil à Bjarne Brogeland, dont il a noté le numéro de portable après sa déposition. Brogeland décroche presque tout de suite.

— Salut, Bjarne, ici Henning.

— Salut, Henning ! Comment vas-tu ?

— Euh, très bien. Écoute… on peut se voir ?

Un silence s'étire quelques secondes.

— Maintenant ?

— Oui. Tout de suite, si tu peux. Et dans un endroit neutre, de préférence. Je dois absolument te parler de quelque chose.

— En ta qualité de journaliste ?

— Je ne peux pas l'affirmer.

— Ça a un rapport avec Tarik Marhoni ?

— Non. Avec son frère. Et Henriette Hagerup. Cela dit, ça pourrait aussi concerner Tarik. Tout ça reste un peu vague.

— Un peu vague ?

— Oui. Mais tu apprécieras d'entendre ce que j'ai à dire et de voir ce que j'ai trouvé. Juré. Mais pas au téléphone, voilà tout.

Côté Brogeland, un silence méditatif s'installe.

— Bon, d'accord. Où veux-tu qu'on se retrouve ?
— Lompa.
— Parfait. Je peux y être dans un quart d'heure.
— Formidable. On se voit là-bas.

Il décide de prendre un taxi devant le Gode Café – tant pis pour les risques. Il patiente dans Fredensborgvei et finit par repérer un taxi libre. Il n'est pas gris métallisé, il n'a pas été fabriqué en Allemagne, et il ne porte pas le numéro A2052 sur le toit. Le chauffeur est un homme âgé, aux cheveux gris, avec des lunettes à monture d'acier, et il sent l'Old Spice. Il ne dit pas grand-chose pendant la course.

Ça convient très bien à Henning. Pendant qu'ils roulent au milieu des immeubles, des voitures et des gens, il peut réfléchir en paix. Faire un trajet sans être responsable du transport lui procure toujours un sentiment de sérénité. C'est comme s'il se mettait en pause, alors que le reste du monde continue à avancer.

Quelles pensées ont traversé la tête d'Henriette Hagerup quand elle a compris que son scénario allait se dérouler pour de bon et qu'elle tiendrait le premier rôle ? Peut-être n'a-t-elle rien compris de ce qui se préparait ? Peut-être n'a-t-elle pas eu le temps de réagir avant d'être étourdie par le choqueur et a-t-elle été lapidée sans avoir repris conscience ?

Il l'espère. Et il espère aussi qu'Anette fait profil bas. Si Henriette a été tuée à cause du scénario, Anette est vraisemblablement la prochaine victime.

Chapitre 44

Lompa – ou l'Olympen Restaurant, pour lui donner son vrai nom – a été fermé en octobre 2006 pour rénovation et pour rouvrir l'année suivante. Avant Ce-à-quoi-il-ne-pense-pas, Henning était un habitué. C'était l'endroit parfait pour grignoter quelque chose et prendre une bière ; les clients n'étaient pas prétentieux et le service sympathique.

Dès qu'il entre, il se rend compte que l'atmosphère a changé. Il manque l'ingrédient magique qui crée l'effervescence joyeuse, le chaos cordial, l'ambiance détendue. Si on enlève un seul ingrédient de la recette, la sauce ne sera plus jamais la même. La rénovation est très réussie, mais ce n'est plus pareil.

Brogeland est au bar. Il ne porte pas son uniforme. Des bulles scintillent dans un verre étincelant posé près de lui. Ils se serrent la main.

— Ça ne t'ennuie pas si on s'assied ? dit Henning. De préférence près de la sortie.

Comme il n'a pas envie d'expliquer la vraie raison de sa requête, il invente une excuse :

— Ça me fait mal au dos de rester debout.

— Bien sûr.

Ils prennent une table libre près de la vitrine. Ils ont vue sur Grønlandsleiret. Des voitures passent. Elles ont toutes l'air d'avoir une carrosserie gris métallisé. Une femme expansive en uniforme de serveuse vient les voir.

— Aimeriez-vous voir le menu ?

— Non, merci. Juste un café, s'il vous plaît.

Brogeland fait signe qu'il est pleinement satisfait de sa boisson gazeuse. Il suit d'un regard appréciateur la serveuse qui s'éloigne et disparaît derrière le bar. Quand il se retourne, ses yeux expriment tout à fait autre chose. Il observe Henning avec l'air de dire : *Et maintenant, parle !* Henning en déduit que Brogeland n'est pas là pour échanger des histoires sur ce qui a pu se passer dans leurs vies entre l'école et le boulot.

Il sort donc le scénario et le lâche sur la table.

— Est-ce que les textos envoyés par Henriette Hagerup à Mahmoud Marhoni, la nuit où elle a été tuée, ressembleraient à ça, par hasard ?

Il montre à Brogeland la page où figure le premier message et observe sa réaction. Aux premiers mots, Brogeland tressaille.

— C'est quoi, cette…

— C'est le scénario écrit par Henriette Hagerup et une de ses camarades de l'école.

Henning lui montre les deux textos suivants. Brogeland les parcourt.

— Ce sont les mêmes, à la virgule près ! Comment as-tu mis la main là-dessus ?

— Anette Skoppum.

Henning montre le nom sur la couverture. Brogeland se penche en avant. Henning continue :

— Le script raconte l'histoire d'une femme qui est lapidée à mort, prisonnière d'un trou creusé dans le sol. Et ça se passe à Ekebergsletta, dans une tente. À la fin, un type innocent est condamné pour son meurtre.

— Marhoni, souffle Brogeland.

Henning hoche la tête. Il décide de livrer l'essentiel de ses réflexions et de ses trouvailles des derniers jours. Il se lance dans un monologue qui dure presque cinq minutes. C'est une stratégie délibérée. D'abord, il est toujours bon de soumettre ses idées au débat. Formulées à voix haute, les opinions et les analyses peuvent évoluer. C'est la même chose pour l'écriture : ça peut sembler bien sur le papier, mais on ne sait jamais si une phrase fonctionne correctement avant de l'avoir prononcée à voix haute.

Deuxièmement, il veut que Brogeland lui soit redevable. Maintenant qu'il s'est assuré que, en entrant au Lompa, Brogeland ne connaissait pas l'existence du scénario, Henning se dit qu'il mérite au moins un service en retour. Pour cultiver des relations de qualité avec un informateur, l'échange de bons procédés se révèle la meilleure des tactiques.

— Où se trouve Anette, en ce moment ? demande Brogeland une fois que Henning a fini.

— Je n'en sais rien.

— Il faut la retrouver.

— Je doute que ce soit très facile.

— Qu'est-ce que ça veut dire ?

— Elle a compris que la mort d'Henriette est liée au scénario. Si j'étais Anette, je serais terrifiée à la perspective d'être la prochaine personne à finir enterrée dans ce trou.

— Tu penses qu'elle se planque ?

— Ce n'est pas ce que tu ferais ?

Brogeland ne répond pas, mais Henning devine qu'il est d'accord avec lui.

— Je dois emporter ce scénario.

Henning est sur le point de refuser, mais il sait que ce serait faire obstruction à une enquête en cours. Et ça, c'est un délit.

Il préfère garder son casier judiciaire vierge.

— Si tu pouvais m'en faire une copie, ce serait super, dit-il.

— Je m'en occupe. Bordel de merde, Henning ! Ce truc, c'est…

Il secoue la tête.

— Je sais. Je parie que les yeux de Gjerstad vont lui sortir de la tête, quand tu déballeras ça à la prochaine réunion.

Brogeland sourit. La plupart des gens entretiennent des sentiments négatifs à propos de leur supérieur. Les raisons sont multiples, parfois triviales : odeur corporelle, style vestimentaire, accent, manière de manger ou, tout simplement, méthodes de management. Les mauvais dirigeants ne manquent pas.

Pour quelqu'un comme Henning, qui essaie de construire une relation avec une source, la blague sur le patron est une arme efficace. Si l'informateur y répond positivement, le tour est joué. Toutefois, la source peut aussi apprécier son supérieur, et même avoir une aventure avec la personne en question. En d'autres termes, il importe de jouer finement, de prendre son temps. Mais, quand il s'agit de prendre son temps, Henning assure parfaitement. D'ailleurs, vu l'expression de Brogeland en cet instant précis, l'inspecteur-chef doit imaginer la réaction de Gjerstad au moment où il lui mettra le scénario sous le nez.

Brogeland avale une gorgée d'eau minérale et toussote, puis il repose son verre.

— Le jour du meurtre d'Henriette, Marhoni a vu une photo qui avait été envoyée sur la messagerie mail d'Henriette.

Henning lève brusquement la tête.

— Une photo ?

— Oui.

— Une photo de quoi ?

— De Hagerup avec un homme non identifié. Ils sont enlacés.

— Du genre : « Salut, c'est un plaisir de te voir », ou plus compromettant ?

— Plus compromettant. On dirait qu'elle se jette carrément à son cou.

— Et vous ne savez pas qui c'est ?

— Aucune idée. Mais il est sans doute d'âge mûr. Plus de quarante ans, en tout cas.

— Et on a envoyé cette photo à Henriette ?

— Oui.

— Qui est l'expéditeur ?

— On ne sait pas. Du moins, pas encore. Le mail est parti d'un compte anonyme. L'adresse IP de l'ordinateur qui l'a envoyé correspond à un cybercafé du Mozambique.

Brogeland lève les mains en signe d'impuissance.

— Mais Marhoni a regardé les mails d'Henriette et il a vu la photo ? s'enquiert Henning.

— Oui. Il le nie, mais il a aussi déclaré être le seul à utiliser son ordi.

— Et c'est la seule chose qu'il a regardée ?

Brogeland secoue la tête.

— Ce jour-là, il a aussi relevé ses propres mails et visité quelques sites. Rien de spécial ou de compromettant.

— Dans le script, Merete demande à Mona si elle s'est « occupée de son ordinateur ». C'est ici, tu vois ?

Brogeland hoche la tête.

— Ils viennent de coucher ensemble, Yachid prend une douche après, et c'est visiblement le moment où Mona l'a fait. S'occuper de l'ordinateur de Yachid.

Brogeland hoche la tête et finit son eau gazeuse. Après avoir bruyamment reposé le verre, il réprime discrètement un rot.

— Henriette a dû faire la même chose, dit-il avec enthousiasme. Le jour du meurtre, elle était avec Marhoni. Et tout indique qu'il l'a fait grimper aux rideaux.

— Je ne sais pas…

— Qu'est-ce qui te gêne ?

— Ça suggère qu'Henriette aurait agi de son plein gré. Qu'elle serait délibérément allée voir Marhoni, aurait couché avec lui, se serait débrouillée pour trafiquer son ordi pendant qu'il avait le dos tourné, avant de sortir plus tard, ce soir-là, pour se faire lapider à mort ! Ça n'a aucun sens.

Brogeland hésite, puis acquiesce. Henning poursuit sa démonstration.

— Personne ne se laisse volontairement lapider à mort, même si la personne est complètement cinglée. Je ne peux pas imaginer Henriette prenant une décision pareille pour faire passer un message. C'est le film qui était censé être son message. D'accord, elle a relevé ses mails chez Marhoni, justement ce jour-là, mais ça pourrait être une simple coïncidence. Ou alors, quelqu'un voulait qu'elle le fasse pour incriminer Marhoni. Et ses communications téléphoniques, ça donne quoi, au moment en question ?

— Nous n'avons pas encore eu le temps de croiser les fichiers, mais elle a sans doute passé quelques appels.

Henning explique ensuite qu'aucune mention de flagellation, de choqueur ou de main tranchée ne figure dans le script. Brogeland assimile ces nouvelles informations.

— Comment sais-tu tout ça ? Ces détails n'ont pas encore été révélés à la presse.

Henning sourit.

— Oh, allez, Bjarne.

— Gjerstad est furieux parce que quelqu'un renseigne NRK.

— Et ce n'était pas toi ?

— Ah, non, putain !

— Et ce n'était pas cette blonde que tu ne peux pas t'empêcher de reluquer ?

— Sûrement pas ! s'écrie Brogeland avant de percevoir le sous-entendu. Qu'est-ce que tu…

Henning l'interrompt.

— Nous ne révélons jamais nos sources. Tu le sais. Je ne dévoilerai jamais ton identité non plus. De la même façon, j'attends de toi que tu me tiennes en dehors de ça.

— Je ne peux pas te promettre un truc pareil !

— Tu en es sûr ? Je n'ai pas l'intention de perdre les prochains jours dans une salle d'interrogatoire. Si tu souhaites poursuivre notre coopération, je suis tout disposé à te parler, mais à personne d'autre. Entendu ?

Brogeland soupèse la proposition. Jusqu'à présent, Henning l'a considéré avec le même œil suspicieux que lors de leurs jeunes années. Ça va peut-être changer.

— C'est entendu, finit par consentir le policier.

— Parfait. Au fait, Tarik figure aussi dans le scénario, enchaîne Henning. Mais il ne joue qu'un rôle mineur.

— Il n'est pas tué ?

— Non.

— Donc, quelqu'un prend des libertés avec l'histoire, souligne Brogeland.

— Ou l'adapte. Ou encore, on s'assure que tous ceux qui savent ce qui s'est passé soient éliminés.

— Je n'en sais trop rien.

— Mais encore ?

— Je crois qu'il y a peut-être plus d'un tueur, dit Brogeland.

— Pourquoi ?

— Tu crois vraiment que Yasser Shah aurait tué Henriette Hagerup *et* Tarik Marhoni ? Ce n'est pas très vraisemblable.

— Il peut les avoir tués tous les deux pour atteindre Mahmoud? suggère Henning.

— Possible, mais je n'y crois pas. En plus, pourquoi serait-il allé se compliquer la tâche à ce point pour tuer Henriette, alors que deux balles dans la poitrine et une balle dans la tête auraient suffi, comme avec Tarik ?

— Et si Tarik connaissait le meurtrier ? Il a peut-être été descendu au cours d'une opération de nettoyage ?

— Dans ce cas, ça signifierait que Tarik en savait beaucoup plus qu'on ne l'a d'abord imaginé, indique Brogeland. Ça voudrait dire aussi que lui et son frère seraient mêlés à de sales affaires.

— Tarik ne m'a pas fait cette impression. Il était juste photographe. Par ailleurs, il m'avait l'air d'un type bien.

— Tu es mieux placé que moi. Après tout, tu l'as interviewé juste avant qu'il ne soit tué.

— C'est vrai. Et, quand je réfléchis à l'entretien, aucune de ses déclarations ne laissait penser qu'on pouvait vouloir le tuer pour le faire taire. En revanche, il n'était pas très chaud pour me dire comment son frère gagnait sa vie. Sur le moment, j'avais trouvé ça un peu bizarre.

— Bien d'accord.

— Sinon, vous n'avez pas encore retrouvé Yasser Shah ?

— Non, il n'est ni chez lui, ni au travail, ni dans aucun des endroits qu'il a l'habitude de fréquenter. Sa carte de crédit est complètement inactive depuis plusieurs jours. Il n'a pas non plus franchi les frontières.

— À ton avis, il est encore en vie ?

— Tu crois que quelqu'un pourrait l'avoir éliminé ?

— Oui. Ça n'a rien d'improbable, vu que je l'ai identifié et que vous le recherchez. Si on en croit son casier judiciaire, Yasser Shah, c'est du menu fretin. Il n'a été condamné que pour de petits délits. Sa disparition suggère qu'il a été payé pour assassiner Yachid ou que quelqu'un le lui a ordonné. Si cette personne veut couvrir ses arrières, alors Shah est un problème potentiel. Il en sait trop. Il pourrait même savoir pourquoi Hagerup et Tarik ont été tués.

— Tu as raison, mais les gangs protègent leurs membres. En cas de problème, ils sont prêts à les cacher, si nécessaire, affirme Brogeland.

— Peut-être. Mais tu crois vraiment qu'ils sont disposés à prendre des risques pareils ? On parle de meurtre, là !

— C'est tout à fait possible. Je ne connais pas très bien les BBB. Quand ils ont attiré notre attention, au moment de l'opération Gangbuster, je ne travaillais déjà plus en civil.

Henning réfléchit un instant. Plus il passe les arguments de Brogeland au crible, plus il est d'accord avec lui. Le meurtre de Tarik n'est pas lié à celui d'Henriette Hagerup. C'est un dommage collatéral. Tarik ne faisait pas partie du jeu. Tout ce qu'il a fait, c'est prendre des photos.

Puis une idée jaillit dans son esprit. Et, alors, d'autres se succèdent en rafale. L'assassinat de Tarik est un message adressé à Mahmoud. C'est pourquoi l'aîné des Marhoni garde le silence. C'est pourquoi il a mis le feu à son portable. Son disque dur contenait des éléments compromettants pour d'autres personnes. Et ces gens sont prêts à tuer pour garder cette information secrète. Évidemment, Henning ne croit pas un seul instant que ladite information soit une photo d'Henriette enlaçant un homme non identifié.

Il fait part de ses réflexions à Brogeland, qui s'abîme dans un long silence méditatif. Quand Brogeland reprend la parole, il s'exprime à voix basse. Et il est extrêmement sérieux :

— Si ce que tu dis se révèle exact, nous devrons mettre la pression sur les BBB. Et ça aura des conséquences pour toi, Henning, dit-il en plantant son regard dans le sien. À partir de maintenant, tu dois agir avec prudence.

— C'est-à-dire ?

— Si ces mecs sont du même genre que les autres gangs qui opèrent à Oslo, alors on parle de vrais salopards. Ils n'ont aucun scrupule. Si tu es la seule personne susceptible de placer Yasser Shah sur la scène de crime, à leurs yeux, tu es un homme mort. Comme je l'ai dit, ils se protègent les uns les autres. Mais il y a pire : tu as contribué à les rendre visibles, eux et leurs activités, ce qui peut réduire à zéro leur chiffre d'affaires. Ou le diminuer sensiblement. Ces types ne plaisantent pas avec leurs bénéfices. Si tu mélanges tout ça, ça donne un cocktail mortel.

— Tu veux dire qu'ils veulent vraiment me tuer ?

Brogeland hoche la tête, la mine grave.

— Il y a de grandes chances.

— Peut-être.

Henning regarde par la baie vitrée. Un homme fume, de l'autre côté de la rue. Henning le regarde. L'homme regarde Henning. Ce moment semble s'éterniser.

Il réfléchit à la mise en garde de Brogeland. Aujourd'hui, son visage s'étale dans tous les journaux. Il ne sera pas très compliqué de découvrir où il travaille, où il vit, ou d'atteindre ses proches.

Bordel, se dit-il.

Maman.

Chapitre 45

L'homme de l'autre côté de la rue a disparu. Henning n'a pas pu le voir distinctement, mais il a eu le temps de remarquer que l'inconnu, petit et trapu, était chauve. Cette calvitie était un peu plus foncée que celle d'un Norvégien de souche. Il portait un short et une chemise blanche à manches courtes, avec un col ouvert et une sorte d'impression ; mais, pendant le bref moment où ils se sont regardés, il n'a pas pu noter tous les détails. Et, maintenant, le type est parti.

Henning appelle sa mère en marchant. Ça sonne. Ça sonne très longtemps. Il commence à s'inquiéter. Il tente de se convaincre que ce délai n'est pas dû aux problèmes de mobilité de Christine, mais que, si elle est prise d'une crise de toux, elle a besoin de temps pour se déplacer d'un point à un autre.

Il laisse le téléphone sonner, encore et encore. Peut-être est-elle contrariée et ne répond-elle délibérément pas parce qu'elle veut qu'il se sente fautif. En général, ça fonctionne. Et là en particulier. *Bon sang, maman ! Vas-y, décroche, s'il te plaît !*

Il traverse la route en haut de Tøyengata. Les yeux rivés au bitume, il tente de passer inaperçu. Son cœur bat de plus en plus vite sous sa chemise. *Bon sang, maman*, se répète-t-il en accélérant le pas, une fois sur le trottoir. Tout en marchant, il regarde autour de lui, mais c'est le chaos : des gens partout, des voitures, des taxis. Ils s'agitent dans son champ de vision, mais il ne les *voit* pas. Il a l'impression permanente d'être épié, suivi. Il perçoit une odeur piquante et épicée. Il passe devant une boutique de vidéos à l'entrée de la station de métro de Grønland et, juste au moment où, résigné, il s'apprête à raccrocher, on prend la communication. Mais la personne au bout du fil ne dit rien.

— Maman ? chuchote-t-il.

Il doute que ce murmure ait été audible, avec le brouhaha ambiant, et lui soit parvenu. En revanche, il l'entend respirer, ou du moins essayer.

Tout va bien. En tout cas, aucun nouveau désastre ne semble d'actualité. Sans qu'elle dise quoi que ce soit, il sait qu'elle est en colère. C'est un truc étrange chez sa mère. Elle peut infliger un sermon entier sans prononcer un seul mot. Il lui suffit d'un regard, d'un soupir, d'un grognement, d'une manière de détourner la tête. Christine Juul possède tout un arsenal d'opinions ou de sentiments qui ne sont jamais verbalisés. Elle fait penser à Streken, ce personnage d'une émission pour enfants, dont l'environnement change de couleur selon son humeur.

Il n'arrive jamais rien de bien à Streken.

— Tu es là ? continue-t-il.

Un reniflement.

Et voilà.

— Comment vas-tu, maman ?

Il se rend immédiatement compte de la futilité de sa question.

— Pourquoi m'appelles-tu ? demande-t-elle d'un ton acerbe.

— Je voulais jus…

— Je n'ai plus de lait.

— Eh…

— Et j'ai besoin de cigarettes.

Il ignore pourquoi il se dit toujours qu'elle lui demandera de passer aussi chez le caviste, car ça n'arrive jamais. Elle se contente de laisser le sujet en suspens, tel un pont invisible entre leurs deux téléphones, comme si elle avait la conviction qu'il déchiffrera ses attentes sans qu'elle ait à les formuler. D'ailleurs, il comprend. Ceci expliquant peut-être cela.

— D'accord, maman. Je viendrai te voir bientôt. Peut-être pas aujourd'hui, parce que j'ai pas mal de trucs en route, mais je passerai très bientôt. Autre chose, maman : n'ouvre pas aux gens que tu ne connais pas. D'accord ?

— Pourquoi devrais-je ouvrir ma porte ? Personne ne me rend jamais visite.

— Mais si quelqu'un vient sonner et que ce n'est ni moi ni Trine, alors n'ouvre pas.

— Vous avez tous les deux la clé.

— Oui, mais tu…

— Et j'ai besoin du nouveau numéro de mon magazine.

— Je…

— Et de sucre aussi. Je n'ai plus de sucre.

— D'accord. À bientôt.

Clic.

Chapitre 46

Zahirula Hassan Mintroza est en train de dîner. Aujourd'hui, comme hier, c'est du poulet biryani avec des chapatis, mais c'est loin d'avoir le même goût qu'à Karachi. C'est rarement le cas. Hassan n'a jamais compris pourquoi. Les ingrédients sont les mêmes, ils arrivent à Oslo par avion presque tous les jours et le repas est cuisiné en Norvège par des Pakistanais. Ça a peut-être quelque chose à voir avec les ustensiles, la température de l'air, l'humidité, l'amour avec lequel la nourriture est préparée.

Hassan se rappelle Julie, une superbe maîtresse qu'il a eue quelques années plus tôt. Un beau soir, elle avait voulu lui faire une surprise en cuisinant un ragoût d'agneau à la pakistanaise avec du chutney à la menthe et des naans. Elle avait repris la recette que Wenche Andersen avait proposée dans *Good Morning, Norway*. Elle avait même essayé de préparer des naans maison.

Ça avait bon goût. Mais sans plus. Les vrais naans sont cuits dans un four tandoori, où ils ne doivent pas rester plus de quinze ou vingt secondes. Le ragoût d'agneau contenait beaucoup trop de coriandre et de gingembre, pas assez de piment.

Il l'avait larguée un mois plus tard. Ses autres maîtresses n'ont jamais été autorisées à cuisiner pour lui. Elles savent ce qu'il attend d'elles lors de ses visites, et s'asseoir à table pour dîner n'est pas la raison pour laquelle il paie leur loyer.

Au Pakistan, tous les chefs sont des hommes. Les femmes ne sont pas à la hauteur. C'est juste ainsi que vont les choses.

Le mobile de Hassan se met à vibrer, près de son assiette, en plein milieu d'un épisode de *MacGyver*. Il enfourne un gros morceau de poulet, un peu trop gros, et il doit faire un effort pour l'avaler. Avant de répondre, il le fait descendre avec du Coca. Quand il finit par décrocher, il éructe un « oui » hargneux, avec encore de la nourriture quelque part dans la gorge.

— C'est Mohammed. On l'a trouvé.

Hassan finit d'avaler.

— Bien. Où est-il ?

Plus de Coca.

— Il marche dans la rue. Pour l'instant, il est dans Grønlandsleiret. Est-ce qu'on doit l'embarquer maintenant ?

Hassan pique du poulet dans son assiette avec sa fourchette.

— Au milieu de l'après-midi ? Mais tu es idiot ou quoi ? On a déjà assez attiré l'attention comme ça.

— D'accord.

Il prend une autre bouchée.

— Au fait, je veux lui parler avant qu'il crève. Je veux savoir comment il s'est retrouvé avec ces horribles cicatrices, lance-t-il, la bouche pleine.

Il pose sa fourchette et s'essuie les lèvres.

— D'accord, dit Mohammed.

— Je veux savoir où il passe le reste de la journée. Ne faites rien avant de m'en avoir parlé.

Suit un autre « D'accord ».

— Ah ! Postez une voiture devant son lieu de travail et son appartement.

— Ce sera fait, patron.

Hassan raccroche et achève son repas. Demain, pas de poulet biryani. Non, il verrait plutôt un dhal, peut-être un kebab de crevettes royales grillées au tandoori, avec des oignons et du paprika. Oui. Des crevettes royales, c'est bien ça. Un mets royal fait pour un roi.

Chapitre 47

Il est presque 16 heures, mais Henning décide de passer quand même au bureau. Il n'a pas d'article à publier, parce qu'il a l'impression de ne rien encore avoir trouvé qu'il puisse écrire, mais il travaille. Et il ne s'est pas montré depuis ce matin. *Je devrais informer Heidi ou Kåre Tourette*, se dit-il. *Peut-être en discuter avec Gundersen, s'il est dans le coin.*

Il prend le risque de traverser la rue à hauteur du parc Vaterlands, sans aller jusqu'au passage piéton, ce qui lui permet d'éviter le gros de la circulation à l'heure de pointe. Il clopine sur la chaussée, quand il remarque le comportement étrange d'une voiture de l'autre côté du carrefour. Ce n'est pas une Mercedes gris métallisé, mais une Volvo, trop éloignée pour qu'il identifie le modèle. Mais, alors que le feu passe du vert à l'orange, la voiture accélère. Toutefois, le chauffeur doit freiner lorsque s'arrête le véhicule qui le précède. Crissements de pneus. Coups de klaxon. On entend des coups de klaxon partout à Oslo. Et tout le temps.

Bien sûr, la voiture de devant réplique. Henning s'attend plus ou moins à voir le conducteur de la Volvo sortir pour aller s'expliquer, mais non. Au lieu de ça, c'est le passager qui descend sa vitre et sort la tête. Henning ne discerne pas clairement son visage ; il ne voit qu'une paire de lunettes de soleil, à la monture dorée étincelante, alors qu'il n'y a pas le moindre rayon de soleil à des kilomètres à la ronde.

S'il enregistre tous ces éléments, c'est qu'il est instantanément persuadé que l'homme cherche à le repérer. *S'ils sont tous aussi discrets que Monsieur Ray-Ban, je n'ai peut-être pas besoin de m'en faire*, se dit-il. *Mais les abrutis sont parfois armés et, si on donne une arme à un crétin, on peut l'amener à faire presque n'importe quoi.*

Cette idée l'engage à presser le pas, et il décide de faire un détour avant d'aller au journal. Quelle que soit l'heure de la journée, l'espace peut sembler un peu inhospitalier entre Grønlandsleiret et Urtegata ; il préfère donc emprunter Brugata et se mêler aux gens qui patientent à l'arrêt de bus. Quand le tram 17 arrive quelques instants plus tard, il saute dans la rame. Il remonte ainsi Trondheimsvei et descend devant la supérette Rimi, puis suit Herslebsgate jusqu'à ce que le grand immeuble jaune apparaisse dans son champ de vision. Les voitures circulent dans les deux sens, l'heure de pointe bat son plein – si quelqu'un a le projet de le tuer ou de l'enlever, il est impossible de le faire ici. Avec un million de témoins et les itinéraires de fuite encombrés, Henning peut se sentir en sécurité. Du moins, relativement en sécurité.

Je suis peut-être simplement parano, se dit-il. *Finalement, il n'y a rien d'anormal et il ne va rien se passer, je suis peut-être resté trop longtemps loin du terrain pour le comprendre.* Pourtant, quelque chose dans la manière de parler de Brogeland l'a frappé. Bjarne était indubitablement inquiet. Il connaît ce gang. Et, comme l'a dit Nora : ce ne sont pas des gentils.

Il se surprend à s'interroger sur l'issue de cette histoire. S'ils ont l'intention de le tuer parce qu'il peut témoigner de la présence de Yasser Shah dans l'appartement de Tarik Marhoni – comme l'a lourdement sous-entendu Brogeland –, ils ne s'arrêteront pas avant d'avoir atteint leur objectif.

Chapitre 48

Henning a besoin de vérifier quelques petites choses. Quand il arrive au bureau, plongé dans ses réflexions, il bouscule presque Kåre Hjeltland à la machine à café. Kåre ébauche un mouvement pour s'écarter, puis le reconnaît.

— Henning !

— Salut, Kåre.

Kåre le fixe comme s'il était Elvis.

— Comment vas-tu ? Bordel de merde. Bordel de merde. Tu devais être mort de trouille, non ?

Henning admet à regret que oui, il a eu un peu peur, sans doute.

— Mais qu'est-ce qui s'est passé ?

Henning fait un pas discret en arrière en espérant que Kåre ne s'en rendra pas compte et, tout en résumant les événements, il explore la salle du regard. Gundersen n'est pas là. Mais il repère Heidi. Et il voit bien que Heidi l'a repéré, elle aussi.

— Écoute, je n'ai pas pu rentrer pour la réunion du personnel, dit-il. J'ai entendu dire que Sture devait prononcer quelques mots ?

— Ouais. C'était super, on s'est bien marrés, hé, hé. Toujours la même vieille histoire. Tu as eu de la chance d'avoir une bonne raison de ne pas être là-là-LÀ !

Une fois que son tic s'est calmé, Kåre sourit d'une oreille à l'autre.

— Qu'est-ce qu'il a dit ?

— Rien de nouveau. La période n'est pas bonne, il faut générer plus de pages et le faire vite si on veut éviter les coupes de budget, et ouin, ouin, ouin. Putain !!!

Kåre rit, puis sourit longuement. *Heidi a probablement envie de me couper en rondelles*, se dit Henning. Mais il attendra d'être au pied du mur pour s'en préoccuper.

Il s'excuse auprès de Kåre en prétendant avoir besoin de discuter avec Heidi avant de rentrer chez lui. Kåre comprend et le tape fort sur l'épaule, trois fois, puis s'en va. Henning décide de frapper le premier.

— Salut, Heidi.

Elle tourne la tête.

— Qu'est-ce que tu as fou…

— Mauvaise période, ralentissement du marché publicitaire, on doit sortir plus de pages, coupes dans le budget.

Il s'assied sans lui accorder ne serait-ce qu'un coup d'œil. En revanche, il sent le regard de Heidi posé sur lui et ça lui rappelle le pôle Nord.

— C'est bien ça, non ?

Il allume son ordinateur. Heidi toussote pour s'éclaircir la gorge.

— Où étais-tu passé ?

— Je bossais. Iver est dans le coin ?

Heidi ne répond pas tout de suite.

— Euh, non. Il est rentré.

Il ne croise toujours pas son regard et tente de ne pas se laisser affecter par le silence déplaisant qui les enveloppe. Heidi ne bouge pas. Quand Henning finit par lever le nez, il est surpris par l'expression de son visage. On dirait qu'elle a un pneu à plat et qu'il n'y a pas d'arrêt de bus à des kilomètres à la ronde.

— Je suis à deux doigts de sortir une très bonne histoire, dit-il d'un ton plus mesuré.

Il lui parle de ses entretiens avec Yngve Foldvik et Tore Benjaminsen, lui apprend que bientôt la police ne va plus considérer Mahmoud Marhoni comme un suspect et que, à partir de maintenant, l'enquête va se concentrer sur le cercle des amis proches d'Henriette Hagerup. Il ne mentionne pas ses sources, mais Heidi se contente de hocher la tête et s'abstient de lui mettre la pression.

— Ça m'a l'air très bon, dit-elle. Ce sera une exclusivité ?

— Oui.

— Génial.

L'acidité a disparu de sa voix. Il est peut-être finalement arrivé à la briser. *J'ai peut-être remporté la bataille*, se dit Henning. À moins qu'elle ne soit comme Anette Skoppum : une de ces personnes qui continuent d'essayer sans trêve, au risque d'être profondément bouleversées en cas d'échec.

Dix minutes plus tard, Heidi quitte le journal. Elle lui crie même : « Prends soin de toi ! – Toi aussi ! » répond-il. Puis il se concentre sur les trois éléments qu'il est venu vérifier. Il commence avec les Productions Cherchez l'Erreur.

Super nom. Il devine que ceux qui ont créé la société en avaient assez des erreurs de continuité dans les films et que leur manifeste est de ne jamais commettre eux-mêmes de telles boulettes. Il attend avec impatience le jour où les Cherchez l'Erreur en feront eux aussi quelques-unes. Ils doivent tenter le diable.

Il lit tout ce qu'il peut trouver à propos de l'entreprise sur Internet. Ils ont produit quelques films qu'il n'a pas vus et n'a aucune intention de voir. Ils proposent un site Web, dont la page d'accueil présente un collage des erreurs de continuité de diverses productions hollywoodiennes. Il identifie des photos de *Gladiateurs*, *Ocean's 11*, *Pirate des Caraïbes*, *Spiderman*,

Titanic, *Le Seigneur des Anneaux* et *Jurassic Park*. Il y en a d'autres, mais il n'arrive pas à les reconnaître à froid. Au bas de la page, en petits caractères, figure une citation attribuée à Robert Bresson : « Fais apparaître ce qui sans toi ne serait peut-être jamais vu. »

Il clique sur un onglet et ouvre la page des coordonnées du personnel. L'équipe de Cherchez l'Erreur compte deux producteurs et un directeur. Il décide de prendre contact avec le premier de la liste, pour l'excellente raison que l'individu a un prénom formidable. Il compose le numéro du portable de Henning Enoksen. Après plusieurs longues sonneries, on décroche enfin.

— Allô, ici Enok.

La voix est grave et profonde, mais chaleureuse.

— Salut, je m'appelle Henning Juul.

— Salut, Henning.

Enoksen l'accueille comme un vieil ami.

— Je travaille pour le journal en ligne *123news*. Actuellement, je travaille sur l'affaire Henriette Hagerup.

Un silence.

— Je vois. En quoi puis-je vous aider ?

Henning explique rapidement qu'il voudrait discuter du scénario d'Henriette Hagerup, sur lequel Cherchez l'Erreur a mis une option.

— Hagerup. Ah, oui. Quelle tragédie !

— En effet, dit Henning.

Il attend qu'Enoksen ajoute quelque chose. En vain. Henning s'éclaircit la gorge.

— Pouvez-vous me parler du script ?

— Vous allez écrire quelque chose dessus ?

— Non, j'en doute.

— Alors, pourquoi ça vous intéresse tant ? Vous venez de dire que vous étiez journaliste, non ?

Les capacités de déduction d'Enoksen sont impressionnantes.

— J'ai l'intuition que ce scénario pourrait avoir de l'importance.

— Pourquoi ?

Quelque chose lui dit qu'Enoksen devait être bien chiant à l'école.

— Pour comprendre ce qui s'est passé et découvrir celui qui l'a tuée.

— D'accord.

— Alors, s'il vous plaît, pourriez-vous me parler de ce scénario, que vous avez dû aimer puisque vous avez posé une option.

À l'arrière-plan, il entend cliquer une souris, des doigts trotter sur un clavier.

— Eh bien, pour être honnête, c'est surtout Truls, mon coproducteur, qui était en contact avec elle.

— Ça veut dire que vous n'avez jamais lu le scénar ?

— En fait…

— Quelle est l'histoire ?

Cliquetis de souris.

— Ça parle…

Il s'arrête pour toussoter.

— Ça parle… Euh, je ne connais pas vraiment le pitch. Comme je l'ai dit, c'était Truls qui traitait avec Henriette et Yngve…

— Yngve ?

— Oui ?

— Yngve Foldvik ?

— Exactement. Vous le connaissez ?

— Yngve Foldvik a quelque chose à voir avec ce scénar ?

— Si j'ai bien compris, c'était son superviseur, je crois.

— Oui, mais je pensais qu'elle avait écrit ce script sur son temps libre ? Ça faisait partie de son cursus ?

Enoksen hésite.

— Je ne sais vraiment rien à ce sujet.

Décidément, un nouvel entretien avec Yngve Foldvik se révèle indispensable.

— En temps normal, est-ce que Truls et vous prenez des options sans en avoir discuté au préalable ?

— Non, c'est un cas particulier.

— En quoi ?

— Truls et Yngve ont l'habitude de travailler ensemble, et Yngve nous a donné le tuyau pour le scénar de Hagerup.

— Je vois.

— Mais n'oubliez pas que ce n'était qu'une option.

— Qu'est-ce que ça signifie ?

— Ça veut dire que nous pensons que le script a du potentiel et que nous voulons développer l'idée, voir si nous pouvons en tirer un film correct.

— Vous n'êtes pas obligés d'en faire plus ?

— C'est tout à fait ça.

La question surgit automatiquement, alors que le cerveau de Henning est occupé à assimiler les informations qu'il vient d'obtenir. Yngve Foldvik était activement impliqué dans un projet sur lequel Henriette Hagerup comptait pour lancer sa carrière. Henning se demande si l'intérêt de Foldvik s'étend à tous ses étudiants, ou s'il réserve son enthousiasme aux jolies jeunes femmes à la personnalité extravertie, avec une inclination prononcée pour le flirt.

— Pensez-vous que je pourrais échanger quelques mots avec Truls ?

En attendant la réponse, Henning parcourt la page et lit que Truls porte le prénom de Leirvåg.

— Euh, il est un peu occupé en ce moment, s'empresse de répondre Enoksen.

— D'accord.

Il laisse délibérément passer quelques secondes de silence. Mais Enoksen ne relance pas.

— J'essaierai de le joindre plus tard sur son portable. Si vous pouviez le prévenir que j'aimerais lui parler, ce serait formidable.

— Je tâcherai de m'en souvenir.

— Merci.

Henning coupe la communication en se demandant ce qu'Enoksen avait sur le bout de la langue.

Chapitre 49

Quelques recherches rapides sur Internet l'informent que les parents d'Henriette s'appellent Vebjørn et Linda; elle a également un frère aîné, Ole Petter. Du côté d'Anette Skoppum, ses parents, Ulf Vidar et Frødys, ont tous les deux plus de soixante-dix ans – Anette est vraiment arrivée sur le tard. Elle a trois sœurs aînées: Kirsten (trente-huit ans), Silje (quarante et un ans) et Torill (quarante-quatre ans). Quelques minutes suffisent à Henning pour s'assurer que ni les Hagerup ni les Skoppum ne correspondent à la famille Gaarder dans le scénario.

Il abandonne cette piste et visite un registre public de licences. Sur ce site, on peut rechercher les données à partir de trois catégories différentes: 1° Type d'activité et détenteur désigné de la licence; 2° Licences; 3° Autorisation pour les trajets interrégionaux. La page est l'œuvre conjointe du ministère des Transports et du Conseil du comté de Hordaland, d'où les circonvolutions du langage.

Henning place le curseur sur l'onglet numéro 2, sélectionne « Oslo » et « Licences de taxi », inscrit le numéro de série « A2052 ». Puis il tape « Enter ». La réponse s'affiche instantanément. Et son cœur s'arrête.

Omar Rabia Rachid.

Il sait où il a déjà entendu ce nom. Omar Rabia Rachid est l'homme pour lequel Mahmoud Marhoni faisait le taxi. Ce n'était pas une coïncidence! Sinon, pourquoi le taxi d'Omar se serait-il trouvé là, à cet endroit précis ? Et pourquoi ces deux types l'auraient-ils observé avec autant d'attention ?

Selon les registres, Omar possède trois taxis à Oslo. Le troisième véhicule est bleu et, quand Henning clique sur le lien, une page intitulée « Informations sur le détenteur de la licence » apparaît. *Ça ne mène sans doute à rien*, se dit-il, mais il est agréablement surpris en voyant le texte qui s'inscrit sur l'écran quelques secondes plus tard. Il le parcourt rapidement et sourit. *Ah, ce cher Omar !*

Je sais où tu habites.

Il décide de rentrer chez lui. Il lui faut vraiment s'asseoir et réfléchir à la suite des opérations. Il patiente néanmoins jusqu'à ce que deux de ses collègues finissent leur journée. Lorsque les deux femmes se lèvent, il leur emboîte le pas. Ils sortent de l'immeuble. Le portail noir est ouvert. Par prudence, il laisse ses consœurs prendre un peu d'avance, puis parcourt quelques mètres sur le trottoir et examine la rue. Deux larges plots de pierre divisent Urtegata en deux, empêchant les véhicules d'emprunter la direction de Grønland.

Une Honda et une Ford sont garées derrière les plots, vides toutes les deux. Un homme traîne devant l'Armée du Salut ; un chien à l'air galeux est couché à ses pieds. Si le type bondissait brusquement en brandissant une Kalachnikov, Henning n'en serait pas étonné. Il se tient au milieu d'un espace dégagé, baigné par la rumeur de l'Aker qui dévale la colline. Rien de plus facile pour un éventuel assaillant que de sortir le canon d'une arme par une vitre de voiture et de se mettre à tirer.

Non. Ça suffit ! Il doit cesser de voir des assassins partout ! Ça ne fait que deux jours qu'il a repris le travail, et il s'est déjà persuadé que des criminels endurcis tentent de l'éliminer. *Assez ! Je ne veux pas vivre comme ça*, se dit-il.

Il choisit de ne pas se presser, de flâner en profitant du soleil de l'après-midi qui perce à travers une dense couche de nuages au-dessus de la place d'Oslo. Il approche de Grünerløkka avec un sentiment croissant de calme. Et, quand il regagne son appartement, il décide de ne pas s'occuper des alarmes incendie. Mais, alors qu'il est sur le point d'entrer dans la cuisine, il s'arrête net.

Merde, je n'arrive pas à me les sortir de la tête, se dit-il.

Chapitre 50

J'ai vraiment hâte de lui montrer ça, se dit Brogeland en frappant à la porte de Gjerstad. La grosse voix de l'inspecteur-chef lui hurle d'entrer. Brogeland s'exécute. Gjerstad a son téléphone collé à l'oreille et désigne d'un geste le fauteuil de l'autre côté de son bureau. Brogeland s'assied. *Si seulement Sandland était là pour voir ça*, songe-t-il. *Alors, peut-être…*

Gjerstad écoute en émettant des « Mmm ». La conversation à sens unique se prolonge, puis il finit par hocher la tête en lâchant :

— D'accord. On fait comme ça. Tenez-moi au courant.

Il raccroche et considère Brogeland d'un air inquisiteur.

— Oui ? dit-il avec un soupir las.

Le manque d'entrain de Gjerstad n'affecte en rien l'assurance de Brogeland. Son grand moment est enfin arrivé ! Il pose le scénario de Hagerup sur le bureau et couve son supérieur d'un regard impatient, mais confiant, tandis que celui-ci prend le manuscrit et le feuillette.

Brogeland passe les minutes suivantes à résumer ses nouvelles informations. Lorsqu'il a terminé, Gjerstad le fixe, mais son visage n'exprime pas la satisfaction. Bien au contraire.

— Et c'est Henning Juul qui vous a refilé ça ?

— Juul est…

— Laissez-moi donc vous apprendre quelques petites choses sur Henning Juul, l'interrompt Gjerstad d'un ton fielleux.

Il se lève et commence à arpenter la pièce.

— Il y a quelques années, un homme tuait des prostituées à Oslo. C'était loin d'être Jack l'Éventreur, mais il avait assassiné plusieurs filles originaires du Nigeria et menaçait d'en tuer d'autres si on ne leur interdisait pas les rues. Il nous avait contactés directement pour annoncer ses intentions.

— Je me souviens de cette affaire. Si…

— De toute évidence, nous ne pouvions pas faire une chose pareille, même si nous l'avions voulu. D'abord, nous ne cédons jamais aux menaces de ce genre ; ensuite, les filles se déplacent tout le temps et leurs macs les protègent.

Gjerstad s'arrête juste devant Brogeland et se caresse la moustache.

— Henning Juul a découvert que le tueur communiquait avec nous et avait prévenu qu'il commettrait de nouvelles agressions. Quand la Nigériane suivante a été découverte lardée de quarante-sept coups de couteau dans le dos, le ventre, la poitrine et le visage, Juul a lancé une énorme campagne de presse. Il nous a désignés comme les méchants parce que nous n'avions pas réagi aux menaces du tueur. Pour couronner le tout, Juul a retrouvé tout seul la piste du type et il l'a interviewé – sans nous tenir au courant, alors qu'on aurait pu l'arrêter. Pour résumer, Juul tenait plus à nous faire passer pour des idiots qu'à faire arrêter un meurtrier. Voilà. À vous de tirer vos propres conclusions sur Henning Juul.

Brogeland scrute ses pieds, à la recherche d'une réplique qu'il ne trouve naturellement pas.

— Pourquoi croyez-vous qu'il soit venu vous voir avec ça ? poursuit Gjerstad en désignant le scénario. Par pur souci de venir en aide à la police, ou parce que ça sert ses propres intérêts ?

Se souvenant que Gjerstad est réputé pour son éloquence, Brogeland s'enferme d'autant plus hermétiquement dans son propre mutisme.

— Juul est peut-être tombé sur quelque chose d'important, mais ne croyez pas une minute qu'il agisse pour le plus grand bénéfice de la société. Il se sert de vous, Bjarne. Vu ce que je sais de Henning Juul, j'aurais tendance à dire que ce qui lui est arrivé, si tragique que ça puisse être, l'a rendu encore plus cynique et manipulateur.

Ne sachant que dire, Brogeland continue à se taire.

— Qu'est-ce que vous avez fait, après avoir eu ça ? demande Gjerstad en montrant du doigt le scénario.

— J'ai essayé de localiser Anette Skoppum. Sans succès, jusqu'à présent. Elle ne répond pas sur son portable, et elle n'est pas non plus dans son appartement. J'y ai envoyé Emil ; mais, puisqu'elle n'y était pas, j'ai posté une de nos voitures là-bas.

— Où vit-elle ?

— Bislett.

— D'accord.

— Il y a quelques heures, elle a aussi retiré 5 000 couronnes d'un distributeur dans Akersgate.

— Cinq mille ? C'est une grosse somme. Bon, au moins, elle est encore en vie.

— C'est le plus probable. Mais ça suggère aussi qu'elle n'a pas l'intention de retirer du liquide avant un bon moment. J'ai demandé à Emil de continuer ses recherches à Westerdals et d'interroger ses amis, mais je n'ai pas encore eu son retour.

Gjerstad hoche la tête et attend, mais Brogeland n'a rien de plus à lui apprendre. Il éprouve une sensation de vide. Finalement, c'est mieux que Sandland n'ait pas assisté à ça.

Henning pouvait-il être aussi dépourvu de scrupules ? Laisser un tueur en liberté en échange d'un bon papier ? Oui, bien sûr. Et Juul risquait-il de le baiser, un jour ou l'autre ? Ils se connaissaient, quand même ! Enfin, un peu.

Brogeland regarde Gjerstad qui, après avoir repris sa place derrière son bureau, commence à parcourir quelques documents. Si Brogeland a appris quelque chose au cours des dix-sept mois passés sous les ordres de Gjerstad, c'est que, une fois que son patron s'est forgé une opinion sur quelqu'un, il n'en change pas facilement. *C'est pour ça qu'il est un si bon flic*, songe Brogeland. *Ou c'est peut-être pour ça qu'il ne sera jamais un grand flic.*

Brogeland se lève, attendant un dernier mot de Gjerstad. Mais il ne récolte qu'un silence distant. Il sort et referme la porte.

Chapitre 51

Les yeux enflammés de Jonas arrachent Henning au sommeil. Il jure, s'assied, se retrouve sur le divan, devant la télé, et se rend compte qu'il a dû s'endormir au milieu d'un épisode de *That 70 Show.*

La télé fonctionne toujours. Un homme aux cheveux blonds remplit l'écran ; il mange du fromage pendant qu'une multitude de femmes aux silhouettes et couleurs variées, ainsi qu'un homme, échangent leurs sièges. Henning se penche en arrière et s'imagine en train de chevaucher une vague. *Respire,* se dit-il. *Continue à respirer.*

Il se rappelle *Le Monde de Nemo*, le dessin animé, où le père de Nemo recherche son fils disparu et rencontre Dory, un poisson qui peine à se souvenir de son propre nom, mais qui adore chanter. Henning entend sa voix résonner dans sa tête : *Nage devant toi, nage devant toi.*

Ils avaient dû voir *Le Monde de Nemo* au moins trente fois, essentiellement l'été où ils avaient visité Tunø, une île danoise idyllique. Il avait plu tout le séjour. Ils avaient à peine quitté le cottage qu'ils avaient loué sur l'île, où la circulation automobile était interdite. Mais Jonas adorait Nemo. Henning se demande à quoi les vacances auraient ressemblé sans Nemo.

Sur la table basse, son mobile vibre. Le bruit le fait sursauter. Il consulte l'écran : numéro inconnu.

— Henning Juul, articule-t-il en s'efforçant de ne pas paraître trop assoupi.

— Salut, ici Truls Leirvåg. On m'a dit que vous cherchiez à me joindre ?

La voix est sombre et rauque. Henning décèle des traces de dialecte dans le parler de Truls, qu'il situe quelque part aux alentours de Bergen. Peut-être même à Bergen.

— Oh, salut, dit-il en se levant. Oui. Super. Merci d'appeler.

Pas de réponse.

— Euh, oui, reprend Henning. Je voulais vous parler de ce scénario sur lequel vous avez pris une option. Celui qui a été écrit par Henriette Hagerup.

Toujours le silence.

— Pourriez-vous me résumer l'histoire en quelques mots, s'il vous plaît ? Pourquoi avez-vous décidé de prendre une option sur ce script ?

— Pour la même raison qui nous pousse en général à prendre des options. On a aimé l'histoire. On pense qu'on peut réussir à en faire un bon film.

— Quelle est l'histoire ?

— Ça s'appelle *Control + Alt + Delete*. C'est l'histoire d'une jeune femme qui parvient à la gloire et à la fortune, mais rêve de faire Control + Alt + Delete sur son clavier et de recommencer sa vie. Elle n'aime pas la personne qu'elle est devenue. Et, grâce à un clavier très spécial, elle a l'occasion de recommencer sa vie. Bien sûr, la question est : va-t-elle faire les bons choix, cette fois, ou commettra-t-elle les mêmes erreurs ?

— Je vois.

— Le script avait besoin de quelques révisions, si je puis dire, mais l'histoire avait un grand potentiel.

Henning hoche la tête pour lui-même.

— Et Yngve Foldvik est venu vous voir avec le scénar ?

Un nouveau silence s'installe.

— Et alors ? finit par dire Truls.

— C'est habituel ?

— Quoi ?

— Que des superviseurs indiquent à d'anciens collègues un scénario écrit par un étudiant ?

— Je ne sais pas, mais pourquoi pas ? Je ne vois rien de mal là-dedans. Si vous avez l'intention d'écrire des conneries suggérant ce genre de trucs…

— Oh, non ! Je n'ai pas l'intention d'en parler dans mes articles. Je suis simplement curieux. J'ai cru comprendre que votre coproducteur, Henning Enoksen, n'avait pas pris part aux discussions qui ont abouti à cette prise d'option. Pourquoi n'était-il pas présent ?

— Parce qu'on se fie au jugement de l'autre. Avez-vous la moindre idée du nombre de scripts qu'on reçoit par jour ? Savez-vous à combien de réunions on doit assister ? Vous n'imaginez pas toute la paperasse qu'on doit se taper pour produire les films qu'on veut, à quel point…

— Je sais, l'interrompt Henning. Que pensez-vous d'Henriette Hagerup ?

Henning entend Leirvåg prendre une profonde inspiration.

— C'était une fille vraiment séduisante. Je ne parviens pas à croire à ce qui lui est arrivé. Elle aimait tellement la vie. Elle était ouverte et avide d'apprendre. Tellement confiante. Ni arrogante, ni prétentieuse.

— Je suppose que vous avez eu des rendez-vous avec Hagerup et Foldvik, puisque c'est lui qui vous l'a présentée ?

— Oui, bien sûr.

— Avez-vous décelé une sorte d'alchimie entre eux ?

— Une alchimie ? Je ne comprends pas.

— L'alchimie, vous savez. La manière dont ils se regardaient. Avez-vous ressenti une tension sexuelle entre eux ?

Un nouveau silence. Très long, celui-là.

— Si vous me dites ce que je crois que vous dites, alors vous pouvez aller vous faire foutre ! braille Leirvåg avec un accent de Bergen de plus en plus prononcé. Yngve est un type bien. Un des meilleurs mecs que je connaisse. Il a essayé d'aider une de ses étudiantes. Qu'est-ce qu'il y a de mal à ça ?

— Rien.

— Ça vous arrive de faire du lèche-vitrines, Juul ?

— Oui.

— Vous achetez toujours les choses qui vous plaisent ?

— Non.

— Non. Voilà.

L'irritation qui transparaît dans la voix de Leirvåg ne décourage pas Henning.

— Que va-t-il arriver au scénar, maintenant ?

Leirvåg soupire.

— Je ne sais pas encore.

— Mais votre option est toujours valable, même si la scénariste est morte ?

— Oui. Ce serait triste de ne pas achever ce qu'elle a commencé. Elle aurait voulu que le film se fasse.

Et c'est tellement bon pour le marketing ! songe Henning.

— Qu'en pense Yngve ?

— Yngve ? Il est d'accord avec moi.

— Vous avez donc déjà discuté de la question ?

— Non. Je… euh… nous…

Henning sourit pour lui-même et se demande si c'était cette information que Henning Enoksen avait failli laisser échapper. Leirvåg était occupé à planifier la future vie du film sans Henriette, mais avec Yngve.

— Merci de m'avoir parlé, Truls. Je n'ai plus de questions.

— Un instant. Vous n'allez rien publier sur tout ça, n'est-ce pas ?

— Sur quoi ?

— Sur le film, le rôle d'Yngve, tout ça.

— Je n'en sais encore rien.

— D'accord. Mais si vous vous décidez, je veux lire le texte avant publication. Vous savez, histoire de vérifier les citations, et ainsi de suite.

— J'ignore si je vais vous citer, mais si c'est le cas, je vous contacterai avant que ça parte à la publication.

— Super.

Leirvåg lui donne son adresse mail. Henning fait semblant de la noter, mais en réalité il est debout devant son piano, à regretter de ne plus pouvoir jouer. Leirvåg raccroche sans le saluer.

Chapitre 52

Henning a mal aux jambes. Ces deux derniers jours, il a beaucoup marché, bien plus qu'il n'en a l'habitude. *Je devrais aller au boulot en Vespa*, songe-t-il. *Si je dois me déplacer, ça m'évitera de devoir attendre un taxi.*

Il est ébahi par la vitesse à laquelle le temps a filé. Avant de reprendre le travail, chaque heure écoulée éveillait en lui un sentiment de gratitude. Maintenant, il ne les voit plus passer.

Il consulte la pendule et se demande ce qu'il va faire du reste de sa soirée. Après cette sieste, inutile d'essayer de se rendormir. Autant faire quelque chose de productif avant la tombée de la nuit, avant que les yeux de Jonas ne le transpercent de nouveau.

Je pourrais toujours aller à Dælenenga, se dit-il. Mais il sait que, ce soir, il ne sera pas capable de rester assis paisiblement. Alors, que faire ? Défier le lion dans son antre en allant voir Omar Rabia Rachid ? À moins qu'il ne soit temps de rendre visite au très obligeant Yngve Foldvik ?

Henning réprime un bâillement et entend la démarche lourde de Gunnar Goma qui monte et descend les escaliers. Henning se déplace à pas feutrés sur le sol crasseux de son appartement pour aller ouvrir sa porte.

Goma halète sur le palier inférieur. Puis il recommence à faire vibrer les marches. On dirait un éléphant obstiné qui grimpe l'escalier à une allure lente, mais régulière. Il entame la dernière spirale de l'étage et Henning entre dans son champ de vision.

— Oh, salut !

Il s'arrête, le souffle court, et pose les mains sur ses genoux pour inspirer plus profondément.

— Salut, répond Henning.

Il essaie de se rappeler le numéro des urgences médicales. 110, 112 ou 113 ? Il ne s'en souvient jamais.

— Vous m'avez foutu la trouille, lance Goma.

Il relâche longuement sa respiration.

— Désolé, ce n'était pas mon intention, dit Henning.

Il observe son voisin. Goma monte quelques marches de plus. Il se laisse pousser la moustache. Il est encore torse nu. L'odeur de sa sueur acide est forte, même à distance. Il porte son short rouge.

— Je me demandais un truc, commence Henning.

Il attend que Goma s'arrête, mais l'autre poursuit son chemin.

— Continuez à parler, dit Goma en entamant la volée de marches suivante. Je vous entends. L'acoustique est drôlement bonne, ici. Je pourrais baiser une de mes copines sur un palier et distraire tout le quartier, ha, ha.

Henning ne sait pas comment formuler sa question sans trop en dévoiler ou sembler bizarre. Et ce n'est pas facile de se concentrer avec un éléphant de soixante-quinze ans, d'humeur coquine, qui grimpe de plus en plus haut l'escalier.

Il opte pour une approche directe.

— Dites-moi, Goma, vous avez un judas sur votre porte ?

Il connaît déjà la réponse, mais il pose quand même la question.

— Et comment ! Ha, ha !

Goma s'arrête de nouveau, la respiration sifflante.

— Arne, du troisième… Salut, *Arne* ! hurle Goma avant de continuer. Donc, Arne, du troisième, a beaucoup de visiteuses, le soir. Parfois, je les regarde passer à travers mon judas, ha, ha.

Arne ? Arne Halldis ?!

— Bon, alors, qu'est-ce que vous voulez savoir ?

— Je ne serai pas chez moi, cette nuit, mais il est possible qu'on me rende visite. Alors, si vous êtes chez vous et si vous entendez passer des gens, je me demandais si vous pourriez regarder par votre judas et voir à quoi ils ressemblent.

Henning ferme les yeux en attendant la réponse de Goma ; il doit avoir l'air d'un ado qui emmène la fille de ses rêves au cinéma pour la première fois. Manifestement, son voisin doit être en plein questionnement sur sa santé mentale.

— Je ne comprends pas ce que ça peut vous apporter. Si vous n'êtes pas là, ils reviendront une autre fois, non ?

— Sans doute, mais je ne suis pas totalement certain d'apprécier leur visite.

Silence. Même l'acoustique parfaite de l'escalier reste muette.

— Une femme en chagrin d'amour, c'est ça ?

— Un truc dans le genre.

— Pas de problème. J'ouvrirai l'œil.

*Plonk, plonk, plon*k.

— Merci.

Il ferait un superbe témoin pour une interview, se dit Henning. *La seule question est : sur quoi pourrais-je l'interviewer ?* Pour une obscure raison, il pense aussi que le papier qui en résulterait serait sérieusement censuré par la rédaction. Toutefois, il quitte son appartement avec la certitude que l'escalier est sous bonne garde pour le reste de la soirée.

Il a l'intuition que quelque chose va se passer.

Chapitre 53

Sous son casque, Henning sera plus difficile à identifier, d'autant plus qu'il a rabattu la visière. Il prend soin de bien remonter le col de sa veste sous son menton.

La Vespa démarre sans problème. Alors qu'il file à bonne allure dans Steenstrupsgata, passe sans ralentir devant l'École des arts et l'université de Foss, il a l'impression d'être un gamin de seize ans en route pour un rendez-vous secret. Le truc génial est qu'il peut se faufiler partout avec le petit scooter. Si une voiture devait le prendre en chasse, il pourrait toujours rouler sur le trottoir, sur une allée ou une ruelle.

En un rien de temps, il aborde la place Alexander Kiellands, où les gens mangent en terrasse, et aperçoit les fontaines jaillissantes sur Telthusbakken. Il traverse Uelandsgate et, au passage, jette un coup d'œil aux sans-abri et aux drogués regroupés devant le Café Trappa. C'est agréable de se retrouver à sillonner la ville. Ça faisait longtemps.

La Vespa est une des rares possessions de son père qu'il a accepté de conserver. En revanche, il serait faux de dire qu'il en a particulièrement pris soin. Il a tendance à la laisser dans l'arrière-cour, exposée aux intempéries toute l'année – et, chaque fois, elle le surprend en démarrant avec entrain.

Il se gare devant le supermarché Rema 1000, au bas de Bjerregaardsgate, suspend son casque au guidon, puis regarde des deux côtés avant de remonter la rue sur le trottoir de droite. Il dépasse le numéro 20. Yngve Foldvik habite au 24 B.

Il s'arrête devant le portail rouge de l'immeuble et examine les boutons de l'interphone. Celui du milieu porte le nom du professeur. Il appuie dessus et attend une réponse. En patientant, il réfléchit aux questions qu'il va poser et à leur formulation. Il commence à croire que, après tout, Yngve Foldvik pourrait être le Harald Gaarder du scénario. Dans ce cas, Foldvik jouerait un rôle prépondérant, mais qui ne semble pas très clair. Et c'est exactement pourquoi Henning tient à lui parler.

Il actionne l'interphone une nouvelle fois. Il ne fonctionne peut-être pas ? À moins que les Foldvik ne soient tout simplement absents. Il presse encore le bouton, mais se rend vite compte que c'est une perte de temps. Il jure, essaie une sonnette au nom de « Steen », histoire de vérifier que l'interphone ou les câbles ne sont pas hors d'usage. Quelques secondes plus tard, une voix éraillée lui répond.

— Oui ?

— Bonjour, je travaille pour Mester Grønn. J'ai une livraison pour les Foldvik. Ils ne répondent pas. Voulez-vous me laisser entrer, s'il vous plaît ?

Il ferme les yeux, mais cet aveuglement temporaire ne l'empêche pas d'avoir conscience qu'il s'apprête à commettre un acte particulièrement stupide. Quelques secondes s'écoulent. Puis il entend un bourdonnement. Il pousse la porte de l'immeuble et entre. Il ignore ce qui l'y incite, alors que, de toute évidence, Yngve Foldvik n'est pas chez lui. *Je vais juste jeter un coup d'œil, renifler l'atmosphère, comme Jarle Høgseth me l'a toujours recommandé*, se promet-il. *Sers-toi de tes sens, Henning. Utilise-les pour te forger une opinion sur les gens que tu interviewes.*

Il se retrouve dans une petite arrière-cour. Des feuilles qui doivent dater de l'automne constellent encore le sol comme des autocollants obstinés. Il constate une étonnante absence de verdure. Une plante en pot, dont il ne connaît pas le nom, se dresse au milieu. Une bicyclette sans antivol est rangée contre le mur.

Il y a deux portes : l'une face à lui, l'autre sur la droite. Il va d'abord vers celle-ci, qui est la plus proche. Aucune sonnette ne porte le nom de Foldvik ou de Steen. Il essaie la deuxième entrée, trouve rapidement les deux noms et appuie sur le bouton libellé « Steen ». Il n'a pas besoin de s'identifier : la porte bourdonne et il ouvre.

Les cages d'escalier. La première impression que l'on a de l'environnement des gens. Un landau bloque une porte qui doit mener au sous-sol. Un parapluie cassé est coincé derrière le landau. Une échelle tachée de peinture blanche et bleu marine est posée le long du mur. Les boîtes aux lettres sont vertes. Ça sent le moisi. La pourriture a investi les lieux.

Une porte s'ouvre à l'étage. Mme Steen veut peut-être vérifier la présence du livreur en bas ? Merde. Que faire ? La porte se referme en claquant. Il ne bouge pas. Des pas approchent. Des chaussures de femme. Le bruit est très reconnaissable. Doit-il faire demi-tour et repartir ?

Au même moment, une autre porte s'ouvre. Henning se retient de lever les yeux.

— Oh, bonjour, entend-il en haut. Je vais juste faire quelques courses, madame Steen.

Il détecte une certaine lassitude dans la voix. Amicale, mais rompue à la patience.

— Bonjour.

Si la femme qui descend me demande qui je suis, comment expliquerai-je ma présence ? s'affole-t-il.

— Avez-vous besoin de quelque chose ? dit-elle à Mme Steen.

— Si vous pouviez me rapporter un exemplaire de *Her og Nå*... Il paraît qu'ils ont sorti quelque chose sur Hallvard Flatland, aujourd'hui. Je l'aime bien.

— C'est entendu.

— Attendez, laissez-moi vous donner l'argent.

— Ça ira, madame Steen, vous me paierez plus tard.

L'écho des voix se répercute bizarrement entre les murs.

— Merci beaucoup, c'est très gentil de votre part.

Clic, clac. Les pas de la femme résonnent comme un roulement de tambour aux oreilles de Henning. Il saisit l'échelle et commence à monter l'escalier. La femme descend. Henning tient l'échelle devant lui et garde la tête baissée. Ils sont au même étage, maintenant. Elle vient vers lui ; il ne peut voir que ses pieds – de hauts talons. Il murmure : « Bonjour », et continue à avancer. Elle le salue aussi et il est submergé par son parfum, si capiteux qu'il manque de tousser. Elle ne ralentit même pas et tous les deux poursuivent leur chemin. Il l'entend ouvrir la porte d'entrée et sortir. Le battant se referme en claquant.

Henning s'arrête et respire profondément, laissant le silence emplir l'espace. Puis il se retourne et redescend à pas de loup, priant pour que Mme Steen ne l'entende pas. Il se retrouve au rez-de-chaussée et voit une porte bleu foncé à laquelle est fixée une plaque de bois : « Foldvik ». Le tracé asymétrique des lettres évoque une écriture enfantine ; elles sont pyrogravées dans le bois. Il repose l'échelle et frappe deux fois. Après tout, la sonnette est peut-être réellement défectueuse.

Il attend, guette des pas qui ne viennent pas. Il frappe encore deux fois. Non, ils ne sont décidément pas à la maison.

Il s'apprête à partir, lorsqu'il remarque que la porte n'a pas été refermée correctement. *Mmm, voilà qui est étrange*, songe-t-il. Il regarde derrière lui, même s'il est certain d'être seul. Avec précaution, il donne un petit coup à la porte. Le battant s'ouvre. *Je devrais entrer jeter un coup d'œil*, se dit-il. *Mais est-ce que je vais vraiment faire ça ?*

Non. Pourquoi agirait-il ainsi ? Il ne peut invoquer aucune raison sensée de franchir cette porte. De plus, au regard de la loi, c'est l'équivalent d'une entrée par effraction. Et comment expliquerait-il sa présence dans l'appartement, si quelqu'un se pointait ? Par exemple, les occupants habituels de l'endroit ?

Barre-toi, Henning. Barre-toi et rentre chez toi avant qu'il ne soit trop tard. Mais il est incapable de faire demi-tour. Il se glisse à l'intérieur. Dans l'appartement, il fait sombre. La seule lumière vient de l'escalier. Comme il ne veut pas laisser d'empreintes, il s'abstient de manipuler l'interrupteur qui se trouve sur sa gauche, près de la porte d'entrée. *C'est vraiment une mauvaise idée d'être entré*, se répète-t-il.

Mais il ne s'en va pas pour autant. En réalité, il ne sait pas précisément ce qu'il cherche. Espère-t-il découvrir quelque chose qui impliquerait Foldvik ? Dans son ordinateur, par exemple ? Mais il n'a pas l'intention d'y toucher : ce serait donc peine perdue. À moins que l'appareil ne soit déjà allumé, avec des documents compromettants affichés à l'écran.

Il est dans le couloir. Des chaussures, des étagères à chaussures, des manteaux sur des patères, une penderie et une boîte à fusibles. Des alarmes incendie sont fixées au plafond. Dieu merci, ils ont des alarmes incendie au plafond ! Il s'immobilise. Les voyants verts le rassurent. Son « rien à signaler » personnel.

Il sent de la nourriture. Sans doute des lasagnes. Juste en face de lui, plus loin dans le couloir, une porte ornée d'un cœur rouge. À gauche, une autre porte ouvre sur la cuisine. Il aperçoit une cuisinière blanche crasseuse. Des restes de spaghettis traînent dans une casserole posée sur une des plaques.

Aucun boîtier indiquant la présence d'une alarme n'est visible sur les murs ; alors il continue son exploration. Une arche le conduit dans un salon spacieux. Une télévision dans le coin, un espace repas. Des fauteuils à hauts dossiers, agrémentés de moelleux coussins brodés. Côté salon, il peut voir une grande table basse carrée, devant un divan de cuir vieilli marron. Sur la table basse, trois bougeoirs, garnis de bougies d'un blanc crémeux. Derrière le divan, les rideaux de lin blanc sont fermés.

Fermés ? Si tôt dans la soirée ?

Un tapis tissé marron foncé recouvre le sol et cache une éraflure du parquet. Il la remarque, parce que l'éraflure est si longue qu'elle dépasse de l'autre côté du tapis. Dans le coin salle à manger, il n'y a aucun objet sur la table. Propre et récemment nettoyée, peut-être ?

Les Foldvik ont dîné de spaghettis avant de sortir. Ils sont sans doute partis en coup de vent, puisqu'ils ont oublié de fermer correctement leur porte. Il avise une autre porte ouverte. Celle de la chambre principale. Il y fait sombre. Les rideaux de cette pièce sont eux aussi fermés. Un piano électronique est installé contre un mur. Henning manque de trébucher sur des câbles qui serpentent sur le sol. Un ordinateur, équipé d'une souris, est posé sur le piano. Une lumière bienvenue filtre par une autre porte entrebâillée à l'intérieur de la chambre.

La salle de bains attenante. Henning entre. L'endroit est exigu, le sol est carrelé de blanc, une cabine de douche occupe un coin. Juste en face de lui, le lavabo est également blanc. Il y a un miroir au-dessus. Le miroir est la porte d'une armoire à pharmacie murale. De petits points blancs marquent la surface argentée – des gouttelettes séchées de pâte dentifrice. Il ouvre l'armoire à pharmacie et l'explore du regard. Des brosses à dents, de la pâte dentifrice, du fil dentaire, du bain de bouche, des crèmes pour le visage, plusieurs flacons de comprimés dont les étiquettes sont dirigées vers le fond du meuble. Il en fait tourner un. Le médicament s'appelle « Vival » ; il a été prescrit à Ingvild Foldvik. Le flacon est presque vide. Mais ce n'est pas ce qui retient l'attention de Henning. Plus à l'intérieur du meuble, tout à droite, il remarque un déodorant pour hommes. Et, bien que l'étiquette soit en partie effacée, il peut lire le nom du produit : Romance.

Henning déglutit en se souvenant de Thorbjørn Skagestag et de son récit. Skagestag s'était retrouvé devant la tente à Ekebergsletta, il y était entré et avait senti le déodorant pour hommes qu'il passe sous ses propres aisselles pour attirer le sexe opposé. Quelles sont les chances de trouver le même article de toilette dans l'armoire à pharmacie d'Yngve Foldvik ?

Je suis raisonnablement bien informé, pense Henning. *Mais mes connaissances sont quelque peu limitées en ce qui concerne les déodorants en général, et la popularité de Romance en particulier. Yngve Foldvik a-t-il tué son étudiante préférée ? Ou le déodorant appartient-il à Stefan ?*

Il referme l'armoire à pharmacie et décide de partir. Cependant, il s'arrête dans le couloir en apercevant une porte à gauche de la salle de bains. Une feuille de papier fixée avec une punaise porte le nom de « Stefan » en lettres noires. Un autocollant représentant un crâne rouge sur fond noir est collé sous la feuille. Il avance jusqu'à la porte. Elle est également entrebâillée. Il la pousse, elle s'ouvre. Et c'est à ce moment-là qu'il le voit.

Stefan.

Le jeune homme est allongé sous la couette, les yeux ouverts.

Mais ses yeux sont ouverts parce qu'il est mort.

Chapitre 54

Bjarne Brogeland est dans son bureau. Mains croisées derrière la tête, il fixe le vide. Il réfléchit. Et, pour une fois, ce n'est pas Ella Sandland, totalement nue et libérée de toute inhibition, qui occupe son esprit. Il pense à Anette Skoppum. Est-elle en danger ? Qui pourrait essayer de lui faire du mal ? Où peut-elle se cacher ? Brogeland se lève d'un bond, prend son téléphone et appelle Emil Hagen.

Hagen répond immédiatement.

— Où es-tu ? aboie Brogeland.

Comme toujours, il adopte le ton autoritaire qu'il se sent en droit d'employer avec les bleus.

— Je suis à l'école de Westerdals. Personne ne l'a vue, ici. Je pense que je vais traîner encore un peu dans le coin.

— Il y a encore du monde, à cette heure ?

— Oui, pas mal de monde. Incroyable, non ? Des révisions de dernière minute, si j'ai bien compris. Et je crois qu'il y a une fête prévue, plus tard. C'est affiché sur le tableau.

— D'accord. Reste là-bas et vois si tu peux la trouver.

— C'est ce que je m'étais dit.

Brogeland raccroche sans saluer Emil. Il se penche en arrière et se met à réfléchir au cas de Henning Juul. *Est-ce que je me suis vraiment trompé sur lui ?* se demande-t-il. *Est-ce qu'il me manipule ? Est-ce que j'ai pu être aussi naïf ?*

Il n'a pas le temps de s'intéresser plus avant à l'affaire des Nigérianes, interrompu par les vibrations de son mobile posé sur son bureau. Il regarde l'écran. *Quand on parle du loup…*, se dit-il.

Et il ignore l'appel de Juul.

* * *

Il a l'impression d'avoir les pieds cloués au sol. Il a déjà vu des cadavres, et les morts ont tendance à avoir une expression paisible. Ce n'est pas le cas de Stefan. Il paraît tourmenté et semble avoir souffert jusqu'au dernier moment. Des cernes sombres marquent ses yeux, des poches les soulignent, la peau est blafarde ; son visage exprime l'épuisement. Un de ses bras est au-dessus de la couette, tendu vers la tête. Le corps est recroquevillé contre le mur, comme si Stefan avait tenté de ramper à l'intérieur.

Sur la table de nuit, un verre contient encore quelques gouttes de liquide. Un comprimé est posé à côté, sur un livre à la couverture noire. *Du Valium*, se dit Henning. *Une surdose.* Tout en sachant qu'il devrait s'abstenir, il s'approche du chevet et renifle le verre. Une odeur âcre. De l'alcool. Il fait un pas vers le lit. Quelque chose craque sous son pied. Il regarde la semelle de sa chaussure et remarque les traces d'une substance blanche et poudreuse. Il jure à mi-voix, puis se penche et soulève le duvet qui pend jusqu'au sol.

Il a marché sur une pilule. Une autre, encore intacte, est tout près de son pied. Il la ramasse avec soin, l'examine, la hume. L'aspect et l'odeur du comprimé éveillent un souvenir vaguement familier, mais qui reste flou. Il jure une deuxième fois et repose la petite dragée à l'endroit exact où il l'a trouvée avant de se redresser. *La poudre qui est sous ma semelle va laisser une trace*, songe-t-il. *Et si je ne fais pas bouillir ma chaussure, les techniciens de la scène de crime pourront prouver que j'étais ici.*

Une touffeur moite semble soudain saturer l'atmosphère de la pièce. Henning éprouve le besoin pressant de partir en courant, mais il ne quitte pas la chambre. La découverte d'un objet posé sur le bureau l'en dissuade. C'est *Une caste de la charia*. Le scénario d'Anette et Henriette est ouvert sur la scène 9 : la séquence du dîner de la famille Gaarder. Et Henning se dit que quelque chose a très, très mal tourné.

Il compose le numéro du portable de Brogeland. En attendant la réponse, il essaie de se rappeler s'il a touché quelque chose dans l'appartement. Aucune envie que la police trouve ses empreintes chez les Foldvik.

L'armoire à pharmacie. *Merde !* Il a ouvert l'armoire à pharmacie. Il l'a refermée de la main droite.

Merde !

Il laisse sonner, mais Brogeland ne décroche pas. *Il a bien choisi son moment pour être occupé, celui-là !* fulmine intérieurement Henning. *J'ai vraiment agi comme un putain d'amateur.* Mais comment prévoir qu'il allait tomber sur un cadavre dans l'appartement qu'il visitait clandestinement ?

Il ressort, en s'assurant de laisser la porte de l'appartement entrebâillée, dans la position où il l'a trouvée, et il fait de même avec la porte de la cour. Une fois sur le trottoir, il retrouve l'air frais avec bonheur et lève les yeux vers les fenêtres de l'immeuble. Personne ne regarde en bas. Il rappelle Brogeland et laisse sonner au moins vingt fois avant de renoncer. *Merde*, se dit-il. *Merde, merde, MERDE ! Qu'est-ce que je fais, maintenant ? Je dois absolument arriver à joindre Bjarne. Je ne peux pas me permettre de prévenir la police par les voies habituelles. Ça voudrait dire attendre ici, leur raconter ce que je fabriquais là-dedans, et je sais déjà de quoi ça aurait l'air. Je ne pourrais pas fournir d'explication valable, du moins aucune qui puisse justifier ma présence chez les Foldvik. D'abord, Tarik, et maintenant Stefan !*

Non, se dit-il. *Il faut que je parle à Bjarne.*

Il essaie une nouvelle fois de le joindre. Ça sonne toujours dans le vide. *Aaaarghhh!* Henning se résigne à contacter le central et demande qu'on lui passe Brogeland. Une voix féminine lui dit : « Un moment, s'il vous plaît. » De trop longues secondes s'écoulent, puis son appel est transféré.

Ça sonne encore. Mais seulement deux fois. Ensuite, Brogeland décroche.

Chapitre 55

Bjarne Brogeland n'a jamais eu de problème avec les cadavres ; mais, ces jours-ci, il parvient à peine à les regarder. Surtout quand il s'agit d'ados ou d'enfants. *J'imagine que c'est parce que je suis père, maintenant.* Chaque fois qu'il arrive sur une scène de crime ou pénètre dans une maison où un enfant est mort ou a été assassiné, il pense à sa fille, la belle, la merveilleuse Alisha, à ce que son existence serait sans elle.

Yngve et Ingvild Foldvik doivent être anéantis.

Brogeland entre dans l'appartement de la famille. À l'intérieur, l'atmosphère respire le détachement professionnel, le masque que les policiers enfilent pour pouvoir faire leur travail. Les conversations à voix basse, les regards rapidement échangés, convoient les mots qu'aucun d'eux ne peut supporter de prononcer. Personne n'est pressé. Il n'y a pas de plaisanteries, pas de remarques fines comme dans les séries de la télé.

Brogeland entre dans la chambre. Ella Sandland est penchée au-dessus du corps. Il l'a appelée pendant qu'il était en route, parce qu'elle ne vit pas très loin de chez les Foldvik. Elle se tourne vers lui.

— Un suicide, sans doute, dit-elle à mi-voix.

Brogeland examine la pièce ; il ne peut se résoudre à regarder Stefan.

— Des traces d'alcool dans le verre, peut-être de la vodka, continue Sandland.

Brogeland approche de la table de chevet et renifle le verre. Il ne laisse rien paraître de son état d'esprit.

— On a trouvé une lettre de suicide ?

— Je n'ai rien vu jusqu'à présent. Il n'y en a sans doute pas.

— Il est peut-être mort de causes naturelles.

Sandland hoche la tête, peu convaincue toutefois. Brogeland tourne sur lui-même, embrasse du regard l'ensemble de la pièce. Il remarque le scénario dont Henning Juul lui a parlé. Scène 9, juste comme ce petit salopard sournois l'a dit au téléphone. Une affiche du film *Seven* est fixée au-dessus du lit de Stefan. Un boîtier de CD vide est ouvert sur le bureau ; c'est un groupe danois, nommé Mew. Brogeland devine que le CD se trouve dans la chaîne stéréo sur un tabouret, près du lit. Des enceintes sont accrochées au mur, en hauteur derrière le bureau. Un skateboard éraflé est posé contre le mur, derrière une chaise.

— Avons-nous pu prévenir ses parents ? demande-t-il.

— Oui, ils sont en route.

— Où étaient-ils ?

— Aucune idée. C'est Fredrik qui s'en est chargé.

Brogeland opine du chef.

— Pauvres gens. Je suis désolée pour eux, commence Sandland.

— Oui, moi aussi.

— Cela dit, il y a deux ou trois choses que je trouve bizarres, chuchote Sandland en se rapprochant.

— Quoi ?

— Regardez-le.

Brogeland s'exécute. Il ne voit qu'un ado mort, un cadavre.

— Qu'est-ce qu'il y a ?

— Il est nu.

— Nu ?

— Oui.

Sandland retourne vers le lit et soulève doucement la couverture et le duvet. Brogeland contemple Stefan, aussi nu que le jour de sa naissance.

— Je n'ai jamais entendu parler de quelqu'un qui ait enlevé tous ses vêtements avant de se suicider, dit Sandland.

— En effet, c'est extrêmement rare.

— Et il est dans une drôle de position.

— Je ne comprends pas.

— Regardez, il se presse contre le mur.

— Oui, mais ça n'a rien d'inhabituel. Vous ne dormez pas au milieu de votre lit, si ?

— Non, mais là, on dirait qu'il a tenté de se fondre dans le mur.

— Ma fille dort dans la même position. La plupart des enfants, même ceux qui grandissent, aiment se blottir contre quelque chose. Ce n'est pas nécessairement significatif. De plus, c'est peut-être l'effet des derniers soubresauts de l'agonie.

Sandland observe le corps de Stefan quelques secondes de plus, mais ne fait pas d'autre commentaire. Ils déambulent dans la pièce, recueillant des informations supplémentaires.

— Nous devons découvrir s'il a des antécédents de dépression, continue Brogeland. S'il voyait un psychologue ou un psychiatre. Au premier abord, ça ressemble à un suicide, mais il pourrait s'agir d'une rupture d'anévrisme ou d'une malformation cardiaque congénitale. Cela dit, pour l'instant, nous allons traiter cette affaire comme une mort suspecte. Occupez-vous de nous obtenir un ordre de la cour, s'il vous plaît. Nous devons sceller la scène de crime et faire venir quelques techniciens.

Sandland acquiesce, arrache ses gants de latex et sort son portable.

Chapitre 56

Dès qu'il franchit sa porte, il sait que quelqu'un est entré chez lui. Il le sent. Une odeur âcre mêlée à un léger relent de sueur imprègne encore l'air. Il inspecte la cuisine en silence, puis passe dans le salon, sans allumer. Il s'arrête dans la chambre, tend l'oreille. Le robinet de la salle de bains goutte. Dehors, une voiture traverse une flaque. Dans le lointain, quelqu'un crie quelque chose qu'il ne comprend pas.

Non, se dit-il. *Il n'y a plus personne, ici.* Personne ne peut rester complètement immobile sans laisser échapper un seul son. En revenant dans le salon, il a la confirmation qu'il a eu de la visite. Il regarde la table basse, à la place habituelle de son ordinateur portable.

L'appareil n'y est plus.

Il avance jusqu'à la table basse, comme si ça pouvait le faire réapparaître. Il passe rapidement en revue ce qu'il pouvait y avoir d'important sur son disque dur. Rien. À part FireCracker 2.0. Toutes les recherches essentielles et les documents ont été imprimés et classés. Et il n'aurait jamais eu l'idée de créer une feuille de tableur avec la liste de ses sources.

Alors, pourquoi voler son portable ? Il s'interroge, planté au milieu de la pièce. Cette longue journée riche en événements culmine par une effraction dans son propre appartement.

— OK, les gars, dit-il à voix haute, vous êtes de petits futés. Vous entrez chez moi, vous en ressortez et vous en profitez pour me faire passer un message : « On peut t'avoir à n'importe quel moment et on peut prendre tout ce à quoi tu tiens. »

Ils ne lui ont envoyé qu'un simple avertissement. Le pire, c'est que ça marche. Quand il entend un coup sec frappé à sa porte, ses genoux se dérobent. C'est sans doute la police : Brogeland n'a pas pu garder Gjerstad à distance assez longtemps pour laisser à Henning le loisir de se remettre les idées en place. Mais ce n'est ni Brogeland, ni Gjerstad, ni ses récents hôtes indésirables.

C'est Gunnar Goma.

— La porte était ouverte, dit Goma d'une voix forte.

Henning tente de retrouver une respiration régulière, mais sa poitrine est oppressée et il sent des fourmillements au bout de ses doigts. Goma entre sans attendre d'y être invité. Il porte toujours son short rouge, mais, cette fois, un débardeur blanc couvre le haut de son corps.

— Si ces tapettes sont vos copains, alors c'est la dernière fois que je vous rends service, annonce Goma d'un ton maussade.

— Pardon ?

— Les tapettes. Les gens qui sont passés chez vous aujourd'hui. D'après ce que j'ai vu, c'étaient des tapettes, tous les deux. Si c'est votre truc, ne comptez plus sur moi.

Henning avance d'un pas, mû par le désir impérieux de clarifier ses orientations sexuelles, mais la curiosité l'emporte.

— Vous les avez vus ?

Goma hoche la tête.

— Combien étaient-ils ?

— Deux.

— Pourriez-vous me les décrire ?

— Je suis obligé ?

— Vous ne l'êtes pas, mais ça me serait d'une grande utilité.

Goma soupire.

— Ils étaient foncés, tous les deux. Mats de peau, vous voyez ? À mon avis, ils sont musulmans. Leurs barbes étaient trop bien soignées, avec des coupes fantaisie. Un des deux... on aurait dit qu'il n'avait pas de vrais cheveux. On aurait plutôt dit que c'était peint. Ou dessiné. Avec des motifs très compliqués. L'autre était mince comme un fil, mais il marchait comme une tapette.

— Autre chose ?

— Le premier type marchait exactement pareil. En tortillant du cul et en balançant légèrement un bras.

Goma fait la grimace.

— Vous avez vu son visage ?

— Le même genre de barbe. Clairsemée, mais régulière et rasée en lignes nettes. Il était un peu plus joufflu que l'autre pédale d'immigré. Et il avait un bandage sur un doigt. À la main gauche, il me semble.

— Et ça s'est passé quand ?

— Il y a une heure. C'était vraiment un coup de chance, parce que j'allais faire une petite sieste, quand j'ai entendu des bruits de pas.

— Ils sont restés combien de temps ?

— D'abord, je me suis dit que vous étiez rentré, parce qu'il n'y avait plus de bruit dans l'escalier après votre étage. Mais, après, j'ai encore entendu du bruit. Attendez, c'était peut-être dix minutes plus tard. Donc, cette fois, je les ai regardés par le judas. Mais si c'est vos copines tapettes...

— Ce n'est pas le cas.

Il n'approfondit pas la question, mais cette brève dénégation semble suffire à rassurer Goma.

— En tout cas, merci beaucoup, poursuit Henning. Votre aide a été très précieuse.

Goma grogne, se retourne et s'apprête à repartir.

— Au fait, dit-il, la main sur la poignée de porte. Un des gars portait un blouson de cuir noir. Avec des flammes dans le dos.

Les BBB. Les Bad Boys Burning. Évidemment. Henning hoche la tête et remercie Goma une nouvelle fois. Il regarde la pendule : presque 1 h 15. Et il est totalement réveillé. Son esprit est en ébullition : les dernières heures ont été trop riches en événements.

Goma referme la porte en la claquant bruyamment. L'écho sonne creux et souligne encore la terrifiante vacuité de l'appartement. Henning a la sensation d'évoluer dans le vide. Il va chercher un balai à franges et le dispose sous la poignée de la porte. Si quelqu'un tente d'entrer, il les entendra arriver. Le balai-serpillière les retardera assez pour lui laisser le temps de s'échapper.

Il trouve sa corde de secours enroulée sous le lit et l'attache autour du meuble télé. La télévision, à elle seule, pèse quarante kilos ; avec les DVD, plus le meuble lui-même, il estime que ça devrait suffire à soutenir son poids. À la dernière vérification, il affichait soixante et onze kilos. Il est probablement encore moins lourd, maintenant.

Il s'assied sur le divan et fixe le plafond. Il n'a toujours pas allumé dans la pièce. Si quelqu'un le surveille de la rue, il ne veut pas lui révéler qu'il est rentré.

Le visage blafard de Stefan s'affiche dans son esprit. *Par pitié, faites qu'il ne me hante pas, lui aussi.* Qu'est-ce qui a bien pu pousser un gamin de dix-sept ans à mettre fin à sa propre vie ? Si c'est bien ce qui s'est passé.

À cette idée, il se redresse brusquement. Et si Stefan ne s'était pas tué ? Et si quelqu'un l'avait assassiné et avait maquillé sa mort en suicide ?

Non. Et le scénario, alors ? D'une certaine manière, ça sentait la mise en scène, comme si quelqu'un avait voulu qu'on remarque le document. Était-ce pour orienter l'interprétation du témoin au moment de la découverte du corps ? Absurde. C'est sans doute un suicide, tente de se convaincre Henning. Stefan est vraisemblablement tombé sur le script et l'a lu. En le laissant en pleine vue, il a cherché à adresser un message à ses parents, ou plus probablement à son père. *Regarde ce que tu m'as fait faire. J'espère que tu pourras te supporter le restant de tes jours.*

Oui. Ça s'est sans doute passé comme ça. Mais tout de même. Certes, le raisonnement est solide et débouche sur une conclusion logique ; cependant, Henning ne parvient pas à se débarrasser de la sensation qu'un hameçon discret mais sinistre est fiché dans son estomac. De temps à autre, pas constamment, cet hameçon le tire, puis se tortille, le poussant à défaire le puzzle et à réorganiser les pièces de manière toute différente.

Ce n'est pas la première fois qu'il se retrouve dans ce cas de figure, mais il ignore pourquoi il procède ainsi. Aucun élément tangible ne suggère que les conclusions les plus évidentes sont fausses ; pourtant, le sentiment de malaise qui s'impose à lui confirme que certaines pièces du puzzle de Stefan ne s'emboîtent pas correctement. Ledit puzzle n'est peut-être pas encore complet.

Chapitre 57

Henning s'assoupit au petit matin et est réveillé par un klaxon de voiture. Il est allongé sur son divan, sa vision s'ajuste à la lumière. Il est 5 h 30. Il se traîne jusqu'à la cuisine, se sert un verre d'eau, va chercher les flacons de médicaments sur sa table de nuit et avale deux comprimés. La boîte d'allumettes est à son endroit habituel, mais, aujourd'hui, il n'a pas l'énergie de défier les soldats de l'enfer.

Il a l'impression qu'il ne se sentirait pas plus mal après une semaine de cuite. Bien sûr, il devrait manger quelque chose, mais l'idée du pain rassis associé à du jambon desséché lui semble à peu près aussi engageante que la perspective de déjeuner d'un plat de sciure.

Il pense aux hommes qui ont visité son appartement. Qu'auraient-ils fait s'il avait été là ? Étaient-ils armés ? Auraient-ils essayé de le tuer ?

Il repousse cette idée. L'essentiel, c'est qu'il ait été absent et qu'il ait évité une éventuelle confrontation. Il décide d'oublier le petit déjeuner et d'aller directement au bureau, même si la journée commence à peine.

Une heure plus tard, il appelle Brogeland. Lorsque l'enquête s'intensifie, un inspecteur ne dort jamais plus de quelques heures, et Henning a des questions dont il meurt d'envie d'avoir les réponses. Quand Brogeland finit par décrocher, sa voix est ensommeillée.

— Salut, Bjarne. C'est moi, dit Henning avec la jovialité et le ton amical de rigueur.

— Salut.

— Tu es réveillé ?

— Non.

— Bon, alors tu es debout, au moins ?

— Qu'est-ce que tu entends par « debout » ?

— Comment ça s'est passé, hier ?

— Ça aussi, ça se discute.

— Mais encore ?

Brogeland garde le silence.

— Tu veux dire qu'il ne s'est pas suicidé ?

Henning est assis au bord du siège, comme tendu vers la réponse de Brogeland.

— Non, non, je n'ai pas dit ça. Tout s'est bien passé, dans le sens où nous avons fait le nécessaire sur la scène de crime. De quoi voulais-tu parler ? Pourquoi m'appelles-tu aussi tôt ?

Henning est décontenancé par la brusquerie de Brogeland.

— Eh bien, je…

— Écoute, je dois assister à une réunion et j'ai du boulot. Alors, s'il n'y a rien de spécial…

— Si, si, il y a un truc.

— Alors, crache le morceau.

Henning a besoin d'un instant pour rassembler ses idées.

— J'ai besoin de savoir quelque chose.

— Ouais, c'est bien ce que j'avais imaginé.

— Y a-t-il eu un échange de mails entre Yngve Foldvik et Henriette Hagerup dans les heures précédant son meurtre ?

— D'où elle sort, cette question ? À quoi ça te servirait de savoir ça ?

— J'ai besoin de cette info, d'accord ? J'ai l'impression d'avoir un certain droit de savoir.

— Le droit ?!

— Oui. Je vous ai donné pas mal de coups de main sur cette enquête.

— Je sais.

Brogeland rend les armes en poussant un profond soupir.

— Des mails ? Je n'en sais rien. Je ne me rappelle pas. Je suis trop crevé pour avoir bonne mémoire.

— Bon sang, Bjarne ! Tu ne peux pas avoir oublié. Le fils d'un de tes suspects potentiels vient juste de mourir. Je ne sais pas pourquoi tu te conduis comme un enfoiré, après tout ce que j'ai fait pour toi, mais bon. De toute façon, je ne vois pas l'utilité de continuer cette conversation.

Il est sur le point de raccrocher, quand Brogeland bâille.

— Désolé. Je suis vraiment crevé. Et Gjerstad…

Un nouveau bâillement l'interrompt.

— Qu'est-ce qui se passe avec Gjerstad ?

— Oh, laisse tomber. Hagerup a effectivement envoyé plusieurs mails à Yngve Foldvik et il a répondu, dit Brogeland avant d'expirer bruyamment.

— Est-ce qu'ils parlaient du scénario dans ces messages ?

— Oui. Dans un seul des mails. Mais il n'y a aucune allusion au contenu : elle se contente de dire qu'elle lui enverra le script sitôt qu'il sera terminé.

— Tu te souviens en gros de quand ça s'est passé ?

— Avant le jour du meurtre. Je ne me rappelle pas la date exacte.

— Et les textos ? Avez-vous trouvé qui a envoyé des textos à Henriette, le jour de sa mort ? À peu près au moment où elle était avec Marhoni ?

— Elle en a reçu deux ou trois. Un message lui disait de « relever ses mails ».

— Qui était l'expéditeur ?

— Nous ne le savons pas. En revanche, nous savons que le texto a été envoyé d'un de ces sites anonymes du Mozambique, comme le mail avec la photo.

— Je vois. D'accord. Merci.

— Au fait, tu devras passer faire une déposition, aujourd'hui. Gjerstad a pété les plombs, hier soir, lorsque je lui ai dit que nous avions seulement parlé au téléphone.

— Quand ?

— On va interroger Mahmoud Marhoni une nouvelle fois, à 10 heures. Passe un peu plus tard. Disons 11 heures et on verra comment ça se présente à ce moment-là, d'accord ?

— J'essaierai d'y être.

— Il faudra bien.

— Tout à l'heure, tu as parlé de scène de crime. Est-ce que ça veut dire que vous traitez la mort de Stefan comme une mort suspecte ?

Brogeland émet un petit bruit impatient.

— Je n'ai pas le temps de bavarder avec toi. Il faut que j'y aille. On pourra discuter plus tard.

— Donc, vous considérez effectivement que sa mort est suspecte.

— Je n'ai jamais dit ça. Et ne t'avise pas de faire ce genre de spéculations dans ton foutu journal.

— Je ne spécule jamais à propos des suicides.

— C'est non. Compris ? On se voit plus tard.

Clic. Henning regarde dans le vide. La police a trouvé quelque chose, se dit-il. Ou l'absence de quelque chose a suffi à éveiller leurs soupçons. Dans le cas contraire, Brogeland aurait catégoriquement écarté cette supposition.

Chapitre 58

Brogeland tombe sur Sandland à la machine à café.

— Bonjour, dit-elle sans se retourner.

Bon sang, qu'est-ce qu'elle est sexy !

— Bonjour.

On dirait qu'elle vient de se laver les cheveux. Elle dégage une discrète odeur de lavande. Ou de jasmin ? Il ne se rappelle pas avoir senti sur elle des parfums de crème ou de savon. Les senteurs naturelles lui vont bien. *Bon sang, qu'est-ce que ça lui va bien !* Il a envie de la manger, de la savourer, lentement, avec une cuillère, du sucre et de la crème fouettée.

Brogeland se souvient de quelque chose que lui a dit Henning Juul, quand ils se sont rencontrés au Lompa. « Et ce n'était pas cette blonde que tu ne peux pas t'empêcher de reluquer ? »

Est-ce évident à ce point ? Si Juul l'a remarqué, c'est certainement aussi le cas de Sandland, non ? Il l'espère et, en même temps, le redoute. Qu'elle ait remarqué ou non, son absence de réaction est décevante. *Elle attend peut-être que je fasse le premier pas*, se dit-il. *C'est peut-être son genre.*

— Bien dormi ? demande-t-elle en se servant un café.

— Non.

— Moi non plus.

Elle sourit brièvement et lui offre une tasse. Il la remercie d'un signe de tête.

— Gjerstad et Nøkleby sont là ?

— Non, ils arriveront plus tard, répond Sandland. Gjerstad a dit de commencer sans lui. Plus nous pourrons envisager de théories différentes avant leur arrivée, mieux ce sera.

— D'accord.

Ils emportent leurs tasses dans la salle de réunion. Emil Hagen et Fredrik Stang y sont déjà. Hagen feuillette *Aftenposten*, pendant que Stang examine un tableau où sont portés les noms des victimes et des gens de leur entourage. Ça ressemble à un gros fouillis de patronymes, de traits, d'heures, de dates, de lignes en gras et de flèches dans tous les sens. Il y a aussi une représentation chronologique des événements, à partir du meurtre d'Henriette Hagerup.

Sandland et Brogeland s'asseyent.

— Bonjour, disent-ils à l'unisson.

Hagen et Stang se redressent.

— Bon, où en sommes-nous ? lance Brogeland.

Un accord tacite fait de lui le patron en l'absence du patron.

— Anette Skoppum n'est pas venue à la fête, hier soir, commence Hagen avant de bâiller. J'étais là-bas, je suis parti après 1 heure du matin.

Brogeland prend un stylo et note l'info.

— De l'activité sur son portable ou sa carte bancaire ?

— Non. Aucune. Son portable n'a émis aucun signal depuis hier après-midi.

Brogeland hoche la tête, mais ne note rien.

— Fredrik, vous avez assuré la liaison avec les gars de l'opération Gangbuster. On a du nouveau sur les BBB ?

— La brigade surveille les activités du chef et de quelques membres du gang, mais ils sont nombreux. Il peut très bien se passer des trucs plus bas dans la chaîne alimentaire.

— C'est toujours le cas.

— Oui. Malheureusement, ils ne disposent pas des ressources nécessaires pour contrôler les faits et gestes de tous les membres du gang. Même ceux qui sont connus de nos services. Sans compter qu'ils ont d'autres gangs d'Oslo à surveiller. Cela dit, les BBB savent qu'on les tient à l'œil, maintenant ; à mon avis, ils devraient faire profil bas.

— Aucune trace de Yasser Shah ?

— Non, il se planque. J'ai discuté hier avec un officier de l'opération Gangbuster. Selon lui, Yasser Shah pourrait être reparti au Pakistan.

— Et Hassan ?

— Il est allé au boulot, et puis il a regagné son domicile. Ou, du moins, l'un de ses domiciles : il en a plusieurs, ça dépend de la petite amie qu'il a envie de baiser.

Stang se tourne vers Sandland et rougit. Elle lui rend son regard, sans le moindre signe d'embarras.

— Euh… voilà, c'est tout.

Brogeland soupire. L'enquête progresse lentement. Il est sur le point de leur parler de Stefan Foldvik, quand le mobile de Sandland vibre. Elle s'excuse. Puis le téléphone de Brogeland bourdonne, à son tour. Celui de Hagen bipe. Stang considère les autres, dépité : son portable à lui reste silencieux.

— Que se passe-t-il ?

Brogeland ouvre le texto qu'il vient de recevoir. Il compose un numéro et attend une réponse. On décroche rapidement.

— Allô, ici l'inspecteur principal Brogeland.

Il regarde Sandland tout en écoutant la voix de son correspondant.

— Vous en êtes sûrs ? Vous avez vérifié partout, parlé aux voisins, aux amis, aux parents, à tout le monde ?

Brogeland prend connaissance de la réponse, hoche la tête, puis coupe la communication.

— Bordel !

Il se lève d'un bond, rapide comme l'éclair.

Chapitre 59

Henning se sent las, mais Iver Gundersen parvient à avoir l'air encore plus fatigué que lui. Henning croise les doigts en espérant que le manque de sommeil de Gundersen résulte d'une violente dispute avec Nora. Le journaliste rejoint l'équipe de l'actualité nationale et dit bonjour ; son haleine empeste l'ail et l'alcool. Il pose son café.

— Couché tard ? s'enquiert Henning.

— Plus tard que prévu, répond Gundersen.

Il se penche pour allumer son ordinateur, puis se redresse, fait la grimace et commence à se masser les tempes du bout des doigts.

— La cuisine est vraiment bonne à Delicatessen, dit-il. Et, quand on s'amuse bien, les bières s'enchaînent.

Ah, oui ! On s'amuse bien, fulmine intérieurement Henning. *Putain !* Il s'apprêtait à lui parler des événements d'hier, mais, vu que ce cher Iver est occupé à bien s'amuser, autant laisser tomber.

— Quoi de neuf? demande Gundersen en s'asseyant.

Son corps oscille sur le fauteuil. Il se passe la main dans les cheveux. Henning le soupçonne d'être venu sans se doucher – ça fait partie de son personnage : un diamant brut.

Mais qu'est-ce qu'elle lui trouve ?

— Pas grand-chose. Un truc excitant, de votre côté ?

— Peut-être, répond Gundersen en manipulant sa souris. J'ai rendez-vous avec l'avocat de Mahmoud Marhoni à midi.

La police doit le réinterroger ce matin et j'espère avoir un compte rendu détaillé des derniers développements. J'ai plutôt de bonnes relations avec Indrehaug. D'après Heidi, vous pensez que la police est sur le point d'éliminer Marhoni des suspects, c'est ça ?

Henning jure en silence, pendant que Gundersen lance son navigateur.

— Oui, c'est ce que je crois.

— En vous fondant sur quoi ?

— Les faits et les preuves, rétorque Henning.

De toute évidence, il est trop tôt pour entamer une discussion sérieuse. Gundersen n'est peut-être capable que de faire une seule chose à la fois : lire le numéro du jour, boire du café, lire les autres journaux, boire encore du café et chauffer progressivement son cerveau.

— Mais encore ? insiste Gundersen.

Il prend une petite gorgée de son café bouillant. Henning soupire et se demande par où commencer. Il est sauvé par le bip du portable de Gundersen. Celui-ci lit le message et fronce les sourcils, intrigué.

— Henning, vous savez qui est Foldvik ?

— Foldvik ?

— Oui. Yngve et Ingvild Foldvik ?

— Oui, je sais qui ils sont, dit Henning, qui a du mal à contrôler sa respiration. Ils travaillent à l'école où Henriette Hagerup faisait ses études. Quel est le problème ?

— Je viens d'avoir un tuyau sur eux. La police est à leur recherche.

— Comment ça, « à leur recherche » ? Ils ont disparu ?

— On dirait bien.

— Vous en êtes sûr ?

Il se lève. Gundersen renifle, un peu vexé.

— Je me contente de lire ce qui est écrit.

Henning passe près de lui et s'éloigne aussi vite que ses jambes abîmées le lui permettent.

— Qu'est-ce qui ne va pas ? crie Gundersen.

La stupéfaction est clairement perceptible dans sa voix, mais Henning l'ignore. Il n'a pas le temps. Il se rue dehors, enfourche sa Vespa et file vers l'École de communication de Westerdals.

Chapitre 60

Il pourrait y avoir une explication parfaitement rationnelle, songe Henning en descendant Urtegata. Les Foldvik avaient peut-être besoin de s'isoler, de se retrouver seuls avec leur chagrin. De créer un peu de distance avec leur tragédie, de réduire le bruit.

Il pousse la Vespa à fond, s'engage dans Hausmannsgate et traverse le carrefour juste au moment où le feu passe à l'orange. Une femme aux cheveux noirs, avec un landau, lui montre le poing en criant quelque chose qu'il n'entend pas. En doublant une Opel Vectra, à la carrosserie gris-vert crasseuse, il jette un œil à son rétroviseur et voit à quel point la femme est indignée.

Il remarque aussi autre chose. Un taxi. Malgré la petite taille du miroir latéral, une lettre et quatre nombres apparaissent nettement.

A2052.

Omar Rabia Rachid, ou l'un de ses chauffeurs, accélère. La Mercedes gris métallisé s'attire le même geste de colère de la part de la femme aux cheveux noirs, mais le taxi traverse le carrefour sans provoquer d'incident.

Sans trop réfléchir, Henning tourne à gauche dans Calmeyersgate, accélère et dépasse un camion laissé avec le moteur en marche devant un supermarché thaï. En arrivant au croisement suivant, Henning ne respecte pas le panneau « Cédez le passage », mais il ne peut pas changer de direction parce que la rue transversale est en sens interdit. Et puis il se dit : *Pourquoi pas ? Il n'y a pas de voitures en face.* Alors il le fait : il prend à droite. Quelqu'un est sur le trottoir et lui crie dessus, mais il n'y prête aucune attention. Si les flics sont dans les parages et l'arrêtent pour conduite imprudente ou dangereuse, ils seront les bienvenus : ça lui donnera l'occasion de leur montrer les types qui le suivent.

Il se retrouve très vite dans Torggate, où les véhicules se pressent, pare-chocs contre pare-chocs. Une des voitures est jaune – même en cet instant critique, il ne peut s'empêcher de remarquer les voitures jaunes. Il voit que la piste cyclable est vide et s'y engage ; il accélère, manque de rouler sur une mouette qui s'envole juste devant son pneu. Il consulte son rétroviseur pour voir si la Mercedes le suit : elle n'est plus dans son champ de vision. Soudain, il est obligé de freiner. *Putain de piéton en train de traverser ! Pourquoi les gens ne regardent-ils pas où ils vont et traversent-ils sans prévenir ?* Il a envie de klaxonner, mais se rend compte à quel point ce serait stupide et inutile. Il accélère et reprend de la vitesse, mais il doit encore s'arrêter, cette fois à un feu rouge.

Il est tenté de griller le feu qui, pour changer, est douloureusement long. Il regarde dans son rétroviseur : aucune Mercedes grise à l'horizon. Devant lui, les voitures se croisent à bonne allure, mais elles commencent à ralentir. De l'autre côté, le feu passe à l'orange ; il tourne la poignée à fond, s'engage à gauche et parvient à franchir le passage protégé alors que les premiers piétons sont encore à la première moitié de leur traversée. Il est revenu dans Hausmannsgate. Il vérifie son rétroviseur : pas de A2052 en vue. Il continue, conscient d'obliger plusieurs voitures à ralentir, mais il n'a aucune intention de leur céder la priorité. Un autre passage piéton – il ne s'arrête pas, laisse l'école d'Elvebakken à sa droite, a le temps d'apercevoir quelques étudiants qui fument devant l'établissement. Il se retrouve rapidement en bas de Rostedsgate. Un autre feu rouge, merde ! Il progresse autant que possible vers le début de la file, se retourne pour repérer le taxi. Il en voit d'autres, mais pas de A2052 – pas encore, mais la Mercedes pourrait le rattraper d'une seconde à l'autre : qu'arrivera-t-il alors ? *Ils savent forcément où je vais*, se dit-il. *Ils savent où se trouve Westerdals : ce sont des chauffeurs de taxi, bon sang !* Il roule sur le passage protégé ; il croise le regard furieux d'un piéton, mais s'en moque. Il accélère, continue sur le trottoir jusqu'à ce qu'il puisse revenir sur la chaussée. Quand il jette un œil à gauche, il ne voit que des immeubles et du ciment. Le taxi ne peut plus le repérer, maintenant. *Ô toi, ma Vespa chérie !*

Il accélère en descendant la rue jusqu'à Fredensborgvei et s'engage dans le parking de l'école. Il avise un poste électrique et gare sa Vespa derrière, hors de vue de quelqu'un qui passerait en voiture. Il enlève son casque et examine les environs. Pas de A2052. Mais ils ne doivent pas être très loin. Il presse le pas pour entrer sur le campus.

Il repère tout de suite Tore Benjaminsen. Il est tenté d'aller lui parler, mais il y a trop de monde dans le coin. Et que lui dire ? *Avez-vous vu Yngve Foldvik ? Savez-vous qu'il a disparu ?* Il se rend brusquement compte qu'il ne sait pas vraiment ce qui l'a poussé à venir. *Qu'est-ce que je croyais découvrir ou comprendre, une fois arrivé ici ?* se demande-t-il. Ce n'est pas comme si les Foldvik se cachaient dans les locaux de l'école. Espérait-il que les étudiants ou l'équipe pourraient lui dire où allaient les Foldvik quand ils avaient envie de prendre un peu de temps pour eux ? Il n'était même pas sûr que quelqu'un soit informé des derniers événements.

Il secoue la tête, navré de s'être laissé emporter par son impétuosité. Puis il se retourne et sursaute. Il se retrouve nez à nez avec Anette Skoppum.

Chapitre 61

Bjarne Brogeland arpente son bureau. Le visage d'Ann-Mari Sara, la technicienne de scène de crime, s'affiche sur le moniteur ; ses traits lapons sont marqués par la fatigue. Elle lui résume ses plus récentes trouvailles dans l'ordinateur portable de Marhoni. Maintenant, l'interrogatoire s'annonce bien plus intéressant. *Mais je n'ai pas du tout envie de m'occuper de ça en ce moment*, râle intérieurement Brogeland. C'est quoi, ce bordel avec Yngve et Ingvild Foldvik ? Pourquoi personne n'arrive à leur mettre la main dessus ?

Quand Sandland toque à la porte et lui demande s'il est prêt, Brogeland jure en silence. *Oh, oui ! je suis prêt. Je n'ai jamais été aussi prêt de ma vie.*

Pendant que Sandland et Brogeland accueillent Marhoni et son avocat dans la salle d'interrogatoire, puis expédient les formalités, comme d'habitude, Lars Indrehaug se fait le héraut de l'indignation supposée de son client.

— Alors, quel est le thème d'aujourd'hui ? La couleur préférée de mon client ? Son modèle de voiture favori ? lance-t-il, narquois, lorsque Brogeland en a terminé.

Indrehaug adresse un signe de tête à Marhoni. Brogeland sourit. Il est surtout fatigué et, à la simple vue de l'avocat aux manières visqueuses, son sang se met à bouillir. Il fait glisser une feuille à travers la table et la place entre eux, à mi-chemin, pour que client et défenseur puissent la découvrir ensemble. Marhoni se penche en avant et jette un coup d'œil au document, puis il détourne le regard. Il secoue la tête. Si léger soit-il, le mouvement n'échappe pas à Brogeland.

— Qu'est-ce que c'est ? demande Indrehaug.

— Je pensais que c'était évident, dit Brogeland. Mais pourriez-vous nous l'expliquer tout de même, monsieur Marhoni ?

Marhoni fixe le mur.

— Très bien, je vais m'en charger pour vous, déclare Brogeland en s'adressant à Indrehaug. Croyez-le ou non, votre client possède un sens de l'ordre hautement développé. Il aime savoir où chaque chose se trouve. Vous avez peut-être visité son appartement ? Propre et bien rangé. Le document que vous avez devant vous est la sortie d'imprimante d'une page de tableur Excel que nous avons découverte dans l'ordinateur de votre client, celui qu'il a tenté de faire brûler. Vous comprenez peut-être les raisons de son geste, maintenant ?

Indrehaug examine le document avec attention. Il voit des noms, des adresses, des numéros de téléphone et des adresses mail.

— Vous n'aurez pas besoin de chercher bien loin. Une simple vérification vous apprendra qu'il s'agit de sales types. De très sales types. Du genre qui s'assure que la drogue coule à flots dans nos rues. Drogue que nos enfants consomment et qui les transforme également en personnes très peu recommandables.

Indrehaug repousse le document vers Brogeland avec un petit claquement de lèvres dédaigneux.

— Ça ne prouve rien. Un tas de raisons légitimes ont pu pousser mon client à vouloir conserver cette information dans son ordinateur. Avoir mis un signet sur la page d'accueil de Rema 1000 ne signifie pas forcément qu'on y fait ses courses. Les noms que vous avez trouvés sur l'ordinateur de mon client ne signifient pas forcément qu'il a tué quelqu'un.

— Non, vous avez raison, reconnaît Brogeland en souriant. Mais comment expliqueriez-vous ceci ?

Il fait glisser une autre feuille vers Indrehaug et Marhoni.

— Cette photographie a également été retrouvée sur l'ordinateur de votre client. En fait, nous avons en notre possession plusieurs clichés très intéressants.

Indrehaug tire le document vers lui. Marhoni ne regarde pas la photo qui le montre avec un homme en blouson de cuir noir. Le dos du blouson est frappé d'un emblème représentant des flammes. Ce qu'on voit de son visage suffit à le rendre identifiable.

— Voilà votre client en compagnie d'un homme appelé Abdul Sebrani. Si vous consultez la liste que je viens de vous montrer, vous constaterez que ce nom y figure. La photo a été prise au début du printemps, pendant une livraison de cocaïne effectuée par les BBB, les Bad Boys Burning, à votre client. Cette rencontre s'est déroulée à Vippetangen. Vous voyez l'eau du fjord à l'arrière-plan ?

Indrehaug examine le cliché. L'image est très bien définie, prise à distance, au téléobjectif.

— Vous souvenez-vous de l'endroit où vous étiez censé transporter la drogue, monsieur Marhoni ? demande Brogeland.

Pas de réponse.

— Nous disposons d'autres photos du même genre. Votre client, mais ce n'est qu'une supposition, voulait une sorte d'assurance pour se prémunir, au cas où ses associés décideraient de durcir le jeu. Ou peut-être avaient-ils déjà commencé à vous menacer, monsieur Marhoni ?

Marhoni évite le regard glacial de Brogeland.

— Votre client l'a jouée discrète. Mais quand sa petite amie a été tuée et que nous sommes venus frapper à sa porte, il s'est rendu compte que le contenu de son ordinateur pourrait l'incriminer. Ainsi que les BBB. C'est pour cette raison qu'il a essayé de le faire brûler, pour détruire les preuves.

Brogeland cherche tour à tour le regard de Marhoni et de son avocat. Indrehaug l'ignore et se penche vers son client. Murmure, murmure, murmure.

Imparable! se dit Brogeland. Il jette un coup d'œil à Sandland, dans l'espoir qu'elle soit sur la même longueur d'onde, mais son expression est toujours aussi difficile à déchiffrer.

— Le photographe, c'était votre frère, non? demande-t-elle soudain.

Marhoni se tourne vers elle, mais ne répond pas.

— C'est bien lui qui a pris ces photos, n'est-ce pas? Ensuite, il les a chargées sur votre ordinateur.

Marhoni garde le silence.

— Où se trouve le reste de votre famille, Mahmoud?

Marhoni fixe Sandland un long moment, avant de regarder ailleurs.

— Au Pakistan, murmure-t-il.

— Que va-t-il leur arriver?

— Que voulez-vous dire?

— Qui va leur envoyer de l'argent, maintenant?

Marhoni baisse les yeux.

— Nous savons que vous leur envoyez beaucoup d'argent chaque mois. Votre père a un Alzheimer. L'argent sert à payer son traitement. Les montants varient légèrement, mais je présume que ça a un rapport avec le taux de change. Vous vivez sur vos revenus de chauffeur de taxi, mais les sommes que vous gagnez en transportant de la drogue et les membres du gang vont directement au Pakistan. C'est ça, non?

Marhoni retombe dans son mutisme.

— Aimeriez-vous changer vos déclarations, Mahmoud? intervient Brogeland. Voulez-vous que je vous demande une nouvelle fois si vous connaissez Zahirula Hassan Mintroza ? Ou Yasser Shah ?

Marhoni se mure dans le silence. Brogeland attend qu'il craque.

— Ils vont les tuer, souffle Marhoni après une longue pause.

— Qui vont-ils tuer ?

— Ma famille. Si je les balance. Je voulais arrêter, je voulais arrêter depuis longtemps, mais ils ont commencé à me menacer.

— Et vous avez réagi en prenant des photos des deals ?

Marhoni confirme d'un signe de tête.

— Et ils l'ont découvert ?

Il hoche la tête deux fois.

— Répondez à la question.

— Oui.

— Donc, le meurtre de votre frère était un message ? Ferme-la, ou bien on tue le reste de ta famille ?

Il hoche trois fois la tête.

— Répondez à la question, s'il vous plaît.

— Oui.

— Depuis combien de temps ça durait, monsieur Marhoni ? Quand cela a-t-il commencé ?

Il soupire.

— Quelque temps après que j'ai eu ma licence de taxi. J'ai commencé à conduire pour Omar ; on se connaissait déjà. Au bout d'un moment, il m'a demandé si je voulais me faire plus d'argent. J'ai dit oui, parce que mon père est malade. Au début, tout ce que j'avais à faire, c'était les conduire de temps en temps, ou quelques livraisons. Ensuite, ils en ont voulu plus. À la fin, je voulais partir.

— Mais vous en saviez trop et ils ne voulaient pas courir de risques ?

— Non.

Brogeland regarde Indrehaug, qui se passe la main dans les cheveux. Il essaie de les repousser, mais ils ne cessent de lui retomber dans les yeux.

— Que voulez-vous ? demande Indrehaug.

— Que voulons-nous ? Nous voulons le gros poisson, savoir qui est le fournisseur de votre client et comment la drogue entre dans le pays. Et ça, c'est juste les hors-d'œuvre. Je suis certain que vous pouvez imaginer le reste.

Indrehaug acquiesce.

— Vous supposez que mon client témoignera contre les BBB ?

— Évidemment.

— En dépit de la situation de sa famille au Pakistan ?

Brogeland regarde l'avocat et soupire. Puis il fixe Marhoni.

— Nous savons que vous n'avez pas tué Henriette Hagerup.

Marhoni lève les yeux sur Brogeland.

— Si vous coopérez, il y a de bonnes chances que vous puissiez très rapidement sortir d'ici.

Marhoni semble plus attentif. Il se tourne vers Indrehaug, qui se tourne vers Brogeland.

— Êtes-vous en train de proposer un accord à mon client ?

Brogeland échange un regard avec Sandland, sourit et s'adresse de nouveau à Indrehaug.

— Et comment !

Chapitre 62

Henning est si surpris de voir Anette à l'école qu'il se retrouve à court de mots. Incrédule, il la fixe, bouche bée. Il était persuadé qu'elle se cachait quelque part. Puis il se demande si Anette lui ressemble : peut-être en a-t-elle eu assez, elle aussi, de surveiller ses arrières en permanence, et préfère-t-elle se confronter à ses peurs plutôt que de s'y abandonner.

Elle ne tente pas de l'éviter.

— Salut, finit-elle par dire.

— Salut.

Ils se regardent, chacun attendant que l'autre prenne la parole.

— J'ai lu le scénar.

Elle opine du chef.

— Je l'ai aussi montré à la police.

— C'est bien ce que j'imaginais.

— Vous ont-ils déjà interrogée ?

— Non. Ils ont évidemment essayé de me joindre, mais je ne les ai pas rappelés.

Il fronce les sourcils.

— Pourquoi ?

— Pas envie.

Elle dit ça sans rougir et, apparemment, sans une once de culpabilité.

— Mais j'envisage de les contacter, maintenant.

— Ah ? Pourquoi ? Pourquoi maintenant ?

— Parce que je pense savoir qui a tué Henriette.

— Qui est-ce ?

Il perçoit le tremblement de sa propre voix. Anette examine les alentours pour s'assurer qu'ils sont seuls. Ce n'est pas le cas, mais personne n'est assez proche pour entendre ce qu'elle dit.

— Stefan Foldvik, chuchote-t-elle.

Henning étouffe une exclamation de stupéfaction. Anette observe sa réaction.

— Pourquoi lui ?

— Vous n'avez pas lu le script ? demande-t-elle.

— Mais si.

— Alors, ça devrait vous sembler évident.

Henning réfléchit.

— Les Foldvik sont la famille Gaarder, dans le scénar.

Son ton oscille entre affirmation et interrogation. Anette hoche la tête.

— Yngve a-t-il eu une relation avec Henriette ?

Anette jette un nouveau coup d'œil autour d'eux, avant de lui adresser un signe de tête affirmatif. Son visage est grave.

— Stefan a dû le découvrir.

— Comment ?

— Il a peut-être trouvé une copie du script chez lui ou sur l'ordi de son père ? Je n'en sais trop rien.

— Yngve n'a pas vu le scénar.

— C'est ce qu'il vous a dit ? répond Anette en fronçant les sourcils.

— Oui, admet-il à regret, en se disant que quelque chose ne colle pas dans cette histoire. Quelqu'un du collège aurait-il lu le scénar ?

— Non.

— Des acteurs ou des figurants, peut-être ?

— Nous étions les actrices et, jusqu'à présent, nous n'avions filmé que les premières scènes. La suite du tournage était prévue pour cet automne, donc nous n'avions montré le script à personne d'autre. Pas encore.

Il hoche la tête tout en se disant qu'Yngve a dû mentir. En fin de compte, il doit avoir eu le scénario. Henning ne voit pas d'autre explication, puisque Stefan en avait bel et bien une copie. En comprenant que la vérité sur son aventure allait être divulguée, Yngve a peut-être choisi de la révéler lui-même à sa famille. Ensuite, Stefan a trouvé le scénario dans les affaires de son père ou demandé à le lire.

Anette a peut-être vu juste sur Stefan : le jeune homme a tué Henriette parce qu'elle a détruit sa famille et était sur le point d'aggraver les choses en racontant l'histoire dans un film. Mais maintenant Stefan est mort, soit de ses propres mains, soit parce qu'on l'a tué. Du point de vue de Henning, ça change tout. Mais qui peut tirer parti de la mort de Stefan ? *Calme-toi, Henning.* Un tas de raisons sans aucun rapport avec *Une caste de la charia*, ou Henriette, ou Yngve peuvent pousser un jeune homme à mettre fin à ses jours. De plus, il y a une hypothèse qu'il n'a pas envisagée : la mort de Stefan pourrait être due à des causes naturelles.

Il commence à avoir un peu le vertige. Il sait qu'il ne devrait pas parler de cela avec Anette, mais il n'a personne d'autre sous la main et il a besoin de tester sa théorie sur quelqu'un parce que les idées déferlent de tous côtés.

— Avez-vous discuté du scénario avec Yngve ?

— Henriette a dû le faire, mais je n'ai assisté à aucun rendez-vous à ce sujet, si c'est le sens de votre question.

— Croyez-vous qu'ils ont évoqué l'intrigue avec les Gaarder ?

— Je n'en ai pas la moindre idée.

— C'est assez gonflé de balancer son amant de cette façon.

Une fois encore, le ton de Henning se situe entre le commentaire et la question.

— Vous pensez qu'Yngve est le coupable ? demande Anette.

— Non, pas nécessairement.

— Vous ne connaissez pas Yngve. Il est totalement inoffensif.

— Il a quand même aidé Henriette à vendre une option sur son film.

Anette sourit. C'est la première fois qu'il la fait sourire.

— Oui, j'imagine que c'est ce qui a poussé Henriette à coucher avec lui.

— Alors, ce n'est arrivé qu'une fois ? Ce n'était pas une vraie relation ?

Elle secoue la tête avec un petit rire étouffé.

— Oh, non.

Elle n'en dit pas plus. Il n'insiste pas. Il n'est pas chargé de la rubrique potins.

— Et son petit ami, il était au courant ?

— Mahmoud ? Ça m'étonnerait.

— À votre avis, comment aurait-il réagi au film ? N'aurait-il pas imaginé que Mona, c'est-à-dire Henriette, pouvait l'avoir trompé dans la vraie vie ? Vu que l'essentiel de l'intrigue reflétait la réalité ?

— Je n'en sais rien. Et ça n'a plus d'importance, maintenant.

— Mais Henriette a dû y réfléchir pendant qu'elle écrivait son histoire, non ? Vous n'en avez pas discuté, toutes les deux ?

— Eh bien, nous…

Elle réfléchit, mais ne développe pas sa réponse.

— Donc, Henriette n'a eu aucun problème à utiliser son petit ami comme la base d'un personnage qui se fait piéger ? insiste Henning. Quelle serait votre réaction si votre petit ami vous faisait une chose pareille ?

— Je n'ai pas de petit ami.

— D'accord, mais vous comprenez ce que je veux dire ?

— Bien sûr. Henriette en avait peut-être parlé à Mahmoud. Je n'en sais rien. Elle lui a peut-être expliqué qu'il ne fallait pas prendre l'histoire au pied de la lettre, que nous ne le considérions pas comme un idiot qu'on devrait retirer de la circulation. Vraiment, je n'en ai aucune idée.

Elle hausse les épaules.

— Savez-vous s'il est favorable à la charia et aux *hudud* ?

— Non, ça me paraît inimaginable.

— Donc, le personnage de Yachid n'était pas un musulman fondamentaliste et fanatique ?

— Non.

— Dans ce cas, pourquoi Mona est-elle morte lapidée ? Il faut être musulman pour être lapidé selon les lois de la charia et des *hudud*, non ?

— Oh, bon sang, vous n'avez toujours rien compris, hein ?

— Alors, expliquez-moi. Depuis le début.

Anette soupire.

— Le but du film, c'est de mettre en lumière ce qui se passe dans le monde, de montrer des événements qui pourraient, un jour, devenir monnaie courante en Norvège, si les croyances islamiques radicales s'implantent ici et si on leur permet de prospérer. Bientôt, ça n'aura plus d'importance que nous soyons norvégiens ou musulmans. À quoi pensez-vous que ressemblera Oslo dans trente ou quarante ans ? Nous serons probablement tous musulmans, endoctrinés et bien élevés. C'est pour cette raison que Yachid est un musulman ordinaire et Mona, une Norvégienne ordinaire. Pour faire réfléchir les gens.

— D'accord.

Elle le fixe comme s'il était intellectuellement déficient.

— Est-ce que c'était si difficile à comprendre ?

— Non. Mais rien ne laisse supposer que ça pourrait se produire, Anette. Très peu de gens pensent que les lois norvégiennes devraient céder le pas à la charia.

— Et donc ?

— Et donc, le postulat de votre film est faux. Il n'a aucun fondement dans la réalité. J'espère que vous n'allez pas me dire que vous avez aussi envie d'être assassinée de huit coups de feu ?

Anette lève les yeux vers le ciel gris et menaçant.

— Je suis sûre qu'en ce moment Henriette est là-haut avec Theo van Gogh. Je ne savais pas que vous étiez de leur côté.

Henning soupire et souffle bruyamment par le nez. Il se sent frustré.

— Certains aspects de l'islam et de la charia m'importent peu à titre personnel, mais ce que vous faites ne contribue qu'à envenimer les choses. Et que deviennent l'intégration, le multiculturalisme et tout ça ?

— Gardez ça pour les discours. En plus, ça n'a aucun rapport avec Stefan.

Il pince les lèvres. Il a envie de poursuivre la discussion, mais ce n'est pas le moment. En revanche, il pense à Stefan et à Romance. Les souvenirs de sa propre adolescence lui rappellent à quel point les garçons s'inondaient d'après-rasage pour impressionner les filles. Certains en imprégnaient même leurs vêtements. Ça puait dans les vestiaires, dans les salles de classe et même dans la cour de récréation. C'est peut-être pour cela que l'odeur planait encore dans la tente quand Thorbjørn Skagestag a découvert le corps.

Il se rend compte qu'Anette l'observe. Elle toussote d'un air anxieux.

— J'ai essayé de convaincre Henriette de laisser tomber l'intrigue avec les Gaarder. Il me semblait que ça n'avait rien à voir avec le message du film. Mais elle n'a pas voulu m'écouter.

Moi aussi, je trouvais ça un peu bizarre, parce que tout le monde risquait de reconnaître les modèles, non ? Les Foldvik ont déjà assez souffert.

— Que voulez-vous dire ?

— Stefan m'a dit, pour sa mère. Qu'elle a été violée et…

— Stefan vous a parlé de ça ?

— Oui.

— Comment l'avez-vous rencontré ?

— L'année dernière, il a gagné un concours de scénarios. Je voulais réaliser son script pour un de mes projets. C'était une bonne histoire.

— Mais il avait eu un prix, non ?

— Quel rapport ?

— Les organisateurs du concours ne devaient pas le réaliser ? Il me semble que c'est la récompense habituelle de ce type de compétition, non ?

— Ça dépend. Là, ce n'était pas le cas. Je crois qu'il a reçu quelques milliers de couronnes et une invitation à Zentropa, au Danemark. Quand je lui ai proposé de réaliser le film, Stefan était tout excité. C'était un type sympa et intelligent. Mais il était aussi dangereux. Il donnait l'impression d'avoir des problèmes mentaux.

— Comment ça ? Qu'est-ce qui vous faisait penser ça ?

— Je n'en suis pas vraiment certaine. Ce n'est pas facile à expliquer. Il faut avoir passé un peu de temps avec lui pour s'en rendre compte. Parfois, il était sur un petit nuage. Un rien le faisait rire, il était presque surexcité. À d'autres moments, on pouvait à peine lui arracher un mot. Comme s'il était complètement replié sur lui-même.

Henning hoche la tête et se dit que la description correspond bien à un gamin qui s'est suicidé, après avoir assassiné quelqu'un. Et si le fardeau était devenu trop pesant, ou les souvenirs trop oppressants ? Peut-être ne supportait-il plus de ne pas pouvoir fermer les yeux la nuit sans voir Henriette morte, sans revivre ce qu'il avait fait ?

Après tout, sa mort n'a peut-être rien de suspect. Mais alors, pourquoi ses parents ont-ils disparu ?

Soudain, il se met à pleuvoir. Le ciel ouvre brutalement les vannes. Henning et Anette se ruent vers le hall. Ils ne sont pas les seuls à chercher un refuge et on se bouscule à l'entrée, mais, en moins d'une minute, tout le monde est à l'intérieur.

Les gens échangent des sourires en tentant de s'essuyer. Anette passe la main dans ses cheveux humides. Ils se retrouvent près de la réception. Dreadlocks est de service, mais sa petite amie n'est pas là. Il croise le regard de Henning et ils se font un signe de tête.

— Avez-vous vu Yngve, aujourd'hui ? demande Henning à Anette en baissant la voix.

Elle secoue la tête et répond « non » en même temps. Elle est sur le point d'ajouter quelque chose.

— Il a pris un jour de congé.

Anette et Henning se tournent vers Dreadlocks.

— Yngve et sa femme ont pris tous les deux un jour de congé, dit-il avant de lever les mains en signe d'excuse. Désolé, je ne l'ai pas fait exprès, mais j'ai entendu ce que vous disiez. Yngve a appelé ce matin pour parler au doyen, qui était absent, alors j'ai pris le message. Yngve a dit que ni lui ni sa femme ne viendraient travailler.

— C'est bizarre, commente Anette. Je devais le voir aujourd'hui. Il a dit pourquoi ils ne venaient pas ?

Henning s'apprête à expliquer qu'ils ont perdu leur fils, mais au dernier moment il se rappelle que la nouvelle n'a pas encore été rendue publique.

— Il a parlé d'un voyage, répond Dreadlocks.

— Un voyage ?

— Oui. Je crois qu'il a parlé d'aller camper.

— Camper ?

Henning se rend compte qu'il a presque hurlé.

— Oui.

Henning a le cœur serré. La démarche normale aurait consisté à dire la vérité, à annoncer que leur fils était mort et qu'ils avaient besoin de quelques jours de congé. Tout le monde aurait compris. Alors, pourquoi raconter qu'ils allaient *camper* ?

— Mais pourquoi vous a-t-il dit ça ?

— Peut-être voulait-il que je sois au courant. Au cas où quelqu'un le ou les demanderait. Je n'en sais rien. Il avait l'air, comment dire, un peu agité. Ou un peu surexcité…

— Vous pourriez préciser ?

— Si je ne le connaissais pas, je dirais qu'il était défoncé. Il parlait plus vite que d'habitude.

— Il a dit où ils comptaient aller ?

— Non. Juste qu'ils allaient camper. J'ai trouvé ça bizarre : je n'ai jamais considéré Yngve comme un type qui pouvait aimer ça. Enfin, un type qui aime la nature, vous voyez ? Mais, après, je me suis dit : pourquoi pas ? C'est cool d'aller camper, alors…

Il lève les mains, comme pour signifier qu'il n'en sait pas plus.

— Quand a-t-il appelé ?

— Juste après 8 heures, ce matin. Je crois, je ne suis pas sûr. En tout cas, je n'avais pas encore pris mon premier café.

— Et merde, marmonne Henning dans sa barbe.

— Que se passe-t-il ? s'enquiert Anette, qui l'a manifestement entendu.

Il secoue la tête et se penche à son oreille pour que Dreadlocks n'entende pas :

— La police les cherche, mais personne ne sait où ils sont.

— Pourquoi ? Vous pensez qu'ils…

Il lui lance un regard d'avertissement. Elle saisit sur-le-champ, se rapproche et baisse la voix :

— Vous pensez qu'ils savent que Stefan a tué Henriette ?

Il sait ce qu'il pense, mais n'a pas l'intention d'en parler.

— Je n'en sais rien.

— Et ils sont partis ? Ils ont disparu ?

— On dirait bien.

Ils gardent le silence pendant quelques instants. Puis Henning comprend brusquement. Il s'adresse à Dreadlocks :

— Savez-vous si la tente d'Ekebergsletta est toujours en place ?

— Celle du tournage ? Oui. La police a terminé son travail hier : ils ont dit qu'ils avaient toutes les photos et tous les échantillons qu'il leur fallait. Ils ont appelé pour dire qu'on pouvait l'enlever.

Ils doivent être là-bas. Henning jette un coup d'œil par la fenêtre. Il va se faire tremper. Mais pas question de prendre un taxi. Il soulève son casque.

— Je peux vous conduire là-bas.

Il dévisage Anette avec surprise.

— Vous avez une voiture ?

— Oui. Pourquoi pas ?

En effet, pourquoi pas ? songe-t-il.

— Mais vous n'avez pas un cours ou un truc, ici ?

— Comme je l'ai dit, je devais voir Yngve, mais il n'est pas là. Alors…

Elle lève les mains pour indiquer que rien ne s'y oppose.

— S'il est quelque part, et si vous savez où et pourquoi, je serais ravie de fournir le transport. Je peux vous déposer là-bas. Ce n'est pas grand-chose.

La perspective est trop tentante pour y résister.

— Votre voiture est loin ?

— Non, juste là, répond-elle en pointant le doigt au-dessus de la tête de Henning.

— D'accord. Allons-y.

Chapitre 63

Parcourir la courte distance qui sépare le hall du parking suffit à les tremper jusqu'aux os. Anette ouvre d'abord la portière côté chauffeur, entre dans le véhicule, puis déverrouille la portière côté passager. Il monte dans la petite Polo bleu foncé, qui semble être en bon état, même si elle doit avoir au moins quinze ans. Il remarque qu'aucune odeur particulière ne flotte dans l'habitacle, ce qui est rare dans les voitures de femme, mais quelque chose lui dit que le parfum ne fait pas partie des préoccupations d'Anette.

Elle fait démarrer la voiture, règle les essuie-glaces à la vitesse maximale et sort de la place de stationnement en marche arrière. La main posée sur le levier de vitesse, elle s'arrête un instant et le regarde. Le bruit des essuie-glaces se mêle aux protestations du moteur, qui n'est pas encore chaud.

— Que se passe-t-il ? demande-t-elle.

Henning se dit qu'il ne peut pas lui parler de Stefan. Ce n'est pas à lui de divulguer ce genre d'information.

— Je dois parler aux Foldvik.

— Aux deux ?

— Oui.

— Pourquoi ? Ça a un rapport avec Stefan ? Ou avec Henriette ?

Il hoche la tête.

— Mais je ne sais pas quoi. Ni comment.

Énigmatique à souhait, pense-t-il. Mais également vrai. Il n'a pas la moindre idée de ce qui se passe ou de ce qu'il faudrait leur dire quand il les trouvera, si toutefois il y parvient. En revanche, son instinct lui souffle qu'il doit les trouver. Et vite.

— Écoutez, Anette, contentez-vous de conduire. D'accord ? Je vous expliquerai tout plus tard. Mais, pour l'instant, nous n'avons pas le temps de discuter.

Anette continue à le regarder, laisse quelques secondes s'écouler, puis passe la première et démarre. Henning marmonne une prière silencieuse.

Ils descendent Fredensborgvei. *Je devrais appeler Brogeland, lui raconter ce que je sais, mais je ne peux pas*, songe-t-il. *Pas encore.*

Ils roulent en silence. Ça convient très bien à Henning : ça lui laisse le temps de réfléchir. Anette conduit avec prudence et souplesse, sans nervosité, sans trop appuyer sur l'accélérateur ou le frein. Elle pousse la Polo sur une longue route sinueuse, passe devant l'ancienne école de commerce et le restaurant Ekeberg, qui se niche plus haut sur la colline. Henning peut voir le fjord d'Oslo s'étirer entre les îles, les ferrys naviguer dans le port ; quelques bateaux de plaisance sont sortis en dépit du temps horrible. Ils dépassent un pauvre cycliste qui, une fois éclaboussé par la voiture, ne craindra plus de se faire mouiller.

Pendant que la pluie cascade, Henning pense à Stefan. Il l'imagine dans la tente, brandissant la pierre au-dessus de sa tête, submergé par la rage au point qu'il ne peut s'arrêter avant qu'Henriette soit morte, qu'il l'ait flagellée et lui ait tranché une main. D'où une telle rage lui est-elle venue ? Et que viennent faire les *hudud* dans cette histoire ?

La photo de Stefan et la coupure de presse qui le concernait, encadrées dans le bureau de Foldvik, lui reviennent en mémoire. En comparant les récents événements aux informations de l'article, tout se met en place.

Eh bien, ça alors!

Il ne leur faut pas plus de onze ou douze minutes pour couvrir le trajet entre Westerdals et Ekeberg. Il voit la tente blanche dès qu'ils atteignent Ekebergsletta. Il lui demande de stopper à un arrêt de bus.

— Merci pour le trajet, dit-il en ouvrant la porte.

— Mais…

— Votre place n'est pas ici pour le moment, Anette. Rentrez chez vous. Merci de m'avoir déposé.

Anette s'apprête à dire quelque chose, mais se ravise.

— J'imagine que je pourrai lire l'article plus tard, lâche-t-elle avec un bref sourire.

Peut-être, songe-t-il. Puis il descend de la voiture et claque la portière. La pluie tombe à seaux. Inutile de chercher à y échapper.

Il regarde Anette s'éloigner, puis s'engage sur le sentier goudronné qui serpente à travers la grande prairie jusqu'à l'école d'Ekeberg. Pour l'instant, il n'y a personne à l'extérieur, ni dans la cour de récréation ni sur les terrains de jeu. Il ne voit pas de voiture garée près de la tente. *Me serais-je trompé?* se demande-t-il. Après tout, ils ne sont peut-être pas là.

Se déplacer aussi discrètement lui donne l'impression de commettre une action illégale. Il s'apprête à ouvrir la tente, puis se fige. Un bruit. Une voix? Non. À travers le mugissement de la pluie, il discerne des grognements à l'intérieur. Il tend l'oreille. Le bruit émane d'une seule personne. Pas deux. Il regarde par-dessus son épaule. Pas une âme en vue.

Merde, Henning, songe-t-il. *C'est quoi, ton plan, une fois que tu seras entré là-dedans? « Bonjour, je suis Henning Juul, j'aimerais vous interviewer.* » Merde. Il se retourne encore. La prairie est déserte. La pluie tambourine contre le toit de la tente. Il consulte l'heure : midi passé. Il était censé se trouver au commissariat il y a une heure. Brogeland l'attend peut-être. Non. Il aurait appelé. Et de toute façon, avec l'interrogatoire de Mahmoud, la mort suspecte de Stefan et la disparition des Foldvik, Brogeland n'aurait sans doute pas eu le temps de le voir.

Je vais entrer, se dit-il. *Et je prendrai les choses comme elles se présenteront.*

Il se penche, saisit le curseur de la fermeture à glissière et le remonte d'un seul coup. Il jette un œil à l'intérieur. D'abord, il pense avoir un problème de vue. Puis il distingue progressivement la scène. Ingvild tient une pelle. Un tas de pierres de tailles variées s'empile à ses pieds. Elle le fixe d'un air terrifié. Il la fixe d'un air terrifié.

Puis il voit le trou dans le sol. Yngve y est enterré jusqu'aux épaules. Et, sur le cou, il a des marques rouges infligées par un choqueur.

Chapitre 64

Henning s'efforce de maîtriser sa respiration. Il met les paumes en avant en signe d'apaisement. Des gouttes de pluie crépitent sur sa tête. Il s'essuie le visage d'une main, puis pénètre sous la tente. L'air y est étouffant. L'averse mène une charge impitoyable contre le toit, qui n'est plus entièrement imperméable – des rigoles se sont formées et dégoulinent sur l'herbe. Il observe Ingvild. Elle a les yeux écarquillés, le regard fixe ; il y brille une lueur hagarde qu'il n'a vue que chez les gens dérangés.

— Allez-y doucement, dit-il.

Il se rend immédiatement compte à quel point son injonction est inutile. Elle tient une pelle, une pile de pierres à ses pieds : nul besoin d'avoir une imagination galopante pour comprendre ses intentions.

Elle est beaucoup plus maigre que la dernière fois qu'il l'a croisée. Lorsqu'elle avait témoigné au tribunal, elle était déjà mince ; mais là, elle est quasi squelettique. Ses vêtements pendent sur elle comme des haillons. Elle semble avoir vieilli d'au moins dix ans.

Sa peau est flasque. On dirait un zombie. Des années de tabagisme lui ont jauni les dents et sa chevelure, retenue en arrière par une queue-de-cheval sommaire, commence à grisonner. Des mèches mouillées lui collent aux joues, au front. Son visage blafard, émacié, est creusé de larges cernes noirs sous les yeux.

— Qui… qui êtes-vous ? bredouille Ingvild.

Henning regarde Yngve, enfoncé dans le sol. Il a la tête penchée, mais il respire.

— Je m'appelle Henning Juul, dit-il en contrôlant sa voix autant que possible.

Visiblement, son nom n'éveille aucun écho dans la mémoire d'Ingvild.

— Je suis journaliste et j'ai travaillé sur votre procès. Avant que tout ça n'arrive…

Il montre son visage ; les cicatrices lui feront peut-être gagner quelques points de compassion.

— Que faites-vous là ? Que voulez-vous ?

Le ton d'Ingvild s'est fait plus tranchant. Henning considère Yngve.

— Ne faites pas ça, Ingvild. Au fond, vous n'en avez pas vraiment envie.

— Oh, que si, j'en ai envie ! crache-t-elle. Qu'est-ce qui me reste ? Il m'a tout pris. TOUT. Ma vie tout entière. C'est… c'est…

Elle plisse les paupières, se met à pleurer sans émettre un son. Les larmes roulent sur ses joues. Puis ses yeux se remettent à briller et elle toise son mari avec mépris. Elle se tourne de nouveau vers Henning. C'est comme si on lui avait jeté un voile sur la figure.

— Savez-vous à quoi il a poussé mon fils ? Connaissiez-vous mon fils ?

Henning avance d'un pas et s'exprime d'une voix douce.

— Stefan. C'est lui qui a tué Henriette Hagerup.

Elle pousse un ululement pitoyable.

— Comment… comment savez-vous ça ? sanglote-t-elle.

Il prend une profonde inspiration.

— J'ai lu le scénario.

Elle renifle, écarte les cheveux de son visage. Il cherche désespérément une manière d'atteindre cette partie de l'esprit d'Ingvild qui est encore accessible à la raison. De toute façon, il ne réussira pas à se jeter sur elle et à l'entraîner hors de la tente. Ingvild Foldvik est peut-être réduite à l'état de squelette, mais c'est un squelette animé par la volonté de réaliser son unique objectif. Et si la volonté est assez puissante, on peut presque tout accomplir. Si l'on ajoute le choqueur à l'équation, la force brute est vraiment inadaptée.

— Si vous me le permettez, Ingvild, j'aimerais vous parler du scénario, dit-il en faisant appel à tout son calme.

— Ingvild, répète-t-elle en imitant l'intonation de Henning. Alors, vous pensez tout savoir de moi, hein ? Abruti de journaliste.

— Stefan a tué Henriette parce que votre mari a couché avec elle et qu'il en était peut-être même amoureux. Il a détruit votre famille. Quant à elle, non seulement elle a détruit votre famille, mais en plus elle a écrit une histoire qui raconte en partie ce qui s'est passé. Mais Stefan a vu autre chose dans ce script.

— Je ne comprends pas.

Henning jette un coup d'œil à Yngve, toujours évanoui.

— Stefan était passionné de symbolisme. L'article du journal qualifiait son scénario de « *Da Vinci Code* allégé », n'est-ce pas ? La main d'Henriette a été tranchée. Rien de tel ne figure dans le scénario. Dans la charia, les *hudud* prescrivent que les voleurs aient la main tranchée en guise de punition. Henriette a volé votre mari.

Ingvild plante la pelle dans le sol. Mais elle ne continue pas à combler le trou de terre et d'herbe autour de son mari. Elle plaque l'autre main sur sa bouche.

— Et la flagellation ? Aucune mention non plus de flagellation dans le scénario. Mais le film aurait fait de vous et de votre famille la risée de tous. Et une femme n'est pas autorisée à se moquer des autres. Pour ça, le châtiment est la flagellation…

— Taisez-vous !

Un silence de mort envahit la tente.

— Arrêtez, je vous en prie, reprend-elle plus bas. Je ne peux plus le supporter. Taisez-vous, par pitié.

La pelle bascule et tombe. Ingvild enfouit son visage entre ses mains. Henning avance sans qu'elle s'en aperçoive. La chemise verte d'Yngve est imprégnée de sueur. Ingvild s'effondre.

Henning ne bouge pas ; il la regarde sangloter, le visage toujours entre les mains. Elle reste assise ainsi pendant un moment, puis elle sèche ses larmes et lève les yeux vers lui.

— Vous avez couvert mon procès, c'est bien ça ? commence-t-elle d'une voix rauque.

Elle s'interrompt, le temps de s'éclaircir la gorge, alors qu'il acquiesce d'un signe de tête.

— Dans ce cas, vous savez qu'un salopard m'a violée avant de me balafrer sur tout le corps. J'ai pris des cours d'autodéfense, j'ai appris toutes sortes de choses, mais je ne me sens jamais en sécurité. Partout où je vais, je vois son ombre, je sens la lame contre ma gorge, la pointe du couteau qui se promène sur mon ventre, mon…

Elle pousse un soupir.

— Yngve a été compréhensif. Il m'a accordé du temps, n'a jamais fait pression sur moi. Mais il s'est lassé d'attendre. D'attendre que…

Elle ferme les yeux, s'abandonne de nouveau à ses larmes. Henning avance encore. Le toit est à deux mètres de sa tête. La vaste tente doit pouvoir accueillir au moins une vingtaine de personnes.

Ingvild rouvre les yeux. Leurs regards se croisent longuement, mais Henning a l'intuition qu'il est le seul à réellement voir quelque chose. Le regard perdu d'Ingvild s'anime brièvement lorsqu'elle réagit à la couleur ou au mouvement. Puis elle se retire de nouveau dans son monde à elle, un lieu où elle est inaccessible. Soudain, elle sort un mobile de sa poche.

— Je me suis procuré l'un de ces trucs.

L'appareil ressemble à un Nokia ordinaire.

— C'est interdit à la vente en Norvège.

Elle agite nerveusement le portable.

— C'est un téléphone combiné avec un choqueur. Eh oui, on fabrique vraiment ce genre de choses. J'ai eu celui-là aux États-Unis pour moins de 200 dollars. De nos jours, tout le monde a un portable, hein ? Les gens sont toujours en train de bricoler avec. Ils passent des coups de fil, envoient des textos, discutent de conneries. Alors, j'ai toujours cet objet en main, mais personne ne trouve ça curieux. Et si quelqu'un essaie de m'agresser, je suis parée. Huit cent mille volts directement dans le corps. *Zzzzzzt!* Je vous assure qu'il sera sonné.

Henning n'a nul besoin d'être convaincu, mais il jette quand même un coup d'œil à Yngve.

— Stefan savait que vous l'aviez, c'est ça ? C'est votre choqueur qu'il a utilisé, n'est-ce pas ?

D'un signe de tête, elle l'admet à regret.

— Vous a-t-il demandé s'il pouvait l'emprunter ?

— Non. Il l'a pris un soir… enfin, cette nuit-là. J'étais déjà allée me coucher. J'ai compris qu'il l'avait utilisé le lendemain, parce que le téléphone n'était plus là où je l'avais laissé. Je suis très méticuleuse avec ces choses-là. Je remarque absolument tout.

— Vous lui en avez parlé ?

— Pas à ce moment précis, non. Je m'étais réveillée tard et il était déjà parti en cours. Mais le sujet a été abordé hier après-midi et… et…

Elle se remet à pleurer, mais continue à parler :

— Je lui ai demandé ce qu'il avait fabriqué avec mon portable et pourquoi il l'avait emprunté, mais Stefan n'a rien voulu dire. Alors, Yngve a pris le relais et la situation…

Elle secoue la tête avec tristesse.

— Tout ce que Stefan gardait pour lui est sorti d'un coup. Il voulait qu'Yngve avoue ce qu'il avait fait, qu'il soit honnête avec lui-même et avec nous. Stefan est quasiment devenu fou ; il voulait se battre avec son père et, dans le feu de l'action, il nous a dit ce qu'il avait fait, pourquoi il avait pris mon portable, et c'est devenu…

Elle secoue encore la tête.

— C'était horrible. Tellement…

Elle regarde son mari, dont la tête pend toujours mollement sur un côté.

— C'était terrible. Vraiment terrible…

Elle ferme les yeux.

— Que s'est-il passé après que Stefan a avoué le meurtre ? Parce qu'il était seul quand il est mort…

Ingvild soupire profondément.

— Je ne me rappelle pas très bien. Je crois que je me suis sauvée de l'appartement. J'ai le vague souvenir d'Yngve en train de me secouer en haut de Saint Hanshaugen. Il m'a dit qu'il m'avait cherchée pendant des heures. Je crois que j'ai dû marcher jusque là-haut. Ou courir, je ne sais pas. Je ne rappelle pas. Et quand nous sommes rentrés, alors…

Elle recommence à pleurer en silence. Il la voit trembler, une main plaquée contre la bouche. Son regard se voile. Elle fixe la paroi de la tente, droit devant elle. Puis, d'un coup, sa lucidité revient.

— Comment saviez-vous que nous étions ici ?

— J'ai parlé à quelqu'un à la réception de la fac, ce matin.

— Gorm ?

— Peut-être.

— Comment avez-vous…

Henning lève les mains en un geste d'apaisement.

— Il a dit qu'Yngve a appelé pour prévenir le doyen que vous alliez camper. Le doyen étant absent, le jeune de la réception a pris le message. J'ai additionné deux et deux et je vous ai trouvés, mais c'est vraiment un coup de chance. J'avais le sentiment que tout avait un rapport avec cette tente, avec ce trou, continue-t-il en montrant le sol. Et, comme tout le monde vous cherchait, mais que personne ne vous trouvait, j'ai fini par me dire que vous pourriez être ici. Puisque, selon Yngve, vous alliez « camper ».

Ingvild le fixe longuement, puis hoche la tête.

— Je me souviens à peine de ce qui s'est passé, hier. Je n'avais plus de médicaments non plus ; j'imagine que Stefan les a pris. Alors, je n'ai pas pu dormir. De toute façon, je n'aurais sans doute pas pu fermer l'œil.

Elle avait les yeux bordés de rouge.

— Qu'êtes-vous venue faire ici, Ingvild ?

— Me venger. À ma manière.

— Comment avez-vous persuadé Yngve de vous accompagner ?

— Je lui ai dit que j'avais besoin de me retrouver dans cette tente pour voir si j'avais une chance de comprendre ce qu'avait fait mon fils. Ce n'était pas un prétexte, vous savez. J'en avais réellement besoin. Ça vous paraît bizarre ?

Il secoue la tête.

— Maintenant que je suis là, c'est un peu étrange. Mais je sais ce que ressentait Stefan. Je reconnais la haine. Et mon cœur de mère se réjouit d'avoir ce lien avec lui.

Henning s'apprête à dire quelque chose, mais, chez Ingvild, le mépris et la colère semblent avoir pris le dessus. Avant qu'il ait le temps de réagir, elle a ramassé une des pierres et l'a jetée vers Yngve. La pierre atteint son mari à l'épaule. Il sursaute et se réveille ; il ouvre lentement les yeux, soulève un peu la tête, mais il est trop profondément enfoui dans le trou pour bouger beaucoup. Finalement, Ingvild arrive dans son champ de vision, puis Henning, et il comprend ce qui l'attend. Il tente de lever les bras dans un réflexe de défense, mais ils sont prisonniers du sol. Ingvild ramasse une autre pierre.

— Attendez, Ingvild ! Ne...

Yngve hurle. Henning avance d'un grand pas vers Ingvild pour l'arrêter, mais elle le voit. Les yeux écarquillés, elle brandit le portable, l'agite dans sa direction et presse le bouton – des étincelles jaillissent. Henning s'arrête et bat en retraite.

— Mais qu'est-ce que tu fabriques ? hurle Yngve.

— C'est toi qui as tué cette pute ! siffle Ingvild. Oui, toi, Yngve. Si seulement tu t'étais tenu loin d'elle, rien de tout ça n'aurait eu lieu. Tu as tué Stefan, aussi, tu l'as poussé au suicide...

— Ingvild, ce...

— Oh, cesse de pleurnicher ! Tu vas pouvoir goûter ta propre médecine, et ce n'est que justice. Il y a tout ce qu'il faut. Les mêmes pierres. Et ça s'est passé ici, au même endroit. Voilà, tu pourras mourir comme ta maîtresse, cette pute...

— Ce n'était pas...

— Ferme-la !

Ingvild a ramassé une autre pierre, elle a l'écume à la bouche et son regard brille de haine. Henning ne sait pas comment l'arrêter ; elle brandit son portable vers lui et l'agite comme une folle. *Dois-je appeler les secours ? Inutile, ils n'arriveront jamais à temps.* Les pierres sont si lourdes qu'un seul jet bien ajusté pourrait mettre fin à la vie d'Yngve. Henning tente de trouver quelque chose d'intelligent à dire, mais les mots le fuient. Il piétine dans l'herbe humide. Puis il voit Ingvild soulever la pierre au-dessus de sa tête et viser Yngve.

— Tout ça, c'est parce que tu l'as baisée, espèce de salopard ! Je sais que je n'ai pas été une épouse pour toi depuis longtemps ; je suis devenue un zombie depuis que j'ai été violée. Mais tu aurais dû m'aider, tu aurais dû m'aider, espèce de merde, tu n'aurais pas dû violer mon âme, et le pire, le pire de tout, tu n'aurais pas dû faire de notre fils un cinglé. Je sais, je sais ce qu'il ressentait quand il était debout ici, comme moi, en tenant la pierre au-dessus de sa tête pendant qu'il visait cette pute qui a tout détruit.

— Mais je n'ai jamais couché avec Henriette ! glapit Yngve en fermant les yeux.

Henning lève le bras dans un geste dérisoire pour se protéger, même si elle est à plusieurs mètres de lui. Il ferme lui aussi les yeux et attend le bruit de l'impact, le cri.

Mais rien de tout ça ne se produit.

Il rouvre les yeux. Ingvild tient toujours la pierre au-dessus de sa tête. Elle suffoque.

— Je jure que je n'ai jamais couché avec Henriette !

La voix d'Yngve vibre pitoyablement ; il est au bord des larmes. Puis Henning entend du bruit derrière lui.

— C'est vrai. Mais avec moi, oui.

Il se retourne brusquement. Et, pour la deuxième fois en moins d'une heure, il se retrouve nez à nez avec Anette Skoppum.

Chapitre 65

S'il y a un Dieu, il vient juste d'appuyer sur « pause ». Henning en reste bouche bée. Anette entre et les regarde tous, tour à tour.

— Désolée, Juul. Ma curiosité a pris le dessus.

Ahuri, il la contemple d'un œil fixe.

— Qui… qui êtes-vous ? balbutie Ingvild.

— Je suis la femme avec laquelle votre mari a couché.

Elle énonce ça franco, sans la moindre trace de gêne ou de colère ; elle présente un fait purement objectif. Et Henning sait qu'il n'est pas le seul à être stupéfait.

— Mais…

Après cette faible protestation, la voix d'Ingvild s'éteint.

— Je comprends pourquoi Stefan pensait que c'était Henriette. Allez, regardez-moi : je ne lui arrive pas à la cheville. Son script aussi laissait croire la même chose, j'aurais dû y penser.

Anette considère Yngve. Il fixe le sol, honteux. Une larme roule sur sa joue. Le peu de cheveux qui lui reste est poisseux de sueur.

— En plus, Henriette aimait flirter, tout le monde le savait. Si ça lui était venu à l'esprit, son charme aurait pu faire descendre les oiseaux des arbres.

Ils se tournent tous vers Yngve, qui soupire et secoue la tête.

— Ça n'a été facile pour aucun d'entre nous, après… après ce qui est arrivé à Ingvild. Ça n'allait pas si bien que ça avant, et après, eh bien, c'était complètement impossible de vivre comme mari et femme. Chaque fois que je t'approchais, tu t'éloignais. Tu frissonnais presque quand moi, ton mari, je t'approchais.

Yngve la regarde droit dans les yeux.

— Entre nous, le contact physique était devenu un concept inconnu. Et puis, j'ai rencontré Henriette…

Il secoue de nouveau la tête, tristement.

— Elle était belle, pleine de vie, intelligente et, oui, elle flirtait volontiers. Je ne nierai pas qu'elle a éveillé des sentiments en moi que je pensais disparus depuis longtemps. Mais je ne voulais pas détruire la confiance qui existait entre nous. Après tout, j'étais son tuteur, son superviseur, et je ne pouvais pas…

Foldvik les dévisage tous. Il s'attarde sur Anette. Henning constate qu'il est consumé par le remords.

Anette avance. Elle aussi est trempée jusqu'aux os. Henning se demande ce qui l'a poussée à revenir. Il peut comprendre sa curiosité, mais pourquoi lâcher une telle bombe ?

Bien sûr ! Pour mettre la situation en perspective. Si Ingvild avait tué son mari parce qu'il avait eu une aventure avec Henriette, elle aurait été complètement détruite lorsque la vérité aurait été révélée, plus tard. Comment aurait-elle pu survivre en sachant que son fils avait assassiné une innocente et qu'ensuite elle avait tué son mari parce que, à force d'égoïsme, il avait conduit ce même fils à la folie ?

Ingvild semble avoir été soudain dégonflée. Elle a les épaules basses, le dos voûté, les yeux bouffis. Henning observe Anette. Elle est beaucoup plus intelligente qu'il ne l'avait imaginé.

— Je suis désolée, Ingvild, continue-t-elle. Je n'ai jamais voulu ce qui s'est passé. C'est arrivé comme ça. Je travaillais sur un projet depuis longtemps et je voulais qu'Yngve y jette un coup d'œil. Je savais qu'il avait aidé Henriette à obtenir une option chez Cherchez l'Erreur, et je me suis dit qu'il m'aiderait peut-être aussi. On avait bu, je le reconnais, mais on discutait dans son bureau et…

— Anette, ne…

Yngve ferme les yeux. Anette lève les mains pour rassurer tout le monde.

— Non, je ne continuerai pas. Je veux juste présenter mes excuses. Pour le mal que je vous ai causé. Si j'avais su comment ça se terminerait…

Elle est incapable de finir sa phrase. Elle aussi pleure, maintenant. Elle avance vers Ingvild, se penche et lui pose une main sur le dos. Au même moment, le bras d'Ingvild se détend. Henning ne voit rien avant qu'il ne soit trop tard : Ingvild a sorti son téléphone et le colle contre le cou d'Anette. *Zzzzzt!* Sous le choc, Anette s'écroule. Henning s'apprête à bondir sur Ingvild pour l'empêcher de déverser encore plus de haine sur Anette, qui gît à terre, inconsciente, le nez dans l'herbe. Mais Ingvild se lève, tend les mains. Elle ne prononce pas un mot, fixe le vide devant elle avec une expression lointaine, puis laisse tomber le portable. Il atterrit tout près d'Anette.

— Vous pouvez appeler la police, maintenant, lui dit Ingvild avec calme.

Son regard est éteint, mort. Henning l'observe un long moment avant d'extraire son téléphone d'une poche de sa veste humide, d'essuyer l'écran et de vérifier s'il a du réseau.

Ensuite, il appelle Bjarne Brogeland.

Chapitre 66

Brogeland arrive rapidement sur les lieux, accompagné d'une équipe. Henning reconnaît Ella Sandland. Il s'attend presque à voir quelque part la silhouette imposante de l'inspecteur-chef Gjerstad en train de se gratter la moustache, mais le gradé ne s'est pas déplacé. La commissaire adjointe Nøkleby non plus.

La police procède à l'analyse de la tente et de son contenu. Sandland emmène Ingvild. D'autres officiers commencent à creuser pour dégager Yngve. Deux secouristes s'occupent d'Anette. Brogeland avance vers Henning.

— Tu as un bon instinct, Juul, je dois te l'accorder, dit-il en lui posant une main sur l'épaule.

Henning n'a pas l'habitude de recevoir des compliments, il n'apprécie guère les louanges, mais il marmonne quand même un remerciement. Gêné par ses vêtements trempés qui lui collent au corps, il écarte un peu de sa peau sa chemise et son pantalon.

— Ne t'avise pas de t'esquiver une fois de plus, prévient Brogeland en souriant. Nous aurons besoin de passer en revue ce qui s'est passé et, cette fois, on ne va pas le faire par téléphone.

— Je serai dehors.

Il émerge de la tente et retrouve l'air frais. La pluie a cessé, mais un vent aigre s'est levé. Il goûte avec plaisir le contact de la brise glacée sur ses joues moites et brûlantes.

Jusque-là, il n'avait pas pris conscience que l'émotion avait enfiévré son visage. *Je vais attraper froid*, se dit-il. Il est trempé jusqu'aux os. Mais quelle importance ?

Il sort son téléphone et appelle Iver Gundersen, qui décroche immédiatement.

— Salut, Iver. C'est moi.

— Salut.

Manifestement, il n'a pas encore l'info, se dit Henning.

— Vous êtes au bureau ?

— Oui.

— Devant un ordinateur ?

— Ouaip.

— Ça vous dit, un scoop ?

Silence.

— Un scoop ? répète Gundersen.

— Oui, un scoop. Oui ou non. Si c'est non, j'appellerai quelqu'un d'autre.

— Non, je... Enfin, oui, bredouille Gundersen. Bien sûr, je veux un scoop. Où diable êtes-vous ? Et que s'est-il passé ?

Henning prend une grande inspiration de ce bon vieux vent du nord. Génial !

— Il y a des conditions. Vous pourrez poser des questions, sauf sur mes raisons d'agir. C'est entendu ?

— Henning, je...

— C'est entendu ?

— Bon sang, Henning ! D'accord, c'est entendu.

Henning sourit de toutes ses dents, savourant cette occasion de s'amuser un peu aux dépens de Gundersen.

— Bon, préparez-vous, dit-il.

Et il commence avec le titre.

Tout en parlant à Gundersen, Henning se balade au hasard. Il aperçoit Ingvild et Yngve Foldvik, chacun enveloppé dans une couverture. Ils ne croisent pas le regard des policiers qui leur adressent la parole.

Ils ne regardent personne.

Au moment où Brogeland fait signe à Henning de le rejoindre, c'est déjà le début de l'après-midi. La prairie est le siège d'une activité assez intense : les fourgons des journaux et des télévisions sont arrivés, une foule de badauds s'est réunie, les gens se demandent quel genre de crime, cette fois, s'est déroulé dans la tente. Il ne les en blâme pas. À leur place, il se comporterait comme eux. Et ils seront sans doute encore plus choqués en lisant *123news*, plus tard dans la journée, si Gundersen a l'intelligence de rédiger un exposé clair des faits et de la chronologie.

— Marchons un peu, propose Brogeland.

Henning le suit. Ils s'éloignent des autres.

— Que penses-tu de toute cette histoire ? lui demande Brogeland.

— Dans quel sens ?

— Tu crois que c'est la fin de la civilisation telle que nous la connaissons ?

— Je n'en sais rien.

— Moi non plus. Putain ! s'exclame Brogeland en secouant la tête. Tu imagines un peu l'avenir qui attend ces deux-là ?

— Non.

— Moi non plus.

— Comment va Anette ? s'enquiert Henning.

— Elle se remettra rapidement.

— Vous allez la transporter à l'hôpital ?

— Ce ne sera pas utile.

Ils font quelques pas en silence. Au-dessus d'eux, les nuages courent dans le ciel. La température tombe. Les vêtements de Henning ne lui collent plus à la peau.

— Avez-vous découvert qui a tué Stefan ? demande-t-il alors qu'ils reviennent vers la tente.

Brogeland secoue la tête.

— Trop tôt pour le dire. Mais tous les éléments suggèrent une overdose de médocs et d'alcool.

— Donc, sa mort n'est plus considérée comme suspecte ?

— En tout cas, ça n'en a pas l'air.

— J'imagine que vous n'avez pas requis des analyses complètes.

— La décision ne me revient pas, mais je suppose que le dossier a dû passer sous la pile.

— Mmm.

Henning regarde autour d'eux. Un cadreur de TV2 hisse sa caméra sur l'épaule. Un journaliste passe ses notes en revue, puis répète sa prestation hors antenne.

— Tu ne trouves pas bizarre que Stefan ait été nu ? fait remarquer Henning quand le journaliste a terminé.

Brogeland se tourne vers lui, intrigué.

— Mmm ?

— À ton avis, qu'est-ce qui a bien pu pousser ce gamin à se déshabiller ?

— Je ne sais pas vraiment. Il avait un truc avec le symbolisme. C'était peut-être sa manière de dire que le cycle s'achevait.

— Né nu et mort nu, c'est ça ?

— Ouais.

Ça se tient comme interprétation, juge Henning.

— Mais comment Stefan savait-il qu'Henriette était dans la tente, ce soir-là ? A-t-on relevé des communications entre eux ?

— Pas que je me souvienne. Je ne crois pas.

— Alors, comment l'a-t-il appris ?

Brogeland réfléchit quelques instants avant de répondre.

— Ils avaient peut-être pris rendez-vous de vive voix ?

— Mais pour quelle raison ? Stefan ne participait pas au film d'Henriette.

— Je sais. D'une manière ou d'une autre, il était au courant. Comment ? Pas la moindre idée. La question restera sans réponse.

Henning hoche lentement la tête. Cette petite énigme l'agace. Il n'aime pas qu'il manque des pièces aux puzzles. Il finit toujours par ne voir que le trou béant.

— C'est un sacré retour au premier plan pour toi, lance soudain Brogeland alors qu'ils continuent à déambuler.

— C'est-à-dire ?

— Je parle de cette affaire. Mais c'est bien dans ton style. Ça t'arrange de faire cavalier seul, hein ?

Henning observe Brogeland, dont le sourire a disparu. Qu'est-ce qui a bien pu lui valoir ce changement de ton et d'attitude ?

— Qu'est-ce que tu racontes ?

— Gjerstad m'a parlé de l'affaire des Nigérianes, commence Brogeland, vindicatif. Il m'a tout dit sur tes articles et le tueur que tu as interviewé.

Oh, Gjerstad ! Henning a un sourire entendu.

— Est-ce que l'inspecteur-chef t'a raconté toute l'histoire ?

Il attend de voir la réaction de Brogeland, mais ce dernier ne bronche pas. Henning continue donc :

— Est-ce qu'il t'a expliqué que j'ai accepté d'interviewer ce type et de lui donner la publicité qu'il recherchait à une seule condition ?

Il marque une pause pour accentuer l'effet dramatique.

— Et quelle était cette fameuse condition ? finit par s'enquérir Brogeland.

— Qu'il cesse de tuer des Nigérianes. Ou qui que ce soit, d'ailleurs. Je lui ai dit que c'était une chimère d'imaginer que la police puisse venir à bout de la prostitution à Oslo. Que ça équivalait à demander aux enfants de cesser de manger des bonbons. Que si on appelait ça le plus vieux métier du monde, ce n'était pas par hasard. Est-ce que Gjerstad t'a dit combien cet homme avait fait de victimes, après ?

Brogeland ne répond pas.

— Exactement aucune, annonce Henning. Et, de toute façon, je n'aurais pas pu le livrer à la police, parce que je ne l'ai jamais rencontré. Nous n'avons parlé que par téléphone. Deux fois. Et, les deux fois, c'est lui qui m'a appelé. Je ne me suis jamais donné la peine de chercher d'où provenaient les appels, parce que je savais que j'aurais perdu mon temps. Par ailleurs, il s'est fait pincer quelques mois plus tard. Pour tout autre chose.

Henning se rappelle certaines de ses disputes avec Arild Gjerstad, l'antipathie et le mépris que l'inspecteur-chef ne se souciait pas de dissimuler. *J'ai parfois des préjugés, mais, en comparaison de Gjerstad, je suis un petit joueur*, se dit-il.

— Ah, d'accord. Je…

— Oublie ça, Bjarne.

— Mais je…

— Laisse tomber. Ça n'a aucune importance.

Brogeland cherche son regard et hoche posément la tête.

Chapitre 67

À son arrivée au bureau, une heure plus tard, Henning sent immédiatement un changement dans l'atmosphère. Certes, c'est vendredi, et les vendredis ont leur propre rythme. Mais, aujourd'hui, on dirait que Noël est arrivé en avance. Il peut le voir dans le sourire des gens, l'entendre dans leurs rires insouciants, le constater à l'humeur enjouée d'une collègue qu'il croise dans l'escalier.

Il emprunte le couloir étroit et entre dans la kitchenette, où la machine à café est étrangement délaissée. Il est 15 heures passées, mais la salle est encore bien remplie. Comme d'habitude, Kåre Hjeltland plane derrière un journaliste à la rédaction. Leurs regards se croisent.

— Henning !

Kåre donne quelques instructions au journaliste et se précipite dans la kitchenette. Henning fait un pas en arrière en anticipant le choc avec Kåre, histoire de ne pas se faire renverser. Heidi passe derrière. Elle les voit, mais ne les rejoint pas.

— Tu as vu l'article d'Iver ? rugit Kåre.

— Euh, non.

— Il a résolu l'affaire Hagerup ! La lapidation et tout le reste ! Je crois que l'affaire s'est conclue dans la tente d'Ekebergsletta, plus tôt dans la journée ! Bordel de merde ! On crève tous les plafonds en nombre de clics ! Putain, PUTAIN !

Kåre éclate de rire et gratifie Henning d'une grande claque sur l'épaule.

— Tu viens boire un coup avec nous, après le boulot ? Il faut fêter ça !

Henning hésite.

— Allez, c'est vendredi, merde !

— Iver sera là ?

Bien sûr, ça ne change rien, mais il préfère le savoir.

— Non. Il doit passer dans le *17h30* de Radio 4, aujourd'hui. Il faut qu'il reste sobre ! Ensuite il doit faire une télé, mais je ne sais plus quelle chaîne, ha, ha !

À cet instant, Gundersen sort des toilettes en essuyant ses mains humides sur son jean déchiré et vaguement crasseux. En découvrant Henning, il se fige. Ils échangent un regard. Kåre hurle quelque chose que Henning n'entend pas. Il fixe toujours Gundersen, qui lui adresse un signe de tête circonspect. Dans son regard, il y a de la gratitude, mais aussi un singulier mélange de respect et d'incompréhension.

— Ce sera pour une autre fois, dit Henning à Kåre. J'ai déjà un rendez-vous.

— Oh, non ! Quel dommage !

Gundersen se dirige vers eux, mais passe sans s'arrêter. Il cille en se grattant la barbe d'un air embarrassé. Henning s'accorde un moment de satisfaction silencieuse.

— Il faut que j'y aille, dit-il à Kåre.

— OK ! À lundi !

Lorsqu'il ressort, l'air de l'après-midi est plus froid, plus rude. Il serre étroitement sa veste autour de son corps. Il marche vers le portail noir tout en cherchant de mémoire le magasin de spiritueux le plus proche, quand une voix l'interpelle.

— Juul !

Il se retourne. La voix appartient à un homme que Henning identifie sur-le-champ. Le soleil se reflète sur les verres de ses lunettes noires. Maintenant que Ray-Ban est plus près de lui, il comprend ce que Gunnar Goma a vu par son judas. Les cheveux ont l'air d'être peints sur le crâne du type. Le motif évoque un cercle de culture. Une épaisse chaîne étincelante est passée autour de son cou. Il porte un blouson de cuir noir, très probablement orné de flammes dans le dos.

— Vous voyez la bagnole qui se trouve là-bas ? demande l'homme en indiquant une voiture noire garée devant le portail. Allez-y. Si vous criez ou si vous tentez quoi que ce soit, on tuera votre maman.

Henning reçoit un petit coup persuasif sur la poitrine et commence à avancer. Il regarde furtivement de tous côtés, en quête d'un visage connu ou attentif, mais il ne voit personne à qui adresser un clin d'œil ou un geste discret. Dans son cou, les pulsations de son sang s'affolent. Il marche sans sentir le sol sous ses pas.

Qu'est-ce que je vais bien pouvoir faire, maintenant ? se dit-il.

Le chauffeur ne le quitte pas des yeux. Il a le bras posé sur le bord de la fenêtre. Un des doigts porte un bandage. *Décidément, aucun détail n'avait échappé à Gunnar Goma*, songe Henning, même s'il ne remarque rien de particulièrement efféminé dans l'allure des deux hommes.

Le type aux Ray-Ban s'assied près de Henning, sur la banquette arrière.

— Démarre, ordonne-t-il.

La voiture accélère brutalement. Henning est rejeté en arrière. Il est incapable de prêter attention aux gens et aux endroits qu'ils croisent. Une fois encore, il se dit qu'il devrait alerter quelqu'un, signaler qu'il a été enlevé. Mais, dans ce cas, qu'adviendra-t-il de sa mère ? Et de lui-même ? D'ailleurs, que va-t-il lui arriver ?

— On est en route.

Le conducteur prononce ces quelques mots dans un petit micro. Il porte une oreillette.

Que faire quand on n'envisage plus d'avenir ? Henning s'est souvent posé la question au cours des deux dernières années, debout dans l'obscurité, avec l'impression qu'elle était sur le point de l'avaler. Il n'y a pas de mots réconfortants comme quand il était enfant et que sa maman l'embrassait en lui assurant que tout allait s'arranger, et qu'il savait que tout irait bien. *Ce n'est rien ! Calme-toi et ça va passer.* La peur est paralysante, comme le gel. *Pour le moment, ce n'est pas flotter sur la mer calme qui va t'aider, Henning. Tu ne peux compter que sur toi-même pour te tirer de là.*

Mais comment ? Que faut-il faire ? Que faut-il dire ?

Ils n'ont pas roulé longtemps ; mais, avant qu'il ne puisse situer le quartier où ils se trouvent, la voiture a disparu à l'intérieur d'une station de lavage. La pénombre s'installe graduellement autour d'eux. La voiture s'est arrêtée, mais personne ne descend. Derrière eux, la porte roulante descend lentement.

Henning sent le canon d'un pistolet contre son flanc. Il s'entend pousser un cri de surprise.

— Descends.

Il regarde l'arme pressée contre une de ses côtes.

— Descends, j'ai dit.

La voix est profonde. Henning ouvre la portière et pose les pieds sur un sol de béton détrempé. L'odeur est la même que dans toutes les stations de lavage. Un mélange d'humidité et de détergent. Mais il n'y a pas d'autre véhicule en vue. Et ce n'est pas une station automatique, de celles où on rentre soi-même sa voiture et où la machine fait tout le boulot, à part laver convenablement la carrosserie.

La porte arrive en bout de course et heurte le sol avec un bruit métallique qui résonne entre les murs. *Qu'est-ce qui m'a pris de ne pas parler de tout ça à Bjarne?* se demande-t-il. *Pourquoi ne lui ai-je pas dit que j'avais des démêlés avec les Bad Boys Burning, qu'ils ont visité mon appartement et volé mon ordinateur, qu'ils me suivaient? Brogeland l'avait bien dit. Ces types sont de vrais durs. Putain, même Nora m'a prévenu!*

Nora. Est-ce que je te reverrai un jour?

Une porte s'ouvre. Henning voit une cabine vitrée. Un homme en sort; il sourit.

— Henning! lance-t-il comme s'il accueillait un vieil ami.

Henning ne répond pas. Il regarde à peine l'homme qui sourit.

— J'ai plusieurs noms, mais tout le monde m'appelle Hassan, dit le nouveau venu en tendant la main.

Henning l'accepte et la serre. Fort. Le sourire de Hassan révèle une dent en or sur la rangée supérieure, malgré une denture et des gencives en bon état. Il porte un débardeur et une chaîne en or autour du cou. Henning examine les tatouages sur ses bras. L'un représente une grenouille verte; l'autre, un scorpion noir. Les grenouilles vivent sur terre et dans l'eau. La nuit, elles préfèrent le terrain sec. Elles chassent les invertébrés. Le jour, elles se cachent des prédateurs dans des endroits humides et ombragés. Les scorpions sont essentiellement nocturnes. Et ils ont un dard dangereux.

Hassan se lisse la barbe. Puis se met à tourner autour de Henning.

— Bien. Vous savez peut-être pourquoi vous êtes ici?

Henning fait un geste en montrant ses vêtements humides.

— J'imagine que je ne suis pas là pour prendre une douche.

Hassan éclate de rire. Un écho caverneux cascade entre les murs. Hassan continue à déambuler en observant ses hommes tour à tour. En revanche, il s'adresse à Henning sans le regarder.

— Vous ne m'avez pas facilité les choses.

Concentré sur sa respiration, Henning ne bouge pas. Il arrive tout juste à tenir debout ; d'un moment à l'autre, il pourrait sombrer, perdre le contact avec le sol et s'effondrer. Ses idées se dispersent ; il tente de les contenir, mais il est paralysé par un accablant sentiment de solitude. *C'est peut-être ainsi que ça doit arriver*, se dit-il. C'est ce qui l'attend. Ce qu'il mérite. Au moment décisif, il n'a personne à ses côtés.

Ne montre pas que tu as peur, s'enjoint-il. *Ne leur montre pas ton côté le plus pathétique, dépourvu d'honneur et de dignité. Si tu es sur le point de mourir, alors sors la tête haute.*

Ces pensées lui font l'effet d'un coup de pied aux fesses.

— J'ai tout compris, balance-t-il avec assurance.

Hassan s'immobilise.

— Vraiment ?

— Oui, ça n'avait rien de bien compliqué. Yasser Shah, un de vos voyous, est recherché par la police parce qu'il a tué Tarik Marhoni. Ça commence à chauffer, dans le coin ; ça ne doit pas être très facile, en ce moment, d'être dans votre peau. Vous avez déjà vu *Heat* ? Avec Al Pacino et Robert De Niro ?

Hassan sourit, mais secoue la tête. Il recommence à tourner autour de Henning, qui poursuit.

— C'est un classique. Avec une morale. Si on veut réussir une bonne carrière de criminel, il ne faut pas laisser entrer dans son existence un élément qu'on n'est pas capable d'abandonner en trente secondes si ça commence à merder. Je me trompe ou vous n'avez pas prévu de plan B, Hassan ?

Hassan émet un ricanement bref, mais ne commente pas.

— Alors, nous avons un problème, reprend Henning.

L'autre le regarde, incrédule.

— Nous ?

— Vous n'êtes sûrement pas assez idiot pour me tuer juste parce que Yasser Shah n'a pas fait correctement son boulot ?

Hassan ralentit le pas. Henning décide de continuer à parler pendant que Hassan passe en revue les options disponibles.

— Yasser Shah se planque. Les flics peuvent prouver vos liens avec le frère de Tarik Marhoni. Il ne faut pas beaucoup d'imagination pour comprendre que, à partir de maintenant, ils vont vous surveiller de près. En plus, Mahmoud Marhoni est sur le point d'être libéré. L'inspecteur principal Brogeland me l'a dit, il y a une heure. Savez-vous ce qu'il m'a dit d'autre ?

Henning n'attend pas le feu vert de Hassan.

— Il a dit que Mahmoud détient assez de preuves pour vous faire plonger. Dans ce cas, tuer un journaliste, même s'il a été témoin d'un meurtre que vous avez ordonné, c'est un bon plan ou une manœuvre stupide ? À votre avis ?

— Un meurtre de plus ou de moins ne fera pas une grande différence, souligne brutalement Hassan en cherchant du regard le soutien des autres. Par ailleurs, personne ne vous trouvera jamais.

— Peut-être que non. Mais si vous pensez que ça vous facilitera la vie, vous vous trompez. Quand vous vous entre-tuez entre dealers, c'est une chose. Pour la plupart des gens, ce n'est pas un problème. Mais assassiner un journaliste… là, c'est une tout autre histoire. Nous autres, les journalistes, nous ne sommes pas toujours très populaires, loin de là, et il y aura un tas de gens qui se feront un plaisir de vous dire à quel point ils nous méprisent. Mais, au fond, je crois qu'ils sont heureux que nous existions. Et si quelqu'un tue ou fait disparaître un journaliste pour l'empêcher de faire son boulot, alors cette personne risque de le payer cher, croyez-moi. La police sait que vous vous intéressez à moi et, si vous estimez que votre situation est grave en ce moment, alors attendez de voir ce qui arrivera à partir de demain, quand ils commenceront à me chercher. Brogeland m'a offert une protection contre vous, mais j'ai refusé. Vous savez pourquoi ? Parce que je n'ai pas l'intention de me planquer ou de regarder derrière moi le restant de ma vie. D'autre part, je ne pense pas que vous soyez assez idiot pour aggraver votre situation en vous attaquant à moi. Mais si vous voulez me tuer, Hassan, faites-le maintenant, n'hésitez pas. Vous me rendriez un grand service.

Sa voix se réverbère sur les murs ; les échos superposés lui donnent une substance presque tangible. Son cœur bat à grands coups. Il regarde Hassan, qui continue à rôder. Ses chaussures produisent un son doux, chuintant contre le sol mouillé. Le reste du gang suit son patron des yeux.

— Qu'est-il arrivé à votre visage ? finit par demander Hassan.

Henning soupire. *Il est peut-être bon que Jonas soit là, en ce moment*, se dit-il. *Mon merveilleux, merveilleux garçon.* Il se rappelle le saut à travers les flammes, ses mains et ses bras levés pour se protéger le visage, ses cheveux qui s'étaient enflammés, les brûlures et la peau cuisante. Le regard de Jonas quand il l'avait vu, la manière dont le garçonnet l'avait aidé à éteindre les flammes avant qu'elles les atteignent.

Il se rappelle qu'ils se tenaient sur le balcon ; des flammes voraces les avaient chassés du salon. Il se souvient de Jonas qui quêtait son soutien, attendant qu'il le mette en sécurité. Henning lui avait dit quelques mots, des mots qu'il n'oubliera jamais : « N'aie pas peur. Je vais m'occuper de toi. » Il se rappelle qu'ils ont grimpé sur la rambarde du balcon ; il a saisi la main de son fils, a cherché son regard et lui a expliqué que c'était juste un petit saut et qu'ensuite ils seraient en sécurité. Mais il faisait si froid, il avait plu pendant des jours : la rambarde était glissante, il l'avait senti en grimpant.

Il avait pensé que peu importait ce qui pouvait lui arriver, pourvu qu'il sauve Jonas. Il devait atterrir le premier pour amortir la chute de son fils. Jonas pouvait tomber n'importe où sur lui, ça n'avait aucune importance, du moment qu'il survivait. Mais Jonas résistait, il pleurait, il disait qu'il ne voulait pas le faire, qu'il avait trop peur. Et Henning l'avait forcé, il avait élevé la voix, il avait dit d'un ton strict qu'ils devaient absolument sauter, sinon ils allaient mourir tous les deux. Il avait promis qu'ils iraient pêcher le week-end suivant. Et, finalement, Jonas avait hoché la tête, versant des larmes courageuses ; il s'était repris, il était un grand garçon. Les yeux de Henning le brûlaient et il avait du mal à voir où il allait, mais il devait y arriver, il devait se placer devant et faire tout ce qu'il fallait pour sauver son fils. Henning était sur la rambarde, en équilibre ; il avait attrapé les mains tremblantes de Jonas, l'avait soulevé, l'avait rassuré encore une fois, ces satanés mots. Mais quand il avait regardé en bas, quand il avait essayé de regarder en bas, il avait eu un vertige, tout avait commencé à tourner. La puissante odeur de brûlé qui venait de l'appartement, ou peut-être de son propre visage, l'envahissait ; la fumée sortait de la porte du balcon qu'il avait laissé ouverte, mais c'était l'instant ou jamais, ils devaient sauter. Il s'était légèrement déplacé pour assurer son équilibre, mais le vide s'était soudain ouvert sous ses pieds, la rambarde avait disparu et il ne serrait que le vide contre lui. L'enfant n'était plus dans ses bras. *Jonas, putain, où est Jonas ?* Il ne voyait rien, ses paupières étaient collées l'une à l'autre et il flottait, il tombait vers le sol. Il avait anticipé l'impact, l'avait senti avant qu'il se produise. Il était prisonnier d'un mur d'obscurité. Il ne voyait absolument rien, ne percevait rien, n'avait aucune sensation. Tout n'était qu'obscurité, l'obscurité était totale.

Il n'avait jamais vu l'obscurité, avant. Il n'avait jamais vu ce qu'elle pouvait dissimuler.

Mais il avait vu à ce moment-là.

Jonas avait peur du noir.

Comme il aimait Jonas.

Jonas.

— Mon appartement a brûlé, dit-il avec calme. Avez-vous des enfants, Hassan ?

Hassan secoue la tête et ricane.

— Et je ne compte pas en avoir.

Henning hoche la tête.

— Finissons-en, dit-il, tout à fait serein.

Il est prêt. Ça n'a pas d'importance. Que l'éternité vienne. Hassan s'arrête pile en face de lui. Il sort un pistolet, le lève, s'assure que Henning l'a bien vu, puis lui applique le canon sur le front.

Et maintenant l'obscurité revient. L'obscurité que j'ai tant attendue, où l'aube n'arrive jamais, où les voix se taisent, où les rêves sont figés et où les flammes ont disparu. Viens à moi. Emmène-moi au pays des morts, mais je t'en prie, fais qu'il y ait quelqu'un là-bas pour me recevoir.

Il attend le fracas du coup de feu, ou une détonation sourde, ou juste un léger sifflement si Hassan utilise un silencieux. Henning se demande s'il entendra quoi que ce soit, avant que sa tête n'explose en une masse informe de cervelle sanguinolente. La mort est une chose terrible, mais au moins elle efface la souffrance.

La pression sur son front disparaît. Henning ouvre les yeux et croise le regard de Hassan, qui a baissé son arme.

— D'accord, dit-il.

Puis il avance d'un pas et s'arrête à quelques centimètres du visage de Henning.

— Mais s'ils attrapent Yasser, continue-t-il d'une voix sifflante, s'il y a un procès et si vous êtes le seul témoin de l'accusation, on reviendra vous chercher. Compris ? Il est même possible que, cette fois, on ne vous offre même pas le trajet.

Il recule d'un pas, fait un geste avec son pistolet comme s'il se tranchait la gorge. Henning déglutit avec effort. Ils se regardent, immobiles. Pendant un long moment.

— C'est compris ?

Henning hoche la tête.

Il comprend.

— Ouvre la porte, ordonne Hassan à l'un de ses hommes sans quitter Henning des yeux.

— Mais...

— Fais ce que je dis.

Le type avance en traînant les pieds jusqu'à un gros bouton. Il le presse. La porte commence à remonter en protestant. Dans le silence qui règne dans le local, le mécanisme semble particulièrement bruyant. La lumière envahit les lieux. Henning considère Hassan : il a toujours son allure de gros dur. Hassan pense ce qu'il a dit, Henning n'a pas le moindre doute là-dessus.

Arrivée au bout de sa course, la porte s'arrête avec un lourd claquement métallique.

— Mon ordinateur, dit Henning. Je peux le récupérer ?

Hassan adresse un signe de tête à l'un des hommes, qui s'empresse d'obéir, même si sa désapprobation est manifeste. Quelques secondes plus tard, il revient, s'approche de Henning et lui fourre son ordinateur dans les bras.

Quand Henning regagne l'extérieur et foule de nouveau un revêtement sec, une Smart Alfa Romeo le dépasse en souplesse. Il se retourne et contemple la station de lavage.

La porte redescend doucement. Quelle vision singulière. Les Bad Boys Burning, debout ensemble, l'observent. Ils ont l'air hardcore. *Ils feraient une belle pochette de CD*, se dit-il, *pour un groupe sur le point de sortir son ultime album*. Quand la porte a roulé jusqu'en bas et qu'ils ont disparu de son champ de vision, l'atmosphère est devenue plus calme. Mais plus vide, aussi.

Chapitre 68

Quelqu'un fait l'amour. Au moment où il s'apprête à glisser sa clé dans la serrure de la porte d'entrée de sa mère, Henning se rend compte, à son grand soulagement, que le bruit émane d'un téléviseur. Dieu merci, ça vient d'une télé ! Et, Dieu merci, ça ne vient pas du poste de sa mère, mais de celui de son voisin, Karl.

Karl est le concierge de l'immeuble. Karl aime le porno. Henning n'en a jamais rien dit à sa mère, mais il est persuadé que Karl la trouve à son goût. Si un beau jour, et contre toute attente, elle devait le découvrir par elle-même, il espère qu'elle ne lui tiendra pas rigueur d'avoir manqué de l'orienter vers les bras de Karl, dans son vieil âge. Une petite voix lui souffle que la réalisation de ce genre de projet pourrait se révéler quelque peu perturbante.

Comme toujours quand il rend visite à sa mère, il est presque suffoqué par l'épaisse atmosphère bleuâtre qui règne à l'intérieur. Le papier peint est couleur Marlboro. Si quelqu'un s'avisait de lessiver le plafond, la mousse serait saturée de bulles de vieille nicotine et de goudron. Henning mesure à quel point il est content de ne plus fumer. Parce que son appartement serait exactement dans le même état.

Il ramasse les sacs de courses, les six en même temps, et pénètre dans le salon. Il entend la radio : c'est inévitable, elle est toujours en marche. Comme d'habitude, Christine Juul est assise dans la cuisine, une cigarette à la main. À l'entrée de Henning, elle lève à peine le nez de son journal.

— Salut, maman ! crie-t-il pour dominer le son de la radio.

Le retour du fils prodigue. Mais aucune étreinte baignée de larmes ne l'accueille. Elle inspecte du regard les sacs qu'il apporte. Il commence délibérément par lui montrer le sachet marron du débit de boissons.

— C'est pas trop tôt, aboie-t-elle.

Sans faire attention, il entre dans la cuisine et ouvre le réfrigérateur. Les bouteilles tintent. Le son préféré de sa mère. Il l'observe à la dérobée en déballant les courses – du lait, du fromage, du sucre, du pain, et ainsi de suite. Elle est toujours pareille à elle-même. Son pantalon autrefois blanc est reteint à la nicotine ; son chemisier a également renoncé à son jaune pâle en faveur d'une nuance plus brunâtre ; une veste de laine marron complète sa tenue parce qu'il fait froid. Et il fait froid parce qu'elle aère l'appartement. Par bonheur, elle a ouvert les fenêtres !

— Comment vas-tu, maman ?

— Mal.

— Ah ? Alors, quoi de neuf ?

— Quoi de neuf ? ronchonne-t-elle.

Ç'aurait été plus rapide de consulter son dossier médical avant de venir, se dit-il avec un petit sourire intérieur.

On diffuse un débat à la radio. Henning range les provisions et il lui faut une pleine minute pour comprendre qu'elle écoute *17h30*. Il ne devrait pas être étonné d'entendre la voix d'Iver Gundersen ; pourtant, il ressent une pointe d'excitation. Il prête l'oreille à l'introduction du présentateur :

Alors, Iver Gundersen, c'est vous qui avez résolu cette affaire. À votre avis, que va-t-il se passer, maintenant ?

Pensez-vous que, dorénavant, la Norvège devrait porter plus d'attention à la charia ?
— Non, Andreas, je ne le crois pas. Il me semble que la plupart des gens ont conscience que ces événements ne vont pas devenir courants en Norvège, quel que soit le nombre de musulmans qui vivent ici. D'un autre côté, cela peut nous inciter à mieux comprendre ce qu'est réellement la charia. À mon sens, nous pouvons tous y trouver des avantages.

Bon garçon, se dit Henning. Il envisage de demander à sa mère de baisser le son, mais ce serait peine perdue ; il tente donc de reléguer le débat à l'arrière-plan. En revanche, il remarque les essais infructueux de sa mère pour dévisser le bouchon d'une bouteille de Saint Hallvard. Il lui prend la bouteille et l'ouvre sans effort. Il sort un verre à liqueur d'un placard et le pose devant elle. *Débrouille-toi pour te servir*, songe-t-il. Et il constate que ses mains tremblent au point qu'elle renverse du liquide à côté du verre. *Putain, c'est incroyable comme elle tremble !*

Il est submergé par un mélange de pitié et de colère. Il soupire en la regardant avaler sa première gorgée. Elle ferme les yeux ; il peut suivre le cheminement du liquide visqueux qui lui réchauffe le palais, la gorge, puis la poitrine. Et il est absolument certain que pour elle c'est le meilleur moment de la journée, peut-être même de plusieurs journées.

À la radio, le présentateur passe au sujet suivant.

La ministre de la Justice, Trine Juul-Osmundsen, flirte de nouveau avec la polémique.

Sa mère augmente le volume. Henning a envie de hurler.

Dans la prétendue recherche d'une meilleure efficacité, elle veut limiter le droit automatique de faire appel aux affaires où l'accusé a été condamné à plus de deux ans de prison. Sa proposition a rencontré une résistance considérable chez certains membres de l'opposition. Karianne Larsåsen de Venstre est avec nous dans le studio aujourd'hui ; elle croit que…

Elle baisse le volume. Dieu merci.

— Foutus journalistes ! ronchonne-t-elle à mi-voix.

Il s'arrête net, envisage de protester, mais se ravise. À quoi bon ? Il referme le frigo d'un geste qui traduit son impuissance, puis examine la pièce. Des miettes et des cendres de cigarette jonchent le sol. Il y en a partout. De là où il se tient, il peut voir la poussière sur la télé. Avec son divan trois places, un fauteuil Stressless et son tabouret, une table de salle à manger, les murs tendus de toile de jute, le salon semble coquet, mais Henning sait ce qui se trouve sous la table, dans les poils du tapis persan rouge, sous le divan et sous le téléviseur.

Il commence par sortir le Hoover d'un placard du couloir et le met en route. Il aspire rapidement le couloir, l'étroite salle de bains, la chambre, puis serpente dans le salon. Il s'apprête à enlever l'embout pour nettoyer l'âtre, quand un objet posé sur le manteau de la cheminée retient son attention. Il a déjà vu des centaines de fois les cadres qui s'y alignent. Des photos de sa mère, à l'époque où elle était encore sa mère ; ses parents, le jour de leur mariage ; des photos de Trine et de son mari, Pål Fredrik, quand ils se sont mariés ; des photos de Trine et Henning ensemble, quand ils étaient enfants, sur la plage de galets du chalet.

Et il aperçoit une photo de Jonas.

Il la prend et l'examine. Jonas sourit au photographe. C'était aux environs de Noël. Henning le sait parce qu'il voit des cartes de Noël derrière les boucles blondes de Jonas, suspendues au mur à un ruban de soie verte. Au lieu d'aligner les cartes sur le manteau de cheminée, ils avaient pris l'habitude de les accrocher à un ruban de soie avec des trombones et de créer une silhouette d'arbre de Noël constituée de bons vœux.

À l'époque, Jonas avait trois ans. Henning ne se rappelle pas à quelle occasion précise la photo a été prise, mais le sourire de Jonas trahit à la fois son impatience et son plaisir d'attendre Noël. Henning contemple longuement le cliché tandis que le Hoover ronronne près de lui. Il est incapable de la reposer.

Il n'a pas conscience du temps qu'il passe ainsi. Il sort de sa transe quand sa mère augmente démonstrativement le volume de la radio, pour couvrir le bruit de l'aspirateur. *Ça suffit*, se dit-il en remettant la photo en place.

Mais sans la retourner, cette fois.

Chapitre 69

Après cette visite d'une heure à sa mère, il achète des piles en paquet économique ; en quittant la boutique, il remarque que le parc Sofienberg est plein de gens heureux, profitant de leur vendredi. Son mobile bipe. Il ouvre le message en marchant. À sa grande surprise, le texto vient d'Anette.

Êtes-vous toujours vivant ?

Il sourit tout seul et tape une réponse.

Tout juste. Je suis tenté de vous poser la même question. Comment allez-vous ?

Il continue à avancer sans ranger son téléphone. Il regarde les gens étendre des couvertures pour pique-niquer, déballer des barbecues portatifs et déplier des chaises longues. Anette répond rapidement. Son mobile bipe et vibre en même temps au creux de sa main. Quatre signaux courts.

Un peu sonnée. Mais ça va.

Il n'a jamais été touché par un choqueur. D'ailleurs, il compte bien ne jamais en faire l'expérience. Mais il est persuadé qu'Anette se souviendra toujours de cette mésaventure.

Il envoie un autre texto :

J'ai faim. Ça vous dirait de manger un morceau quelque part ?

Il presse la touche « Envoi » en espérant qu'Anette n'interprétera pas son message de travers. Il ressent simplement le besoin de discuter de ce qui s'est passé. Et il a vraiment faim : il n'a pas avalé grand-chose, ces derniers jours.

Son téléphone bipe.

Oui, s'il vous plaît. Je meurs de faim. Fontés à Løkka ? La cuisine est bonne.

Il répond sur-le-champ.

Super. On se retrouve là-bas.

Il referme son portable et presse le pas. *Elle a raison*, se dit-il. *Ils font de la bonne cuisine, là-bas.* Et il décide qu'il a aussi mérité une bière.

Après tout, c'est vendredi.

À l'arrivée d'Anette, il a déjà eu le temps de prendre sa première bière. Il est installé près de la cheminée, où une bûche flambe comme une fournaise en miniature, malgré la tiédeur de cette soirée de juin. Les gens le frôlent au passage en empruntant l'escalier qui mène aux toilettes. Il se méfie de la bûche, mais c'est la seule table libre.

Il lui fait signe. Anette le repère immédiatement et se dirige vers lui en souriant. Il se lève. Elle l'étreint.

Ça fait longtemps qu'on ne l'a pas étreint.

Ils s'asseyent. Le serveur, un grand type noir qui a les dents d'une blancheur éclatante, réagit au quart de tour et vient prendre leur commande.

— Un burger Fontés avec du bacon. Et la plus grande bière que vous ayez, dit Anette en souriant.

Quelqu'un est manifestement plus détendu, songe Henning.

— Et pour moi aussi. Enfin, les deux… La même chose, s'il vous plaît.

Le garçon hoche la tête et s'en va. *Qu'est-ce qui m'arrive ? Je ne réussis même plus à aligner deux mots*, grogne Henning en son for intérieur. Il n'est pas à l'aise. Alors que ses intentions sont strictement honorables, il a l'impression qu'ils ont un rendez-vous galant. Et ça, c'est un scénario particulièrement gênant.

— Alors, ça a fait un bon article ?

— Sans doute. Du moins, je le pense. Ce n'est pas moi qui l'ai écrit. Je n'en avais pas l'énergie.

— Donc, vous avez fait bosser un pauvre crétin à votre place ?

— On peut dire ça comme ça.

— C'est quand même beaucoup plus drôle d'écrire soi-même.

— Je croyais que votre truc, c'était la réalisation.

— Oui, mais les meilleurs réals sont souvent les meilleurs auteurs. Quentin Tarantino, par exemple. Oliver Stone. J'allais mentionner Clint Eastwood, mais, à y réfléchir, je ne crois pas qu'il écrive beaucoup lui-même. Saviez-vous que Clint Eastwood compose pratiquement les musiques de tous ses films ?

— Non.

— Maintenant, vous le savez. Et ce sont de très bons morceaux. Très jazzy, beaucoup de piano.

Henning apprécie les morceaux jazzy. Surtout quand il y a beaucoup de piano. Ils se regardent quelques instants sans rien dire.

— Que va-t-il arriver au film, à présent ? finit par demander Henning.

Il se maudit aussitôt. Trop tôt pour aborder ce sujet.

— Lequel ?

— Eh bien, les deux.

— Pourrions-nous éviter de parler de ça ? Ma meilleure amie est morte, elle a été tuée par un cinglé que j'aimerais ne jamais avoir rencontré, et la dernière chose à laquelle j'ai envie de penser pour le moment, c'est ce qu'il va arriver au film. Ou aux films. Pour l'instant, tout ce que je veux, c'est manger mon burger. Je me fiche de tout le reste.

Il hoche la tête d'un air compréhensif. Anette cherche le garçon des yeux. Là ! Leurs regards se croisent. Le serveur lui adresse un signe de tête et un geste d'excuse.

— Bjarne vous a mise sur le gril ? s'enquiert Henning.

— Je suis bien cuite des deux côtés.

— Ça a été ? Il vous a traitée correctement ?

— Oh, oui. Ce n'était pas trop dur. Il devrait encore m'interroger, mais pas de problème. Je comprends.

Les consommations tant attendues arrivent enfin. Anette le remercie, avale une longue gorgée, puis lèche la mousse qui ourle sa lèvre supérieure.

— Ah ! Ce truc vient de me sauver la vie.

Henning prend son propre verre et le fait tourner distraitement entre ses mains pendant quelques instants.

— C'est moi qui l'ai trouvé, lâche-t-il soudain.

Il ne sait pas d'où sort cette phrase. Elle a juste jailli de sa bouche.

— Stefan ?

— Mmm. Je n'étais pas censé être là-bas, mais je voulais poser quelques questions à Yngve. Les Foldvik n'étaient pas chez eux, la porte de leur appartement était ouverte et je…

— Vous êtes entré ?

Il lève les yeux et acquiesce.

— Et vous, vous y êtes déjà allée ?

Anette prend une petite gorgée de sa boisson avant de répondre.

— Stefan m'a donné rendez-vous chez lui, une fois… C'était quand, déjà ? Il y a six mois, peut-être. On a discuté de son script.

— Celui que vous alliez réaliser ?

— Oui.

— Et vous n'y êtes pas retournée ?

Nouvelle gorgée de bière et signe de tête affirmatif.

— Après ça, on a échangé quelques mails et on a un peu discuté du film. Enfin, on n'allait pas tarder à en discuter. Toute cette industrie repose sur l'avenir. D'abord, on se rencontre pour convenir d'une réunion et, au cours de cette réunion, on se met d'accord pour se réunir de nouveau pour convenir d'un prochain rendez-vous.

Il sourit en la voyant lever les yeux au ciel.

— Au fait, pourquoi voulez-vous savoir tout ça ?

— Oh ! Simple curiosité.

— Je peux vous poser une question, à mon tour ?

— Allez-y.

— Que vous est-il arrivé ?

Elle montre son visage, ses cicatrices.

— Oh, ça.

Il baisse les yeux.

— Vous n'êtes pas obligé de m'en parler, dit tout de suite Anette d'une voix chaleureuse.

— Non, c'est juste que…

Sa voix s'éteint. Il masque sa gêne en jouant avec son verre.

— Plusieurs personnes m'ont posé la question récemment. Je ne sais pas vraiment quoi répondre sans…

Il se tait et revoit une fois encore le balcon, les yeux de Jonas, les petites mains qui soudain ne sont plus là. C'est comme s'il se trouvait plongé dans le noir, à l'intérieur d'une salle insonorisée. Il la regarde.

— Peut-être une autre fois.

Anette lève les mains, contrite.

— Désolée, je ne voulais pas…

— Non, non. Ça va.

Anette le fixe un long moment, puis elle prend une gorgée de bière. Ils boivent en silence, observent les dîneurs, regardent la porte chaque fois qu'elle s'ouvre, contemplent les flammes.

Une question qui avait troublé Henning refait surface.

— Pourquoi êtes-vous revenue ? Pourquoi êtes-vous entrée dans la tente ?

Anette réprime un rot.

— Comme je vous l'ai dit, j'étais curieuse. Vous étiez manifestement sur un coup. Votre visage vous a trahi. Vous auriez dû voir votre tête. Je suis habituée à juger des situations comme si c'étaient des histoires, et je me suis rendu compte qu'il y en avait une très bonne qui se déroulait juste sous mon nez. C'était trop tentant de voir ce qui se passait dans cette tente.

Il hoche lentement la tête.

— Mais je n'avais pas l'intention de vous espionner, précise Anette.

— Combien de temps êtes-vous restée dehors avant d'entrer ?

— Pas très longtemps. Mais, vous savez, j'ai déjà passé tout ça en revue avec ce flic, Brunlanes ou un nom comme ça.

— Brogeland, rectifie Henning. Désolé, je suis simplement un peu…

C'est à son tour de lever les mains pour exprimer sa confusion.

— Je suis un peu en vrac après la journée que j'ai eue.

Il fait un geste circulaire près de sa tempe avec son index.

— *No worries*, lance-t-elle en prenant l'accent australien. *Cheers!*

Elle lève son verre. Ils boivent.

— À quoi buvons-nous ? demande-t-il.

— Au fait que d'autres vies n'aient pas été prises, dit-elle en portant son verre à ses lèvres.

— *Cheers.*

Chapitre 70

Ils conviennent d'oublier les Foldvik pendant qu'ils dégustent leur burger à la créole avec des pommes de terre en robe de chambre ou en robe des champs, peu importe leur nom. Il engloutit sa nourriture et, forcément, mange beaucoup trop. La bière s'installe en haut de son estomac comme une couche en pleine fermentation. Quand ils finissent par s'en aller, après que Henning a réglé la note, il sait qu'il navigue en eaux troubles.

Mais, une fois encore, il aime la mer.

— Merci pour le dîner, dit Anette comme ils sortent dans la tiédeur de cette soirée de juin.

La pluie a repris. Un simple crachin, cette fois.

— C'était un plaisir.

Il lâche la porte, qui se referme en claquant derrière lui.

— Vous en voulez ? propose Anette en lui montrant un sachet de bonbons Knott. C'est super après quelques bières.

Elle verse de petites perles blanches, marron et grises dans le creux de sa propre main et les gobe d'un coup. Il sourit.

— Volontiers, merci.

Il tend la main et reçoit sa ration. Des Knott. *Oh, fabuleux bonbons de mon enfance !* Il en a largement profité au fil des années, mais la dernière fois qu'il a senti les petites explosions de saveur sur sa langue remonte à si longtemps qu'il préfère ne pas tenter de s'en souvenir. Il en choisit un marron, le gobe, claque des lèvres et adresse à Anette un signe de tête satisfait.

— Il faut les manger tous en même temps, proteste-t-elle. C'est ça qui fait qu'ils sont si bons !

Il regarde les sept ou huit pastilles, si on peut les appeler ainsi, et porte la main à sa bouche. Il a un grand sourire. Une des pastilles lui échappe et reste dans sa paume. Pendant qu'il croque, broie et mastique, il observe le petit bonbon rond. On dirait une petite pilule blanche.

Une petite pilule. Une pilule blanche, petite et ronde.

Petite, blanche…

Oh, putain !

Son regard revient sur Anette. Il mâche et avale mécaniquement, sans parvenir à la quitter des yeux. Elle secoue le sachet, verse d'autres bonbons dans sa paume et les enfourne dans sa bouche. Il examine de nouveau la sucrerie au creux de sa main et se souvient de ce que Jarle Høgseth avait coutume de répéter : le diable est dans les détails. C'est un gros cliché, mais, pour l'instant, il se tient là, les yeux rivés sur le bonbon blanc. Le sentiment rampant qui le tenaille depuis qu'il a découvert les yeux fixes de Stefan, l'hameçon fiché dans son estomac, s'accroche plus profondément et le déchire en s'arrachant.

— Que se passe-t-il ? s'enquiert Anette.

Henning la fixe en silence, incapable de répondre. Il revoit la poudre blanche sous sa semelle, la petite pilule ronde et blanche sur le sol de la chambre de Stefan, le souvenir flou suscité par la forme et l'odeur du petit comprimé. Il se rappelle les rideaux tirés, la porte mal fermée.

— Vous n'aimez pas ça ? demande-t-elle, toujours souriante.

Il a conscience de hocher la tête. Il essaie de voir si les yeux d'Anette révèlent quelque chose. Le miroir de l'âme, là où l'on peut lire la vérité. Mais elle se contente de lui rendre benoîtement son regard. Il considère tour à tour les bonbons et la jeune femme.

— Hellooooo ?

Anette agite la main devant son visage. Mais il ne voit que la pastille entre son pouce et son index. Il la renifle.

— Qu'est-ce que vous fabriquez ?

Anette glousse en continuant à mâchonner.

— Non, je…

La voix de Henning est mal assurée, il a le souffle court. Le tram 11 s'arrête sur la place Olaf Ryes. Ses roues crissent. À mi-chemin entre le couinement d'un cochon et le vacarme strident d'une scierie.

— C'est mon tram, annonce Anette, qui s'apprête à partir.

Elle scrute son visage.

— Merci pour le dîner. Il faut que j'y aille. À bientôt.

Un dernier sourire, et elle est partie. Il la voit s'éloigner. Son sac à dos rebondit au rythme de sa course. Il la suit jusqu'à ce qu'elle grimpe à bord de la rame bleu et blanc du tram. Lorsque les portes se referment et que le tram commence à glisser vers le centre-ville, elle s'installe sur un siège près d'une fenêtre et le regarde.

Ses yeux se vrillent en lui comme des forets.

Il met une éternité à rentrer chez lui. Il peut à peine soulever ses jambes et doit se forcer pour avancer. Il ne pense qu'au sourire d'Anette lorsqu'elle est partie. Quand elle est allée prendre son tram, le sac à dos qu'elle portait négligemment rebondissait au rythme de sa course. Les écussons aux noms de lieux lointains et exotiques exécutaient une drôle de danse sous ses yeux.

Il revit la scène encore et encore, tandis que le bruit de ses chaussures contre le revêtement du trottoir résonne à ses oreilles comme un claquement de cymbales. Le son enfle, s'envole et se mêle au battement de la pluie, qui s'est fait plus intense au moment où il a croisé la file d'attente devant la Villa Paradisio. À l'intérieur, des gens mangent des pizzas, boivent, sourient, rient. Il essaie de se concentrer, se remémore le regard d'Anette, le soulagement qui l'animait, le degré de satisfaction qu'il trahissait. Une attitude bien singulière, seulement quelques heures après avoir été sonnée par un choqueur. Et il entend Tore Benjaminsen imiter la voix d'Anette : « À quoi ça sert d'être un génie si personne ne le sait ? »

Anette, songe-t-il. *Peut-être la femme la plus intelligente que j'aie jamais rencontrée.* Le goût des Knott lui parfume encore la bouche et il s'engage dans Seilduksgate avec le sentiment que lui et tous les autres se sont fait avoir dans les grandes largeurs.

Chapitre 71

Le sentiment plaisant qui l'habitait quelques heures plus tôt a été balayé. Tout à l'heure, il était euphorique, content de lui ; il jubilait à l'idée de s'être trouvé une nouvelle source et d'avoir jeté à Iver Gundersen un os à ronger.

Maintenant, son pas est lourd comme du plomb.

Il atteint son pâté de maisons en se demandant si Anette a fait croire à Stefan qu'elle allait également se tuer. Et si elle s'était étendue avec lui dans le lit étroit ? Ça expliquerait que le garçon se soit retrouvé recroquevillé contre le mur.

Mais pourquoi ?

Il entend la voix de Tore Benjaminsen. Malgré les aventures d'Anette avec des hommes, il pensait qu'elle était lesbienne. Ce n'est peut-être pas plus compliqué que ça. Henriette a flirté avec Anette, qui a cru à tort en l'existence d'une attirance sincère, mais qui a fini par être rejetée. Anette avait probablement été larguée avant, comme la plupart des gens, mais elle n'avait jamais été *rejetée*. Surtout par quelqu'un qu'elle aimait. Ainsi, pour la toute première fois, elle a senti à quel point ça fait mal. Entre l'amour et la haine, la frontière est poreuse et périlleuse.

Les paroles d'Anette dans la tente lui reviennent : « Son script aussi laissait croire la même chose. » Autrement dit, le scénario sous-entendait que la maîtresse de Gaarder était Mona. Du coup, il se demande si l'idée est venue d'Anette. Et si c'est *elle* qui a insisté pour introduire l'intrigue des

Gaarder dans l'histoire, afin que tout le monde imagine une relation entre Foldvik et Henriette. Foldvik a affirmé à Henning que l'auteur du script était Henriette, mais qu'Anette a sans aucun doute participé à l'écriture.

Mais à quel moment tout ça a débuté ? Quand a-t-elle commencé à élaborer son plan ?

Elle lui a raconté son premier rendez-vous avec Stefan ; le garçon venait de remporter son concours. C'est peut-être à ce moment que les rouages se sont mis en branle. Sa décision de réaliser le scénario de Stefan était peut-être un prétexte pour se rapprocher de lui, pour mieux le manipuler ? Elle s'est peut-être présentée comme la personne qui allait concrétiser son rêve. Et, dans l'industrie du film, les choses traînent en longueur. C'est l'usage. Les réunions et les rendez-vous se succèdent et se multiplient. Il a dû être relativement facile de rouler Stefan dans la farine. Et puis, lorsque le film serait en route, il serait déjà mort.

Que lui a-t-elle raconté ? Quels mots a-t-elle utilisés pour déclencher sa rage ? Lui a-t-elle dit que les femmes comme Henriette transforment les hommes en violeurs qui détruisent les familles ? Vu ce qui est arrivé à sa mère, il n'a pas dû être bien difficile d'enflammer Stefan avec une argumentation de ce genre. Plus Henning y songe, plus il en est convaincu : Anette a téléguidé Stefan depuis le début. De la direction d'acteurs pure et dure.

Il est aussi persuadé qu'ils ont essayé de compromettre Mahmoud Marhoni en lui expédiant des textos du mobile d'Henriette, exactement comme dans le script. Mais Anette s'est peut-être chargée seule de cette partie du plan. Les références à l'infidélité d'Henriette et la photographie sur son mail constituaient des éléments incriminants que Marhoni aurait du mal à écarter. Face aux messages envoyés par une morte, sa parole ne pèserait pas lourd. Et personne ne peinerait à associer Henriette et l'adultère. Après tout, elle avait la réputation de flirter facilement. Elle focalisait tous les désirs. Y compris celui d'Anette.

Il revoit le visage sans vie de Stefan, le corps allongé dans le lit étroit, pressé contre le mur. Anette lui a-t-elle promis de le suivre ? Avaient-ils conclu un pacte de suicide ? N'a-t-il pas remarqué qu'elle n'avalait pas les mêmes pilules ? Pourquoi…

Pas si vite ! Henning a une idée. Et, pendant qu'elle s'ancre dans son esprit, il se dépêche de déverrouiller la porte de son immeuble. Sans s'arrêter pour prendre son courrier, il grimpe les marches à grandes enjambées, sourd aux protestations de ses hanches et de ses jambes douloureuses. Il ouvre la porte de son appartement et pose son ordinateur sur la table de la cuisine. Il se perche sur l'escabeau, remplace toutes les piles en vitesse, puis ôte sa veste. Enfin, il ouvre un tiroir dans un placard en bois flotté et fourrage parmi des tickets de caisse, des menus de plats à emporter, des bougies, des boîtes d'allumettes, des boîtes d'allumettes de l'enfer, plusieurs cartes de visite, mais ce n'est pas ce qu'il cherche. Il tombe sur une bouteille de rhum, du Bacardi, beurk ! encore des menus et là, sous une vieille feuille de scores de hockey sur glace conservée pour d'obscures raisons, une carte de visite – ah ! il savait bien qu'il ne l'avait pas jetée. Il vérifie. Le nom du docteur Helge Bruunsgaard est imprimé sur le carton blanc texturé.

Il sort son téléphone. La batterie est faible, mais devrait tenir au moins le temps d'un appel.

Ça sonne longtemps, mais le docteur Helge finit par décrocher. La respiration de Henning s'accélère en entendant la voix familière le saluer, irradiant l'enthousiasme et l'optimisme.

— C'est vous, Henning ?

— Salut, Helge.

— Comment allez-vous ? Et comment s'est passé ce retour au bureau ?

— Euh, bien. Écoutez, je n'appelle pas aussi tard un vendredi pour parler de moi. J'ai besoin de votre aide. Je travaille sur une affaire en ce moment et j'aimerais avoir votre avis professionnel sur une question. Puis-je vous déranger pendant quelques minutes ? Vous rentrez chez vous, j'imagine ?

— En effet, mais ça ne me dérange pas, Henning. Il y a eu un accident et je suis pris dans les embouteillages. Alors, dites-moi, que voulez-vous savoir ?

Henning essaie de mettre de l'ordre dans ses idées.

— Ce que je vais vous demander risque de vous paraître un peu insolite. Mais je vous assure que ça ne me concerne pas, alors inutile de vous tracasser.

— Que se passe-t-il, Henning ? Je vous écoute.

Trop absorbé dans ses pensées pour percevoir l'inquiétude soudaine qui vibre dans la voix du docteur Helge, Henning inspire profondément.

Et lance sa question.

* * *

L'ordinateur démarre de plus ou moins bonne grâce et, comme d'habitude, le système met un temps fou à se charger. Henning arpente la pièce, attendant que les logiciels préinstallés soient opérationnels, même si pour l'instant il ne compte pas les utiliser. Quand il s'assied devant la machine et active l'icône de FireCracker 2.0, l'horloge, dans le coin supérieur droit de l'écran, indique 21 : 01. Une fois encore, il faut une éternité au programme pour démarrer. Par bonheur, *6tiermes7* est connecté. Henning double-clique sur le nom. Une fenêtre s'ouvre.

MakkaPakka : Couci ?

Il attend patiemment que la réponse arrive. Même *6tiermes7* ne peut pas être devant son clavier en permanence.

6tiermes7 : Couça. Vous ne devriez pas être en train de faire la fête ?
MakkaPakka : Déjà fait. Je ne me suis pas amusé.
6tiermes7 : Vous préférez bavarder avec moi. Je comprends très bien.
MakkaPakka : Je me pose quelques questions.
6tiermes7 : Maintenant ? Vous plaisantez ?
MakkaPakka : Maintenant plus que jamais, je vous assure.
6tiermes7 : Ça a l'air sérieux, votre histoire. Que se passe-t-il ?
MakkaPakka : Un des textos reçus par Hagerup le jour de sa mort est parti du Mozambique. Savez-vous d'où, plus précisément ?
6tiermes7 : Un moment, je vais vérifier.

Les doigts de Henning planent au-dessus du clavier, prêts à entrer en action. Quelques minutes s'écoulent. Puis *6tiermes7* revient en ligne.

6tiermes7 : L'endroit s'appelle Inhambane.

Une autre pièce essentielle vient s'ajuster au puzzle. C'est comme si le trou béant qui l'avait obsédé toute la journée se refermait d'un coup !

MakkaPakka : Cette affaire n'est pas terminée.

6tiermes7 : Quoi ?!
MakkaPakka : Stefan ne s'est pas suicidé. C'est Anette Skoppum qui l'a assassiné.
6tiermes7 : Qu'est-ce qui vous permet d'arriver à cette conclusion ?
MakkaPakka : Un tas de raisons. Mais il reste encore trop de détails à éclaircir. J'ai besoin que vous me rendiez quelques services.
6tiermes7 : Allez-y.
MakkaPakka : Je suppose que, maintenant, les prélèvements recueillis dans la chambre de Stefan ne font plus partie des priorités, n'est-ce pas ?
6tiermes7 : C'est exact.
MakkaPakka : Ça ne peut pas rester en l'état.
6tiermes7 : Si vous imaginez que j'ai le pouvoir de changer ça, détrompez-vous.
MakkaPakka : Je sais. J'énonce simplement les conditions nécessaires à la résolution de cette affaire.
6tiermes7 : Si l'analyse des échantillons finit par nous aider à résoudre l'affaire, je ne vois pas où est l'urgence.
MakkaPakka : *A priori*, ce n'est pas un problème. Sauf que, à ce moment-là, Anette peut avoir pris le large et se trouver bien loin d'ici. Les vacances d'été ne vont pas tarder. Dieu seul sait quel endroit reculé elle aura décidé de visiter, cette fois. Elle a déjà exploré la moitié du globe. Quand on commencera à examiner les indices susceptibles de l'incriminer, elle pourra être n'importe où.
6tiermes7 : Je comprends la situation, mais je ne peux pas y faire grand-chose. Essayez de régler ça avec Gjerstad ou directement avec Nøkleby. Tentez de les convaincre. Je pourrai toujours vous aider après coup.

MakkaPakka : D'accord, j'ai saisi. En attendant, je sais que vous pouvez me donner un coup de main pour d'autres petites choses.
6tiermes7 : Je vous écoute.

Avant de commencer à taper, Henning prend une profonde inspiration. Mais cela ne suffit pas à calmer le galop de la bête qui s'emballe dans sa poitrine.

Chapitre 72

Le jour de l'enterrement d'Henriette Hagerup, le ciel est dégagé, le temps beau et clair. C'est lundi. Henning a épousseté un vieux costume. Il se regarde dans le miroir, ajuste la cravate noire qu'il déteste porter, et effleure ses cicatrices du bout des doigts.

Cela fait longtemps qu'il ne s'y est pas intéressé. Mais, en les examinant, il se dit qu'elles sont devenues moins visibles. D'une certaine manière, elles semblent s'être enfoncées en lui.

Il prend une grande inspiration ; l'air de la salle de bains est encore moite et tiède après la douche qu'il a prise une heure plus tôt. La crème à raser et le rasoir sont posés près du lavabo, où traîne une lisière de mousse et de poils de barbe.

Avant de partir, il s'assure que tout ce dont il a besoin se trouve dans ses poches. « La chose la plus importante que tu dois emporter, c'est ton cerveau », avait coutume de répéter Jarle Høgseth. *C'est sans doute vrai, mais ce n'est pas une mauvaise idée d'embarquer aussi quelques outils*, se dit Henning. Maintenant, il doit rester vigilant, même s'il a déjà mis ses ressources intellectuelles à rude épreuve. Il a passé en revue chaque conversation et chaque rencontre. Le docteur Helge et *6tiermes7* lui ont apporté tous les deux une aide incalculable et des pièces pour continuer à compléter le puzzle, mais il ne sait pas si ça suffira.

Il espère avoir la réponse d'ici quelques heures.

L'église Ris a été consacrée en 1932. C'est un bel édifice de pierre de style roman. À l'arrivée du taxi de Henning, les cloches sonnent déjà, toutes les trois. Il descend et se mêle à l'assistance.

Il entre dans l'église et reçoit une brochure qui détaille le déroulement de la cérémonie. Le nom d'Henriette et son visage souriant figurent sur la couverture. Il reconnaît la photo. C'est celle qui était affichée sur le mémorial d'Henriette à Westerdals, la semaine précédente. Il se rappelle que, lorsqu'il l'a vue pour la première fois, il a pensé que la fille semblait intelligente. Il prend place sur une des dernières rangées et se retient de dévisager les assistants. Il ne veut regarder ni ne parler à personne. Pas encore.

La cérémonie, belle et digne, est empreinte d'une tristesse contenue. Le discours monocorde du pasteur emplit l'espace, accompagné de sanglots et de reniflements discrets. Henning essaie de ne pas évoquer la dernière fois où il se trouvait dans un lieu de culte, au milieu de gens pleurant la perte d'un enfant. Mais il ne parvient pas à contrôler ses pensées. Par-dessus la voix de l'officiant, il entend l'air de *Mon petit ami*.

Au bout d'un quart d'heure, il se lève et s'en va. L'atmosphère, les odeurs, les sons, les vêtements noirs, les visages, tout conspire à le ramener deux ans en arrière, quand il était assis aux premiers rangs d'une autre église, se demandant comment il pourrait se relever, s'il pourrait jamais redevenir humain.

En sortant sur le parvis, il se rend compte qu'il en est toujours au même point. Il redoute de réfléchir à ce qui l'attend, à son avenir, aux problèmes restés en suspens parce qu'il était trop traumatisé pour les affronter. Mais, maintenant, il sait que son cerveau fonctionne de nouveau, et il ne peut plus les ignorer. *Je ne peux pas baisser les bras*, se dit-il.

Je dois agir pour faire cesser cette morsure dans ma poitrine, cette horloge lancinante qui tictaque en moi. Elle n'abandonnera jamais. Je ne pourrai jamais fermer les yeux et me laisser engloutir par la terre paisible avec un sentiment d'achèvement.

Parce que je sais que j'ai raison.

Il offre son visage au vent frais, puis desserre un peu son nœud de cravate. Il s'éloigne de l'église. La voix du pasteur passe par les portes ouvertes. Un jardinier entretient une tombe voisine, soucieux de lui donner belle allure. Henning erre parmi les stèles. La pelouse, verte et luxuriante, est fraîchement tondue ; tous les buissons sont méticuleusement taillés.

Il arrive derrière l'église, où les pierres tombales sont alignées comme des dents. Il déambule à pas lents en se disant qu'il n'a pas rendu visite à Jonas depuis longtemps. Mais, dès qu'il la voit, cette pensée passe au second plan.

Anette se tient devant la fosse rectangulaire où Henriette Hagerup doit reposer. Même en ce moment, elle porte son sac. Quand il décide de la rejoindre, une brusque décharge nerveuse lui traverse le corps. Ils sont seuls dans le cimetière. Elle est de dos, tout en noir – jupe, veste et chemisier.

À son approche, Anette se tourne vers lui.

— Vous non plus, vous n'avez pas supporté de rester là-dedans ? lance-t-elle avec un bref sourire.

— Salut, Anette.

Il s'arrête près d'elle et regarde au fond de la fosse.

— Je déteste les enterrements, déclare-t-elle posément. Je préfère lui dire adieu maintenant, ici, avant que toute l'hystérie ne commence.

Il hoche la tête. Le silence s'étire quelques secondes.

— Je ne m'attendais pas à vous voir ici, finit-elle par dire en cherchant son regard. C'est particulièrement assommant, non ?

— Non. Je me trouve exactement là où je dois être.

— Je ne comprends pas.

Il se rapproche du bord de la fosse et regarde de nouveau au fond. Ça lui rappelle un des poèmes de Kolbein Falkeid, que Vamp[1] avait mis en musique :

Quand le soir tombe, j'embarque en paix
Et le vaisseau de ma vie sombre de six pieds.

Vingt-trois ans. L'existence d'Henriette Hagerup n'a duré que vingt-trois ans. Il se demande si elle a eu le temps de sentir qu'elle avait vécu.

Il plonge la main dans la poche de sa veste.

— Vous pensiez n'avoir rien oublié, dit-il.

Il la regarde droit dans les yeux. Le sourire circonspect d'Anette se transforme en un rictus anxieux qui frémit à la commissure des lèvres. Il constate qu'il l'a prise au dépourvu. Et c'était bien l'intention. Il attend que l'effet dramatique arrive à son paroxysme.

— Quoi ? finit-elle par demander avec brusquerie.

— J'avais du mal à comprendre pourquoi vous étiez soudain devenue si obligeante et si serviable quand nous nous sommes revus à Westerdals. Vous n'avez pas hésité à me conduire à Ekebergsletta au milieu d'une tempête. À ce moment de la journée, la mort de Stefan n'avait pas encore été rendue publique. Mais vous saviez déjà ce qui était arrivé. Vous le saviez parce que vous êtes la dernière personne à l'avoir vu vivant. Vous le saviez parce que vous l'avez convaincu de se suicider.

Elle lève les sourcils, exprimant le mélange d'étonnement et d'indignation de rigueur.

1. Vamp est un groupe de folk rock norvégien.

— Putain, qu'est-ce que vous…

— Vous souffrez d'épilepsie, n'est-ce pas ?

Agacée, Anette déplace son poids d'une jambe à l'autre.

— Je peux jeter un coup d'œil dans votre sac à dos ?

— Quoi ? Non !

— On prescrit souvent de l'Orfiril aux épileptiques. Je parie que vous en avez là-dedans, affirme-t-il en désignant son sac. Ou, plutôt, je parie que votre stock est épuisé.

Elle ne lui répond pas, mais lui lance un regard suggérant qu'il l'a profondément blessée.

— Les comprimés d'Orfiril ressemblent exactement à ceci.

Il sort un sachet de Knott d'une poche de sa veste. Il en tire une petite pastille blanche et la lui montre.

— Stefan avait déjà tout balancé à ses parents. Et un très long séjour en prison vous attendait tous les deux. En revanche, j'ignore si vous avez simplement saisi cette occasion pour faire de Stefan le bouc émissaire ou si ça a toujours fait partie de votre plan.

— Mais qu'est-ce que vous racontez ?

— Quand j'ai découvert Stefan mort dans son lit, j'ai marché sur un de ces trucs, explique-t-il en lui indiquant les sucreries. Mélangé à de l'alcool, l'Orfiril devient une substance mortelle. Mais Stefan a été le seul à en prendre. Vous, vous avez avalé quelques bonbons. Miam ! Après tout, vous adorez les manger tous en même temps. Le seul problème avec les Knott, c'est que, parfois, ils tombent du sachet ou on en perd quand on essaie d'en gober une poignée.

Anette secoue la tête et lève les mains, entre indignation et impuissance.

— C'en est trop. Je m'en vais.

— Je sais pourquoi vous m'avez conduit à Ekebergsletta, continue-t-il en la suivant.

Elle se retourne et soutient son regard.

— Vous étiez nerveuse, insiste Henning. Vous saviez que Stefan avait parlé et vous redoutiez qu'il n'ait pu raconter à ses parents ce qui s'était vraiment passé, qu'il n'ait révélé le nom de sa complice. Cet après-midi-là, vous ne pouviez pas l'interroger directement sur ce sujet, parce qu'il aurait compris que vous aviez une idée derrière la tête et que ce pacte de suicide n'était pas authentique, du moins de votre côté. C'est pour ça que vous m'avez proposé de me déposer à Ekebergsletta. Ça vous offrait un prétexte parfait pour aller là-bas et tâcher de découvrir ce que savaient les Foldvik. C'est pour cette raison que vous vous êtes pointée dans la tente.

Anette pose les mains sur ses hanches. Elle ouvre la bouche pour dire quelque chose, mais finalement se ravise.

Henning poursuit sur sa lancée :

— Quelle performance d'actrice, d'ailleurs ! Vous vous êtes souvenue qu'Ingvild ne vous connaissait pas et qu'elle ne risquait pas de s'attaquer à vous. D'autre part, grâce à Stefan, vous saviez qu'elle avait été violée. Vous saviez également pour ses cours d'autodéfense et son choqueur, qu'elle avait été entraînée à réagir si quelqu'un l'approchait par-derrière, comme vous l'avez fait dans la tente. Placer la main sur son dos, près de sa gorge, quel beau geste de compassion ! Une simple façon de lui témoigner de la gentillesse, n'est-ce pas ? Mais, en réalité, vous avez agi ainsi en sachant qu'elle se défendrait instinctivement avec son choqueur. La meilleure façon d'éloigner les soupçons reste encore de devenir la victime suivante, hein ? Même pas besoin de mourir…

Anette détourne les yeux. En l'observant, il devine qu'il a touché juste, même si elle le dissimule bien. Il est convaincu qu'elle s'est rendue plus d'une fois chez les Foldvik. Elle savait que, des fenêtres d'en face, on pouvait voir l'intérieur de l'appartement des Foldvik. C'est pourquoi elle a tiré les rideaux. Mais elle connaissait aussi la curiosité de leurs voisins. En tout cas, elle n'ignorait pas que, à chaque mouvement de la porte d'entrée, les rideaux de Mme Steen frémissaient. Voilà pourquoi la porte de l'appartement était restée entrebâillée. Ainsi, personne n'avait pu l'entendre claquer en se refermant.

Anette se gratte la joue et écarte des mèches de cheveux qui lui tombent dans les yeux. Henning poursuit :

— Après avoir tué Henriette, vous avez tenté de faire accuser son petit ami, cet homme qui avait réussi à gagner son cœur. Pour vous en tirer sans dommages, vous avez voulu le piéger, exactement comme dans le script. Mais, à cause de la confession de Stefan, ça ne s'est pas tout à fait passé comme le prévoyait votre plan, et vous avez réagi en faisant disparaître le garçon. Maintenant, vous êtes convaincue d'avoir neutralisé tout ce qui pouvait vous incriminer. Vous êtes persuadée de ne rien avoir oublié, Anette, mais quelques petites choses vous ont quand même échappé…

Il se tait pour accentuer l'effet dramatique. Mais elle n'y semble pas sensible. Elle le fixe d'un regard dénué d'expression, ce qui n'empêche pas Henning de continuer.

— Stefan…

Nouvelle pause, un peu plus longue.

— Comment Stefan a-t-il su qu'Henriette serait dans la tente, cette nuit-là ? lâche enfin Henning.

Il laisse la question en suspens ; le temps s'étire. Anette ne répond pas.

— Aucun texto n'a été envoyé depuis le mobile de Stefan à Henriette, ce jour-là. Ni cette nuit-là, d'ailleurs. Rien non plus dans le sens Henriette vers Stefan. Je le sais, parce que j'ai vérifié.

Elle ne bronche pas ; elle se contente de le regarder, tout simplement. Son visage est impassible, son souffle régulier. Il porte l'estocade.

— En revanche, un appel a été passé de son téléphone au vôtre l'après-midi de sa mort. La communication a duré trente-sept secondes. C'est à ce moment-là qu'il vous a parlé de ses aveux ? C'est à cause de ça que vous êtes allée le rejoindre ? Pour procéder à une petite évaluation des dégâts ?

Toujours pas de réponse. Il se souvient de ce qu'elle lui a dit devant l'école : Henriette devait envoyer *Une caste de la charia* à Foldvik. Quelqu'un de la police, *6tiermes7* ou une autre personne, avait passé les mails d'Henriette au crible et établi qu'elle ne l'avait jamais fait. Yngve n'avait pas menti à ce propos. Stefan n'avait pas pu trouver le scénario chez les Foldvik. À vrai dire, le garçon n'avait pu en avoir connaissance que par un seul biais : Anette le lui avait montré ou donné.

Henning l'observe. Son armure n'a pas la moindre éraflure.

— Je vous le redemande, Anette. Comment Stefan a-t-il su où trouver Henriette, ce soir-là ?

Cette fois, il n'attend pas qu'elle lui réponde.

— Parce que vous lui avez dit. Henriette et vous aviez déjà prévu de vous retrouver là-haut. Sinon, pourquoi aurait-elle quitté l'appartement de son petit ami ? Ça devait être important, et le rendez-vous était prévu à l'avance. Et le début de votre tournage était programmé le lendemain.

Anette ne réagit pas. Mais Henning ne se laisse pas affecter par cette impassibilité et poursuit son raisonnement.

— Qu'avez-vous dit à Stefan, ce soir-là ? Que vous alliez faire un peu peur à Henriette ? C'est ainsi que vous l'avez incité à emporter le choqueur de sa mère ?

Anette reste muette, mais Henning n'a pas besoin de son récit pour imaginer la scène. Henriette a dû être étonnée de voir Anette apparaître dans la tente en compagnie de Stefan. Ce n'était pas ce qui était convenu entre elles. D'un autre côté, Stefan était convaincu qu'Henriette était la maîtresse de son père. Parfait pour Anette. Et la fosse était déjà prête, puisque le tournage débutait le matin suivant.

— Avez-vous jeté la première pierre ou avez-vous incité Stefan à la tuer ?

Il guette des manifestations d'aveu ou d'assentiment, mais non. Rien. Malgré tout, il ne peut plus s'arrêter, maintenant.

— Vous avez parfaitement planifié le meurtre. Et, pour compromettre définitivement Marhoni, vous avez envoyé un mail à Henriette, le jour même où vous aviez prévu de la tuer. Vous y avez joint une photo où Henriette enlaçait un homme d'âge mûr. Je suis prêt à parier que l'homme de la photo était Yngve.

— Je n'ai jamais envoyé à Henriette de photo d'Yngve, jette Anette.

— Non, vous n'avez pas appuyé sur la touche « Envoi ». Vous avez confié ce soin à quelqu'un d'autre. Inhambane, dit-il en montrant le sac à dos d'Anette.

Elle tourne machinalement la tête, mais se rend compte qu'elle ne peut pas voir l'autocollant que lui désigne Henning. « Inhambane » est écrit en caractères noirs sur un fond blanc qu'entoure un cœur rouge.

— Inhambane est une ville située au sud du Mozambique, le long d'une baie qui porte le même nom. Les plages sont magnifiques. Le jour de sa mort, Henriette a reçu un mail envoyé d'un cybercafé d'Inhambane. Peu après, du même endroit, on lui a envoyé un texto, à partir d'un compte mail gratuit ; le message lui disait de relever sa messagerie. Ça s'est produit pendant qu'elle était avec Mahmoud Marhoni.

— Et alors ?

— Et alors ? Vous prétendez que la présence de cet autocollant sur votre sac à dos n'est qu'une coïncidence ? Vous avez séjourné là-bas, Anette. Vous vous êtes probablement fait des amis, sur place. Inhambane n'est pas exactement classée parmi les dix meilleures destinations de Star Tour.

Elle ne répond pas.

— Voyez-vous, Anette, quand on a des complices, le problème, c'est qu'on n'a jamais la certitude que l'autre se taira. C'est pour cette raison que vous étiez effrayée à notre première rencontre. Vous aviez peur que Stefan ne se soit dénoncé, qu'il ne *vous* ait dénoncée, qu'il ne se révèle incapable de supporter l'acte que vous aviez commis tous les deux. Et, comme la suite a prouvé que vos craintes étaient justifiées, vous avez pris la décision de le pousser au suicide.

Un sourire énigmatique et fugace passe sur le visage d'Anette, mais elle se reprend très vite.

— Laissez-moi vous apprendre quelques petites choses à propos d'Henriette, dit-elle. Henriette n'était pas si intelligente que ça. Depuis sa mort, tout le monde s'est donné beaucoup de mal pour dire à quel point elle était talentueuse, brillante.

Sa voix s'assombrit.

— À la vérité, elle était médiocre. J'ai lu le scénar qu'elle a vendu. Vraiment pas terrible. *Control + Alt + Delete* ? C'est quoi, ce titre ? C'est moi qui ai trouvé les péripéties les plus astucieuses de ce script. Mais vous croyez qu'elle allait m'accorder un quelconque crédit pour ça ?

Elle renifle avec dédain.

— C'est pour cette raison que vous avez promis de poursuivre son travail, comme vous l'avez écrit sur la carte. Vous avez l'impression d'avoir certains droits sur le script, sur les péripéties les plus astucieuses, comme vous dites. Avez-vous déjà pris contact avec Truls Leirvåg ?

Anette émet un rire bref, puis elle hoche la tête.

— Vous et moi devrions faire un film ensemble. Vous avez beaucoup d'imagination. Mais vous aussi, vous avez oublié quelque chose.

Elle avance droit sur lui, puis chuchote :

— Les deux personnes qui pouvaient prouver tout ce que vous venez de raconter…

Elle aussi marque une pause dramatique. Henning ressent la froideur de son regard comme une claque glaciale sur ses propres joues.

— …elles sont mortes toutes les deux, conclut-elle.

Elle fait un pas en arrière. Puis elle sourit encore. Un petit sourire perfide.

— Admettons qu'ils trouvent des bonbons dans la chambre de Stefan, continue-t-elle. Ça prouve quoi ? Que quelqu'un qui aimait les sucreries lui a rendu visite, point final ! Il m'a appelée cet après-midi-là ? Normal, j'allais réaliser son film. Nous étions toujours en contact. Rien de tout cela ne prouve que j'ai tué Henriette ou Stefan. Rien du tout !

— Vous avez raison. La police peut seulement vous accuser d'avoir orienté les soupçons vers Mahmoud Marhoni, mais…

Elle l'interrompt.

— Quel genre de preuve avez-vous de ce fameux complot ? Un autocollant sur mon sac à dos ?

— Certes, ça ne prouve pas grand-chose, mais si vous alignez assez d'allumettes et si vous les enflammez, vous obtiendrez un feu assez correct. Quand je ferai part de toutes mes découvertes à l'inspecteur Brogeland, lui et ses collègues passeront en revue tout ce que vous avez dit et fait ces dernières années. Ils vont fouiller votre vie entière. Chaque mail, chaque texto, chaque reçu, chaque facture seront scrutés, et le seul objectif de ces enquêteurs sera de prouver votre implication dans un meurtre et une mort suspecte. Et, quand les analyses toxicologiques seront terminées, la police apprendra que le corps de Stefan contient de l'Orfiril. La pile des preuves indirectes qui vous accusent s'élèvera si haut que votre défenseur devra faire de véritables prouesses pour vous sauver de la prison. Comme vous l'avez souligné, un bonbon ne constitue pas une preuve, mais souvenez-vous du procès Orderud. Quatre personnes se sont retrouvées en taule à cause d'une chaussette.

Anette ne répond pas. Il soutient son regard et tente de reproduire son sourire glacial.

— « À quoi ça sert d'être un génie si personne ne le sait ? » dit en singeant sa voix.

Cette fois, la surprise d'Anette est authentique. Henning enfonce le clou :

— À un certain niveau, tout le monde veut de la reconnaissance pour ses actions. Nous cherchons tous à nous faire acclamer. C'est une caractéristique humaine. C'est pour cette raison que vous m'avez remis le scénar. Vous vouliez que je comprenne. Et je comprends. Je comprends que vous avez tout planifié, et je suis terriblement impressionné. Mais ne comptez pas sur des applaudissements. Ni de moi, ni de personne d'autre.

Elle le regarde fixement. Il se retourne et constate que le cortège funèbre quitte l'église.

— Comme vous l'avez dit, Anette, l'hystérie est sur le point de commencer.

Elle éclate de rire.

— Wouah ! lâche-t-elle en secouant et en hochant alternativement la tête pour souligner son incrédulité.

Elle s'approche à nouveau de lui. Elle prend le bonbon de la main de Henning et le gobe.

— Vous voulez savoir qui m'a appris qu'ils étaient meilleurs quand on les mange tous en même temps ?

Elle suce bruyamment la pastille.

— Étant donné votre intelligence, je suis certaine que vous le découvrirez, conclut-elle sans attendre la réponse de Henning.

Elle le fixe un long moment. Puis elle sourit et se met en marche vers le cortège funèbre. Il la suit des yeux pendant qu'elle traverse la pelouse d'un pas tranquille, croise les assistants, échange quelques signes de tête avec des connaissances. En revanche, elle ne se joint pas à eux, mais s'éloigne posément. Comme si elle n'avait pas la moindre inquiétude.

Et elle pourrait bien avoir raison, se dit Henning alors qu'Anette n'est plus en vue et que le cimetière se remplit de gens en deuil, vêtus de noir. Il pourrait bien se révéler impossible de démontrer qu'elle a conçu et exécuté un plan qui a causé la mort de deux personnes. En réalité, elle n'avait jamais rien admis, ni aujourd'hui ni dans la tente à Ekebergsletta. Et, au mieux, les preuves sont circonstancielles.

Jarle Høgseth avait coutume de dire : « Les crimes sont rarement livrés emballés dans du papier cadeau à la police. » Parfois, l'affaire est simple. Les indices parlent un langage univoque : le coupable se confesse, soit spontanément, soit après avoir pris connaissance des preuves qui l'accablent au cours d'un interrogatoire. Autre cas de figure : pendant le procès, la version du procureur dessine un contraste marqué avec les explications fournies par l'accusé. C'est ainsi, et ce sera toujours ainsi.

Mais il sait la vérité. Il l'a vue dans le regard glacé d'Anette. Et beaucoup de choses pourraient advenir au cours de l'enquête. Des preuves pourraient apparaître. Des témoignages pourraient jeter un nouvel éclairage sur ses actes. Elle devra répondre à de nombreuses questions et, quelle que soit son intelligence, il n'est pas si facile de donner en permanence des réponses cohérentes à des questions complexes, au fil des interrogatoires.

Il reste dans le cimetière pendant l'inhumation. Il ne lève pas les yeux, n'écoute pas ce qui se dit ; il prête l'oreille seulement quand ils chantent :

Aide-moi, mon Dieu, à fredonner ce chant
pour que mon cœur continue à avancer,
un jour à la fois, un moment à la fois,
jusqu'à ce que j'atteigne ton bon pays.

Il ravale les souvenirs et le chagrin en grinçant des dents, même si l'image de Jonas ne le quitte pas. Il a le sentiment de pouvoir enfin lui faire ses adieux. Jusqu'à présent, il n'y était pas prêt. C'était au-dessus de ses forces. Il ne pouvait pas, ne voulait pas accepter que Jonas ne vienne plus jamais le réveiller à l'aube pour se blottir contre lui et faire un câlin sans fin en attendant le début des émissions pour enfants.

C'est difficile d'éprouver de la gratitude pour ce que j'ai, se dit-il. *C'est difficile de se souvenir de chaque jour et de chaque moment passés avec lui, au lieu de pleurer ce qui n'adviendra jamais. Mais si je parviens à me convaincre que les six années d'existence de Jonas étaient les plus belles années de ma vie, eh bien, ce sera un début.*

Ça n'a pas l'air d'être grand-chose, mais c'est un début.

Après qu'on a descendu le vaisseau de la vie d'Henriette à six pieds sous terre, il s'abstient d'aller présenter ses condoléances. Il sait qu'il n'en sera pas capable : il n'aura pas la force de rencontrer les parents et la famille de la jeune femme sans s'identifier à eux, à leur souffrance. Bien sûr, il n'effacera jamais sa propre douleur, parce qu'il a besoin de la ressentir. Mais pas ici. Pas maintenant.

Le moment viendra.

Un jour à la fois, Jonas, un moment à la fois. Jusqu'à ce que j'atteigne ton bon pays.

Chapitre 73

Quand il rentre dans son immeuble, il est accueilli par des flots de musique émanant de l'appartement du troisième. Arne Halldis écoute de l'opéra. Henning identifie immédiatement le passage. C'est « Nessun dorma », un air du *Turandot* de Puccini. L'air préféré de Henning. La voix caractéristique de Luciano Pavarotti emplit la cage d'escalier :

Ma il mio mistero è chiuso in me
il nome mio nessun saprà !

A*rne Halldis est un homme aux multiples facettes*, songe Henning. Ou alors c'est un goujat de première, qui exploite la poésie et l'opéra à seule fin de séduire les femmes. C'est sans doute pour cette raison que Gunnar Goma est aussi fan de son voisin.

No, no ! Sulla tua bocca lo dirò
quando la luce splenderà !

L'œuvre atteint son paroxysme ; Arne Halldis augmente le volume :

All'alba vincerò !
vincerò, vincerò !

Le chant s'intensifie ; sa puissance traverse les murs et le béton, le bois et le plâtre, puis frappe Henning juste au milieu du front, pénètre son crâne et déferle en lui. Le sang lui monte aux joues et soudain, sans qu'il comprenne ce qui se passe, des larmes sillonnent son visage, suivant le tracé de ses cicatrices. Il finit par céder aux sanglots.

Depuis que Ce-à-quoi-il-ne-pense-pas est arrivé, il n'y a que Ce-à-quoi-il-ne-pense-pas pour le faire pleurer. Il a une drôle d'impression en goûtant le sel de ses larmes, après si longtemps, surtout en ayant conscience que c'est la musique d'Arne Halldis qui en est à l'origine.

Mais il est loin d'être étonné que cette musique ait réveillé sa capacité de pleurer. L'envie de plaquer deux ou trois accords frémit quelque part dans son esprit, mais il n'est pas certain de trouver le courage d'oser.

Au moment où il pénètre dans son appartement, les applaudissements cessent et le calme revient. Il remplace les piles des alarmes incendie, s'assied sur le divan, puis ouvre son portable. L'appareil quitte le mode veille. Il lui faut quelques secondes avant de trouver le signal du wifi et charger FireCracker 2.0. La réponse de *6tiermes7* ne tarde pas.

6tiermes7 : Je suis tout excité. Comment ça s'est passé ?
MakkaPakka : Comme je l'avais imaginé. Elle a nié.
6tiermes7 : Petite maligne.
MakkaPakka : La plus futée que j'aie jamais rencontrée.
6tiermes7 : Donc, vous n'avez rien d'enregistré ? Rien d'utilisable ?
MakkaPakka : Je n'ai pas encore écouté l'enregistrement, mais j'en doute.

6tiermes7 : Bon. Vous avez fait de votre mieux. Maintenant, il faut nous laisser reprendre les choses en main.
MakkaPakka : J'essaierai.
6tiermes7 : Ne me dites pas que vous avez l'intention de vous lancer dans une nouvelle enquête ?

Henning pèse le pour et le contre, tandis que le curseur clignote dans la fenêtre. La semaine qui vient de s'écouler a provoqué de grands bouleversements. Trois personnes sont mortes, des familles ont été détruites à jamais, certes, mais il a de nouveau fait du bon travail. Anette n'a pas avoué, les menaces de Hassan sont à prendre au sérieux, mais Henning retient surtout qu'il a encore de la ressource. Les petites cellules grises se sont réveillées.

Il contemple un instant ses doigts avant de taper les mots qui, depuis si longtemps, couvent sous les braises au plus profond de son être. Une fois qu'il aura écrit ce qu'il a en tête, il sait qu'il n'y aura plus de retour possible. Il aura appuyé sur la détente du starter.

Le docteur Helge me dirait sans doute de patienter jusqu'à ce que je sois absolument certain d'être prêt, songe-t-il. *Mais je n'ai pas le temps d'attendre.* Personne ne sait si Yasser Shah sera arrêté, ou si les preuves que détient Mahmoud Marhoni obligeront Hassan et son gang à disparaître. Personne ne peut dire à Henning quand il pourra marcher dans la rue sans devoir regarder derrière lui, ou si ses nuits seront à jamais peuplées de bruits qui l'empêcheront de trouver le sommeil.

Pour toutes ces raisons, il écrit :

MakkaPakka : En fait, il y a bien un truc.

Il sent un grand froid s'emparer de lui.

6tiermes7 : C'est une plaisanterie. De quoi s'agit-il ?

Henning inspire puissamment. *Il y a presque deux ans, je me suis immobilisé alors que je dégringolais la pente*, se dit-il. *J'ai mis le frein*. Il est comme Ingvild Foldvik. La mort de Jonas l'a transformé en zombie. Mais, parfois, il faut desserrer le frein, dévaler vers l'abîme sans se retenir, prendre l'élan nécessaire. Il ignore à quel point cet abîme est profond ; mais, cette fois, pas question de s'arrêter avant d'avoir touché le fond. Peu importe à quel point ce sera douloureux. Ensuite, il pourra remonter.

Il expire longuement, puis se remet à taper.

MakkaPakka : J'ai besoin de votre aide.

Il regarde le plafond, sans trop savoir pourquoi. Il tente peut-être d'absorber le sentiment que chantait Pavarotti. Sa force. Sa volonté. Il reste longtemps dans cette position. La voix de Luciano résonne encore dans son esprit.

All'alba vincerò !
vincerò, vincerò !

À l'aube, je serai vainqueur.

Il fait de nouveau face à l'écran. À cet instant, la résolution qui l'emplit atteint une intensité qui lui est inconnue. Il écrit les mots avec tant de détermination qu'il en a la chair de poule :

MakkaPakka : J'ai besoin d'aide pour découvrir qui a mis le feu à mon appartement.

Voilà. Les mots qu'il n'avait formulés que dans son esprit sont enfin sortis. La police a conclu qu'il ne s'agissait pas d'un incendie suspect. Pendant deux ans, Henning a donc enterré l'idée qu'il vient d'énoncer. Maintenant, elle vit à l'air libre.

Et puisqu'il l'a déjà transformée en phrase, maintenant qu'il se lance dans l'enquête la plus difficile de toute sa vie, il ferait tout aussi bien d'exprimer son projet dans sa totalité.

MakkaPakka : Je vous en prie, aidez-moi à trouver l'assassin de mon fils.

Remerciements

Cicatrices n'aurait jamais vu le jour sans toutes les contributions de mes amis, de ma famille et d'autres, qui ont accepté de lire, écouter, jouer au foot, partager leur expertise et leur expérience. Jørn Lier Horst, Erik Werge Bøyesen, Johnny Brena, Hege Enger, Line Onsrud Buan, Petter Anthon Næss, Torgeir Higraff, Nicolai Ljøgodt, Kristin « Kikki » Jenssen, Vibeke Ødegård Nohr – mille remerciements !

Un merci extra spécial à Benedicte. Tu es brillante. Tu es fantastique.

Ceux qui me connaissent bien savent aussi que le chemin qui a conduit à la publication de mon premier livre a été long. Par conséquent, je me suis réservé un dernier merci. Merci de ne jamais avoir cessé d'écrire, Thomas.

Oslo, décembre 2009

Thomas Enger

Prologue

La Harley-Davidson de Jocke est déjà là.

Tore Pulli gare sa moto et enlève son casque. Il met pied à terre, le gravier craque sous ses semelles. Les fenêtres de la vieille usine fixent l'obscurité d'un regard aveugle. Le silence est dense, oppressant.

Pulli suspend le casque au guidon et marche vers la porte. Les gonds grognent lorsqu'il pousse le battant. Il avance d'un pas prudent.

— Jocke ?

L'écho de sa voix se répercute dans l'espace vide. Ses bottes claquent sur le revêtement en béton. Peu à peu, ses yeux s'acclimatent à la pénombre, mais il ne voit que les murs et le sol nus, des poutres et des piliers festonnés de toiles d'araignée. Le vent d'octobre hurle à travers les vitres brisées. De petits nuages blancs de condensation glacée s'échappent de sa bouche.

C'est presque comme dans le temps, se dit Pulli en avançant. *On monte en puissance avant la confrontation.* Il goûte la sensation familière de l'adrénaline qui se rue dans ses veines.

Plus loin dans l'ombre, il discerne une forme allongée sur le ciment. Comme il s'en approche avec précaution, il distingue une odeur âcre d'urine et de métal. Il dérape dans une substance visqueuse, manque de tomber et se rattrape de justesse. Il sort son portable et éclaire le sol.

C'est alors qu'il voit dans quoi il vient de marcher.

Un cadavre gît devant lui. Le dos d'un blouson de cuir imprégné de sang a été lacéré à plusieurs reprises. Au-dessus du col, la boîte crânienne dénudée brille à travers une large entaille dans le cuir chevelu rasé et tatoué.

Il reconnaît immédiatement le motif. Il n'y a que Jocke Brolenius pour avoir « Go To Hell » tatoué sur la nuque.

Son mobile s'éteint.

Il tend l'oreille tout en examinant les alentours d'un regard nerveux, mais il ne perçoit qu'un profond silence. La grande salle semble vide – hormis Jocke. Cet homme qu'il haïssait avec passion, mais dont il ne voulait la mort pour rien au monde.

Ou, du moins, pas tout de suite.

Il se penche, saisit le blouson et retourne le corps pesant. Le visage couvert de sang est crispé, la bouche ouverte. Pulli pose deux doigts sur le cou de Jocke, près de l'artère, mais enlève aussitôt sa main. Bien que la gorge soit chaude, elle est aussi molle et lâche, Pulli a la sensation de toucher une éponge humide déchiquetée.

C'est alors qu'il le voit par terre. Le coup-de-poing américain.

Son coup-de-poing américain.

Putain, comment a-t-il atterri ici ?

Une horrible pensée le submerge. Un tas de gens étaient au courant de cette rencontre, sans compter tous ceux qui l'ont vu partir pour le rendez-vous. Et ils étaient beaucoup trop nombreux à savoir que le coup-de-poing américain était suspendu au mur dans son bureau. Et maintenant, le sang de Jocke est sur ses mains, ses vêtements et ses bottes.

Un coup monté ! Un enfoiré lui a tendu un piège.

Pulli envisage de ramasser le coup-de-poing américain et de filer, mais il se ravise. *Tu as touché le corps*, se dit-il. *Tes empreintes sont sur le blouson de Jocke. N'aggrave pas ta situation ; c'est déjà assez moche comme ça.*

Il sort de nouveau son portable. Avec ses doigts tachés de sang, il compose le numéro d'urgence pour appeler la police. *Tu sais ce qui s'est vraiment passé,* se dit-il. *Dis-leur la vérité et tout ira bien.*

Tu n'as rien à craindre.

Achevé d'imprimer en octobre 2018
Par CPI France
N° d'impression : 3030966
Dépôt légal : novembre 2018
Imprimé en France
2811058-1